蓝色经典·仰望星空

文化散文选

梁衡

中国人民大学出版社
·北京·

图书在版编目（CIP）数据

蓝色经典·仰望星空：文化散文选/梁衡著．—北京：中国人民大学出版社，2016.1

ISBN 978-7-300-15133-5

Ⅰ.①蓝… Ⅱ.①梁… Ⅲ.①散文集-中国-当代 Ⅳ.①I267

中国版本图书馆 CIP 数据核字（2015）第 237850 号

蓝色经典·仰望星空

文化散文选

梁 衡 著

Lanse Jingdian · Yangwang Xingkong

出版发行	中国人民大学出版社				
社　　址	北京中关村大街 31 号		**邮政编码**	100080	
电　　话	010 - 62511242（总编室）		010 - 62511770（质管部）		
	010 - 82501766（邮购部）		010 - 62514148（门市部）		
	010 - 62515195（发行公司）		010 - 62515275（盗版举报）		
网　　址	http://www.crup.com.cn				
经　　销	新华书店				
印　　刷	北京瑞禾彩色印刷有限公司				
规　　格	170 mm×228 mm　16 开本		**版　　次**	2016 年 1 月第 1 版	
印　　张	21 插页 2		**印　　次**	2021 年 9 月第 3 次印刷	
字　　数	267 000		**定　　价**	78.00 元	

说经典

　　这套书名为"经典",不是书中的文章经典,是文章所写的人、事、景、情、理堪称经典。

　　什么是经典?常念为经,常数为典。经典就是经得起重复。常被人想起,不会忘记。

　　常言道:"话说三遍淡如水。"一般的话多说几遍人就要烦。但经典的人和事,人们一次又一次提起,一代代地说;经典的美景,人们一游再游,一看再看;经典的书,人们一遍遍地读,一代代地读。一首好歌,人们会不厌其烦地唱;一首好曲子会不厌其烦地听;一幅好字画挂在墙上,天天看不够。许多人都在梦想自己的事业、自己的作品成为经典,好让历史记住,实现永恒。但这永恒之梦,总是让可怕的重复之手轻轻一拍就碎,它太轻太薄,经不起念叨第二遍。倒是许多事,无心插柳柳成荫,不经意间成了经典。说到"柳",想起至今生长在河西走廊上的"左公柳",100多年前,左宗棠带着湘军去平定叛乱,收复新疆。他一路边行军边栽柳,现在这些合抱之木成了历史的见证,成了活的经典,凡游人没有不去凭吊的。"统一战线、武装斗争、党的建设",这是中国革命的三大法宝,是中国共产党打天下的经典。1939年陕北公学的一批学生毕业要上前线,毛泽东去讲话说:《封神演义》中姜子牙下山,元始天尊送他三样法宝:打神鞭、杏黄旗、四不像。今天我也送你们三件宝:统一战线、武装斗争、党的建设。经典就这样产生了。莎士比亚有许多话,简直就是大白话，比如："是生还是死，这是一个问题。"还有托尔斯泰《安娜·卡列尼娜》的开头："幸福的家庭都是相似的，不幸的家庭各有各的不幸。"这些话被人千百次地重复和模仿，还是感到新鲜。就是《兰亭集序》也是在一次普通的文人聚会上，王羲之一挥而就的。当然，经典也有呕心沥血、积久而成的。像米开朗琪罗的壁画《最后的审判》，一画就是八年。不管是妙手偶成还是苦修所得，总之，它达到了那个水平，后人承认它，就常想起它，提起它，借用它。它如铜镜愈磨愈亮，要是一只纸糊灯笼呢？用不了三五次就破了。

经典所以为经典原因有三：一是达到了空前绝后的高度；二是上升到了理性，有长远的指导意义；三是经得起重复。

经典不怕后人重复，但它的造就绝不是对前人的重复。

文化的发展总是一层一层，积累而成。在这个积累过程中要有个性，能占一席之地必得有超出前人的新创造。比如教师一遍一遍讲数理化知识，如果他只教书而不从事科研，一生也不会造就数学或物理科学方面的经典。因为只有像牛顿发现了万有引力，像伽利略发现了重力加速度，像爱因斯坦发现了相对论等才算是科学发展史上的经典；毛泽东创立了农村包围城市理论，邓小平创立了中国特色社会主义理论等，这都是中国革命和建设的理论经典。它是创新，不是先前理论的重复。唐诗、宋词、元曲，书法的欧、颜、柳、赵，王羲之的行书、宋徽宗的瘦金书都是中国文学艺术史上的经典。因为这些东西在以前还没有过，它有"空前"的、新的高度，有里程碑的效果。我们回望历史，就会看到这些高峰，它们是一个个永远的参照点。

经典又是绝后的，你可以重复它、超越它，但不能复制它。

后人时时想起、品味、研究经典的目的是为了吸收借鉴它，以便去创造自己新的经典。就像爱因斯坦超越牛顿，爱翁和牛顿都不失为经典。齐白石谈到别人学他的画说："学我者生，像我者死。"因为每一个经典都有属于它自己的时代和环境的个性烙印。哲学家讲，人的一生不能两次跨过同一条河流。比如我们现在写古体诗词，无论如何也不会达到李白、李商隐、李清照的效果。岂但唐宋，就是郭小川、贺敬之也无法克隆。时势异也，条件不再，经典是它那个时代个性化的标志，你只能创造属于你自己的高峰。唯其这种"绝后"性，才使它高标青史，成为永远的经典。

我们对经典的重复不只是表面的阅读，更是一次新的挖掘。

经典所以总能让人重复、不忘、总要提起，是因为它对后人有启示和指导价值。"鸳鸯绣了从教看，莫把金针度与人"，经典不只是一双锦绣鸳鸯，还是一根闪闪的金针。凡经典都超出了当时实践的层面而有了理性的意义，有观点、立场、方法、思想、哲理的内涵，可以指导以后的实践。理性之树常青。只有理性的东西才经得起一遍一遍地使用、印证，而它又总能在新的实践中释放出能量。如天然放射性铀矿一样，有释放不完的能量。范仲淹说："先天下之忧而忧，后天下之乐而乐。"司马迁说："人固有一死，或重于泰山，或轻于鸿毛。"邓小平说："不管白猫黑猫，抓住老鼠就是好猫。"这都是永远的经典，早超出了当时的具体所指而有了哲理的永恒。就是达·芬奇的蒙娜丽莎的微笑，朱自清《背影》中父亲的饱经风霜的背影，小提琴曲《梁祝》中爱的旋律，还有毕加索油画中的哲理，张旭狂草中的张力也都远远超出自身的艺术价值而有了生命的启示。

总之，经典所以经得起重复使用是因为它有丰富的内涵，人们每重复它一次都能从中开发出新的能量，就像一块糖，能嚼出甜味。同样一篇文章、一幅画或一个理论，能经得起人反复咀嚼而味终不淡，这就是经典与平凡的区别。一块黄土，风一吹雨一打就碎掉了；而一颗钻石，岁月的打磨却让它愈见光亮。

依照我对经典的理解，在写作中，我总是努力选择那些不朽的人、事、景、情、理。《红色经典·岁月留痕》的时间跨度有近百年，赞颂的是为中国革命和建设作出牺牲和贡献的人，他们堪称不朽；《蓝色经典·

仰望星空》的时间跨度以千年计，记述的是一大批为中国和世界文化作出贡献的文化名人及经典名作，他（它）们已经退入历史成为深邃的蓝色星空中的星辰；《绿色经典·名山大川》的时间跨度有上万年，描写的是祖国大地上的名山秀水，历代以来已不知为多少人所吟诵。

希望这些从过去岁月中打捞出来的经典能引起读者的兴趣并由此享受文学的美感。

2015 年 5 月 5 日

仰望星空

　　这本集子里收录的是有关文化经典的文章。之所以名为《蓝色经典·仰望星空》，是取其深邃、广阔、久远之意，你看天空是蓝的，大海是蓝的。歌德说，头顶上的天空让人敬畏。和天空、大海一样辽阔深远的是历史。历史也让人敬畏，因为人类的全部文化积累都已退入历史。

　　历史的天空也有自己的星辰，那就是文化经典。文化是什么？辞典解释是社会财富的总和，但一般特指精神财富。经典是什么，是颠扑不破的思想和范例，即经典的人、事、理。只有精神的东西才能成为经典，才能永恒。即使是物质的人或事，也只有在转化为一种精神后才可称为经典。大千世界，芸芸众生，万事万物，并不是所有的人和事都能成为经典。电视台曾播过一个镜头，在大西北，记者与一个放羊娃对话：为什么放羊？为了赚钱。赚钱干什么？娶媳妇。娶媳妇干什么？生娃。生娃干什么？长大放羊。这是最简单的人口再生产，物质生产。这个娃很可爱，但他成不了经典。同样是在西北，当年林则徐禁烟有功却被发配到新疆，又在那里筹划固边；后来左宗棠又来到这里收复新疆。他们的爱国思想和行动成了经典，被沉淀为文化凝入史册。文化除政治内容外还有知识文化、思想文化、道德文化、审美（艺术）文化等，于是在历史的星空中就有各种各样的大大小小的星辰，它们都值得我们敬畏。如本书所写到的，居里夫人是科学研究方面的（知识文化）经典，《岳阳楼记》是一篇政治经典，李清照、柳永是文学艺术经典等。当然这些人物和作品不只是单一价值的，他（它）经常表现为综合经典，代表了那个时代的高峰。后人只能学习、欣赏，凭借它们来解读文明的遗传密码，却无法复制，所以就弥足珍贵。

恩格斯在马克思墓前的讲话中说，马克思的第一大贡献是发现人类先得解决吃、穿、住这些物质问题，然后才是宗教、政治、艺术等这些精神问题。事实上，社会上多数的人都是在从事物质生产，历史上最大量的活动也是物质活动。像高粱发酵蒸馏最后变成一滴酒一样，只有极少的物质活动、极少的人才能升华为精神。我在《书与人的随想》中曾表达过这样一个意思，即使在读书这种精神生活中，也是享受者（只读书）为多数，创造者（写书）为少数。我们这些人都是些历史上的放羊娃，不可能成为经典的，于是只有仰望蓝色的星空，和那明亮的星辰做一次推心置腹的对话，那也是一种享受。

目录

上篇：历史人物

武侯祠前的沉思

中国历史上有无数个名人，但没有谁能像诸葛亮这样引起人们长久不衰的怀念；中国大地上有无数座祠堂，但没有哪一座能像成都武侯祠这样，让人生出无限的崇敬、无尽的思考和深深的遗憾。这座带有传奇色彩的建筑，令海内外所有的崇拜者一提起它就产生一种神秘的向往。

武侯祠坐落在成都市区略偏南的闹市。两棵古榕为屏，一对古狮拱卫，当街一座朱红飞檐的庙门。你只要往门口一站，一种尘世暂离而圣地在即的庄严肃穆之感便油然而生。进门是一庭院，满院绿树披道，杂花映目，一条五十米长的甬道直达二门，路两侧各有唐代、明代的古碑一座。这绿荫的清凉和古碑的幽远先教你有一种感情的准备，我们将去造访一位一千七百年前的哲人。进二门又一座四合庭院，约五十米深，刘备殿飞檐翘角，雄踞正中，左右两廊分别供着二十八位文臣武将。过刘备殿，下十一阶，穿过庭，又一四合院，东西南三面以回廊相通，正北是诸葛亮殿。由诸葛亮殿顺一红墙翠竹夹道就到了祠的西部——惠陵，这是刘备的墓，夕阳抹过古冢老松，教人想起遥远的汉魏。由诸葛亮殿向东有门通向一片偌大的园林。这些树、殿、陵都被一线红墙环绕，墙外车马喧，墙内柏森森。诸葛亮能在一千七百年后享此祀地，并前配天子庙，右依先帝陵，千百年来香火不绝，这气象也真绝无仅有了。

公元234年，诸葛亮在进行他一生的最后一次对魏作战时病死军中。一时国倾梁柱，民失相父，举国上下莫不痛悲，百姓请建祠庙，但朝廷以礼不合，不许建祠。于是每年清明时节，百姓就于野外对天设祭，举国痛

诸葛亮

呼魂兮归来。这样过了三十年，民心难违，朝廷才允许在诸葛亮殉职的定军山建第一座祠，不想此例一开，全国武侯祠林立。成都最早建祠是在西晋，以后多有变迁。先是武侯祠与刘备庙毗邻，诸葛亮祠前香火旺，刘备庙前车马稀。明朝初年，帝室之胄朱椿来拜，心中很不是滋味，下令废武侯祠，只在刘备殿旁附带供诸葛亮。不想事与愿违，百姓反把整座庙称武侯祠，香火更甚。到清康熙年间，为解决这个矛盾，干脆改建为君臣合庙，

刘备在前，诸葛在后，以后朝廷又多次重申，这祠的正名为昭烈庙（刘备谥号昭烈帝），并在大门上悬以巨匾。但是朝朝代代，人们总是称它为武侯祠，直到今天。"文化大革命"，曾经疯狂地破坏了多少文物古迹，但武侯祠却片瓦未损，至今每年还有二百万人来拜访。这是一处供人感怀、抒情的所在，一个借古证今的地方。

我穿过一座又一座的院落，悄悄地向诸葛亮殿走去。这殿不像一般佛殿那样深暗，它为丞相治事之地，殿柱矗立，贯天地正气，殿门前敞，容万民之情。诸葛亮端坐在正中的龛台上，头戴纶巾，手持羽扇，正凝神沉思。往事越千年，历史的风尘不能掩遮他聪慧的目光，墙外车马的喧闹也不能把他从沉思中唤醒。他的左右是其子诸葛瞻，其孙诸葛尚。瞻与尚在诸葛亮死后都为蜀汉政权战死沙场。殿后有铜鼓三面，为丞相当初治军之用，已绿锈斑驳，却余威尚存。我默对良久，隐隐如闻金戈铁马声。殿的左右两壁书写着他的两篇名文，左为《隆中对》，条分缕析，预知数十年后天下事；右为《出师表》，慷慨陈词，痛表一颗忧国忧民的心。我透过

他深沉的目光，努力想从中发现这位东方"思想家"的过去。我看到他在国乱家丧之时，布衣粗茶，耕读山中；我看到他初出茅庐，羽扇轻轻一挥，八十万曹兵灰飞烟灭；我看到他在斩马谡时那一滴难言的混浊泪；我看到他在向后主自报家产时那一颗坦然无私的心。记得小时读《三国》，总希望蜀国能赢，那实在不是为了刘备，而是为了诸葛亮。这样一位才比天高、德昭宇宙的人不赢，真是天理不容。但他还是输了，上帝为中国历史安排了一出最雄壮的悲剧。

假如他生在古周、盛唐，他会成为周公、魏徵；假如上天再给他十年时间（活到63岁不算老吧），他也许会再造一个盛汉；假如他少一点愚忠，真按刘备的遗言，将阿斗取而代之，也许会又建一个什么新朝。我胸中四海翻腾作着这许多的"假如"，抬头一看，诸葛亮还是那样安静地坐着，目光更加明净，手中的羽扇像刚刚挥过一下。我不觉可笑自己的胡思乱想。我知道他已这样静坐默想一千七百年，他知道天命不可违，英雄无法造一个时势。

一千七百年前，诸葛亮输给了曹魏，却赢了从此以后所有人的心。我从大殿上走下，沿着回廊在院中漫步。这个天井式的院落像一个历史的隧道，我们随手可翻检到唐宋遗物，甚至还可驻足廊下与古人、故人聊上几句。杜甫是到这祠里做客最多的。他的名句"出师未捷身先死，长使英雄泪满襟"，唱出了这个悲剧的主调。院东有一块唐碑，正面、背面、两侧或文或诗，密密麻麻，都在与杜甫作着悲壮的酬唱。唐人的碑文说："若天假之年，则继大汉之祀，成先生之志，不难矣。"元人的一首诗叹道："正统不惭传千古，莫将成败论三分。"明人的一首诗简直恨历史不能重写了："托孤木付先君望，恨入岷江昼夜流。"南面东西两廊的墙上嵌着岳飞草书的前后《出师表》，笔走龙蛇，倒海翻江，黑底白字在幽暗的廊中如长夜闪电，我默读着"临表涕零，不知所言"，读着"汉贼不两立，王业不偏安"，看那墨痕如涕如泪，笔锋如枪如戟，我听到了这两位忠臣良将遥隔九百年的灵魂共鸣。这座天井式的祠院一千七百年来就这样始终为诸葛亮的英气所笼罩，并慢慢积聚而成为一种民族魂。我看到一个个的后来者，他们在这里扼腕叹息、仰天长呼或沉思默想。他们中有诗人，有将军，有朝廷的大臣，有封疆大吏，甚至还有割据巴蜀的草头王。但不管是什么人，不管来自什么出身，负有什么使命，只要在这个天井小院里一站，就受到一种庄严的召唤。人人都为他的凛然正气所感召，都为他的忠义之举所激动，都为他的淡泊之志所净化，都为他的聪明才智所倾倒。人有才不难，历史上如秦桧那样的大奸也有歪才；有德也不难，天下与人为善者不乏其人，难的是德才兼备，有才又肯为天下人兴利，有功又不自傲。

武侯祠内的题匾

　　历史早已过去，我们现在追溯旧事，也未必对"曹贼"那样仇恨，但对诸葛亮却更觉亲切。这说明诸葛亮在那场历史斗争中并不单纯地为克曹灭魏，他不过是要实现自己的治国理想，是在实践自己的做人规范，他在试着把聪明才智发挥到极限，蜀、魏、吴之争不过是这三种实验的一个载体。他借此实现了作为一个人，一个历史伟人的价值。史载公元 347 年，桓温征蜀，犹见武侯时小吏，年百余岁。温问曰："诸葛丞相今谁与比？"答曰："诸葛在时，亦不觉异，自公没后，不见其比。"此事未必可信，但诸葛亮确实实现了超时空的存在。古往今来有两种人，一种人为现在而活，拼命享受，死而后已；一种人为理想而生，鞠躬尽瘁，死而后已。一个人不管他的官位多大，总要还原为人；不管他的寿命多长，总要变为鬼；而只有极少数人才有幸被百姓筛选、历史擢拔而为神，享四时之祀，得到永恒。

　　我在祠中盘桓半日，临别时又在武侯像前伫立一会儿，他还是那样，目光泉水般的明净，手中的羽扇轻轻抬起，一动也不动。

　　　　　　　　　　　　　　　　（《人民日报（海外版）》1990 年 12 月）

读韩愈

韩愈为唐宋八大家之首，其文章写得好是真的。所以，我读韩愈其人是从读韩愈其文开始的，因为中学课本上就有他的《师说》、《进学解》。课外阅读，各种选本上韩文也随处可见。他的许多警句，如："师者，所以传道、授业、解惑也"，"业精于勤荒于嬉，行成于思毁于随"等，跨越了一千多年，仍在指导我们的行为。

但由文而读其人却是因一件事引起的。去年，到潮州出差，潮州有韩公祠，祠依山临水而建，气势雄伟。祠后有山曰韩山，祠前有水名韩江。当地人说此皆因韩愈而名。我大惑不解，韩愈一介书生，怎么会在这天涯海角霸得一块山水，享千秋之礼呢？

原来有这样一段故事。唐代有个宪宗皇帝十分迷信佛教，在他的倡导下国内佛事大盛，公元 819 年，又搞了一次大规模的迎佛骨活动，就是将据称是佛祖的一块朽骨迎到长安，修路盖庙，人山人海，官商民等舍物捐款，劳民伤财，一场闹剧。韩愈对这件事有看法，他当过监察御史，有随时向上面提出诚实意见的习惯。这种官职的第一素质就是不怕得罪人，因提意见获死罪都在所不辞。所谓"文死谏，武死战"。韩愈在上书前思想好一番斗争，最后还是大义战胜了私心，终于实现了勇敢的"一递"，谁知奏折一递，就惹来了大祸，而大祸又引来了一连串的故事，成就了他的身后名。

韩愈是个文章家，写奏折自然比一般为官者也要讲究些，于理、于情都特别动人，文字铿锵有力。他说那所谓佛骨不过是一块脏兮兮的枯骨，皇帝您"今无故取朽秽之物，亲临观之"，"群臣不言其非，御史不举其失，臣实耻之。乞以此骨付之有司，投诸水火，永绝根本……岂不盛哉，岂不快哉"！这佛如果真的有灵，有什么祸殃，就让他来找我吧。（"佛如有灵，能作祸祟，凡有殃咎，宜加臣身。"）这真有一股不怕鬼、不信邪的凛然大气和献身精神。但是，这正应了我们现时说的"立场不同、感情不同"这句话。韩愈越是肝脑涂地陈利害表忠心，宪宗越觉得他是在抗龙颜，揭龙

韩愈

鳞，大逆不道。于是，大喝一声把他赶出京城，贬到八千里外的海边潮州去当地方小官。

韩愈这一贬，是他人生的一大挫折。因为这不同于一般的逆境，一般的不顺，比之李白的怀才不遇、柳永的屡试不第要严重得多。他们不过是登山无路，韩愈是已登山顶，又一下子被推到无底深渊。其心情之坏可想而知。他被押送出京不久，家眷也被赶出长安，年仅12岁的小女儿也惨死在驿道旁。韩愈自己也觉得实在活得没有什么意思了。他在过蓝关时写了那首著名的诗。我向来觉得韩愈文好，诗却一般，只有这首，胸中块垒，笔底波涛，确是不一样：

> 一封朝奏九重天，夕贬潮州路八千。
>
> 欲为圣明除弊事，肯将衰朽惜残年？
>
> 云横秦岭家何在，雪拥蓝关马不前。
>
> 知汝远来应有意，好收吾骨瘴江边。

这是给前来看他的侄孙写的，其心境之冷可见一斑。但是，当他到了

潮州后，发现当地的情况比他的心境还要坏。就气候水土而言这里条件不坏，但由于地处偏僻，文化落后，弊政陋习极多极重。农耕方式原始，乡村学校不兴。当时在北方早已告别了奴隶制，唐律明确规定了不准没良为奴，这里却还在买卖人口，有钱人养奴成风。"岭南以口为货，其荒阻处，父子相缚为奴。"其习俗又多崇鬼神，有病不求药，杀鸡杀狗，求神显灵。人们长年在浑浑噩噩中生活。见此情景韩愈大吃一惊，比之于北方的先进文明，这里简直就是茹毛饮血，同为大唐圣土，同为大唐子民，何忍遗此一隅，视而不救呢？用我们现在的话说，就是同在一片蓝天下，人人都该享有爱。按照当时的规矩，贬臣如罪人服刑，老老实实磨时间，等机会便是，绝不会主动参政。但韩愈还是忍不住，他觉得自己的知识、能力还能为地方百姓做点事，觉得比之百姓之苦，自己的这点冤、这点苦反倒算不了什么。于是他到任之后，就如新官上任一般，连续干了四件事。一是驱除鳄鱼。当时鳄鱼为害甚烈，当地人又迷信，只知投牲畜以祭，韩愈"选材技吏民，操强弓毒矢"，大除其害。二是兴修水利，推广北方先进耕作技术。三是赎放奴婢。他下令奴婢可以工钱抵债，钱债相抵就给人自由，不抵者可用钱赎，以后不得蓄奴。四是兴办教育，请先生，建学校，甚至还"以正音为潮人语"，用今天的话说就是推广普通话。不可想象，从他贬潮州到再离潮而调袁州，八个月就干了这四件事。我们且不说这事的大小，只说他那片诚心。我在祠内仔细看着题刻碑文和有关资料。韩愈的确是个文人，干什么都要用文章来表现，也正是这一点为我们留下了如日记一样珍贵的史料。比如，除鳄之前，他先写了一篇《祭鳄鱼文》，这简直就是一篇讨鳄檄文。他说我受天子之命来守此土，而鳄鱼悍然在这里争食民畜，"与刺史抗拒，争长为雄。刺史虽驽弱，亦安肯为鳄鱼低首下心"。他限鳄鱼三日内远徙于海，三日不行五日，五日不行七日，再不行就是傲天子之命吏，"必尽杀乃止"！阴雨连绵不断，他连写祭文，祭于湖，祭于城隍，祭于石，请求天晴。他说天啊，老这么下雨，稻不得熟，蚕不得成，百姓吃什么，穿什么呢？要是我为官的不好，就降我以罪吧，百姓是无辜的，请降福给他们（"刺史不仁，可以坐罪；唯彼无辜，惠以福也"）。一片拳拳之心。韩愈在潮州任上共有十三篇文章，除三篇短信，两篇上表外，余皆是驱鳄祭天、请设乡校、为民请命祈福之作。文如其人，文如其心。当其获罪海隅，家破人亡之时，尚能心系百姓，真是难能可贵了。

一个人为文不说空话，为官不说假话，为政务求实绩，这在封建时代难能可贵。应该说韩愈是言行一致的。他在政治上高举儒家旗帜，是个封建传统思想道德的维护者。传统这个东西有两面性，当它面对革命新潮时，表现出一副可憎的顽固面孔。而当它面对逆流邪说时，又表现出撼山易撼传统难的威严。韩愈也是这样，他一方面反对王叔文的改革，一方面又对当时最尖锐的两个社会问题，即藩镇割据和佛道泛滥，深恶痛绝，坚决抨击。他亲自参加平定叛乱。到晚年时还以衰朽之身一人一马到叛军营中去劝敌投诚，其英雄气概不亚于关云长单刀赴会。他出身小户，考进士三次落第，第四次才中进士，在考官时又三次碰壁，乌纱帽得来不易，按说他该惜官如命，但是他两次犯上直言，被贬后又继续尽其所能为民办事。这是中国知识分子的传统，以国为任，以民为本，不违心，不费时，不浪费生命。他又倡导古文运动，领导了一场文章革命，他要求"文以载道"、"陈言务去"，开一代文章先河，砍掉了骈文这个重形式求华丽的节外之枝，而直承秦汉。所以苏东坡说他："文起八代之衰，道济天下之溺。"他既立业又立言，全面实践了儒家道德。

当我手扶韩祠石栏，远眺滚滚韩江时，我就想，宪宗佞佛，满朝文武，就是韩愈敢出来说话，如果有人在韩愈之前上书直谏呢？如果在韩愈被贬时又有人出来为之抗争呢？历史会怎样改写？还有在韩愈到来之前潮州买卖人口、教育荒废等四个问题早已存在，地方官吏走马灯似的换了一任又一任，其任职超过八个月的也大有人在，为什么没有谁去解决呢？如果有人在韩愈之前解决了这些问题，历史又将怎样写？但是没有，什么都没有。长安大殿上的雕梁玉砌在如钩晓月下静静地等待，秦岭驿道上的风雪、南海丛林中的雾瘴在悄悄地徘徊。历史终于等来了一个衰朽的书生，他长须弓背双手托着一封奏折，一步一颤地走上大殿，然后又单人瘦马、形影相吊地走向海角天涯。

人生的逆境大约可分四种。一曰生活之苦，饥寒交迫；二曰心境之苦，怀才不遇；三曰事业受阻，功败垂成；四曰生命之危，身处绝境。处逆境之心也分四种。一是心灰意冷，逆来顺受；二是怨天尤人，牢骚满腹；三是见心明志，直言疾呼；四是泰然处之，尽力有为。韩愈是处在第二、第三种逆境，而选择了后两种心态，既见心明志，著文倡道，又脚踏实地，尽力去为。只这一点他比屈原、李白就要多一层高明，没有只停留在蜀道叹难，江畔沉吟上。他不辞海隅之小，不求其功之显，只是奉献于民，求成于心。有人研究，韩愈之前，潮州只有进士三名，韩愈之后，到南宋时，登第进士就达一百七十二名，是他大开教育之功。所以韩祠中有诗曰："文章随代起，烟瘴几时开。不有韩夫子，人心尚草莱！"这倒使我想到现代的一件实事。1957年反右扩大化中，京城不少知识分子被错划为右派，并发配到基层。当时王震同志主持新疆开发，就主动收容了一批。想不到这倒促成了春风渡玉门，戈壁绽绿荫。那年我在石河子采访，亲身感受到充边文人的功劳。一个人不管你有多大的委屈，历史绝不会陪你哭泣，而它只认你的贡献。悲壮二字，无壮便无以言悲。这宏伟的韩公祠，还有这韩山韩水，不是纪念韩愈的冤屈，而是纪念他的功绩。

李渊父子虽然得了天下，大唐河山也没有听说哪山哪河易姓为李，倒是韩愈一个罪臣，在海边一块蛮夷之地施政八月，这里就忽然山河易姓了。历朝历代有多少人希望不朽，或刻碑勒石，或建庙建祠，但哪一块碑哪一座庙能大过高山，永如江河呢？这是人民对办了好事的人永久的纪念。一个人是微不足道的，但是当他与百姓利益，与社会进步连在一起时

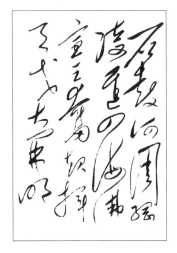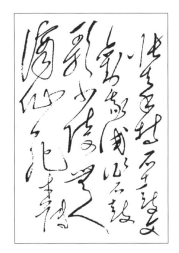

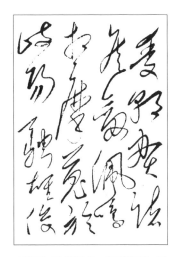

毛泽东手书韩愈《石鼓歌》图

就价值无穷，就被社会所承认。我遍读祠内凭吊之作，诗、词、文、联，上自唐宋下迄当今，刻于匾，勒于石，不下百十来件。一千三百多年了，各种人物在这里将韩公不知读了多少遍。我心中也渐渐泛起这样的四句诗：

一封朝奏九重天，夕贬潮州路八千。

八月为民兴四利，一片江山尽姓韩。

（《十月》1998 年第 6 期）

青州说寿—— 一个永恒的范仲淹

山东青州为中国最古老的行政区之一。当年大禹治水后将中国分为九州，即有青州，禹贡图上有记。现在人们到青州来，主要是两件事，一是上山"拜寿"，二是到城里凭吊范仲淹。

出青州城南五里，有一山名云门山。自山脚下遥望山顶，崖上隐隐有一寿字，这就是人们要来看的奇迹。一条石阶小路折转而上，两边一色翠柏，枝枝蔓蔓，撒满沟沟壑壑。树并不很粗，却坚劲挺拔，都生在石上。树根缘石壁而行，如闪电裂空；树干破石而出，如大纛迎风。偶有一两株树直挡路中，那是修路时不忍斫损，特意留下的，树皮已被游人摸得油光。

范仲淹

环视四周，让人感到往日岁月的细密。片刻我们爬到半山望寿阁，在这里小憩，山顶石壁上的大红寿字已历历在目。回望山下，街市远退，田园如织。再鼓余勇，直迫山顶，这时再仰观那寿字犹如一艘多桅巨船，挟云裹雾，好像就要压到头上。同行的一个小伙子贴身字上，还没有寿下"寸"字的一竖高。这是世界上最大的寿字，是书法的精品、极品，日本的书道专家还常渡海西来顶礼膜拜呢。这是明代嘉靖三十九年，青州衡王为自己祝寿时所刻，距今已四百多年。山上残雪未消，我在料峭春风中，细细端详这个奇迹。这字高七点五米，宽三点七米，也不知当初怎样写上去、刻出来，却又这样不失间架结构，点画笔意。这衡王创造了奇迹，但他当时的目的并不为艺术，正如古墓中出土的魏碑，今天我们看作书法精品，当年不过是死者身边一块普通的石头。衡王刻字希冀自己长寿百岁，同时也向老百姓摆摆皇族的威风。但是数代之后衡王府就被抄家，命不能永存，威风也早风吹雨打去。倒是这个有艺术价值的寿字，寿到如今。从寿字前左行，进一洞，洞如城门。回望门外云气蒸腾，这是云门山的由来。由门折上山巅，如鲤鱼之背，稍平，上有石阶，有亭，有庙，有佛窟。扶栏远眺，海风东来，云霭茫茫，山川河流，远城近乡，都渺渺如画。遥想当年大禹治水，从这里东去导流入海，天下才得从漫漫洪水中解救出来，有此青州。从此，人们在这里男耕女织，一代一代地繁衍作息。范仲淹曾来这里为官，李清照曾在这里隐居，衡王在这里治自己的小天地。人们在这石山上摩崖刻字，凿窟造像，喊喊喳喳，忙忙碌碌。唯有这山默默无言。我想当年云门山神看着那个花钱刻字、顶礼求寿的衡王，肯定轻蔑地哼了一声便继续打坐入定了。我环山走着，看着这些从唐至明的遗迹，看着山下缭绕的云雾，真为云门山而骄傲，它蔑风雨而抗雷电，渺四野而越千年。林则徐说山："壁立千仞，无欲则刚。"它无求无欲，永存于世。

从山上下来，到青州城西去谒范公祠。这是人们为纪念北宋名臣范仲淹所修，千年来香火不绝。这祠并不大，大约就是两个篮球场大的院子。院心有一井，名范公井，传为范公所修。这井水也不一般，清冽有加，传范仲淹公余用此水调成一种"青州白丸药"，治民痼疾，颇有奇效。如同情人的信物，这井成了后人怀念范公的依托。宋人有诗云："甘清汲取无穷已，好似希文昔日心。"（范仲淹字希文）现在这井还水清如镜。正东有祠堂，有范公像及其生平壁画。祠堂左右供欧阳修和富弼，他们都是当年推行庆历新政时的主持。院南有竹林一片，翠竹千竿，蔚然秀地灵之气。竹后有碑廊，廊中刻有范公的名文《岳阳楼记》。院心有古木三株，为唐楸宋槐，可知这祠的久远。树之北有冯玉祥将军的隶书碑联："兵甲富胸中，纵教他虏骑横飞，也怕那范小老子；忧乐观天下，愿今人砥砺振奋，都学这秀才先生。"这两句话准确地概括了范公的一生。范仲淹从小丧父，家境贫寒。他发愤读书，早起煮一小盆粥，粥凉后划为四块，这就是他一天的饭食。以后他科举得官，授龙图阁大学士，为政清廉，且力图革新。后来，西夏频频入侵，朝中无军事人才，他以文官身份统兵戍边，大败敌寇。西夏人惊呼"他胸中自有雄兵百万"，边民尊称为"龙图老子"。连皇帝都按着地图说：有仲淹在，朕就不愁了。后又调回朝中主持庆历新政的改革，大刀阔斧地除旧图新，又频繁调各地任职，亲自推行地方政治的革新。无论在边防，在朝中，在地方，他总是"进亦忧，退亦忧"。其忧国忧民之心如炽如焰。范仲淹是一个诸葛亮、周恩来式的政治家，一生主要是实践。他按自己认定的处世治国之道，鞠躬尽瘁地去做，将全部才华都投身到处理具体政务、军务中去，并不着意为文。不是没有文才，是没有时间。宋仁宗皇祐三年（1051）范仲淹到青州任知府，这是他的官宦生涯也是人生旅途的最后一站。第二年即病逝了。《岳阳楼记》是他去世前七年，因病从前线调内地任职时所作。正如《出师表》一样，这是一个伟人后期的作品，也是他一生思想的结晶。我能想见，一个老人在这小院中，在井亭下，竹林中是怎样地焦虑徘徊，自责自求，忧国忧民。他回忆着"人不寐，将军白发征夫泪"的戍边生活；回忆着"居庙堂之上"，伴君勤政的艰辛；回忆赈灾放粮，所见到的平民水火之苦。他总历代先贤和自己一生的政治阅历，终于长叹一声："先天下之忧而忧，后天下之乐而乐"。这声大彻大悟的慨叹如名刹大庙里的钟声，浑厚沉远，震悟大千。这一声长叹悠悠千年，激励着多少志士仁人，匡正了多少仕人官宦。《岳阳楼记》并不在岳阳楼上所作，洞庭湖之大观当时也不在先生眼前。可以说这是一篇借题发挥之作。范公将他对人生、对社会的理解，将他一生经历的政治波涛，将他胸中起伏的思潮，一起借洞庭湖的万千气象，倾泻而出，然后又顿然一收，总成这句名言，化为彩虹，横跨天际，光照千秋。

始建于宋朝的范公祠

春风拂动唐楸宋槐的新枝，翠竹摆动着嫩绿的叶片，这古祠在岁月长河中又迈入新的一年。范公端坐祠内，默默享受这满院春光。我在院中徘徊，面对范公、欧阳公和富公的神位，默想千年古史中，如他们这样职位的官员有多少，如他们这样勤勉治事的人又有多少，但为什么只有范仲淹才教人千年永记、时时不忘呢？我想一个人只有辛苦的实践、诚实的牺牲还不行，这些只能随寿而终，只能被同时代的人理解。更重要的是，他要能创造一种精神，能提炼出一种符合民心、符合历史规律的思想。是那句"先天下之忧而忧，后天下之乐而乐"的名言，是这种进步的忧乐观使范仲淹得到了永恒。

走出范公祠，上车出城。路边闪过两个高大的石牌楼，突兀兀地在寒风中寂寞。人说这是当年衡王府的旧址，多么威风的皇族，现在只剩下这路边的牌楼和山上的寿字。遥望云门，雾霭中翠柏披拂，奇峰傲立。在山上刻字的人终究留不住，留下的是这默默无言的山；把门楼修得很高的人还是存不住，长存的是那些曾用生命去肩动历史车轮的人。

（1991 年 4 月）

读柳永

柳永是中国历史上一个并不大的人物。很多人不知道他，或者碰到过又很快忘了他。但是近年来这根柳丝却紧紧地系着我，倒不是为了他的名句"杨柳岸晓风残月"，也不为那句"衣带渐宽终不悔，为伊消得人憔悴"。只为他那人，他那身不由己的经历和那歪打正着的成就，以及由此揭示的做人成事的道理。

柳永是福建北部崇安人，他没有为我们留下太多的生平记载，以至于现在也不知道他确切的生卒年月。那年到闽北去，我曾想打听一下他的家世，找一点可凭吊的实物，但一川绿风，山水寂寂，没有一点的音息。我们现在只知道他大约在 30 岁时便告别家乡，到京城求功名去了。柳永像封建时代的大多数知识分子一样，总是把从政作为人生的第一目标。其实这也有一定的道理，人生一世谁不想让有限的生命发挥最大的光热？有职才能有权，才能施展抱负，改造世界，名垂后世。那时没有像现在这样成就多元化，可以当企业家，当作家，当歌星、球星，当富翁，要成名只有一条路——去当官。所以就出现了各种各样在从政大路上跋涉着的而被扭曲了的人。像李白、陶渊明那样求政不得而求山水；像苏轼、白居易那样政心不顺而求文心；像孟浩然那样躲在终南山里而窥京城；像诸葛亮那样虽说不求闻达，布衣躬耕，却又暗暗积聚内力，一遇明主就出来建功立业。柳永是另一类的人物，他先以极大的热情投身政治，碰了钉子后没有像大多数文人那样转向山水，而是转向市井深处，扎到市民堆里，在这里成就了他的文名，成就了他在中国文学史上的地位，他是中国封建知识分子中一个仅有的类型，一个特殊的代表。

柳永大约在公元 1017 年，宋真宗天禧元年时到京城赶考。以自己的才华他有充分的信心金榜题名，而且幻想着有一番大作为。谁知第一次考试就没有考上，他不在乎，轻轻一笑，填词道："富贵岂由人，时会高志须酬。"等了三年，第二次开科又没有考上，这回他忍不住要发牢骚了，便写了那首著名的《鹤冲天》：

> 黄金榜上，偶失龙头望。明代暂遗贤，如何向。未遂风云便，争不恣狂荡。何须论得丧。才子词人，自是白衣卿相。
>
> 烟花巷陌，依约丹青屏障。幸有意中人，堪寻访。且恁偎红翠，风流事、平生畅。青春都一饷。忍把浮名，换了浅斟低唱。

他说我考不上官有什么关系呢？只要我有才，也一样被社会承认，我就是一个没有穿官服的官。要那些虚名有什么用，还不如把它换来吃酒唱歌。这本是一个在背地发的小牢骚，但是他也没有想一想你怎么敢用你最拿手的歌词来牢骚呢，他这时或许还不知道自己歌词的分量。它那美丽的语句和优美的音律已经征服了所有的歌迷，覆盖了所有的官家的和民间的歌舞晚会，"凡有井水处都唱柳词"。这使我想起"文化大革命"中大书法家沈尹默先生被打成"黑帮"，被逼写检查。但是他写出去的检查大字报，总是糨糊未干就被人偷去，这检查总是交代不了。柳永这首牢骚歌不胫而走传到了宫里，宋仁宗一听大为恼火，并记在心里。柳永在京城又挨了三年，参加了下一次考试，这次好不容易通过了，但临到皇帝亲自圈点放榜时，仁宗说"且去浅斟低唱，何要浮名"，又把他给勾掉了。这次打击实在太大，柳永就更深地扎到市民堆里去写他的歌词，并且不无解嘲地说："我是奉旨填词。"他终日出入歌馆妓楼，交了许多歌妓朋友，许多歌妓也因他的词而走红。她们真诚地爱护他，给他吃、给他住，还给他发稿费。你想他一介穷书生流落京城有什么生活来源？只有卖词为生。这种生活的压力、生活的体味，还有皇家的冷淡，倒使他一心去从事民间创作。他是第一个去到民间的词作家。这种扎根坊间的创作生活一直持续了十七年，直到他终于在 47 岁那年才算通过考试，得了一个小官。

歌馆妓楼是什么地方啊，是提供享乐，制造消沉，拉你堕落，教你挥霍，引人轻浮，教人浪荡的地方。任你有四海之心、摩天之志，在这里也要魂销骨铄，化作一团烂泥。但是柳永没有被化掉。他的才华在这里派上了用场。成语言：脱颖而出。锥子装在衣袋里总要露出尖来。宋仁宗嫌柳永这把锥子不好，啪的一声从皇宫大殿上扔到了市井底层，不想俗衣破袍仍然裹不住他闪亮的锥尖。这真应了柳永自己的那句话"才子词人，自是白衣卿相"，寒酸的衣服裹着闪光的才华。有才还得有志，多少人进了红粉堆里也就把才沤了粪。也许我们可以责备柳永没有大志，同为词人不像辛弃疾那样："男儿到死心如铁，看试手，补天裂。"不像陆游那样："自许封侯在万里。有谁知，鬓虽残，心未死。"时势不同，柳永所处的时代是北宋开国不久，国家统一，天下太平，经济文化正复苏繁荣。京城汴京是当时世界上最大的都市，新兴市民阶层迅速形成，都市通俗文艺相应发展。恩格斯论欧洲文艺复兴时说，这是需要巨人而且产生了巨人的时代，市民文化呼唤着自己的文化巨人。这时柳永出现了，他是中国历史上第一个专业的市民文学作家。市井这块沃土堆拥着他，托举着他，他像田禾见了水肥一样拼命地疯长，淋漓酣畅地发挥着自己的才华。

柳永于词的贡献，可以说如牛顿、爱因斯坦于物理学的贡献一样，是里程碑式的。他在形式上把过去只有几十字的短令发展到百多字的长调。在内容上把词从官词解放出来，大胆引进了市民生活、市民情感、市民语言，从而开创了市民所歌唱着的是自己的词。在艺术上他发展了铺叙手法，基本上不用比兴，硬是靠叙述的白描的功夫创造出前所未有的意境。就像超声波探测，就像电子显微镜扫描，你得佩服他的笔怎么能伸入到这么细微绝妙的层次。他常常只用几个字，就是我们调动全套摄影器材也很难达到这个情景。比如这首已传唱 900 年不衰的名作《八声甘州》：

对潇潇、暮雨洒江天，一番洗清秋。渐霜风凄紧，关河冷落，残照当楼。是处红衰翠减，苒苒物华休。惟有长江水，无语东流。

不忍登高临远，望故乡渺邈，归思难收。叹年来踪迹，何事苦淹留？想佳人、妆楼颙望，误几回天际识归舟。争知我，倚阑干处，正恁凝愁。

一读到这些句子，我就联想到第一次置身于九寨沟山水中的感觉，那时照相根本不用选景，随便一抬手就是一幅绝妙的山水图。现在你对着这词，任裁其中一句都情意无尽，美不胜收。这种功夫，古今词坛能有几人。

艺术高峰的产生和自然界的名山秀峰一样是不以人的意志为转移的。柳永自己也没有想到他身后在中国文学史上会占有这样一个重要位置。就像我们现在作为典范而临摹的碑帖，很多就是死人墓里一块普通的刻了主人生平的石头，大部分连作者姓名也没有。凡艺术成就都是阴差阳错，各种条件交汇而成一个特殊气候，一粒艺术的种子就在这种气候下自然地生根发芽了。柳永不是想当名作家而到市井中去的，他是怀着极不情愿的心情从考场落第后走向瓦肆勾栏，但是他身上的文学才华与艺术天赋立即与这里喧闹的生活气息、优美的丝竹管弦和多情婀娜的女子产生共鸣。他在这里没有堕落。他跳进了一个消费的陷阱，却成了一个创造的巨人。这再次证明成事成才的辩证道理。一个人在社会这架大算盘上只是一颗珠子，他受命运的摆弄；但是在自身这架小算盘上他却是一只拨着算珠的手。才华、时间、精力、意志、学识、环境统统变成了由你支配的珠子。一个人很难选择环境，却可以利用环境，大约每个人都有他基本的条件，也有基本的才学，他能不能成才成事，原来全在他与外部世界的关系怎么处理。就像黄山上的迎客松，立于悬崖绝壁，沐着霜风雪雨，就渐渐干挺如铁、叶茂如云，游人见了都要敬之仰之了。但是如果当初这一粒松子有灵，让它自选生命的落脚地，它肯定选择山下风和日丽的平原，只是一阵无奈的山风将它带到这里，或者飞鸟将它衔到这里，托于高山之上寄于绝壁之缝。它哭天天不应，喊地地不灵，一阵悲泣（也许还有如柳永那样的牢骚）之后也就把那岩石拍遍，痛下决心，即活就要活出个样子。它拼命地吸天地之精华，探出枝叶追日，伸着根须找水，与风斗与雪斗，终于成就了自己。这时它想到多亏我留在了这里，要是生在山下将平庸一世。生命是什么，生命就是创造，是携带着母体留下的那一点信息去与外部世界做着最大限度的重新组合，创造一个新的生命。为什么逆境能成大才，就是因为在逆境下你心里想着一个世界，上天却偏要给你另外一个世界。两个世界矛盾斗争的结果你便得到了一个超乎这两个之上的更新的更完美的世界。而顺境下，时时天遂人愿，你心里没有矛盾，没有企盼，没有一个理想中的新世界，当然也不会去为之斗争，为之创造，那就只有徒增马齿，虚掷一生了。柳永是经历了宋真宗、仁宗两朝四次大考才中了进士的，这四次共取士916人，其他915人都顺顺利利地当了官，有的或许还很显赫，但他们大都被历史忘得干干净净，而柳永至今还享此殊荣。

呜呼，人生在世，天地公心。人各其志，人各其才，无大无小，贵贱不分。只要其心不死，才得其用，就能名垂后世，就不算虚度生命。这就是为什么历史记住了秦皇汉武，也同样记住了柳永。

（《当代》1997 年第 2 期）

把栏杆拍遍

中国历史上由行伍出身，以武起事，而最终以文为业，成为大诗词作家的只有一人，这就是辛弃疾。这也注定了他的词及他这个人在文人中的唯一性和在历史上的独特地位。

在我看到的资料里，辛弃疾至少是快刀利剑地杀过几次人的。他天生孔武高大，从小苦修剑法。他又生于金宋乱世，不满金人的侵略蹂躏，22岁时他就拉起了一支数千人的义军，后又与耿京为首的义军合并，并兼任书记长，掌管印信。一次义军中出了叛徒，将印信偷走，准备投金。辛弃疾手提利剑单人独马追贼两日，第三天提回一颗人头。为了光复大业，他又说服耿京南归，南下临安亲自联络。不想就这几天之内又变生肘腋，当他完成任务返回时，部将叛变，耿京被杀。辛大怒，跃马横刀，只率数骑突入敌营生擒叛将，又奔突千里，将其押解至临安正法，并率万人南下归宋。说来，他干这场壮举时还只是一个英雄少年，正血气方刚，欲为朝廷痛杀贼寇，收复失地。

但世上的事并不都能心想事成。南归之后，他手里立即失去了钢刀利剑，就只剩下一支羊毫软笔，他也再没有机会奔走沙场，血溅战袍，而只能笔走龙蛇，泪洒宣纸，为历史留下一声声悲壮的呼喊、遗憾的叹息和无奈的自嘲。

应该说，辛弃疾的词不是用笔写成，而是用刀和剑刻成的。他是以一个沙场英雄和爱国将军的形象留存在历史上和自己的诗词中。时隔千年，当今天我们重读他的作品时，仍感到一种凛然杀气和磅礴之势。比如这首

位于济南的辛弃疾故居

著名的《破阵子》：

> 醉里挑灯看剑，梦回吹角连营。八百里分麾下炙，五十弦翻塞外
> 声。沙场秋点兵。
>
> 马作的卢飞快，弓如霹雳弦惊。了却君王天下事，赢得生前身后
> 名。可怜白发生。

我敢大胆说一句，这首词除了武圣岳飞的《满江红》可与之媲美外，
在中国上下五千年的文人堆里，再难找出第二首这样有金戈之声的力作。
虽然杜甫也写过"射人先射马，擒贼先擒王"，军旅诗人卢纶也写过"欲
将轻骑逐，大雪满弓刀"，但这些都是旁观式的想象、抒发和描述，哪一
个诗人曾有他这样亲身在刀刃剑尖上滚过来的经历？"列舰层楼"、"投鞭
飞渡"、"剑指三秦"、"西风塞马"，他的诗词简直是一部军事辞典。他本
来是以身许国，准备血洒大漠、马革裹尸的。但是南渡后他被迫脱离战

场，再无用武之地。像屈原那样仰问苍天，像共工那样怒撞不周山，他临江水，望长安，登危楼，拍栏杆，只能热泪横流。

> 楚天千里清秋，水随天去秋无际。遥岑远目，献愁供恨，玉簪螺髻。落日楼头，断鸿声里，江南游子，把吴钩看了，栏杆拍遍，无人会，登临意。

——《水龙吟》

谁能懂得他这个游子，实际上是亡国浪子的悲愤之心呢？这是他登临建康城赏心亭时所作。此亭遥对古秦淮河，是历代文人墨客赏心雅兴之所，但辛弃疾在这里发出的却是一声悲怆的呼喊。他痛拍栏杆时一定想起过当年的拍刀催马，驰骋沙场，但今天空有一身力、一腔志，又能向何处使呢？我曾专门到南京寻找过这个辛公拍栏杆处，但人去楼毁，早已了无痕迹，唯有江水悠悠，似词人的长叹，东流不息。

辛词比其他文人更深一层的不同，是他的词不是用墨来写，而是蘸着血和泪涂抹而成的。我们今天读其词，总是清清楚楚地听到一个爱国臣子，一遍遍地哭诉，一次次地表白。总忘不了他那在夕阳中扶栏远眺、望眼欲穿的形象。

辛弃疾南归后为什么这样不为朝廷喜欢呢？他在一首《戒酒》的戏作中说："怨无大小，生于所爱；物无美恶，过则成灾"。这首小品正好刻画出他的政治苦闷。他因爱国而生怨，因尽职而招灾。他太爱国家、爱百姓、爱朝廷了，但是朝廷怕他、烦他、忌用他。他作为南宋臣民共生活了 40 年，倒有近 20 年的时间被闲置一旁，而在断断续续被使用的 20 多年间又有 37 次频繁调动。但是，每当他得到一次效力的机会，就特别认真、特别执著地去工作。本来有碗饭吃便不该再多事，可是那颗炽热的爱国心烧得他浑身发热。40 年间无论在何地何时任何职，甚至赋闲期间，他都不停地上书，不停地唠叨，一有机会还要真抓实干，练兵、筹款、整饬政务，时刻摆出一副要冲上前线的样子。你想这能不让主和苟安的朝廷心烦？他任湖南安抚使，这本是一个地方行政长官，他却在任上创办了一支 2 500 人的 "飞虎军"，铁甲烈马，威风凛凛，雄镇江南。建军之初，造营房，恰逢连日阴雨，无法烧制屋瓦。他就令长沙市民，每户送瓦二十片，立付现银，两日内便全部筹足。其施政的干练作风可见一斑。后来他到福建任地方官，又在那里招兵买马。闽南与漠北相隔何远，但还是隔不断他的忧民情、复国志。他这个书生，这个工作狂，实在太过了，"过则成灾"，终于惹来了许多的诽谤，甚至说他独裁、犯上。皇帝对他也就时用时弃。国有危难时招来用几天，朝有谗言，又弃而闲几年，这就是他的基本生活节奏，也是他一生最大的悲剧。别看他饱读诗书，在词中到处用典，甚至被后人讥为 "掉书袋"。但他至死，也没有弄懂南宋小朝廷为什么只图苟安而不愿去收复失地。

辛弃疾名弃疾，但他那从小使枪舞剑、壮如铁塔的五尺身躯，何尝有什么疾病？他只有一块心病，金瓯缺，月未圆，山河碎，心不安。

> 郁孤台下清江水，中间多少行人泪。西北望长安，可怜无数山。青山遮不住，毕竟东流去。江晚正愁余，山深闻鹧鸪。

这是我们在中学课本里就读过的那首著名的《菩萨蛮》。他得的是心郁之病啊。

他甚至自嘲自己的姓氏：

> 烈日秋霜，忠肝义胆，千载家谱。得姓何年，细参辛字，一笑君听取。艰辛做就，悲辛滋味，总是辛酸辛苦。更十分，向人辛辣，椒桂捣残堪吐。世间应有，芳甘浓美，不到吾家门户。

——《永遇乐》

你看 "艰辛"、"辛酸"、"悲辛"、"辛辣"，真是五内俱焚。世上许多甜美之事，顺达之志，怎么总轮不到他呢？他要不就是被闲置，要不就是走马灯似的被调动。1179 年，他从湖北调湖南，同僚为他送行时他心情难平，终于以极委婉的口气叹出了自己政治的失意。这便是那首著名的《摸鱼儿》：

> 更能消几番风雨，匆匆春又归去。惜春长怕花开早，何况落红无
> 数。春且住，见说道，天涯芳草无归路。怨春不语。算只有殷勤，画
> 檐蛛网，尽日惹飞絮。

> 长门事，准拟佳期又误。蛾眉曾有人妒。千金纵买相如赋，脉脉
> 此情谁诉？君莫舞，君不见，玉环飞燕皆尘土。闲愁最苦。休去倚危
> 栏，斜阳正在，烟柳断肠处。

据说宋孝宗看到这首词后很不高兴。梁启超评曰："回肠荡气，至于
此极，前无古人，后无来者。""长门事"，是指汉武帝的陈皇后遭忌被打
入长门宫里。辛以此典相比，一片忠心、痴情和着那许多辛酸、辛苦、辛
辣，真是打翻了五味坛子。今天我们读时，每一个字都让人一惊，直让你
觉得就是一滴血，或者是一行泪。确实，古来文人的惜春之作，多得可以
堆成一座纸山。但有哪一首，能这样委婉而又悲愤地将春色化入政治，诠
释政治呢？美人相思也是旧文人写滥了的题材，有哪一首能这样深刻贴切
地寓意国事，评论正邪，抒发忧愤呢？

但是南宋朝廷毕竟是将他闲置了二十年。二十年的时间让他脱离政
界，只许旁观，不得插手，也不得插嘴。辛在他的词中自我解嘲道："君
恩重，且教种芙蓉！"这有点像宋仁宗说柳永："且去浅斟低唱，何要浮
名？"柳永倒是真的去浅斟低唱了，结果唱出一个纯粹的词人艺术家。辛
与柳不同，你想，他是一个大碗喝酒、大块吃肉、痛拍栏杆、大声议政的
人。报国无门，他便到赣东北修了一座带湖别墅，咀嚼自己的寂寞。

> 带湖吾甚爱，千丈翠奁开。先生杖屦无事，一日走千回。凡我同
> 盟鸥鹭，今日既盟之后，来往莫相猜。白鹤在何处，尝试与偕来。

> 破青萍，排翠藻，立苍苔。窥鱼笑汝痴计，不解举吾杯。废沼荒
> 丘畴昔，明月清风此夜，人世几欢哀。东岸绿荫少，杨柳更须栽。

——《水调歌头》

这回可真的应了他的号——"稼轩",要回乡种地了。一个正当壮年又阅历丰富、胸怀大志的政治家,却每天在山坡和水边踱步,与百姓聊一聊农桑收成之类的闲话,再对着飞鸟游鱼自言自语一番,真是"闲愁最苦","脉脉此情谁诉"?

说到辛弃疾的笔力多深,是刀刻也罢,血写也罢,其实他的追求从来不是要做一个词人。郭沫若说陈毅:"将军本色是诗人。"辛弃疾这个人,词人本色是武人,武人本色是政人。他的词是在政治的大磨盘间磨出来的豆浆汁液。他由武而文,又由文而政,始终在出世与入世间矛盾,在被用或被弃中受煎熬。作为封建知识分子,对待政治,他不像陶渊明那样浅尝辄止,便再不染政;也不像白居易那样长期在任,亦政亦文。对国家民族他有一颗放不下、关不住、比天大、比火热的心;他有一身早炼就、憋不住、使不完的劲。他不计较"五斗米折腰",也不怕谗言倾盆。所以随时局起伏,他就大忙大闲,大起大落,大进大退。稍有政绩,便招谤而被弃;国有危难,便又被招而任用。他亲自组练过军队,上书过《美芹十论》这样著名的治国方略。他是贾谊、诸葛亮、范仲淹一类的时刻忧心如焚的政治家。他像一块铁,时而被烧红锤打,时而又被扔到冷水中淬火。有人说他是豪放派,继承了苏东坡,但苏的豪放仅止于"大江东去",山水之阔。苏正当北宋太平盛世,还没有民族仇、复国志来炼其词魂,也没有胡尘飞、金戈鸣来壮其词威。真正的诗人只有被政治大事(包括社会、民族、军事等矛盾)所挤压、扭曲、拧绞、烧炼、锤打时才可能得到合乎历史潮流的感悟,才可能成为正义的化身。诗歌,也只有在政治之风的鼓荡下,才能飞翔,才能燃烧,才能炸响,才能振聋发聩。学诗功夫在诗外,诗歌之效在诗外。我们承认艺术本身的魅力,更承认艺术加上思想的爆发力。

有人说辛词其实也是婉约派,多情细腻处不亚于柳永、李清照。

近来愁似天来大,谁解相怜?谁解相怜?又把愁来做个天。都将今古无穷事，放在愁边。放在愁边，却自移家向酒泉。

——《丑奴儿》

　　少年不识愁滋味，爱上层楼。爱上层楼，为赋新词强说愁。而今识尽愁滋味，欲说还休。欲说还休，却道天凉好个秋。

——《丑奴儿》

　　柳李的多情多愁仅止于"执手相看泪眼"、"梧桐更兼细雨"，而辛词中的婉约言愁之笔，于淡淡的艺术美感中，却含有深沉的政治与生活哲理。真正的诗人，最善以常人之心言大情大理，能于无声处炸响惊雷。

　　我常想，要是为辛弃疾造像，最贴切的题目就是"把栏杆拍遍"。他一生大都是在被抛弃的感叹与无奈中度过的。当权者不使为官，却为他准备了锤炼思想和艺术的反面环境。他被九蒸九晒，水煮油炸，千锤百炼。历史的风云，民族的仇恨，正与邪的搏击，爱与恨的纠缠，知识的积累，感情的浇铸，艺术的升华，文字的锤打，这一切都在他的胸中、他的脑海、翻腾、激荡，如地壳内岩浆的滚动鼓胀，冲击积聚。既然这股能量一不能化作刀枪之力，二不能化作施政之策，便只有一股脑地注入诗词，化作诗词。他并不想当词人，但武途政路不通，历史歪打正着地把他逼向了词人之道。终于他被修炼得连叹一口气，也是一首好词了。说到底，才能和思想是一个人的立身之本。像石缝里的一棵小树，虽然被扭曲、挤压，成不了旗杆，却也可成一条遒劲的龙头拐杖，别是一种价值。但这前提，你必须是一棵树，而不是一棵草。从"沙场秋点兵"到"天凉好个秋"；从决心为国弃疾去病，到最后掰开嚼碎，识得辛字含义，再到自号"稼轩"，同盟鸥鹭，辛弃疾走过了一个爱国志士、爱国诗人的成熟过程。诗，是随便什么人就可以写的吗？诗人，能在历史上留下名的诗人，是随便什么人都可以当的吗？"一将功成万骨枯"，一员武将的故事，还要多少持刀舞剑者的鲜血才能写成。那么，有思想光芒而又有艺术魅力的诗人呢？他的成名，要有时代的运动，像地球大板块的冲撞那样，他时而被夹其间感受折磨，时而又被甩在一旁被迫冷静思考。所以积三百年北宋南宋之动荡，才产生了一个辛弃疾。

（《散文》2000 年第 7 期）

乱世中的美神——李清照解读

李清照是因为那首著名的《声声慢》被人们记住的。那是一种凄冷的美，特别是那句"寻寻觅觅，冷冷清清，凄凄惨惨戚戚"，简直成了她个人的专有品牌，彪炳于文学史，空前绝后，没有任何人敢于企及。于是，她便被当作了愁的化身。当我们穿过历史的尘烟咀嚼她的愁情时，才发现在中国三千年的古代文学史中，特立独行、登峰造极的女性也就只有她一人。而对她的解读又"怎一个愁字了得"。

其实李清照在写这首词前，曾经有过太多太多的欢乐。

李清照于宋神宗元丰七年（1084）出生于一个官宦人家。父亲李格非进士出身，在朝为官，地位并不算低，是学者兼文学家，又是苏东坡的学生。母亲也是名门闺秀，善文学。这样的出身，在当时对一个女子来说是很可贵的。官宦门第及政治活动的濡染，使她视界开阔，气质高贵。而文学艺术的熏陶，又让她能更深切细微地感知生活，体验美感。因为不可能有当时的画像传世，我们现在无从知道她的相

李清照画像

貌。但据这出身的推测，再参考她以后诗词所流露的神韵，她该天生就是一个美人胚子。李清照几乎一懂事，就开始接受中国传统文化的审美训练。又几乎是同时，她一边创作，一边评判他人，研究文艺理论。她不但会享受美，还能驾驭美，一下就跃上一个很高的起点，而这时她还是一个待字闺中的少女。

请看下面这三首词：

绣面芙蓉一笑开。斜飞宝鸭衬香腮。眼波才动被人猜。　　一面风情深有韵，半笺娇恨寄幽怀。月移花影约重来。（宝鸭，发型）

——《浣溪沙》

淡荡春光寒食天。玉炉沉水袅残烟。梦回山枕隐花钿。　　海燕未来人斗草，江梅已过柳生绵。黄昏疏雨湿秋千。（沉水，香名；斗草，一种游戏）

——《浣溪沙》

蹴罢秋千，起来慵整纤纤手。露浓花瘦。薄汗轻衣透。　　见客入来，袜刬金钗溜。和羞走，倚门回首，却把青梅嗅。（袜刬，来不及穿鞋）

——《点绛唇》

一个天真无邪的少女，秀发香腮，面如花玉，情窦初开，春心萌动，难以按捺。她躺在闺房中，或者傻傻地看着沉香袅袅，或者起身写一封情书，然后又到后园里去与女伴斗一会儿草。

官宦人家的千金小姐，享受着舒适的生活，并能得到一定的文化教育，这在数千年封建社会中并不奇怪。令人惊奇的是，李清照并没有按常规初识文字，娴熟针绣，然后就等待出嫁。她饱览了父亲的所有藏书，文化的汁液将她浇灌得不但外美如花，而且内秀如竹。她在驾驭诗词格律方面已经如斗草、荡秋千般随意自如。而品评史实人物，却胸有块垒，大气如虹。

唐开元天宝间的安史之乱及其被平定是中国历史上的一个大事件，后人多有评论。唐代诗人元结作有著名的《大唐中兴颂》，并请大书法家颜真卿书刻于碑，被称为双绝。与李清照同时的张文潜，是"苏门四学士"之一，诗名已盛，也算个大人物，曾就这道碑写了一首诗，感叹："天遣二子传将来，高山十丈磨苍崖。谁持此碑入我室，使我一见昏眸开。"这诗转闺阁，入绣户，传到李清照的耳朵里，她随即和一首道："五十年功如电扫，华清花柳咸阳草。五坊供俸斗鸡儿，酒肉堆中不知老。胡兵忽自天上来，逆胡亦是奸雄才。勤政楼前走胡马，珠翠踏尽香尘埃。何为出战辄披靡，传置荔枝多马死。尧功舜德本如天，安用区区纪文字。著碑铭德真陋哉，乃令神鬼磨山崖。"你看这诗的气势哪像是出自一个闺中女子之手。铺叙场面，品评功过，慨叹世事，不让浪漫豪放派的李白、辛弃疾。李父格非初见此诗不觉一惊。这诗传到外面，更是引起文人堆里好一阵躁动。李家有女初长成，笔走龙蛇起雷声。少女李清照静静地享受着娇宠和才气编织的美丽光环。

爱情是人生最美好的一章。它是一个渡口，一个人将从这里出发，从少年走向青年，从父母温暖的翅膀下走向独立的人生，包括再延续新的生命。因此，它充满着期待的焦虑、碰撞的火花、沁人的温馨，也有失败的悲凉。它能奏出最复杂、最震撼人心的交响。许多伟人的生命都是在这一刻放出奇光异彩的。

当李清照满载着闺中少女所能得到的一切幸福步入爱河时，她的美好人生又更上层楼，为我们留下了一部爱情经典。她的爱情不像西方的罗密欧与朱丽叶，也不像东方的梁山伯与祝英台，不是那种经历千难万阻、要死要活之后才享受到的甜蜜，而是起步甚高，一开始就跌在蜜罐里，就站在山顶上，就住进了水晶宫里。夫婿赵明诚是一位翩翩少年，两人又是文学知己，情投意合。赵明诚的父亲也在朝为官，两家门当户对。更难得的是他们二人除一般文人诗词琴棋的雅兴外，还有更相投的事业结合点——

金石研究。在不准自由恋爱，要靠媒妁之言、父母之命的封建时代，他俩能有这样的爱情结局，真是天赐良缘，百里挑一了。就像陆游的《钗头凤》为我们留下爱的悲伤一样，李清照为我们留下了爱情的另一端——爱的甜美。这个爱情故事，经李清照妙笔的深情润色，成了中国人千余年来的精神享受。

请看这首《减字木兰花》：

> 卖花担上，买得一枝春欲放。泪染轻匀，犹带彤霞晓露痕。
>
> 怕郎猜道，奴面不如花面好。云鬓斜簪，徒要教郎比并看。

这是婚后的甜蜜，是对丈夫的撒娇，从中也透出她对自己美丽的自信。

再看这首送别之作《一剪梅》：

> 红藕香残玉簟秋。轻解罗裳，独上兰舟。云中谁寄锦书来？雁字回时，月满西楼。
>
> 花自飘零水自流。一种相思，两处闲愁。此情无计可消除，才下眉头，却上心头。

离愁别绪，难舍难分，爱之愈深，思之愈切。另是一种甜蜜的偷偷地咀嚼。

更重要的是，李清照绝不是一般的只会叹息几句"贱妾守空房"的小妇人，她在空房里修炼着文学，直将这门艺术炼得炉火纯青，于是这种最普通的爱情表达竟变成了夫妻间的命题创作比赛，成了他们向艺术高峰攀登的记录。

请看这首《醉花阴·重阳》：

> 薄雾浓云愁永昼，瑞脑消金兽。佳节又重阳，玉枕纱厨，半夜凉初透。东篱把酒黄昏后，有暗香盈袖。莫道不消魂，帘卷西风，人比黄花瘦。

这是赵明诚在外地时，李清照寄给他的一首相思词。彻骨的爱恋，痴痴的思念，借秋风黄花表现得淋漓尽致。史载赵明诚收到这首词后，先为情所感，后更为词的艺术力所激，发誓要写一首超过妻子的词。他闭门谢客，三日得词五十首，将李词杂于其间，请友人评点，不料友人说只有三句最好："莫道不消魂，帘卷西风，人比黄花瘦。"赵自叹不如。这个故事流传极广，可想他们夫妻二人是怎样在相互爱慕中享受着琴瑟相和的甜蜜的。这也令后世一切有才有貌却得不到相应质量爱情的男女感到一丝悲凉。李清照自己在《金石录后序》里追忆那段生活时说："余性偶强记，每饭罢，坐归来堂烹茶，指堆积书史，言某事在某书某卷第几页第几行，以中否角胜负，为饮茶先后。中即举杯大笑，至茶倾覆怀中，反不得饮而起。"这是何等的幸福，何等的欢乐，怎一个"甜"字了得。这蜜一样的生活，滋养着她绰约的风姿和旺盛的艺术创造。

但上天早就发现了李清照更博大的艺术才华。如果只让她这样去轻松地写一点闺怨闲愁，中国历史、文学史将会从她的身边白白走过。于是宇宙爆炸，时空激荡，新的人格考验、新的命题创作一起推到了李清照的面前。

宋王朝经过167年"清明上河图"式的和平繁荣之后，天降煞星，北方崛起了一个游牧民族。金人一锤砸烂了都城汴京（开封）的琼楼玉苑，还掠走了徽、钦二帝，赵宋王朝于公元1127年匆匆南逃，开始了中国历史上国家民族极屈辱的一页。李清照在山东青州的爱巢也树倒窝散，一家人开始过起漂泊无定的生活。南渡第二年，赵明诚被任为江宁知府，不想就在这时发生了一件国耻又蒙家羞的事。一天深夜，城里发生叛乱，身为地方长官的赵明诚不是身先士卒指挥戡乱，而是偷偷用绳子缒城逃走。事定之后，他被朝廷撤职。李清照这个柔弱女子，在这件事上却表现出大节大义，很为丈夫临阵脱逃而羞愧。赵被撤职后，夫妇二人继续沿长江而上向江西方向流亡，一路难免有点别扭，略失往昔的鱼水之和。当行至乌江镇时，李清照得知这就是当年项羽兵败自刎之处，不觉心潮起伏，面对浩浩江面，吟下了这首千古绝唱：

> 生当作人杰，死亦为鬼雄。
> 至今思项羽，不肯过江东。

丈夫在其身后听着这一字一句的金石之声，面有愧色，心中泛起深深的自责。第二年（1129）赵明诚被召回京复职，但随即急病而亡。

人不能没有爱，如花的女人不能没有爱，感情丰富的女诗人就更不能没有爱。正当她的艺术之树在爱的汁液浇灌下苗壮成长时，上帝无情地斩断了她的爱河。李清照是一懂得爱就被爱所宠、被家所捧的人，现在一下被困在了干涸的河床上，她怎么能不犯愁呢？

失家之后的李清照开始了她后半生的三大磨难：第一大磨难就是再婚又离婚，遭遇感情生活的痛苦。

赵明诚死后，李清照行无定所，身心憔悴。不久嫁给了一个叫张汝舟的人。对于李清照为什么改嫁，史说不一，但一个人生活的艰辛恐怕是主要原因。这个张汝舟，初一接触也是个彬彬有礼的君子，刚结婚之时张对她照顾得也还不错，但很快就露出原形，原来他是想占有李清照身边尚存的文物。这些东西李视之如命，而且《金石录》也还没有整理成书，当然不能失去。在张看来，你既嫁我，你的身体连同你的一切都归我所有、为我所支配，你还会有什么独立的追求？两人先是在文物支配权上闹矛盾，渐渐发现志向情趣大异，真正是同床异梦。张汝舟先是以占有这样一个美妇名词人自豪，后渐因不能俘获她的心、不能支配她的行为而恼羞成怒，最后完全撕下文人的面纱，拳脚相加，大打出手。华帐前、红烛下，李清照看着这个小白脸，真是怒火中烧。曾经沧海难为水，心存高洁不低头。李清照视人格比生命更珍贵，哪里受得这种窝囊气，便决定与他分手。但在封建社会，女人要离婚谈何容易。无奈之中，李清照走上一条绝路，鱼死网破，告发张汝舟的欺君之罪。

原来，张汝舟在将李清照娶到手后十分得意，就将自己科举考试作弊过关的事拿来夸耀。这当然是大逆不道。李清照知道，只有将张汝舟告倒治罪，自己才能脱离这张罗网。但依宋朝法律，女人告丈夫，无论对错输赢，都要坐牢两年。李清照是一个在感情生活上绝不凑合的人，她宁肯受皮肉之苦，也不受精神的奴役。一旦看穿对方的灵魂，她便表现出无情的鄙视和深切的懊悔。她在给友人的信中说："猥以桑榆之晚景，配兹驵侩之下材。"她是何等刚烈之人，宁可坐牢下狱也不肯与"驵侩"之人为伴。这场官司的结果是张汝舟被发配到柳州，李清照也随之入狱。我们现在想象李清照为了婚姻的自由，在大堂之上，扬首挺胸，将纤细柔弱的双手伸进枷锁中的一瞬，其坚毅安详之态真不亚于项羽引颈向剑时那勇敢的一刻。可能是李清照的名声太大，当时又有许多人关注此事，再加上朝中友人帮忙，李只坐了九天牢便被释放了。但这在她心灵深处留下了重重的一道伤痕。

今天男女之间分离结合是合法合情的平常事，但在宋代，一个女人，尤其是一个读书女人的再婚又离婚就要引起社会舆论的极大歧视。当时和事后的许多记载李清照的史书都是一面肯定她的才华，同时又无不以"不终晚节"、"无检操"、"晚节流荡无归"记之。节是什么？就是不管好坏，女人都得跟着这个男人过，就是你不许有个性的追求。可见我们的女诗人当时是承受了多么大的心理压力。但是她不怕，她坚持独立的人格，坚持高质量的爱情，她以两个月的时间快刀斩乱麻，甩掉了张汝舟这个"驵侩"包袱，便全身心地投入到《金石录》的编写中去了。现在我们读这段史料，真不敢相信是发生在近千年以前宋代的事，倒像是一个"五四"时代反封建的新女性。

生命对人来说只有一次，那么爱情对一个人来说有几次呢？大概最美好的、最揪心彻骨的也只有一次。爱情是在生命之舟上做着的一种极危险的实验，是把青春、才华、时间、事业都要赌进去的实验。只有极少的人第一次便告成功，他们像中了头彩的幸运者一样，一边窃喜着自己的侥幸，美其名曰"缘"，一边又用同情、怜悯的目光审视着其余芸芸众生的失败，或者半失败。李清照本来是属于这一类型的，但上苍欲成其名，必先夺其情，苦其心。于是就把她赶出这幸福一族，先是让赵明诚离她而去，再派一个张汝舟来试其心志。她驾着一叶生命的孤舟迎着世俗的恶浪，以破釜沉舟的胆力做了好一场恶斗。本来爱情一次失败，再试成功，甚而更加风光者大有人在，司马相如与卓文君就是。李清照也是准备再攀爱峰的，但可惜没有翻过这道山梁。这是一个悲剧。一个女人心中爱的火花就这样永远地熄灭了，这怎么能不令她沮丧，叫她犯愁呢？

李清照的第二大磨难是，颠沛流离，四处逃亡。

1129 年 8 月，丈夫赵明诚刚去世，9 月就有金兵南犯。李清照带着沉重的书籍文物开始逃难。她基本上追随着皇帝逃亡的路线，国君是国家的代表啊。但是这个可怜可恨的高宗赵构并没有这个觉悟，他不代表国家，就代表他自己的那条小命。他从建康出逃，经越州、明州、奉化、宁海、台州，一路逃下去，一直漂泊到海上，又过海到温州。李清照一介妇人眼巴巴地追寻着国君远去的方向，自己雇船、求人、投亲靠友，带着她和赵明诚一生搜集的书籍文物，这样苦苦地坚持着。赵明诚生前有托，这些文物是舍命也不能丢的，而且《金石录》也还没有出版，这是她一生的精神寄托。她还有一个想法，就是这些文物在战火中靠她个人实在难以保全，希望追上去送给朝廷，但是她始终没能追上皇帝。她在当年 11 月流浪到衢州，第二年 3 月又到越州。这期间，她寄存在洪州的两万卷书、两千卷金石拓片被南侵的金兵焚掠一空，而到越州时，随身带着的五大箱文物又被贼人破墙盗走。1130 年 11 月，皇帝看到身后跟随的人太多不利逃跑，干脆就下令遣散百官。李清照望着龙旗龙舟消失在茫茫大海中，更感到无限的失望。按封建社会的观念，国家者，国土、国君、百姓。今国土让人家占去一半，国君让人家撵得抱头鼠窜，百姓四处流离。国已不国，君已不君，她这个无处立身的亡国之民怎么能不犯大愁呢？李清照的身心在历史的油锅里忍受着痛苦的煎熬。

大约是在避难温州时，她写下这首《添字采桑子》：

> 窗前谁种芭蕉树？阴满中庭。阴满中庭，叶叶心心，舒卷有余情。　　伤心枕上三更雨，点滴霖霪。点滴霖霪，愁损北人，不惯起来听。

北人是什么样的人呢？就是流浪之人，是亡国之民，李清照正是这其中的一个。中国历史上的异族入侵多是由北而南，所以北人逃难就成了一种历史现象，也成了一种文学现象。"愁损北人，不惯起来听"，我们听到了什么呢？听到了祖逖中流击水的呼喊，听到了陆游"遗民泪尽胡尘里，南望王师又一年"的叹息，听到了辛弃疾"可堪回首，佛狸祠下，一片神鸦社鼓"的无奈，更又仿佛听到了"我的家在松花江上"那悲凉的歌声。

1134年，金人又一次南侵，赵构又弃都再逃。李清照第二次流亡到了金华。国运维艰，愁压心头。有人请她去游附近的双溪名胜，她长叹一声，无心出游：

> 风住尘香花已尽，日晚倦梳头。物是人非事事休，欲语泪先流。
> 闻说双溪春尚好，也拟泛轻舟。只恐双溪舴艋舟，载不动、许多愁。
>
> ——《武陵春》

李清照在流亡途中行无定所，国家支离破碎，到处物是人非，这愁就是一条船也载不动啊。这使我们想起杜甫在逃难中的诗句"感时花溅泪，恨别鸟惊心"。李清照这时的愁早已不是"一种相思，两处闲愁"的家愁、情愁，现在国已破，家已亡，就是真有旧愁，想觅也难寻了。她这时是《诗经》的《黍离》之愁，是辛弃疾"而今识尽愁滋味"的愁，是国家民族的大愁，她是在替天发愁啊。

李清照是恪守"诗言志，歌永言"古训的。她在词中所歌唱的主要是一种情绪，而在诗中直抒的才是自己的胸怀、志向、好恶。因为她的词名太甚，所以人们大多只看到她愁绪满怀的一面。我们如果参读她的诗文，就能更好地理解她的词背后所蕴含的苦闷、挣扎和追求，就知道她到底愁为哪般了。

1133年，高宗忽然想起应派人到金国去探视一下徽、钦二帝，顺便打探有无求和的可能。但听说要入虎狼之域，一时朝中无人敢应命。大臣韩肖胄见状自告奋勇，愿冒险一去。李清照日夜关心国事，闻此十分激动，满腹愁绪顿然化作希望与豪情，便作了一首长诗相赠。她在序中说："有易安室者，父祖皆出韩公门下，今家世沦替，子姓寒微，不敢望公之车尘。又贫病，但神明未衰弱。见此大号令，不能忘言，作古、律诗各一章，以寄区区之意。"当时她是一个贫病交加、身心憔悴、独身寡居的妇道人家，却还这样关心国事。不用说她在朝中没有地位，就是在社会上也轮不到她来议论这些事啊。但是她站了出来，大声歌颂韩肖胄此举的凛然大义："愿奉天地灵，愿奉宗庙威。径持紫泥诏，直入黄龙城。""脱衣已被汉恩暖，离歌不道易水寒。"她愿以一个民间寡妇的身份临别赠几句话："闾阎嫠妇亦何如，沥血投书干记室。""不乞隋珠与和璧，只乞乡关新信息。""子孙南渡今几年，飘零遂与流人伍。欲将血泪寄山河，去洒东山一抔土。"

浙江金华有一座"八咏楼"，因南北朝时沈约曾题《八咏诗》而得名。李避难于此，登楼遥望这残存的南国半壁江山，不禁临风感慨：

千古风流八咏楼，江山留与后人愁。

水通南国三千里，气压江城十四州。

——《题八咏楼》

我们单看这诗的气势，这哪里像一个流浪中的女子所写啊，倒像一个急待收复失地的将军或一个忧国伤时的臣子。有一年我到金华，特地去凭吊这座名楼。时日推移，楼已被后起的民房拥挤在一处深巷里，但依然鹤立鸡群，风骨不减当年。一位看楼的老人也是个李清照迷，他向我讲了几个李清照故事的民间版本，又拿出几页新搜集的手抄的李词送给我。我仰望危楼，俯察巷陌，深感词人英魂不去，长在人间。李清照在金华避难期间，还写了一篇《打马赋》。"打马"本是当时的一种赌博游戏，李却借题发挥，在文中大量引用历史上名臣良将的典故，壮写金戈铁马、挥师疆场的气势，谴责宋室的无能。文末直抒自己烈士暮年的壮志：

木兰横戈好女子，老矣不复志千里。但愿相将过淮水！

从这些诗文中可以看出，她真是"位卑未敢忘忧国"，何等地心忧天下、心忧国家啊。"但愿相将过淮水"，这使我们想起祖逖闻鸡起舞，想起北宋抗金名臣宗泽病危之时仍拥被而坐大喊：过河！这是一个女诗人，一个"闾阎嫠妇"发出的呼喊啊！与她早期的闲愁闲悲真是相差十万八千里。这愁中又多了多少政治之忧、民族之痛啊。

后人评李清照常常观止于她的一怀愁绪，殊不知她的心灵深处，总是冒着抗争的火花和对理想的呼喊。她是为看不到出路而愁啊！她不依奉权贵，不违心做事。她和当朝权臣秦桧本是亲戚，秦桧的夫人是她二舅的女儿，亲表姐。但是李清照与他们概不来往，就是在她的婚事最困难的时候，她宁可去求远亲也不上秦家的门。秦府落成，大宴亲朋，她也拒不参加。她不满足于自己"学诗漫有惊人句"，而"欲将血泪寄山河"，她希望收复失地，"径持紫泥诏，直入黄龙城"。但是她看到了什么呢？是偏安都城的虚假繁荣，是朝廷打击抗金、迫害忠良的怪事，是主战派和民族义士们血泪的呼喊。1141年，也就是李清照58岁这一年，岳飞被秦桧下狱害死。这件案子惊动京城，震动全国，乌云压城，愁结广宇。李清照心绪难宁，我们的女诗人又陷入更深的忧伤之中。

李清照遇到的第三大磨难是超越时空的孤独。

感情生活的痛苦和对国家民族的忧心，已将她推入深深的苦海，她像一叶孤舟在风浪中无助地飘摇。但如果只是这两点，还不算最伤最痛，最孤最寒。本来生活中婚变情离者，时时难免，忠臣遭弃，也是代代不绝，更何况她一柔弱女子又生于乱世呢？问题在于她除了遭遇国难、情愁，就连想实现一个普通人的价值，竟也是这样的难。已渐入暮年的李清照没有孩子，守着一孤清的小院落，身边没有一个亲人，国事已难问，家事怕再提，只有秋风扫着黄叶在门前盘旋，偶尔有一两个旧友来访。她有一孙姓朋友，其小女十岁，极为聪颖。一日孩子来玩时，李清照对她说："你该学点东西，我老了，愿将平生所学相授。"不想这孩子脱口说道："才藻非女子事也。"李清照不由得倒抽一口凉气，她觉得一阵眩晕，手扶门框，才使自己勉强没有摔倒。童言无忌，原来在这个社会上，有才有情的女子是真正多余的啊，而她却一直还奢想什么关心国事、著书立说、传道授业。她收集的文物汗牛充栋，她学富五车，词动京华，到头来却落得个报国无门，情无所托，学无所传，别人看她如同怪异。李清照感到她像是落在四面不着边际的深渊里，一种可怕的孤独向她袭来，这个世界上没有一个人能读懂她的心。她像祥林嫂一样茫然地行走在杭州深秋的落叶黄花中，吟出这首浓缩了她一生和全身心痛楚的，也确立了她在中国文学史上的地位的《声声慢》：

> 寻寻觅觅，冷冷清清，凄凄惨惨戚戚。乍暖还寒时候，最难将息。三杯两盏淡酒，怎敌他、晚来风急。雁过也，正伤心，却是旧时相识。　　满地黄花堆积。憔悴损，如今有谁堪摘。守着窗儿，独自怎生得黑。梧桐更兼细雨，到黄昏、点点滴滴。这次第，怎一个愁字了得！

是的，她的国愁、家愁、情愁，还有学业之愁，怎一个愁字了得！李清照所寻寻觅觅的是什么呢？从她的身世和诗词文章中，我们至少可以看出，她在寻觅三样东西。一是寻觅国家民族的前途。她不愿看到山河破碎，不愿"飘零遂与流人伍"，"欲将血泪寄山河"。在这点上她与同时代的岳飞、陆游及稍后的辛弃疾是相通的。但身为女人，她既不能像岳飞那样驰骋疆场，也不能像辛弃疾那样上朝议事，甚至不能像陆、辛那样有政界、文坛朋友可以痛痛快快地使酒骂座，痛拍栏杆。她甚至没有机会和他们交往，只能独自一人愁。二是寻觅幸福的爱情。她曾有过美满的家庭，有过幸福的爱情，但转瞬就破碎了。她也做过再寻真爱的梦，但又碎得更惨，甚至身负枷锁，锒铛入狱，还以"不终晚节"载入史书，生前身后受此奇辱。她能说什么呢？也只有独自一人愁。三是寻觅自身的价值。她以非凡的才华和勤奋，又借着爱情的力量，在学术上完成了《金石录》巨著，在词艺上达到了空前的高度。但是，那个社会不以为奇，不以为功，连那十岁的小女孩都说"才藻非女子事"，甚至后来陆游为这个孙姓女子写墓志时都认为这话说得好。以陆游这样热血的爱国诗人，也认为"才藻非女子事"，李清照还有什么话可说呢？她只好一人咀嚼自己的凄凉，又是只有一个愁。

李是研究金石学、文化史的，她当然知道从夏商到宋，女人有才藻、有著作的寥若晨星，而词艺绝高的也只有她一人。都说物以稀为贵，而她却被看作是异类、是叛逆、是多余。她环顾上下两千年，长夜如磐，风雨如晦，相知有谁？鲁迅有一首为歌女立照的诗："华灯照宴敞豪门，娇女严装侍玉樽。忽忆情亲焦土下，佯看罗袜掩啼痕。"李清照是一个被封建社会役使的歌者，她本在严妆靓容地侍奉着这个社会，但忽然想到她所有的追求都已失落，她所歌唱的无一实现，不由得一阵心酸，只好"佯说黄花与秋风"。

李清照的悲剧就在于她是生在封建时代的一个有文化的女人。作为女人，她处在封建社会的底层；作为一个知识分子，她又处在社会思想的制高点。她看到了许多别人看不到的事情，追求着许多别人不追求的境界，这就难免有孤独的悲哀。本来，三千年封建社会，来来往往有多少人都在心安理得、随波逐流地生活。你看，宋室仓皇南渡后不是又夹风夹雨、称臣称儿地苟延了152年吗！尽管与李清照同时代的陆游愤怒地喊道："公卿

有党排宗泽，帷幄无人用岳飞。"但朝中的大人们不是照样做官，照样花
天酒地吗？你看，虽生乱世，但多少文人不是照样手摇折扇，歌咏风月，
琴棋书画了一生吗？你看，有多少女性，就像那个孙姓女子一般，不学什
么辞藻，不追求什么爱情，不是照样生活吗？但是李清照却不。她以平民
之身，思公卿之责，念国家大事；以女人之身，求人格平等，爱情之尊。
无论对待政事、学业还是爱情、婚姻，她决不随波，决不凑合，这就难免
有了超越时空的孤独和无法解脱的悲哀。她背着沉重的十字架，集国难、
家难、婚难和学业之难于一身，凡封建专制制度所造成的政治、文化、道
德、婚姻、人格方面的冲突、磨难都折射在她那如黄花般瘦弱的身子上。
有一本书叫《百年孤独》，李清照是千年孤独，环顾女界无同类，再看左
右无相知，所以她才上溯千年到英雄霸王那里去求相通，"至今思项羽，
不肯过江东"。还有，她不可能知道，近千年之后，到封建社会气数将尽
时，才又出了一个与她相知相通的女性——秋瑾回首长夜三千年，长叹了
一声："秋雨秋风愁煞人！"

　　如果李清照像那个孙姓女子或者鲁迅笔下的祥林嫂一样，是一个已经
麻木的人，也就算了；如果李清照是以死抗争的杜十娘，也就算了。她偏
偏是以心抗世，以笔唤天。她凭着极高的艺术天赋，将这漫天愁绪又抽丝
剥茧般地进行了细细的纺织，化愁为美，创造了让人们永远享受无穷的词
作珍品。李词的特殊魅力就在于它一如作者的人品，于哀怨缠绵之中有执
着坚韧的阳刚之气，虽为说愁，实为写真情大志，所以才耐得人百年千年
地读下去。郑振铎在《中国文学史》中评价说："她是独创一格的，她是
独立于一群词人之中的。她不受别的词人的什么影响，别的词人也似乎受
不到她的影响。她是太高绝一时了，庸才的作家是绝不能追得上的。无数
的词人诗人，写着无数的离情闺怨的诗词；他们一大半是代女主人公立言
的，这一切的诗词，在清照之前，直如粪土似的无可评价。"于是，她一
生的故事和心底的怨愁就转化为凄清的悲剧之美，她和她的词也就永远高

悬在历史的星空。

　　随着时代的进步，李清照当年许多痛苦着的事和情都已有了答案，可是当我们偶然再回望一下千年前的风雨时，总能看见那个立于秋风黄花中的寻寻觅觅的美神。

（2003 年 2 月定稿，5 月发表）

最后一位戴罪的功臣

　　既然中国近代史是从 1840 年鸦片战争算起，禁烟英雄林则徐就是近代史上第一人。可惜这个第一英雄刚在南海点燃销烟的烈火，就被发往新疆接受朝廷给他的处罚。功与罪在瞬间便交织在一个人身上，将其扭曲再造，像原子裂变一样，产生出一个意想不到的结果。

　　封建皇帝作为最大的私有者，总是以天下为私。道光在禁烟问题上本来就犹豫，大臣中也分两派。我推想，是林则徐那篇著名的奏折，指出若再任鸦片泛滥，几十年后中原将"无可以御敌之兵"，"无可以充饷之银"，狠狠地击中了他的私心。他感到家天下难保，所以就鞭打快牛，顺手给了林一个禁烟钦差。林眼见国危民弱，就出以公心，勇赴重任，表示："若鸦片一日未绝，本大臣一日不回，誓与此事相始终。"他太天真，不知道自己

林则徐

"回不回"，鸦片"绝不绝"，不是他说了算，还得听皇上的。果然他上任只有一年半，1841 年 5 月，就被革职贬到镇海。第二年 6 月又被"从重发往伊犁效力赎罪"。就在林赴疆就罪的途中，黄河泛滥，在军机大臣王鼎的保荐下，林则徐被派赴黄河戴罪治水。他是一个见害就除、见民有难就

救的人，不管是烟害、夷害还是水害都挺着身子去堵。半年后治水完毕，所有的人都论功行赏，唯独他得到的却是"仍往伊犁"的谕旨。众情难平，须发皆白的王鼎伤心得泪如滂沱。林则徐就是在这样一而再、再而三的打击下西出玉门关的。他以诗言志："苟利国家生死以，岂因祸福避趋之。谪居正是君恩厚，养拙刚于戍卒宜。"这诗前两句刻画出他的铮铮铁骨，刚直不阿，后两句道出了他的牢骚与无奈。给我一个谪贬休息的机会，这是皇上的大恩啊，去当一名戍卒正好养拙。你看这话是不是有点像柳永的"奉旨填词"和辛弃疾的"君恩重，且教种芙蓉"？但不同的是，柳被弃于都城闹市，辛被闲置在江南水乡，林却被发往大漠戈壁。辛、柳只是被弃而不用，而林则徐却被钦定为一个政治犯。

但是，自从林则徐开始西行就罪，随着离朝廷渐行渐远，朝中那股阴冷之气也就渐趋淡弱，而民间和中下层官吏对他的热情却渐渐高涨，如离开冰窖走进火炉。这种强烈的反差不仅当年的林则徐没有想到，就是100多年后的我们也为之惊喜。

林则徐在广东和镇海被革职时，当地群众就表达出了强烈的愤慨。他们不管皇帝老子怎样说，怎样做，纷纷到林则徐的住处慰问，人数之众，阻塞了街巷。他们为林则徐送靴，送伞，送香炉、明镜，还送来了52面颂牌，痛痛快快地表达着自己对民族英雄的敬仰和对朝廷的抗议。林则徐治河之后又一次遭贬，中原立即发起援救高潮，开封知府邹鸣鹤公开表示："有能救林则徐者酬万金。"林则徐自中原出发后，一路西行，接受着为英雄壮行的礼遇。不论是各级官吏还是普通百姓，都争着迎送，好一睹他的风采，想尽力为他做一点事，以减轻他心理和身体上的痛苦。山高皇帝远，民心任表达。1842年8月21日，林离开西安，"自将军、院、司、道、府以及州、县、营员送于郊外者三十余人"。抵兰州时，督抚亲率文职官员出城相迎，武官更是迎出十里之外。过甘肃古浪县时，县知事到离县31里外的驿站恭迎。林则徐西行的沿途茶食住行都被安排得无微不至。

进入新疆哈密，办事大臣率文武官员到行馆拜见林，又送坐骑一匹。到迪化（今乌鲁木齐），地方官员不但热情接待，还专门为他雇了大车五辆、太平车一辆、轿车两辆。1842 年 12 月 11 日，经过四个月的长途跋涉，林则徐终于到达新疆伊犁。伊犁将军布彦泰立即亲到寓所拜访，送菜、送茶，并委派他掌管粮饷。这哪里是监管朝廷流放的罪臣啊，简直是欢迎凯旋的英雄。林则徐是被皇帝远远甩出去的一块破砖头，但这块砖头还未落地就被中下层官吏和民众轻轻接住，并以身相护，安放在他们中间。

现在等待林则徐的是两个考验：

一是恶劣环境的折磨。从现存的资料上看，我们知道林则徐虽有民众呵护，但还是吃了不少的苦头。由于年老体弱，路途颠簸，林一过西安就脾痛，鼻流血不止。当他从迪化出发取道果子沟进伊犁时，大雪漫天而落，脚下是厚厚的坚冰，无法骑马坐车，只好徒步，趟雪而行。陪他进疆的两个儿子，于两旁挽扶老爹，心痛得泪流满面，遂跪于地上对天祷告：若父能早日得赦召还，孩儿愿赤脚趟过此沟。林则徐到伊犁后，"体气衰颓，常患感冒"，"作字不能过二百，看书不能及三十行"。历史上许多朝臣就是这样死在被发配之地，这本来也是皇帝的目的之一。林则徐感到一个无形的黑影向他压来，他在日记中写道："深觉时光可惜，暮景可伤！""频搔白发渐衰病，犹剩丹心耐折磨。"他是以心力来抵抗身病的啊！

二是脱离战场的寂寞。林是一步一回头离开中原的。当他走到酒泉时，听到清政府签订《南京条约》的消息，痛心疾首，深感国事艰难。他在致友人书中说："自念一身休咎死生，皆可置之度外，惟中原顿遭蹂躏，如火燎原……侧身回望，寝馈皆不能安。"他赋诗感叹："小丑跳梁谁殄灭，中原揽辔望澄清。关山万里残宵梦，犹听江东战鼓声。"他为中原局势危急、无人可用而急。果然是中原乏人吗？人才被一批一批地撤职流放。当时和他一起在虎门销烟的邓廷桢，已早他半年被贬新疆。写下名句"我劝天公重抖擞，不拘一格降人才"的龚自珍，为朝廷提出许多御敌方略，但就是不为采用。龚对西域边防多有研究，提出要陪林赴疆，林考虑自身难保，为了给国家保存人才，坚辞不准。本来封建社会一切有为的知识分子，都希望能被朝廷重用，能为国家和民族做一点事，这是为臣子者的最大愿望，是他们人生价值观的核心。现在剥夺了这个愿望就是剥夺了他们的生命，就是用刀子慢慢地割他们的肉，虎落平阳，马放南山，让他们在痛苦和寂寞中毁灭。

"羌笛何须怨杨柳"，"西出阳关无故人"。玉门关外风物凄凉，人情不再，实在是天设地造的折磨罪臣身心的好场所。当我们现在行进在大漠戈壁时，我真感叹于当年封建专制者这种"流放边地"的发明。你走一天是黄沙，再走一天还是黄沙；你走一天是冰雪，再走一天还是冰雪。不见人，不见村，不见市。这种空虚与寂寞，与把你关在牢中目徒四壁，没有根本区别。马克思说：人是一切社会关系的总和。把你推到大漠戈壁里，一下子割断你的所有关系，你还是人吗？呜呼，人将不人！特别对一个博学而有思想的人，一个曾经有作为的人，一个有大志于未来的人而言。

> 腊雪频添鬓影皤，春醪暂借病颜酡。三年飘泊居无定，百岁光阴去已多。
>
> ……新韶明日逐人来，迁客何时结伴回？空有灯光照虚耗，竟无神诀卖痴呆。
>
> ——《除夕书怀》

他一人这样过除夕。

> 雪月天山皎夜光，边声惯听唱伊凉。孤衬白酒愁无奈，隔院红裙乐未央。
>
> ——《中秋感怀》

他一个人这样过中秋。

谪居权作探花使。忍轻抛、韶光九十，番风廿四。寒玉未消冰岭雪，毳幕偏闻花气。算修了、边城春禊。怨绿愁红成底事，任花开、花谢皆天意。休问讯，春归未。

——《金缕曲·春暮看花》

他在季节变换中咀嚼着春的寂寞。

当权者实在聪明，他就是要让你在这个环境里无事可做，消磨掉理想意志，不管你怎样地怒吼、狂笑、悲歌，那空旷的戈壁瞬间就将这一切吸收得干干净净，这比有回音的囚室还可怕。任你是怎样的人杰，在这里也要成为常人、庸人、废人，失魂落魄。林则徐是一个有经天纬地之才的良臣，是可以作为历史标点的人物。禁烟的烈火仍在胸中燃烧，南海的涛声还在耳边回响，万里之外朝野上下还在与英国人做无奈的抗争，而他只能面对这大漠的寂寞。兔未死而狗先烹，鸟未尽而弓先藏。"何日穹庐能解脱，宝刀盼上短辕车。"他是一个被捆绑悬于壁上的壮士，心急如焚，而无可用力。

怎么摆脱这种状况？最常规的办法是得过且过，忍气苟安，争取朝廷早点召回。特别是不能再惹是非，自加其罪。一般还要想方设法讨好皇帝，贿赂官员。像韩愈当年发配南海，第一件事就是向皇帝上一篇谢恩表，不管心中服不服，嘴上先要讨个好。这时内地林的家人和朋友正在筹措银两，准备按清朝法律为他赎罪。林则徐却断然拒绝，他写信说："获咎之由，实与寻常迥异"，"此事定须终止，不可渎呈"。他明确表示，我没有任何错，这样假罪真赎，是自认其咎，何以面对历史？如今这些信稿还存在伊犁的纪念馆里，翰墨淋漓，正气凛然。当我以十二分的虔诚拜读文物柜中的这些手稿时，顿生一种仰望泰山、遥对长城的肃然之敬，不觉想起林公那句座右铭："海纳百川，有容乃大；壁立千仞，无欲则刚。"

他没有一点私欲，不必向任何人低头，为了自己抱定的主义，他能容得下一切不公平。他选择了上对苍天，下对百姓，我行我志，不改初衷，为国尽力。

一个爱国臣子和封建君王的本质区别是：前者爱国爱民，以天下为己任；后者爱自己的权位，以天下为己有。当这两者暂时统一时，就表现为臣忠君贤，上下一心，并且在臣子一方常将爱国统一于忠君。当这两者不能一致时，就表现为忠臣见逐，弃而不用。在臣子一方或谨遵君命，孤愤而死，如贾谊、岳飞；或暂置君于一旁，为国为民办点实事，如韩愈、辛弃疾、林则徐。他们能摆脱权力高压和私利荣辱，直接对历史负责，所以也为历史所接受，所记录。

林则徐看到这里荒山遍野，便向伊犁将军建议屯田固边，先协助将军开垦城边的 20 万亩荒地。垦荒必先兴水利，但这里向无治水习惯与经验，林带头示范，捐出自己的私银，承修了一段河渠，历时 4 个月，用工 210 万。这被后人称为"林公渠"的工程，一直使用了 123 年，直到 1967 年新渠建成才得以退役。就像当年韩愈被发配南海之滨带去中原先进耕作技术一样，林则徐也将内地的水利、种植技术推广到清王朝最西北的边陲。他还发现并研究了当地人创造的特殊水利工程"坎儿井"，并大力推广。皇帝本是要用边地的恶劣环境折磨他，他却用自己的意志和才能改造了环境；皇帝要用寂寞和孤闷郁杀他，他却在这亘古荒原上爆出一声惊雷。自古罪臣被流放边地的结局有两种：大部分屈从命运，于孤闷中凄惨地死于流放地；只有少数人能挽命运狂澜于既倒，重新放出生命和事业的光芒。从周文王被拘羑里而演《周易》，到越王为吴所俘后卧薪尝胆，这是生命交响曲中最强的一支，林则徐就属此支此脉。

林则徐在北疆伊犁修渠垦荒卓有成效，但就像当年治好黄河一样，皇帝仍不饶他，又派他到南疆去勘察荒地。北疆虽僻远，但雨量较多，农业尚可。南疆沙海无垠，天气燥热，人烟稀少，语言不通。且北疆南疆天山阻隔，雪峰摩天。这无疑又是对林则徐的一场更大更苦的折磨。现在南、北疆已有公路可行，有汽车可乘，但 2000 年 8 月盛夏我过天山时，仍要爬雪山，穿冰洞。可想当年林则徐是怎样以羸弱之躯担当此苦任的。对皇帝而言，这是对他的进一步惩罚；而在他，则是在暮年为国为民再尽一点力气。1845年1月17日，林则徐在三儿聪彝的陪伴下，由伊犁出发，在以后一年内，他南到喀什，东到哈密，勘遍东、南疆域。他经历了踏冰而行的寒冬和烈日如火的酷暑，走过"车厢簸似箕中粟"的戈壁，住过茅屋、毡房、地穴，风起时"彻夕怒号"，"毡庐欲拔"，"殊难成眠"，甚至可以吹走人马车辆。林则徐每到一地，三儿与随从搭棚造饭，他则立即伏案办公，"理公牍至四鼓"，只能靠第二天在车上假寐一会儿，其工作紧张、艰辛如同行军作战。对垦荒修渠工程他必得亲验土方，察看质量，要求属下必须"上可对朝廷，下可对百姓，中可对僚友"。别人十分不理解，他是一戍边的罪臣啊，何必这样认真，又哪来的这种精神？说来可怜，这次奉旨勘地，也算是"钦差"吧，但这与当年南下禁烟已完全不同。这是皇帝给的苦役，活得干，名分全无。他的一切功劳只能记在当地官员的名下，甚至连向皇帝写奏折、汇报工作、反映问题的权力也没有，只能拟好文稿，以别人的名义上奏，这和治黄有功而不上褒奖名单同出一辙。林则徐在诗中写道："羁臣奉使原非分"，"头衔笑被旁人问"。这是何等的难堪，又是何等的心灵折磨啊！但是他忍了，他不计较，只要能工作，能为国出力就行。整整一年，他为清政府新增69万亩耕地，极大地丰盈了府库，巩固了边防。林则徐真是立了一场"非分"之功。他以罪臣之分，而行忠臣之事。而历史与现实中也常有人干着另一种"非分"的事，即凭着合法的职位，用国家赋予的权力去贪赃营私，如王莽、杨国忠、秦桧，直至江青、康生。原来社会上无论是大奸、巨贪还是伪小人，都是以合法的名分而行分外之奸、分外之贪、分外之私的。当然，他们最后也为历史所记录。陈毅有诗："手莫伸，伸手必被捉。"他们被历史捉来，钉在了耻辱柱上。可知，世上之事，相差之远者莫如人格之分了。有人以罪身而忍辱负重，建功立业；有人以权位而鼠窃狗盗，自取其辱，自取其罪。确实，

"分"这个界限就是"人"这个原子的外壳,一旦壳破而裂变,无论好坏,其力量都特别的大。

林则徐还做了一件更加"分外"的事,就是大胆进行了一次"土地改革"。当勘地工作将结束,返回哈密时,路遇百余官绅商民跪地不起,拦轿告状。原来这里山高皇帝远,哈密王将辖区所有土地及煤矿、山林、瓜园、菜圃等皆霸为己有。汉族、维吾尔族群众无寸土可耕,就是为驻军修营房拉一车土也要交几十文钱,百姓埋一个死人也要交银数两。土王大肆截留国家税收,数十年间如此横行,竟无人敢管。林则徐接状后勃然大怒:"此咽喉要地,实边防最重之区,无田无粮,几成化外。"林立判将土王所占一万多亩耕地分给当地汉族、维吾尔族农民耕种,并张出布告:"新疆与内地均在皇舆一统之内,无寸土可以自私。汉人与维吾尔人均在圣恩并育之中,无一处可以异视。必须互相和睦,畛域无分。"为防有变,他还将此布告刻制成碑,"立于城关大道之旁,俾众目共瞻,永昭遵守"。布告一出,各族人民奔走相告,不但生计有靠,且民族和睦,边防巩固。要知道他这是以罪臣之身又多管了一件"闲事"啊!恰这时清廷赦令亦下!林则徐在万众感激和依依不舍的祝愿声中向关内走去。

100多年后,我又来细细寻觅林公的踪迹。当年的惠远城早已毁于沙俄的入侵,在惠远城里我提出一定要谒拜一下当年先生住的城南东二巷故居。陪同说,原城已无存,现在这个城是清1882年,比原城后撤了7公里重建的。这没有关系,我追寻的是那颗闪耀在中国近代史上空的民族之星,至于其载体为何无关宏旨。共产党夺天下前的最后一个农村指挥部,我们现在瞻仰的西柏坡村,不也是从山下上迁几十里重建的吗?我小心地迈进那条小巷,小院短墙,瓜棚豆蔓。旧时林公堂前燕,依然展翅迎远客。我不甘心,又驱车南行去寻找那个旧城。穿过一个村镇,沿着参天的白杨,再过一条河渠,一片茂密的玉米地旁留有一堵土墙,这就是古惠远城。夕阳下沉重的黄土地划开浩浩绿海，如一条大堤直伸到天际。我感到了林公的魂灵充盈天地，贯穿古今。林则徐是皇家钦定的、中国古代最后的一位罪臣，又是人民托举出来的、近代史开篇的第一位功臣。

（2001 年 6 月）

宋子文怒辞外长

　　民国时期宋子文在蒋政权里任外交部长。国民党政府从成立到垮台几乎都是在风雨飘摇中，内忧外患，焦头烂额。弱国无外交，在这样的时候出任外长，应该说没有什么故事，但故事恰恰在他的身上发生。

　　1945年世界反法西斯战争接近尾声，美、英、法三巨头在雅尔塔开会，决定苏联出兵东北，同时默许外蒙古独立，实际是投入苏联的怀抱。国民党政府大惊，派宋子文带团赴苏交涉。斯大林态度蛮横，绝不让步。蒋只得去电指示，以苏支持国民党、不支持共产党等为条件，同意外蒙古独立。1945年8月14日《中苏友好同盟条约》在莫斯科签字。宋子文认为，日寇未退，外蒙又失，怎么向国人交代？拒不签字，并提出辞职。后来这个条约由新接任的外长王世杰代表中国签字。

宋子文（前排右二）任外长时，与蒋介石等国民党政要同外国使节合影

　　弱国无外交，但不一定没有硬臣。当一国之势较弱又无法立即扭转时，吃点亏是没有办法的。但至少在外交上要伸张正义，要有人出来表现一股正气，以存民族精神的火种。楚虽三户能亡秦，只要这口气在，国失亦可复得。历史上也有许多弱国强臣的例子，最著名的是蔺相如使秦。秦强赵弱，秦王以势压人，既想要和氏璧又不给土地，蔺就作持璧撞柱状说："你不践约，我人玉俱碎！"秦王无法，蔺完璧归赵。当此时也，席前柱下，已与秦强赵弱无关，只有正邪之辨、曲直之别和使者的胆量大小、人格高低之分了，这时赢的是一口气。其他如文天祥使元，曾纪泽使俄莫不如此。外交上有一句话："不辱使命"，就是不辜负重托，不丢国格。相反，有时强国也有懦臣，虽理在势在，还是要奴颜婢膝。儒家修养中有一句话：达则兼顾天下，穷则独善其身。这个"独善其身"不是保官、保命、保妻子、保既得利益，而是保住人格的底线。宋子文在外长任上没有签这个条约，虽没有保住疆土，但保住了正气，保住了外交的面子。当然，形格势禁，作为弱国总得有人去低头来签字。但让别人去签好了，我这个外长不能签，而且立即就辞，羞于留任其职。相信他做出这个决定是仔细权衡过的，辞去外长是件大事，这一要冒舆论压力，二要得罪蒋和政府，三要丢了饭碗。但这对个人来说是一种守节，对国家来说也是一种对外的抗议。高官、厚禄、大权，苟非吾意之所合，一刻而不留。虽然，宋子文完全可以不这样做，他已尽了力，又是受命而为，不辞职也没有人指责，但是他良心上过不去。

　　在民国精神中有一个亮点，就是人格精神的独立，不合我意就辞职而去。这在此前的封建社会不多，君臣纲纪甚严，还没有这个氛围；在之后的新中国也不多，先是无限服从，驯服工具，后又跑官保官，保既得利益。民国正当旧专制之打破，如"文革"之新专制还未成，大局虽乱，精英层的人格精神却还颇有几分靓丽。1929 年，刘文典任安徽大学校长，恰逢学潮，蒋介石召见却不让座，问："你是刘文典么？"刘怒："'文典'是长辈叫的，不是哪个都有资格叫的。"蒋拍桌子道："无耻文人！你怂恿赤党分子闹事，该当何罪？"刘大喊："宁以义死！不苟且生！"欲向蒋介石撞去，幸被侍卫挡住。那时，无论是政界还是学界一言不合便辞职而去是平常事。本来，人一落地就有了生命，以后为了生活又谋一份职业，对官员来说这就是政治生命，一个官原来有两条"命"！但是人在官场身不由己，矛盾复杂，诸事纷繁，常逆我心。为表明心迹，到关键时刻除申明立场，据理力争外，有两个极端之法：一是辞职，自绝政治生命；二是自杀，宁死不从。一不要官，二不要命，还我清白，守住人格。"文化大革命"中自杀的多，辞职的却没有。因为政治生命这张牌早被人收走，你连以职相拼、相抵的资本也没有了，只剩下以死明志。刘少奇在被斗之初就提出带着家人回湖南或延安种地，但不得批准。政治猛于虎，宦海难自主。一个人，当你能自由表达意见时，你不表达，就被绑上了战车；当你还能辞职跳车时你不跳，就被紧紧裹挟；当你连自杀的可能都没有时，就只有任人折磨了。本来，这做官与做人说是一回事，又不是一回事。当官职之事符合自己的做人标准时就做官，这时官是实现人格精神的道具，做人做官是一回事；当官职之事有碍个人的做人底线时就去官辞职，保持人格独立，这时做人与做官就是两回事。而人格精神总是超时空的，它会大大超越官职这个道具，而永留史册，任人评说。宋子文是曾跟着蒋政权反共反人民的，也曾留下骂名，但他绝不卖国，一事不合就愤而辞职，不保官求荣，只这一点就振聋发聩，足可存于青史了。试看现在的官员，虽然嘴上常发着牢骚，可有哪一个肯辞职明志？当然也有"辞职"的，但多是因贪污、失职的"被辞职"，真正坚守自己的做人操守有思想而主动辞职的鲜有所闻。可见官风日下，独立人格精神之式微。

（2012年4月6日）

（《文史参考》2012年第8期）

梁思成落户大同

当北京正在为拆掉梁思成、林徽因故居而弄得沸沸扬扬满城风雨时，山西大同却悄悄地落成了一座梁思成纪念馆。这是我知道的国内第一座关于他的纪念馆，没有出现在他拼死保护的古都北京，也没有出现在他的祖籍广东，却坐落在塞外古城大同。我当时听到这件事不觉大奇。主持城建的耿彦波市长却静静地回答说："这有两个原因，一是20世纪30年代梁先生即来大同考察，为古城留下许多宝贵资料，这次古城重建全赖他当年的文字和图录；二是解放初梁先生提出将北京新旧城分开建设以保护古都的方案，惜未能实现。60多年后，大同重建正是用的这个思路。"大同人厚道，古城重建工程还未完工，便先在东城墙下为先生安了一座住宅。开馆半年，参观者已超过3万人。

位于大同的梁思成纪念馆

梁思成是古建专家，但更不如说他是古城专家、古城墙专家。他后半生的命运是与古城、古城墙连在一起的。1949年年初解放军攻城的炮声传到了清华园，他不为食忧，不为命忧，却为身边的这座古城北平担忧。一夜有两位神秘人物来访，是解放军派来的，手持一张北平城区图，诚意相求，请他将城内的文物古迹标出，以免为炮火所伤。从来改朝换代一把火啊，项羽烧阿房，黄巢烧长安，哪有未攻城先保城的呢？仁者之师啊！他激动得说不出话来，标图的手在颤抖。这是他一生最难忘的一幕。

中国是世界上最早出现房子的国家之一，却没有留下怎么盖房的文字。一代一代，匠人们口手相传地盖着宏伟的宫殿和辉煌的庙宇，诗人们笔墨相续，歌颂着雕栏玉砌，却不知道祖先留下的这些宝贝是怎么样造就的。梁思成说："独是建筑，数千年来，完全在技工匠师之手。其艺术表现大多数是不自觉的师承及演变之结果。这个同欧洲文艺复兴以前的建筑情形相似。这些无名匠师，虽在实物上为世界留下许多伟大奇迹，在理论上却未为自己或其创造留下解析或夸耀。"发扬光大我民族建筑技艺之特点，在以往都是无名匠师不自觉的贡献，今后却要成为近代建筑师的责任了。直到20世纪20年代末，国内发现了一本宋版的《营造法式》，但人们不懂它在说些什么。大学者梁启超隐约觉得这是一把开启古建之门的钥匙，便把它寄给在美国学建筑的儿子梁思成，希望他能向洪荒中开出一片新天地。梁思成像读天书、破密码一样，终于弄懂这是一本古代讲建筑结构和方法的图书。纸上得来终觉浅，他从欧美留学回来即一头扎进实地考察之中。那时的中国兵荒马乱，梁带着他美丽的妻子林徽因和几个助手跑遍了河北、山西的古城和古庙。山西的北部为佛教西来传入中原时的驻足之地，庙宇建筑、雕塑壁画等保存丰富，又是北方游牧民族定居、建都之地，城建规模宏大。20世纪30年代，西方科学研究的"田野调查"之法刚刚引进，这里就成为中国第一代古建研究人的理想实验田。1933年9月6日，梁思成、林徽因一行来到大同，下午即开始调查测量华严寺，接着又对云冈、善化寺进行详细考察，17 日后又往附近的应县木塔、恒山悬空寺调查。再后来，梁、林又专门去了一次五台山，直到卢沟桥的炮声响起，他们才撤回北平。因为有梁思成的到来，这些上千年的殿堂才首次有现代照相机、经纬仪等设备为其量身造影。在纪念馆里，我们看到了梁思成满面风尘爬在大梁上的情景，也看到了秀发披肩、系着一条大工作围裙的林徽因正双手叉腰，专注地仰望着一尊有她三倍之高的彩塑大佛。这就是他们当时的工作。幸亏抢在日本人占领之前，这次测量留下了许多宝贵资料。后来许多文物即毁在侵略者的炮火下。抗战八年，他们到处流浪，丢钱丢物也不肯丢掉这批宝贵资料，终于在四川长江边一个叫李庄的小镇上完成了中国古建研究的重要成果，也成就了梁、林在中国建筑史上的地位。

现在纪念馆的墙上和橱窗里还有梁、林当年为大同所绘的古建图，严格的尺寸、详尽的数据、漂亮的线条，还有石窟中那许多婀娜灵动的飞天。真不知道当时在蛛网如织、蝙蝠横飞、积土盈寸的大殿里，在昏暗的油灯下，在简陋的旅舍里，他们是怎样完成这些开山之作的。这些资料不只是为大同留下了记录，也为研究中国建筑艺术提供了依据。

1949 年新中国成立，饱受战乱之苦又饱览古建之学的梁思成极为兴奋。他想得很远，9 月开国前夕，他即上书北平市市长聂荣臻，说自己"对于整个北平建设及其对于今后数十百年影响之极度关心"，"人民的首都在开始建设时必须'慎始'"，要严格规划，不要"铸成难以矫正的错误"。他头脑里想得最多的是怎样保存北京这座古城。当时保护文物的概念已有，但是，把整座城完好保存，不破坏它的结构

建筑大师梁思成

布局，不损失城墙、城楼、民居这些基本元素，这却是梁思成首次提出的。他曾经设想为完整保留北京古城，在其西边再另辟新城以应首都的工作和生活之需。他又设想在城墙上开辟遗址公园。"城墙上面，平均宽度约 10 米以上，可以砌花池，栽植丁香、蔷薇一类的灌木，或铺些草地，种植草花，再安放些园椅。夏季黄昏，可供数十万人的纳凉游息。秋高气爽的时节，登高远眺，俯视全城，西北苍苍的西山，东南无际的平原，居住于城市的人民可以这样接近大自然，胸襟壮阔。还有城楼角楼等可以辟为陈列馆、阅览室、茶点铺。这样一带环城的文娱圈、环城立体公园，是全世界独一无二的。"你看，这是他的论文和建议，也这样富有文采，可知其人是多么纯真浪漫，这就是民国一代学人的遗风。现在我们在纪念馆里还可以看到他当年手绘的城头公园效果图。但是他的这个思想太超前了，不但与新中国人民翻身后建设的狂热格格不入，就是当时比较发达，正亟待从战火中复苏的伦敦、莫斯科、华沙等都市也无法接受。其时世界各国都在忙于清理战争垃圾，重建新城。刚解放的北京竟清理出 34.9 万吨垃圾，61 万吨大粪。人们恨不能将这座旧城一锹挖去。他的这些理想也就只能停留在建议中和图纸上了。新中国成立后的十多年间，北京今天拆一座城楼，明天拆一段城墙。每当他听到轰然倒塌的声响，或者锹镐拆墙的咔嚓声，他就痛苦得无处可逃。他说拆一座门楼是挖他的心，拆一层城墙是剥他的皮。诚如他在给聂荣臻的信里所言，他想的是"今后数十百年"的事啊。向来，知识分子的工作就不是处置现实，而是探寻规律，预示未来。他们是先知先觉，先人之忧，先国之忧，所以也就有了超出众人、超出时代的孤独，有了心忧天下而不为人识的悲伤。

1965 年，他率中国建筑代表团赴巴黎出席世界建筑师大会，这时许多名城如伦敦、莫斯科、罗马在战后重建中都有了拆毁古迹的教训，法国也正在热烈争论巴黎古城的毁与存。会议期间，法国终于通过了保护巴黎古城、另建新区的方案。而这时比巴黎更古老的北京却开始大规模地拆毁城墙。消息传来，他当即病倒。回国途中他神志恍惚，如有所失，过莫斯科时在中国大使馆小住，他找到一本《矛盾论》，把自己关在房子里苦读数遍，在字里行间寻找着，希望能排解心中的矛盾。一年后，"文革"爆发，北京开始修地铁，而地铁选线就正在古城墙之下，好像专门要矫枉过正，要惩罚保护，要给梁思成这些"城墙保皇派"一点颜色看，硬是推其墙、毁其城、刨其根，再入地百米，铺上铁轨，拉进机车，终日让隆隆的火车去震扰那千年的古城之根。这正合了"文革"中最流行的一句革命口号——"打翻在地，再踏上一只脚"，算是挖了古城北京的祖坟。记得那几年我正在北京西郊读书，每次进出城都是在西直门城楼下的公交车站换车，总要不由仰望一会儿那巍峨的城楼和翘动的飞檐。如果赶在黄昏时刻，那夕阳中的剪影，总叫你心中升起一阵莫名的感动。但到毕业那年，楼去墙毁，沟壑纵横，黄土漫天。而这时梁思成早已被赶出清华园，经过无数次的批斗，然后被塞进旧城一个胡同的阴暗小屋里，忍受着冬日的寒风和疾病的折磨，直到1972年去世。辛弃疾晚年怀才不遇，报国无门，他曾自嘲自己的姓氏不好，"艰辛做就，悲辛滋味，总是辛酸、辛苦"。梁先生是熟悉宋词的，他晚年在这间房子里一定也联想到了自己的姓氏，真是凄凉做就，悲凉滋味，凉得叫他彻心彻骨。这是他在这个生活、工作，并拼命所保护的城市里的最后一个住所，就是这样一间旧房也还是租来的。我们伟大的建筑学家，研究了中国古往今来所有的房子，终身以他的智慧和生命来保护整座北京城，但是他一生从没有一间属于自己的房子。

今天我站在新落成的大同古城墙上，想起林徽因当年劝北京市领导人的一句话：你们现在可以拆毁古城，将来觉悟了也可以重修古城，但真城永去，留下的只不过是一件人造古董。我们现在就正处在这种无奈和尴尬之中。但是重修总是比抛弃好，毕竟我们还没有忘记历史，在经历了痛苦的反思后可重续文明。现在的城市早已没有城墙，有城墙的城市是古代社会的缩影，城墙上的每一块砖都保留着那个时代的信息和文化的基因。每一个有文化的民族都懂得爱护自己的古城，犹如爱护自己身上的皮肤。我看过南京的明城墙，墙缝里长着百年老树，城砖上刻有当年制砖人的名字，而缘砖缝生长的小树根竟将这个我们不相识的古人拓印下来，他生命的信息融入了这棵绿树，就这样一直伴随着改朝换代的风雨走到我们的面前。我想当初如果听了梁先生的话，北京那40公里长的古城墙，还有十多座巍峨的城楼，至今还会完好保存。我们爬上北京的城楼，能从中读出多少感人的故事，听到多少历史的回声。现在我只能在大同城头发思古之幽情和表示对梁先生的敬意了。我手抚城墙，城内的华严寺、善化寺近在咫尺，那不是假古董，而是真正的辽、宋古建文物，是《营造法式》中的实物。寺内的佛像至今还保存完整，栩栩如生。它们见证了当年梁先生的考察，也见证了近年来这座古城的新生。抚着大同的城墙，我又想起在日本参观过的奈良古城。梁思成是在日本出生的，其时他的父亲梁启超正流亡日本。日本人民也世代不会忘记他的大恩。二战后期同盟国开始对日本本土大规模轰炸，有199座城市遭到破坏，很多建筑物被夷为平地，这时梁先生以古建专家的身份挺身而出，劝美军轰炸机"机下留情"，终于保住了最具有日本文化特色的奈良古城。30年后这座城市被联合国宣布为世界文化遗产，她保有了全日本十分之一的文物。梁思成是为全人类的文化而生的，他超越民族、超越时空。这样想来，他的纪念馆无论是在古都北京还是在塞外大同都是一样的，人们对他的爱、对他的纪念也是超越地域、超越时空的。

我手抚这似古而新的城墙垛口，远眺古城之外，在心中吟哦着这样的句子：大同之城，世界大同。哲人之爱，无复西东。古城巍巍，朔风阵阵。先生安矣！在天之魂。

（《人民日报》2012 年 7 月 4 日）

你怎么就是得不到爱

南国冬日，冒着凛冽的海风，我来到福建惠安，看一个给全世界留下了永远的爱，自己却没有得到爱的人。三年前，我到川藏交界的康定，无意中知道那首著名的《康定情歌》的发现整理者是一位叫吴文季的人，原籍福建惠安。以后就总惦记着这件事，今天终于有缘来访他的故居和墓地。

在抗日战争时期，吴文季一身热血投奔抗日，在武汉参加了"战时干部训练团"，后又辗转重庆，考入中央音乐学院。学院停课期间，为生计他应聘到驻扎在康定地区的青年军教歌。这使他有机会到民间采风。康定地处汉藏文化的交接带，既有汉文化的敦厚，又有藏文化的豪放，尤其是音乐取杂交优势，更显个性。大渡河畔有一座跑马山，那是汉藏同胞，特别是青年男女节日里跑马对歌的地方，吴文季就是在这里采得这首情歌溜溜调的。随着抗战胜利，学校内迁，这首歌也被带回南京。先是经加工配器在学院的联欢会上演出，引起轰动。当时的中国女高音歌唱家喻宜萱就将它带到巴黎的国际音乐节，于是这首歌就走遍世界。那是多么浓烈的爱情旋律啊，"世间溜溜的女子，任我溜溜地爱哟，世间溜溜的男子，任你溜溜地求哟！"从西部高原吹来的清风夹着草香，裹着这歌，这情，飘过原野，洒向广袤的大地。大渡河的雪浪和着它的旋律，一泻千里，冲出深山，流过平原，直入大海。

那天晚上我就宿在康定城里。这是一座高山峡谷中的小城，抗战时曾作过西康省的省会。因地处中国内地通往西藏直至印度的咽喉要道，当时

康定风光

是仅次于上海、天津的对外商埠。晚饭后在街上散步，随处可见历史的遗痕。老房子，商店里的旧家具，地摊上的老画片，还有藏区常见的石头、骨头项链，小刀具等。许多外地游客在街上悠闲地转悠着，怀旧、淘宝。市中心修了一个休闲广场，华灯初上，喇叭里播放着《康定情歌》，还有那首有名的《康巴汉子》："康巴汉子呦……胸膛是野性和爱的草原，任随女人恨我，自由飞翔……"河水穿城而过，拍打着堤岸，晚风轻漾，百姓就在广场上和着这歌的旋律、浪的节拍翩翩起舞。不少游客按捺不住，也跳进队伍里，手之舞之，足之蹈之。那坦荡的爱浓烈的情，我现在想来心中还咚咚作响。《康定情歌》已被刻在大渡河边的石碑上，已登上各种演唱会，通过现代传媒手段传遍全球，甚至被卫星送上太空。但是，很少有人问一问，它的作者是谁？

当我在大渡河边惊喜地知道了这首民歌的发现整理者时，立即就想探寻他的身世。几年来我到处搜求有关资料，而这却将自己推入一种悲凉的空茫。

南京解放后，吴文季在 1949 年 5 月参加解放军，先后在二野文工团、西南军区文工团、总政文工团工作，曾任男高音独唱演员，领唱过《英雄战胜大渡河》等著名的歌曲。但因为有参加过"战干团"和曾到国民党部队教歌这一段经历，被认为不宜在总政文工团工作，于1953年遭送回乡。没有任何处分，也没有任何说法。天真的他以为下放劳动一两年就可返回北京。以至于他走时连行李都没有带全，一批宝贵的创作乐谱也寄存在朋友处。没有想到竟是一去不归。

那天，我从惠安县城出发，找到洛阳镇，又在镇上找到一条小巷。这巷小得仅容一人紧身通过，然后是一处破败的民房。房分前后室，我用脚量了一下，前室只有三步深，墙上挂着他的一张遗像，供少数知情而又知音的人前来瞻仰。地上则散乱地堆着一些他当年用过的农具。后室只能放下一张床，是他劳累一天之后，挑灯写歌的地方。吴回乡后，孤无所依，就吃住在兄嫂家，每日出工，参加集体劳动，业余帮镇上的中学辅导文艺节目。一时使该校节目水平大涨，居然出省演出。后来又安排他到地方歌舞团工作，还创作并排练了反映当地女子爱情的歌剧《阿兰》。他盼着北京有令召还，但日复一日，不见音讯。他哪里知道外面的政治气候正日紧一日，1962年北戴河会议大讲阶级斗争，1964年"四清"运动又开始清理阶级队伍。就这样，直到1966年5月1日他不幸病逝，也没有等到召回令，时年才48岁。

参观完旧居，访过他的兄嫂，我坚持要去看看他的墓。村里人说，从来没有外地人，更没有北京来的人去看，路不好走。我的心里一紧，就更想去会一会那颗孤独的灵魂。开车不能了，我们就步行从一条蜿蜒的小路爬上一个山包，再左行，又是一条更窄的路。因为走的人少，两边长满一人多高的野草，一种大朵的黄花夹生其中。我问这叫什么花，领路的村民说："叫臭菊，到处是，很贱的一种花，常用来沤肥的。"我心里又是一紧，更多了一分惆怅。大家在齐人深的野草和臭菊中觅路，谁也不说话，好像回到一个洪荒的中世纪。

转过一个小坡，爬上一个山坳，终于出现一座孤坟。浅浅的土堆，前面有一块石碑，上书吴文季之墓，并有一行字："他一生坎坷，却始终为自由而歌唱。"我想表达一点心意，就地采了一大把各色的野花，中间裹了一大朵正怒放的臭菊，献在他的墓前，深深地鞠了一躬。然后坐在坟前，听头上的风轻轻吹过，两旁松柏肃然，世界很静。我想陪这个土堆里的人坐一会儿，他绝不会想到有这样一个远方的陌生人来与他心灵对话。他整理那首情歌是在1944年左右，到现在已经60多年，那是他精神世界中最明媚、灿烂的时刻，他的死，并孤寂地躺在这里是1966年，也已半个世纪。他长眠后的岁月里，回忆最多的一定是在康定的日子。那强壮的康巴汉子、多情的藏族姑娘，那激烈的赛马、跳舞、歌唱、狂欢的场面。那是他一生中最美好的一瞬。音乐史上的许多名曲都来自民间的采风，并伴有音乐家的传奇故事，它如大漠戈壁长风送来的驼铃，久久地摇荡着人们的心灵。吴文季的西康采风，很类似音乐家王洛宾的青海湖边采风。康定的藏族姑娘应该比青海的藏族姑娘更热辣奔放一些。王洛宾与卓玛曾有一鞭情，有相拥于马背、飞驰过草原、陶醉于绿草蓝天的浪漫，因而产生了那首名曲《在那遥远的地方》。我们也有理由猜想，在《康定情歌》后面，在鼓声咚咚、彩旗飘飘的跑马山上，或许也另有一个浪漫的故事。"世间溜溜的男子，任你溜溜地求哟"，难道吴家这样英俊的大哥就没有哪位姑娘在赛马时轻轻地抽他一鞭？那时他才24岁啊，正是花季。

我在墓边坐着，南国的冬天并不凋零，放眼望去，大地还是一样的葱绿。近处仍是没人深的野草和大朵的臭菊，远处有一座小山，我问叫什么山，陪同的人说不出具体的名字，倒讲了一个曾在山那边发生的著名的"陈三五娘"故事。啊，我知道《陈三五娘》是在闽南一带流传甚广的传统剧目，后来还拍成了电影。大意是穷文人陈三，在元宵灯会上与富家女子黄五娘邂逅，互相爱慕。黄父却贪财爱势，将五娘允婚他人。陈三便和五娘私奔，终于找到了自己的幸福，这是一个闽版的《梁祝》。但我不知故事的原型却是在这里。讲故事者说，他们私奔的路线就是从那个山后转过来，一直朝这边，朝吴的墓地走来。吴文季在这里长大，又酷爱民间音乐，他一定看过这出戏。也许，他在这凄冷的墓里，还在一遍一遍地回味着这个故事。私奔是爱情题材中常有的主题，从司马相如与卓文君到《陈三五娘》，传唱不衰。但天上无云何有雨，地上无土怎长苗？当你处于一个不敢爱或不敢被人爱的环境或条件下时，你与谁私奔，又奔向何处呢？

吴文季所留资料甚少。他在总政文工团大约是有一位女友的。离京时，他的衣物、书籍，特别是一些乐谱资料还寄存在她处。但自从下放后，对方的回信就渐写渐少，最后终于音断讯绝。这大约是我们知道的他一生中唯一享受过的一丝的爱，像早春里吹过的一缕暖风，然后又复归消失。

山上的风大，不可久留，我起身下山，对地方上的朋友说："墓碑上的那句话应改为：他终生为爱情而歌唱，却没有得到过爱。"

（2004 年夏访康定初记，2008 年 1 月访惠安初稿，

2011 年 12 月 16 日北京改定）

（《人民日报》2012 年 1 月 4 日）

追寻那遥远的美丽

快 20 年了，总有一个强烈的向往，到青海去一趟。这不只是因为小学地理上就学到的柴达木、青海湖的神秘，也不只是因为近年来西北开发的热闹。另有一个埋藏于心底的秘密，是因为一首歌——那首《在那遥远的地方》，还有它的作者——像一个幽灵似的王洛宾。

大概是上天有意折磨，我几乎走遍了神州的每一个省，每一处名山大川，就是青海远不可及，机不可得。直到去年，才有缘去"朝圣"。当汽车翻过日月山口的一刹那，我像一条终于跳过龙门的鲤鱼。山下是一马平川，绿草如烟，起起伏伏地一直漫到天边，我不由想起了"天似穹庐，笼盖四野"的古老民歌。远处有一汪明亮的水，那就是青海湖，是配来映照这蓝天白云的镜子。

这里的草不像新疆的草场那样高大茂密，也不像内蒙古的草场那样在风沙中透出顽强。它细密而柔软，伏在地上，如毯如毡，将大地包裹得密密实实，不见黄沙不见土，除了水就是浓浓的绿。而这绿底子上又不时钻出一束束金色的柴胡和白绒绒的香茅草，远望金银相错，如繁星在空。这真是金银一般的草场。当年 26 岁的王洛宾云游到这里，只因那个 17 岁的卓玛姑娘用鞭子轻轻地抽了他一下，含羞拍马远去，他就痴望着天边那一团火苗似的红裙，脑际闪过一个美丽的旋律——在那遥远的地方。

卓玛确有其人，是一个牧主的女儿，当时王洛宾在草原上采风，无意间捕捉到这个美丽的倩影，这倩影绕心三日，挥之不去，终于幻化为一首美丽的歌，就永远定格在世界文化史上。试想，王洛宾生活在大都市北

位于达坂城古镇的王洛宾雕像

平,走过全国许多地方,天下何处无美人,何独于此生灵感?是这绿油油的草,草地上的金花银花,草香花香,还有这湖水,这牧歌,这山风,这牛羊,万种风物万般情全在美人一鞭中。卓玛一辈子也没有想到她那轻轻的一鞭会抽出一首世界名曲。

当后人听着这首歌时,总想为它注释一个具体的爱情故事,殊不知这里不但没有具体的爱,就是在作者的实际生活中也永没有找到过歌唱中的甜蜜。王洛宾好像生来就有一种使命,总是去追寻美丽。美丽的旋律,美丽的女人,还有美丽的情感。王洛宾是美令智昏,乐令智昏,他认为生活甚至生命就是美丽的音乐。他一入社会就直取美的内核,而不知这核外还有许多坚硬的甚至丑陋的外壳。所以他一生屡屡受挫,直到1981年68岁时,才正式平反,恢复正常人的生活;1992年79岁时,中央电视台首次向社会介绍他的作品。这时,全社会才知道那许多传唱了半个世纪的名曲原来就是出自这个白胡子老头。内地许多媒体,还有香港、新加坡纷纷为他举办各种晚会。我曾看过一次盛大的演出,在名曲《掀起你的盖头来》

的伴奏下，两位漂亮的姑娘牵着一位遮着红盖头的"新娘"慢慢踱到舞台中央，她们突然揭去"新娘"的盖头，水银灯下站着一个老人，精神矍铄，满面红光。他那把特别醒目的胡须银白如雪，而手里捏着的盖头殷红似血。全场响起有节奏的掌声。人们唱着他的歌，许多观众的眼眶里已噙满泪花。这时，离他的生命终点只剩下两三年的时间。

王洛宾的生命是以歌为主线的，信仰、工作，甚至生活中的衣食住行都成了歌的附属，就像一棵树干上的柔枝绿叶。1937 年，他到西北，这本是一次采风，但他被那里的民歌所迷，就留下不走了。他在马步芳和共产党的军队里都服过役，为马步芳写过歌，也为王震将军的词配过曲。他只知音乐而不知其余。甚至他已成了一名解放军军人，却突发奇想要回北京，就不辞而别。正当他在北京的课堂上兴奋地教学生唱歌时，西北来人将这个开小差的逃兵捉拿归案。我们现在读这段史料，真是哭笑不得。甚至在劳改服刑时，他宁可用维持生命的一个小窝头，去换取人家唱一曲民间小调。他也曾灰心过，有一次他仰望厚墙上的铁窗，抛上一根绳，挽成一个黑洞似的套圈，就要迈向另一个世界时，一声悠扬的牧歌，轻轻地飘过铁窗，他分明看到了铁窗外的白云红日，嗅到了原野上湿润的草香。他终于没有舍得钻进那个死亡隧道，三两下扯掉了死神递过来的接引之绳。音乐，民间音乐才真正是他生命的守护神。我们至今不知道这是哪一位牧人的哪一首无名的歌，这也是一根"卓玛的鞭子"，又一回轻轻地抽在了王洛宾的心上。这一鞭，为我们抽回来一只会唱歌的老山羊，一个伟大的音乐家。

为了寻找那种遥远的感觉，我们进入金银滩后选了一块最典型的草场，大家席地而坐，在初秋的艳阳中享受这草与花的温软。不知为什么，一坐到这草毯上，就人人想唱歌。我说，只许唱民歌，要原汁原味的。当地的同志说，那就只有唱情歌。青海的"花儿"简直就是一座民歌库，分许多"令"（曲牌），但内容几乎清一色歌唱爱情。一人当即唱道：

尕妹送哥石头坡，

石头坡上石头多。

不小心拐了妹的脚，

这么大的冤枉对谁说。

这是少女心中的甜蜜。又一人唱道：

黄河沿上牛吃水，

牛影子倒在水里。

我端起饭碗想起你，

面条捞不到嘴里。

这是阿哥对尕妹急不可耐的思念。又一人唱道：

菜花儿黄了，

风吹到山那边去了。

这两天把你想死了，

不知道你到哪儿去了。

黄河里的水干了，

河里的鱼娃见了。

不见的阿哥又见了，

心里的疙瘩又散了。

　　一个多情少女正为爱情所折磨，忽而愁云满面，忽而眉开眼笑。秦时明月汉时关。卓玛的草原、卓玛的牛羊、卓玛的歌声就在我的眼前。现在我才明白，我像王洛宾一样鬼使神差般来到这里，是因为这遥远的地方仍然保存着的清纯和美丽。64年前，王洛宾发现了它，64年后它仍然这样保存完好，像一块闪着荧光不停放射着能量的元素，像一座巍然耸立，为大地输送着乳汁的雪山。青海湖边向来是传说中仙乐缈缈，西王母仙居的地方，现在看来这传说其实是人们对这块圣洁大地的歌颂和留恋，就像西方人心中的香格里拉。我耳听笔录，尽情地享受着这一份纯真。我们盘坐草地，手持鲜花，遥对湖山，放浪形骸，击节高唱，不觉红日压山。当我记了一本子，灌了满脑子，准备踏上归途时，突然想到一个问题，怎么这么多歌声里倾诉的全是一种急切的盼望、憧憬，甚至是望而不得的忧伤，为什么就没有一首来歌唱爱情结果之后的甜蜜呢？

晚上青海湖边淅淅沥沥下起当年的第一场秋雨。我独卧旅舍，静对孤灯，仔细地翻阅着有关王洛宾的资料，咀嚼着他甜蜜的歌和他那并不甜蜜的爱。

闯入王洛宾一生的有四个女人。第一位是他最初的恋人罗珊，两人都是留学生。一开始，他们从北平出来，卿卿我我，甜甜蜜蜜，但一经风雨就时聚时散，若即若离，最终没能结合。王洛宾承认她很美，但又感到抓不住，或者不愿抓牢。他成家后，剪掉了贴在日记本上的罗珊的玉照，但随即又写上"缺难补"三个字。可想他心中是怎样的剪不断，理还乱。直到 1946 年，王洛宾已是妻儿满堂，还为罗珊写了一首歌：

你是我黑夜的太阳，
永远看不到你的光亮。
偶尔有些微光呃，
也是我自己的想象。

你是我梦中的海棠，
永远吻不到我的唇上。
偶尔有些微香呃，
也是我自己的想象。

你是我自杀的刺刀，
永远插不进我的胸膛。
偶尔有些微疼呃，
也是我自己的想象。

你是我灵魂的翅膀，

永远飘不到天上。

偶尔有些微风呃，

也是我自己的想象。

意大利名曲《我的太阳》中的那位女郎是一个灿烂的太阳，而王洛宾的这个太阳却朦朦胧胧只是偶尔有些微光，有时又变成了梦中的海棠，留在心中的只是飘忽不定、彩色肥皂泡似的想象。

第二位便是那位轻轻抽了他一鞭的卓玛，他们相处只有三天，王洛宾就为她写了那首著名的歌。回眸一笑甜彻心，瞬间美好成永远。卓玛不但是他的太阳，还是他的月亮。她那粉红的笑脸好像红太阳，她那美丽动人的眼睛好像晚上明媚的月亮。为了那"一鞭情"，他甚至愿意变作一只小羊，永远跟在她的身旁。但是也只跟了三天，此情此景就成了遥远的回忆。

第三位是他的正式妻子，比他小 16 岁的黄静，结婚后 6 年就不幸去世。

第四位，是他晚年出名后，前来寻找他的台湾女作家三毛。三毛的性格是有点执着和癫狂的。他们相处了一段后三毛突然离去，当时在社会上曾引起一阵轰动、一阵猜测。我们现在看到的是王洛宾在三毛去世之后为她写的一首歌《等待》：

你曾在橄榄树下等待又等待，

我在遥远的地方徘徊再徘徊。

人生本是一场迷藏的梦，

为把遗憾赎回来，

每当月圆时，

我对着那橄榄树独自膜拜。

你永远不再来，

　　我永远在等待，

　　越等待，

　　我心中越爱。

　　四个人中，只有黄静与他实实在在地结合，但他却偏偏为三个遥远处的人儿各写了一首动情的歌。

　　第二天我们驰车续行。雨还在下，飘飘洒洒，若有若无，草地被洗得油光嫩绿。我透过车窗看远处的草原全然是一个童话世界。雨雾中不时闪出一条条金色的飘带，那是黄花盛开的油菜；一方方红的积木，那是牧民的新居；还有许多白色的大蘑菇，那是毡房。这一切都被泅浸得如水彩，如倒影，如童年记忆中的炊烟，如黄昏古寺里的钟声。我一次次地抬头远望，一次次地捕捉那似有似无的海市蜃楼。脑际又隐隐闪过五彩的鲜花、美妙的歌声还有卓玛的羊群。

　　我突然想到这自然世界和人的内心世界在审美上是多么相通。你看遥远的东西是美丽的，因为长距离为人们留下了想象的空间，如悠悠的远山，如沉沉的夜空；朦胧的东西是美丽的，因为它舍去了事物粗糙的外形而抽象出一个美的轮廓，如月光下的凤尾竹，如灯影中的美人；短暂的东西是美丽的，因为它只截取最美的一瞬，如盛开的鲜花，如偶然的邂逅；逝去的东西也是美丽的，因为它留给我们永不能再的惆怅，也就有了永远的回味，如童年的欢乐，如初恋的心跳，如破灭的理想。王洛宾真不愧为音乐大师，对于天地间和人心深处的美丽，"提笔撮其神，一曲皆留住"。他偶至一个遥远的地方，轻轻哼出一首歌，一下子就幻化成一个叫我们永远无法逃脱的光环，美似穹庐，直到永远。

　　（2001 年 8 月记于青海）

　　（《美文》2002 年第 5 期）

与朴老缘结钓鱼台

我与佛有缘吗？过去从来没有想到这个问题。1993年初冬的一天，研究佛教的王志远先生对我说："11月9日在钓鱼台有一个会，讨论佛教文化，你一定要去。"本来平时与志远兄的来往并非谈佛，大部分是谈文学或哲学，这次倒要去做"佛事"，我就说："不去，近来太忙。"他说："赵朴老也要去，你们可以见一面。"我心怦然一动，说："去。"

志远兄走后，我不觉反思刚才的举动，难道这就是"缘"？而我与朴老真的命中也该有一面之缘？我想起弘一法师以当代著名艺术家、文化人的身份突然出家去耐孤寺青灯的寂寞，只是因为有那么一次"机缘"。据说一天傍晚夏丏尊与李叔同在西湖边闲坐，恰逢灵隐寺一老僧佛事做毕归来，僧袍飘举，仙风道骨，夏公说声"好风度"。李公心动说："我要归隐出家。"不想此一念后来竟成真事。据说夏丏尊曾为他这一句话，导致中国文坛隐去一颗巨星而后悔。那老僧的出现和夏公脱口说出的话，大约不可说不是缘（后来，我读到弘一法师的一篇讲演，又知道他的出家不仅仅是有缘，还有根），而这缘竟在文学和佛学间架了一座桥。敢说志远兄今天这一番话不是渡人的舟桥？尽管我绝不会因此出家，但一瞬间我发现了，原来自己与佛还是有个缘在。

9日上午，我如约驱车赶到钓鱼台。这座多少年来作为国宾馆、曾一度为江青集团所霸占的地方，现在也揭去面纱向社会开放。有点身份的活动，都争着在这里举办。初冬的残雪尚未消尽，园内古典式的堂榭与曲水拱桥掩映于红枫绿松之间，静穆中隐含着一种涌动。

作者与赵朴初先生在一起

　　在休息室我见到了朴老，握手之后，他静坐在沙发上，接受着不断走上前来的人们的问候。老人听力已不大灵，戴着助听器，不多说话，只握握手或者双手轻轻合十答礼。我在一旁仔细打量，老人个头不高，略瘦，清癯的脸庞，头发整齐地梳向后去，着西服，一种学者式的沉静和长者的慈祥在他身上做着最和谐的统一。看着这位佛教领袖，我怎么也不能把他和五台山上的和尚、布达拉宫里的喇嘛联系起来。我最先知道朴老，是他的词曲，那时我还上中学，经常在报上见到他的作品。最有影响、轰动一时的是那首《哭三尼》。诗人鲜明的政治立场、强烈的爱憎、娴熟的艺术让人钦佩。可以说我们这一代人，只要稍有点文化的，没有人不记得这首曲子。而我原先只知唐诗宋词，就是从此之后才去找着看了一些元曲。佛不离政治，佛不离艺术，佛不离哲学，大约越是大德高僧越是能借佛径而曲达政治、艺术、哲学的高峰。你看历史上的玄奘、一行，以及近代的弘一，还有那个写出《文心雕龙》的刘勰，写出《诗品》的司空图，甚至苏东坡、白居易，不都是走佛径而达到文学、科学与艺术的高峰？只知晨钟暮鼓者是算不得真佛的。后来我看书多了，又更知道朴老在上海抗日救亡时的义举善举，知道了他与共产党合作完成的许多大事，知道了他为宗教事业所作的贡献，更多的还是接触他的书法艺术，还知道他是西泠印社的第五代社长。在大街上走，或随便翻书、报、刊都能见到朴老题的牌匾或名字。我每天上班从北太平庄过，就总要抬头看几眼他题的"北京出版社"几个字。朴老的故乡安徽省要创办一份报纸，总编喜滋滋地给我看他请朴老题的"江淮时报"几个字。人们去见他，求他写字，难道只是看重他是一个佛门弟子？

会议开始了，我被安排坐在朴老的右边。正好会议给每人面前发了一套《佛教文化》杂志。其中有一期发有我去年去西藏时拍的一组十三张照片，并文。图文分别围绕佛的召唤、佛的力量、佛的仆人、佛的延伸、佛是什么、佛是文化等题来阐述。我翻开那期请他一幅幅地看，边翻边讲。他听说我去了西藏，先是一惊，尔后十分高兴，他仔细地看，看到兴浓处，就慈祥地笑着点点头。最后一幅是我盘腿坐在大昭寺的佛殿前，背景是万盏酥油灯，题为"佛即是我"，并引一联解释："因即果，果即因，欲求果，先求因，即因即果；佛即心，心即佛，欲求佛，先求心，即心即佛。"这回朴老终于些微地冲破了他的平静，他慈祥地看着图上的人影，大笑着用手指一下我说："就是你！"并紧紧握住我的手。因为朴老听力不好，所以我们谈话就凑得更近，大概是这个动作显得很亲密，又看见是在翻一本佛教文化杂志，记者们便上来抢拍，于是便定格下许多有趣的镜头。

会议结束了。我走出大厅，走在绿中带黄、绵软如毡的草地上。我想今天与朴老相会钓鱼台，是有缘。要不怎么我先说不来，后来又来了呢？怎么正好桌子上又摆了几本供我们谈话的杂志？但这缘又不只是眼前的机缘，在前几十年我便与朴老心缘相连了；这缘也不只是佛缘，倒是在艺术、诗词等方面早与朴老文缘相连了。缘是什么？缘原来是张网，德行越高学问越深的人，这张网就越张越大，它有无数个网眼，总会让你撞上的，所以好人、名人、伟人总是缘接四海；缘原来是一棵树，德行越高学问越深的人，这树的浓荫就越密越广，人们总愿得到他的荫护，愿追随他。佛缘无边，其实是佛学里所含的哲学、文学、艺术浩如烟海，于是佛法自然就是无边无际的了。难怪我们这么多人都与佛有缘。富在深山有远客，贫居闹市无人问，资本是缘，但这资本可以是财富也可以是学识、人品、力量、智慧。在物质上，更重要的是在精神上富有的人，才有缘相识于人，或被人相识。一个在精神上平淡的人与外部世界是很少有缘的。缘是机会，更是这种机会的准备。

车子将出钓鱼台大门时，突然想起一偈，轻轻念出：

身在钓鱼台，心悟明镜台。

镜中有日月，随缘照四海。

（1993 年 12 月）

百年明镜季羡老

98 岁的季羡林先生离我们而去了。

初识先生是在 20 世纪 90 年代的一次颁奖会上。那时我在新闻出版署工作,全国每两年评选一次优秀图书,季老是评委,坐第一排,我在台上干一点宣布谁谁讲话之类的"主持"之事。他大概看过我哪一篇文章,托助手李玉洁女士来对号,我赶忙上前向他致敬。会后又带上我的几本书到北大他的住处去拜访求教。他对家中的保姆也指导读书,还教她写点小文章。先生的住处是在校园北边的一座很旧的老式楼房里,朗润园 13 号楼。那天我穿树林,过小桥,找到楼下,一位司机正在擦车,说正是这里,刚才老人还出来看客人来了没有。

房共两层,先生住一层,有两套房间。左边一套是他的会客室,有客厅和卧室兼书房,不过这只能叫书房之一,主要是用来写散文随笔的。我在心里给它取一个名字叫"散文书屋"。著名的《牛棚杂忆》就产生在这里。书房里有一张睡了几十年的铁皮旧床,甚至还铺着粗布草垫,环墙满架是文学方面的书,还有朋友、学生的赠书。他很认真,凡别人送的书,都让助手仔细登记、编号、上架。到书多得放不下时,就送到学校为他准备的专门图书室去。他每天四时即起,就在床边的一张不大的书桌上写作。这是多年的习惯,学校里都知道他是"北大一盏灯"。有时会客室里客人较多,就先把熟一点的朋友避让到这间房里。有一年春节我去看他,碰到教育部部长来拜年,一会儿市委副书记又来,他就很耐心地让我到书房等一会儿,并没有一些大人物乘机借新客来就逐旧客走的手段。我尽情地仰观满架的藏书，还可低头细读他写了一半的手稿。他用钢笔，总是那样整齐的略显扁一点的小楷。学校考虑到他年高，尽量减少打扰，就在门上贴了不会客之类的小告示，助手也常出面挡驾。但先生很随和，听到动静，常主动出来请客人进屋。助手李玉洁女士说："没办法，你看我们倒成了恶人。"

这套房子的对面还有一套东屋，我暗叫它"学术书房"。共两间，全部摆满语言、佛教等方面的专业书，人要在书架的夹道中侧身穿行。和"散文书屋"不同，这里是先生专著学术文章的地方，向南临窗也有一书桌。我曾带我的搞摄影的孩子，在这里为先生照过一次相。他就很慷慨地为一个孙辈小儿写了一幅勉励的字，是韩愈的那句"业精于勤荒于嬉，行成于思毁于随"，还要写上"某某小友惠存"。他每有新书出版，送我时，还要写上"老友或兄"指正之类，弄得我很紧张。他却总是慈祥地笑一笑问：还有一本什么新书送过你没有？有许多书我是没有的，但这份情太重，我不敢多受，受之一二本已很满足，就连忙说有了，有了。

先生年事已高，一般我是不带人或任务去看他的。有一次，我在中央党校学习，党校离北大不远，党校办的《学习时报》大约正逢几周年，要我向季老求字。我就带了一个年轻记者去采访他。采访中记者很为他的平易近人和居家生活的简朴所感动。那天助手李玉洁女士讲了一件事。季老常为目前社会上的奢费之风担忧，特别是水资源的浪费，他是多次呼吁的，但没有效果。他就从自家做起，在马桶水箱里放了两块砖，这样来减少水箱的排水量。这位年轻的女记者当时就笑弯了腰，她不可理解，先生生活起居都有国家操心，自己何至于这样认真？以后过了几年，她每次见到我都提起那件事，说季老可亲可爱，就像她家乡农村里的一位老爷爷。后来季老住进301医院，为了整理先生的谈话，我还带过我的一位学生去看他，这位年轻人回来后也说，总觉得先生就像是隔壁邻居的一位老大爷。我就只有这两次带外人去见他，不忍心加重他的负担。但是后来过了两年，我又一次住党校时，有一位学员认识他，居然带了同班十多个人去他的病房里问这问那、合影留念。他们回来向我兴奋地炫耀，我却心里戚戚然，十分不安，老人也实在太厚道了。

先生永远是一身中山装，每日三餐粗茶淡饭。他是在24岁那一年，人生可塑可造的年龄留洋的啊，一去十年。后来又一生都在搞外国文学、外语教学和中外文化交流的研究，怎么就没有一点"洋"味呢？近几年基因之说盛行，我就想大概是他身上农民子弟的基因使然。有一次他在病房里给我讲，小时候穷得吃不饱饭，给一个亲戚家割牛草，送完草后磨蹭着不走，直等到中午，只为能给一口玉米饼子吃。他现在仍极为节俭，害怕浪费，厌恶虚荣。每到春节，总有各级官场上的人去看他，送许多大小花篮。他病房门口的走廊上就摆起一条花篮的长龙。到医院去找他，这是一个最好的标志。他对这总是暗自摇头。我知道先生是最怕虚应故事的，有一年老同学胡乔木邀他同去敦煌，他是研究古西域文化的，当然想去，但一想沿途的官场迎送，便婉言谢绝。

自从知道他心里的所好，我再去看他时，就专送最土最实用的东西。一次从香山下来，见到山脚下地摊上卖红薯，很干净漂亮的红薯，我就买了一些直接送到病房，他极高兴，说很久没有见到这样好的红薯了。先生睡眠不好，已经吃了40年的安眠药，但他仍好喝茶。杭州的"龙井"当然是名茶，有一年我从浙江开化县的一次环保现场会上带回一种"龙顶"茶。我告他这"龙顶"在"龙井"上游300公里处，少了许多污染，最好喝。他大奇，说从未听说过，目光里竟有一点孩子似的天真。我立即联想到他写的一篇《神奇的丝瓜》，文中他仰头观察房上的丝瓜，也是这个神态。这一刻我一下读懂了一个大学者的童心和他对自然的关怀。季老为读者所喜爱，实在不关什么学术，至少不全因学术。他很喜欢我的家乡出的一种"沁州黄"小米，这米只能在一小片特定的土地上生长，过去是专供皇上的。现在人们有了经营头脑，就打起贡品的招牌，用一种肚大嘴小的青花瓷罐包装。先生吃过米后，却舍不得扔掉罐子，在窗台上摆着，说插花很好看。以后我就摸着他的脾气，送土不送洋，鲜花之类的是绝不带的。后来，聊得多了，我又发现了一丝微妙，虽是同一辈的大学者，但他对洋派一些的人物，总是所言不多。

我到先生处聊天，一般是我说得多些，考虑先生年高，出门不便，就尽量通报一点社会上的信息。有时政、社会新闻，也有近期学术动态，或说到新出的哪一本书、哪一本杂志。有时出差回来，就说一说外地见闻，有时也汇报一下自己的创作。他都很认真地听。助手李玉洁说先生希望你们多来，他还给常来的人都起个"雅号"，我的"雅号"是"政治散文"。他还就这个意思为我的散文集写过一篇序。如时间长了我未去，他会问助手，"政治散文"怎么没有来。一次我从新疆回来，正在创作《最后一位戴罪的功臣》，我谈到在伊犁采访林则徐的旧事。虎门销烟之后林被清政府发配伊犁，家人和朋友要依清律出银为他赎罪，林坚决不肯，不愿认这个罪。在纪念馆里有他就此事给夫人的信稿。还有发配入疆时，过险地果子沟，大雪拥谷，车不能走，林家父子只好下车蹚雪而行，其子跪地向天祷告："父若能早日得赦召还，孩儿愿赤脚蹚过此沟。"先生眼角已经饱含泪水。他对爱国和孝敬老人这两种道德观念是看得很重的。他说，爱国，世界各国都爱，但中国人爱国观念更重些。欧洲许多小国，历史变化很大，唯有中国有自己一以继之的历史，爱国情感也就更浓。他对孝道也很看重，说"孝"这个词是汉语里特有的，外语里没有相应的单词。我因在报社分管教育方面的报道，一次到病房里看他，聊天时就说到儿童教育，他说："我主张小学生的德育标准是：热爱祖国、孝顺父母、尊重师长、同伴和睦。"他当即提笔写下这四句话，后来发表在《人民日报》上。

先生原住在北大，房子虽旧，环境却好。门口有一水塘，夏天开满荷花。是他的学生从南方带了一把莲子，他随手扬入池中，一年、两年、三年，就渐渐荷叶连连，红花映日，他有一文专记此事。于是，北大这处荷花水景就叫"季荷"。但 2003 年，就是中国大地"非典"流行那一年，先生病了，年初住进了 301 医院，开始，治疗一段时间还回家去住一两次，后来就只好以院为家了。"留得枯荷听雨声"，季荷再也没见到它的主人，我也无缘季荷池了。以后就只有在医院里见面。刚去时，常碰到护士换药。是腿疾，要用夹子伸到伤口里洗脓涂药，近百岁老人受此折磨，令人心中不是滋味，他却说不痛。助手说，哪能不痛？先生从不言痛。医院都说他是最好伺候的、配合得最好的模范病人。他很坦然地对我说，自己已老朽，对他用药已无价值。他郑重建议医院千万不要用贵药，实在是浪费。医院就骗他说，药不贵。一次护士说漏了嘴："季老，给你用的是最好的药。"这一下坏了，倒叫他心里长时间不安。不过他的腿疾却神奇地好了。

先生在医院享受国家领导人待遇，刚进来时住在聂荣臻元帅曾住过的病房里。我和家人去看他，一切条件都好，但有两条不便。一是病房没有电话（为安静，有意不装），二是没有一个方便的可移动的小书桌。先生是因腿疾住院的，不能行走站立，而他看书、写作的习惯却不能丢。我即开车到医院南面的玉泉营商场，买了一个有四个小轮的可移动小桌，下可盛书，上可写字。先生笑呵呵地说，这就好了，这就好了。我再去时，小桌上总是堆满书，还有笔和放大镜。后来先生又搬到 301 南院，条件更好一些。许多重要的文章，如悼念巴金、臧克家的文章都是在小桌板上，如小学生那样伏案写成的。他住院四年，竟又写了一本《病榻杂记》。

我去看季老时大部分是问病，或聊天，从不敢谈学问。在我看来他的学问高深莫测，他大学时候受教于王国维、陈寅恪这些国学大师，留德十年，回国后与胡适、傅斯年共事，朋友中有朱光潜、冯友兰、吴晗、任继愈、臧克家，还有胡乔木、乔冠华等。"文革"前他创办并主持北大东语系 20 年。他研究佛教，研究佛经翻译，研究古代印度和西域的各种方言，又和英、德、法、俄等国语言进行比较。试想我们现在读古汉语已是多么的吃力费解，他却去读人家印度还有西域的古语言，还要理出规律。我们平常听和尚念经，嗡嗡然，不知何意，就是看翻译过来的佛经"揭谛揭谛波罗揭谛"也不知所云，而先生却要去研究、分辨、对比这些经文是梵文的还是那些已经消失的西域古国文字，又研究法显、玄奘如何到西天取经，这经到汉地以后如何翻译，只一个"佛"就有佛陀、浮陀、浮屠、勃陀、母陀、步他、浮屠、香勃陀等20多种译法。不只是佛经、佛教，他还研究印度古代文学，翻译剧本《沙恭达罗》、史诗《罗摩衍那》。他不像专攻古诗词、古汉语、古代史的学者，可直接在自己的领地上打天下，享受成果和荣誉，他是在依稀可辨的古文字中研究东方古文学的遗存，在浩渺的史料中寻找中印交流与东西方交流的轨迹及思想、文化的源流。比如他从对梵文与其他多国文的"糖"字的考证中，竟如茧抽丝，写出一本近80万字的《糖史》，真让人不敢相信。这些东西在我们看来像一片茫茫的原始森林，稍一涉足就会迷路而不得返。我对这些实在心存恐惧，所以很长时间没敢问及。但是就像一个孩子觉得糖好吃就忍不住要打听与糖有关的事，以后见面多了，我还是从旁观的角度提了许多可笑的问题。

我说："您研究佛教，信不信佛？"他很干脆地说："不信。"这让我很吃一惊，中国知识分子从苏东坡到梁漱溟，都把佛学当做自己立身处世规则的一部分，先生却是这样的坚决。他说："我是无神论，佛、天主、耶稣、真主都不信。假如研究一个宗教，结果又信这个教，说明他不是真研究，或者没有研究通。"

我还有一个更外行的问题："季老，您研究吐火罗文，研究那些外国古代的学问，总是让人觉得很遥远，对现实有什么用？"他没有正面回答，说："学问，不能拿有用还是无用的标准来衡量，只要精深就行。当年牛顿研究万有引力时知道有什么用？"是的，我从来没有考虑过这个问题，牛顿当时如果只想有用无用，可能早经商发财去了。事实上，所有的科学家在开始研究一个原理时，都没有功利地问它有何用，只要是未知，他就去探寻，不问结果。至于有没有用，那是后人的事。而许多时候，科学家、学者都是在世时没有看到自己的研究结果。先生在回答这个问题时的那一份平静，深深地印在我的脑子里。

有一次我带一本新出的梁漱溟的书去见他。他说："我崇拜梁漱溟。"我就乘势问："您还崇拜谁？"他说："并世之人，还有彭德怀。"这又让我吃一惊。一个学者崇拜的怎么会是一个将军！他说："彭德怀在庐山会议上敢说真话，这一点不简单，很可贵。"我又问："还有可崇拜的人吗？""没有了。"他又想了一会儿，"如果有的话，马寅初算一个。"我没有再问。我知道希望说真话一直是他心中隐隐的痛。在骨子里，他是一个忧时忧政的人。巴金去世时，他在病中写了《悼巴老》，特别提到巴老的《真话集》。"文革"结束十年后他又出版了一本《牛棚杂忆》。

我每去医院，总看见老人端坐在小桌后面的沙发里，挺胸，目光看着窗户一侧的明亮处，两道长长的寿眉从眼睛上方垂下来，那样深沉慈祥。前额深刻着的皱纹、嘴角处的棱线，连同身上那件特有的病袍，显出几分威严。我想起先生对自己概括的一个字"犟"，这一点他和彭总、马老是相通的。不知怎么，我脑子里又飞快地联想到先生的另一个形象。一次人民大会堂开一个关于古籍整理的座谈会，我正好在场。任继愈老先生讲了一个故事，说北京图书馆的善本限定只有具备一定资格的学者才能借阅。季先生带的研究生写论文需要查阅，但无资格。先生就陪着他到北图，借出书来让学生读，他端坐一旁等着，好一幅寿者课童图。渐渐地，这与眼前他端坐病室的身影叠加起来，历史就这样洗磨出一位百岁老人，一个经历了由中华民国至中华人民共和国，其间又经历了"文革"和改革开放的中国知识分子。

近几年先生的眼睛也不大好了，后来近乎失明，他题字时几乎是靠惯性，笔一停就连不上了。我越来越觉得应该为先生做点事，便开始整理一点与先生的谈话。我又想到先生不只是一个很专业的学者，他的思想、精神和文采应该普及和传播。于是去年建议帮他选一本面对青少年的文集，他欣然应允，并自定题目，自题书名。又为其中的一本图集写了书名《风风雨雨一百年》。在定编辑思想时，他一再说："我这一生就是一面镜子。"我就写了一篇短跋，表达我对先生的尊敬和他的社会意义。去年这套"季羡林自选集"终于出版，想不到这竟是我为先生做的最后一件事。而谈话整理，总因各种打扰，惜未做完。

2008 年，作者在医院看望季羡林先生

现在我翻着先生的著作，回忆着与他无数次的见面。先生确是一面镜子，一面为时代风雨所打磨的百年明镜。在这面镜子里可以照出百年来国家民族的命运、思想学术的兴替，也可以照见我们自己的人生。

（2009 年 7 月 12 日季老仙逝第二日）

（《人民日报》2009 年 7 月 14 日）

一片历史的青花——季羡林先生谈话录

第一次：2007 年 2 月 15 日下午　301 医院

1. 科学不能解决所有问题

梁：季老，春节到了，给您拜年。您气色真好。

季：就是腿站不起来了。

梁：怎么还在写东西啊？

季：写和谐方面的。现在注意研究天人和谐，人与外部世界和谐，其实还要注意人自己内心的和谐。听说中央有文件还引了我这个观点。

梁：温家宝总理讲话时引用了您的话。

季：人的内心世界比外部世界更复杂。美国人是科学主义，认为科学能解决一切，其实不是。科学对解决人类的内心世界贡献不大。

梁：最近外面正流行梁漱溟的一本书是他的晚年谈话录，季老见到没有？

季：没有。（助手插话：什么书名，我去给季老买一本）

梁：书名叫《这个世界会好吗》。他说，这个世界上科学只管科学要解决的问题，宗教只管宗教要解决的问题，谁也代替不了谁。

季：要想让科学解决一切问题不可能。科学把世界越分越细，这样分不出个结果。

梁：我知道您曾写过一篇文章，说解决世界上的问题还得回到东方哲学上来。凑巧同时李政道也写了这样一篇文章，发在同一期刊物上。

季：是。

2. 我崇拜梁漱溟、彭德怀

季：梁漱溟这个人不简单。打开《毛泽东选集》（五卷本）第五卷，第一篇文章，你看就知道，梁漱溟和毛泽东吵架，毛泽东暴跳如雷，梁漱溟坦然应对。他说要看看主席的雅量。

梁：是在1953年讨论总路线的会上，关于对农村政策的一次争论。梁漱溟晚年对这件事也有点后悔，说他是领袖，我太气盛，不给他留面子。他还是很佩服毛泽东。那本书里也说到这件事。

季：我崇拜梁漱溟。他这个人心肠软，骨头硬。他敢于顶毛泽东。在并世的人中我只崇拜两个人，还有一个是彭德怀。他在五九年庐山会议敢说真话，敢顶毛泽东。我和梁漱溟还有一点关系，他是第一任中华文化书院院长，我接他，是第二任院长。

梁：您和彭德怀有什么直接关系？

季：没有。他是大元帅，我是一个教师。他是武，我是文。但我佩服他。"文革"中间我们俩命运一样，都挨斗了。有一次北京航空学院的红卫兵揪斗彭德怀，我就从北大走到北航去看。

梁：在并世之人中您还崇拜谁？

季：没有了。

梁：往后排，第三个，第五个呢？

季：没有了。毛这个人，现在还没有开始研究，时候不到。

梁：周恩来怎么样？

季："值得研究"四个字。周的人品无可非议。政治上还有待研究。他曾经领导过毛泽东，打仗不如毛。不能理解，后来为什么事事听毛的。他不是为自己。值得研究。

3. 学问不要拿有用无用来衡量，只要精深就行

梁：季老，我一直有一个问题想问您，您研究那些很生僻的学问，古

代印度，梵文，还有更稀罕的吐火罗文，对现在的世界有什么意义？

季：梵文，在欧洲各国都是一门显学，代表着当时的世界文明。梵文、巴利文、古希腊文这三门语言是比较语言学必修的。所谓比较语言学实际就是印欧语言比较学。梵文是大乘佛教用的文字，主要流行于古代印度；巴利文是小乘佛教用的文字，重要流行于泰国、斯里兰卡和印度南部。

梁：什么是吐火罗文？

季：是古代西域地方的一种文字，分为吐火罗文 A 焉耆语和吐火罗文 B 龟兹语。现在看到的是用它写成的佛经，但都是残卷。只有中国新疆才有。

梁：那，您就是对古梵文、巴利文、吐火罗文与古希腊文进行比较研究。

季：不只是这几种文字的比较，还有英、法、德，斯拉夫语等。在比较中看文化的发展与交流。当然吐火罗文的难点首先是考证、辨认。

梁：这种研究对现在有什么用？

季：学问就是学问，不能说有什么用。对大多数人来说外语有什么用，没有用。我当年在德国从耄耋之年的西克教授处学到这种就要失传的文字，也没有想到 30 年后又拿起来用。20 世纪 70 年代新疆焉耆县断壁残垣中发掘出这种古文字的残卷，我把它译了出来。

梁：这让我想起，梁启超有一篇文章，他说，做学问不要问为什么，不为什么，就是为我的兴趣，为学问而学问。许多诺贝尔奖得主，当被问到为什么搞这项研究时，总是说没有别的原因，就是有兴趣。

季：牛顿当年研究万有引力有什么用？没有用，也没有什么理由，但是以后成为一项伟大的贡献。学问，不能拿有用无用来衡量，只要精深就行。有独到处，有发现就行。如果讲有用，很多学术问题都不用研究，浪费精力。

梁：我想起了，梁启超的那篇文章叫《学问之趣味》。梁启超这个人真不简单，他半文半白的文字写得好，后来的纯白话文也写得很好，这篇文章很通俗、生动，道理也讲得好，很适合现在的中学生、大学生读。

季：梁启超和胡适都是学术之才，但他们有一个共同点，就是都被政治拖住了，很可惜。

梁：胡适被拖得更久。湖南有一本《书屋》杂志，去年登了一篇文章详细谈胡适在美国当大使，身心都很累。

季：胡当大使对中国抗战有功，他英文好，在美国到处讲演，争取支持。梁启超后来到清华成了四大导师之一。那三位是王国维、赵元任、陈寅恪，还有一位是辅助导师，李济，是研究考古的。

4. 研究工作，搜集资料要涸泽而渔

梁：对一般读者来说，您后来写的回忆录、散文比前期的学术著作影响哪个更大些？

季：这是因为后来年纪大了，住院了，学问做不成了，就只好写回忆。你不知道，做学术研究要用很多很多参考书，不可想象。病了，住在医院里就办不到了。过去，我定下一个研究题目就到北大图书馆，几个楼的书，从头到尾翻一遍，真是涸泽而渔。那时有精力。学问这个东西要心静。我写《糖史》，80 万字，两年，整天在图书馆，真正是风雨无阻，那时眼睛还行，现在戴花镜还看不清，要用放大镜。

梁：我记得有一个细节，您到台湾访问，一见面，主人就问《糖史》带来没有？您研究古印度、佛教、语言比较学，怎么又研究起糖了？

季：糖这个词在英文叫 sugar，法文是 sucre，俄文是 caxap，德文是 zuckr，都是从梵文里借过来的。

梁：中文糖的发音和梵文有没有关系？

季：没有。德语、英语、法语、俄语的糖都与梵文中糖的发音相似。梵文音译是"舒而呷拉"，中文的糖与它无关。中国在唐以前就会制糖，

但是麦芽糖，不能算糖，甘蔗只能制糖浆。印度当时制蔗糖比中国先进，已会制砂糖。唐太宗派人到摩诘托国学习制糖技术，中国正史中有记载的。围绕着制糖技术的学习交流，就是一部中印文化交流史，涉及很多方面。糖的传播经历了很多的周折，后来到明朝，中国的技术又超过国了印度，会制白砂糖，这技术又传回到印度。阿拉伯人在其中起了中介的作用。

梁：我数了一下，您在《糖史》里，只整理出来的初唐时中印交通年表就用了十页书。

季：学术就是这样，牵一发而动全身。株连枝蔓，愈精愈深，愈深愈多。

梁：我又想起一个插曲。您一直研究印度，但直到解放后才有机会去那里考察。您在书中很怀念建国初那次印度、缅甸之行。说大家相处甚洽，有的团员还在此行结为情侣，回国后结婚成家，是谁啊？

季：你可能听说过，一位女歌唱家周晓燕。男的姓袁，后来是上海电影局局长。是我清华同学，比我大两届，想起了，他叫袁俊。那次是新中国第一次组织文化代表团，规模很大，周总理亲自抓，郑振铎任团长，出行六周时间。出国前我们准备了很详细的资料。

第二次：2007 年 2 月 28 日下午　301 医院

5. 爱国主义不能一概而论，要加以分析

梁：今天给您带了最近出的一本散文。

季：你的散文很有特点。

梁：这本书是受团中央、教育部委托给大学生编的，叫《爱国的理由》，都是一些著名人物的爱国文章。选文主要有两个标准，一是爱国精神，二是美文，在历史上要有经典作用。当时起书名时，大家在一起讨论，很费了一番工夫。北大的一位教授说，孩子上大学了，回来老跟他辩

论：你们老说爱国，我凭什么爱国？我说就叫爱国的理由，就是要给人讲清理由。

季：关于爱国主义，我曾在国防大学研究生院作过一次报告。我讲，爱国主义是好还是坏？有人说只要爱国就是好的，我说不一定。日本侵略中国，日本鬼子喊爱国主义比谁的声音都高，你说他们的爱国主义是好东西吗？爱国主义不能一概而论。一个国家不侵略他国，讲爱国主义是真的；你去侵略他国，像日本人鼓吹的爱国主义，其实是害国主义，害了自己的国家，自己的民族。

梁：那是狭隘的爱国。

季：只狭隘还不够，是害国主义。真正爱国是反对侵略，对国家前途和人民的命运负责。爱国主义应当加以分析。像日本国内的反战派，表面上不爱国，其实是真正的爱国主义。如果顺应了反侵略的民心，日本也不至于栽了那么大跟头。

梁：日本战败后，亚洲各国的侨民大撤退，很多人自杀了。一大批人又流亡到世界各地。秘鲁曾有一个叫藤森的日本裔总统，就是当时日本侨民的后代。您留德十年，正赶上了德国发动的二次大战。您怎么看德国人的爱国主义？

季：当时我们中国留学生很少接触到德国人。一般而言，德国人是科学头脑一流，政治头脑四流，糊涂。我所知道的，反对希特勒的德国人并不多，也许他们不敢讲。

6. 中国对世界的贡献不限于物质，还有精神的。和谐，这是伟大的思想

季：你看现在地球村越来越小，交通越来越发达，但问题却越来越多：战火纷飞，刀光剑影，生态失调。中国人提倡和谐，如果每个国家都能接受的话，全世界就是一个大爱国主义，不侵略别人，当然也不容他人侵略，和谐相处，这个世界还有好日子过。中华民族是一个伟大的民族，过去历史上有很多发明创造，比如造纸、印刷术。如果没有中国四大发明对世界的贡献，人类社会的进步起码还要晚几百年。

梁：我们对世界的贡献还有哪些？

季：中国对世界的贡献不限于物质，还有精神的。和谐，这是伟大的思想。李大钊有一个座右铭："为天地立心，为生民立命，为往圣继绝学，为万事开太平。"往圣就是马克思，万事开太平，现在的和谐就是开太平。这种贡献，时间越长，意义就越看得清楚。现在还不行，不到时候。中国人也并不全了解、相信和谐的意义。整个人类有待于发展，向好的方向发展。

梁：您在谈到中西文化交流时曾说过，总有一天会实现世界大同。

季：要很长时间，不是一百年二百年，这是我的想法。有人说共产主义不会实现，为什么呢？共产主义就是共有，一件新的发明只能少数人有，怎能共有呢？这是歪理。真正到了共产主义，物质、精神都是大家的，不是某一个人的。

7. 大同是人类的前途。不能因为现在人类有不良习惯，就失去信心

梁：您怎么看世界大同？

季：大同是人类的前途。现在有两种看法。一是对人类前途抱希望，二是对人类前途不抱希望。我属于抱希望的。不能因为现在人类有不良习惯，就失去信心。要慢慢改，不是一年两年，不要急于求成。我们提出和谐，是给世界人民上大课。但中国人未必都理解和谐的意义。国外也不都理解，特别是美国。世界地缘政治在变化中，近几百年来，世界的政治、文化、经济中心并不是总在一个地方。比如 18 世纪，在欧洲大陆；19 世纪在英国；到了 20 世纪又在美国。在 21 世纪，世界的政治中心总不能老在美国吧？风水轮流转，美国人不知道这个道理，他们以为自己永远是世界的中心。这怎么可能呢？

8. 历史的规律不是我们创造的，是历史告诉我们的

梁：在历史上作为世界中心的某一个国家，一般能持续多长的时间？

季：大概也就一个世纪。19世纪的英国号称日不落帝国，那威风极了，结果也垮了。历史的规律不是我们创造的，是历史告诉我们的。

梁：历史上中国曾是世界的中心吗？

季：有一幅画，叫《清明上河图》。

梁：是宋代张择端的。

季：画的是开封。商铺林立，非常繁华。那时世界上还没有比它大的城市，开封应该是当时世界的中心。

梁：唐代长安算是当时世界的中心吧？

季：应当是。它不仅限于中国，是全世界的大都会。不是我们自吹，当时西方的好多小国，还有罗马都称唐太宗为天可汗，就是统治宇宙的可汗。古丝绸之路主要是从中国长安到罗马，这是一条商路，是做生意的，不能小看商人。

梁：您在介绍佛祖释迦牟尼的文章里专门有一节"联络商人"。

季：我还写过一本书——《商人与佛教》，为什么写这本书呢？我看过佛经的"律"，这在过去小和尚都不能看。我看了，觉得非常可笑、非常奇怪。怎么可笑呢？在"律"中对商人特别赞美。为什么呢？当时古代人很少出门，不像我们现在"旅什么游"（笑）。当时出远门的只有两种人，一是商人，"商人重利轻别离"；二是宗教信徒，他们要云游取经布道。天主教徒、佛教徒都一样。一般人是老婆孩子热炕头，不出门。

梁：这两种人中玄奘是最大的旅行者了。

季：玄奘是中国的脊梁，这是鲁迅说的。

9. 宗教不会消灭。不能说哪个宗教好，哪个宗教坏，宗教和宗教之间没有可比性

梁：传教士对传播文化起过作用。

季：不能说哪个宗教好，哪个宗教坏，宗教和宗教之间没有可比性，没法比。你信的，就是好的；不信的，就是坏的。邪教是另一回事。有一次我给国家宗教局的领导讲，宗教不会消灭。

梁：记得您跟冯定讨论在共产主义社会是否有宗教。

季：我们两人讨论的结果一样，阶级消灭了，宗教还是消灭不了。为什么呢？人的主客观总不能完全一致。人类不可能进步到那个程度，人愿意干什么就干什么，心想事成。

梁：您和冯定的对话很有名，赵朴老在世时曾举过这个例子。

季：我们现在对宗教的态度是正确的。宗教是个人问题。一般说，宗教分为两类：一是光明正大的宗教，比如佛教、道教、基督教、天主教、伊斯兰教等；二是歪门邪道的宗教。像日本的光明圣殿派，提倡集体自杀，这就是邪教。

10. 我研究佛教，但我不信佛

梁：季老，我问您一个幼稚的话题，您研究了一辈子佛教，您到底信不信佛呢？

季：我不信。什么宗教我都不信。但只要光明正大，我就尊敬它。佛教的道理说服不了我。佛教追求涅槃，有一个根本的教义就是轮回、转生，这很讨厌，好生生的来回转干吗？它讲修行，说可以跳出轮回。何必费这么大劲，你不信它，不就可以跳出轮回了吗？（笑）

梁：涅槃是否可以不转生了？

季：涅槃只是停止的意思，并没有不转生的其他含义。

11. 中国人有很大的好处，就是没有宗教狂

季：现在信佛的人，大都想下辈子比今生更快乐、更好、更有钱财。如果猪修行的话，下辈子就会托生为人。中国人有很大的好处，就是没有宗教狂，佛教、道教、基督教、伊斯兰教什么都信，最后是崇拜祖先，这是人民的宗教。

梁：恩格斯讲，宗教是宗教创造者根据群众的宗教需要创造的。老百姓的宗教与创造宗教者的宗教、当政者的宗教有没有区别？

季：老百姓有宗教需要。我也不是宗教创始人，我猜想越是宗教创始人就越不信教。他比别人更知道，这是骗人的。

梁：这么说马克思讲，宗教是麻痹人民的鸦片还是对的？

季：宗教也不是鸦片烟，你自己觉得需要，接受了它，心里安静了，就是得到了这个好处。穷人信宗教，是希望下辈子富一些。猪怎么想，我就不知道了。（笑）

梁：高级知识分子中有很多研究佛教、信佛，比如梁漱溟，他信佛，吃素，甚至年轻时就想出家。还有台湾的南怀瑾，他自己也闭关、打坐。最奇的是李叔同，干脆出家了。您怎么看？

季：李叔同文化造诣很深，他认为信教能得到内心的安静，那就信吧，又不影响别人。我小时候曾见过巫婆，现在没有了。一个平平常常的老太太，进来后一会儿打了个哈欠，说话声音变了，很大的声，信徒还以为是神灵附体。我在一旁觉得可笑，她是个好演员，哪有什么神呢？

12. 信佛能让一些人心安理得，这就够了

梁：李叔同在文学、戏剧、绘画、音乐等方面都造诣很深。一个人为了求得安静，办法很多，何必非要出家不可呢？

季：他愿意选这个方法。他很有才华。信佛能让他心安理得，就够了。就像吃东西，有人喜欢吃苦的，有的喜欢辣的，有的喜欢酸的。每个人口味不一样。佛教是他喜欢的，他就去信。佛教究竟有什么迷人之处，我研究了一辈子也不知道，反正涅槃我是不信的。（笑）

梁：他把所有的功名抛掉遁入空门，学生丰子恺劝，他也不听。

季：他一起丢掉，一心归佛，以求解脱，未尝不是个办法。有人在社会上忙忙碌碌，即使做了大官也不舒服。每个人有每个人的选择。

13. 中国有个传统，骨头硬，叫宁死不屈

梁：今天还给您带来梁漱溟的一本书。就是上次说到的梁漱溟晚年谈话录。

季：他是很值得钦佩的。

梁：这是他晚年也是九十几岁时，与一个美国学者的谈话。这个美国人曾写过梁漱溟的传记，但一直没有见过他。后来终于有机会到北京了，他们一起交谈。20 年后，他的两个儿子将录音材料整理出书。这里还有一个资料把梁漱溟的谈话分了类，很清晰，有对马克思主义的看法、对新中国的看法、对毛泽东的看法。

季：梁漱溟谈的？

梁：对，他说，毛泽东是最伟大的中国人物。还谈到 1953 年他们吵架的事情。身体允许的情况下，您可以看看。您跟梁漱溟接触过吧？

季：接触过。中国文化书院，他是第一任院长，他退休后，我接了他的班。我们在一起开过几次会，他比我长一辈。

梁：您跟他接触并不多，为什么崇拜他？

季：他骨头硬，但骨头硬不能一概而论，他对人民心肠软。他和主席争吵时，伟大领袖怒发冲冠，气得发抖，而梁漱溟只是要试一下毛的雅量，还送他走。《三国演义》祢衡骂曹，结果曹操不敢杀他，但最后还是借刀杀人，让黄祖杀了他。中国有个传统，骨头硬，坚持真理宁死不屈。彭德怀也是这样。

梁：他们对毛表现得骨头硬对吗？

季：对的。但现在对毛的评价还不是时候。

梁：您对彭德怀的崇拜也是这个意思？

季：我崇拜的人，一个是彭德怀，一个是梁漱溟，就这两个。"文革"初期，我还没有进"牛棚"，但已开始挨批。听说彭德怀被揪到航空学院批斗，我从北大走到北航去看。

梁：您和他素不相识，您文他武，为什么要大老远的跑去看？

季：因为他在庐山会议上敢说真话，有骨头，很了不起。我知道他的脾气不好，很担心那天他会和红卫兵顶起来吃亏。我有这个体会。

梁：结果怎么样？

季：还好，那天他没有发脾气，很从容大度。也许是原谅这些孩子不懂事。

梁：您崇拜的人还有谁？

季：没有了，其他有，不如他们突出。马寅初也可以算一个。他的《人口论》不简单，如果我们听马老的意见，也不会有13亿人口，这13亿成了我们的负担和累赘。

第三次：2007 年 3 月 21 日上午　301 医院

14. 什么国学大师，我连小师都不够。国学只知道一点

梁：季老您好。前几天去了趟贵州，那里风景很好，还给您带来些富硒茶，那是抗癌的，对老年人也很好。

季：那里就是"地无三尺平，天无三日晴，人无三分银"吧？

梁：您的记忆力真好。我和贵州有些特殊关系。我的文章，他们的一家杂志连载了七八年。

季：情有独钟。

梁：还有一个原因。贵州有一个黄果树，旁边六公里处有天星桥，几年前给他们写了篇文章，后来他们把我的文章印了10万张当宣传品，前年又刻在石头上。

季：那里的黄果树瀑布不得了。

梁：今天给您带了湖南的一本杂志，上面登了关于您的一组文章，还有我的一篇《周恩来让座》。还画了您的头像，您能看清吗？

季：马马虎虎。

梁：您的那篇"三辞国学大师桂冠"的文章。

季：社会上都讲了头，辞掉了。什么话都别讲过头。讲什么国学大师，我连小师都不够，算什么大师？国学只知道一点。（笑）

15. 国学者，一国之学问也。狭义指人文社会科学，广义包括自然科学在内。有的人说，提倡国学就是反对马克思主义，这是胡说八道

梁：国学的含义是什么？

季：国学者，一国之学问也。中国的国学有两种概念，一讲国学就是以中国人过去的人文学科为主，自然科学为辅。国学大师怎么来的呢？有一次北大开会，《人民日报》的一个记者是北大校友，他当时用了"国学大师"这个词，后来都讲开了。我说哪有什么国学大师？

梁：还记得是哪个记者？

季：姓毕。

梁：噢，是我们文艺部的记者，写散文的，还给您写过传记。现在我们理解国学应包括哪些内容？

季：应该有狭义、广义之分。狭义指人文社会科学，广义包括自然科学在内。其实中国古代的自然科学水平很高，像墨子。一般讲的国学是狭义的人文社会科学，经史子集、四书五经。有的人说，提倡国学就是反对马克思主义，这是胡说八道。讲国学怎么就是反对马克思主义呢？我们是用马克思主义来理解我们的国学。

16. 什么是马克思主义？实事求是，不夸大。不能把马克思主义曲解成阶级斗争。其实马克思主义是反对独裁的

梁：这怎么理解呢？

季：什么是马克思主义？实事求是，不夸大。不能把马克思主义曲解成阶级斗争。其实马克思主义是反对独裁的，马克思主义并不提倡独裁。《共产党宣言》里也没有这个。中国的马克思主义道路不是从西方（德国）来的，是十月革命的一声炮响，经过苏联的中介才传到中国的。受苏联的影响很大。我曾经问过国家编译局的同志，如果马恩全集中碰到原文有问题怎么办？他说有问题，找俄文翻译。

梁：这不是本末倒置吗？

季：如果研究马恩，应根据德文原文。

梁：留德十年间看过马克思原著吗？

季：没有。主要学习和研究德文、巴利文和吐火罗文。

17. 我说：我胆子小，怕杀头，但一定会支持你的工作

梁：当时在清华时，您的同学胡乔木已经宣传马克思主义了？

季：胡当时在历史系，是地下党。一天夜里他找到我，要我参加组织。我说：我胆子小，怕杀头，但一定会支持你的工作（笑）。后来他让我到工人子弟学校教书，我说一定从命。当时宿舍的脸盆里常常有宣传品，大家心知肚明，知道是从哪里来的，就是胡乔木拿来的，但谁也不说。后来让国民党特务发现了，胡就去杭州了。

18. 革命者得讲究策略，胡也频不讲究策略

梁：您教书的学校是不是类似蔡元培搞的平民夜校？

季：不是那样。那是革命活动的一部分，通过这种教育来团结工人启发工人的觉悟。我教他们认字，当时我的山东口音很重，说话不标准。在那里大约教了两年。后来被国民党发现了，停了。我还有一个老师，是在山东读中学时的老师胡也频，鲁迅在《为了忘却的纪念》里提到的。他是我高中的国文教员，也是一个革命者。我想，革命者得讲究策略，但胡就不讲究。他上课时就大讲现代文艺的使命是革命，要推翻旧社会。这种赤裸裸的宣传蒋介石当然不允许，后来他被杀害了。青年革命者锐气强，但也要讲策略。

19. 后来出现了两个乔木——乔冠华和胡乔木，一个南乔木，一个北乔木

梁：宣传马克思主义方面，对您影响较大的人是谁？

季：当胡也频在的时候，老宣传现代文艺，后来又组织了现代文艺学会，我是积极分子，还写了文章谈现代文艺的使命。这是我在山东上中学的时候。

梁：胡乔木呢？

季：关于革命，胡乔木给我写了封信。他说，你还记得当年一个叫胡鼎新的同学吗？胡鼎新就是当年他上大学时的名字。后来出现了两个乔木——乔冠华和胡乔木，一个南乔木，一个北乔木。记得大约是解放前，乔冠华说，胡乔木比我官大，这个名字就让给他，我改回乔冠华吧。

梁：乔冠华曾和您一起留过学吧？

季：对。我们是清华同学，他在哲学系，比我高两级。在学校时，他常夹着一本德文版的《黑格尔全集》，旁若无人。那时我们并不熟。后来我们一起坐西伯利亚火车到了柏林，那时天天一起，几乎形影不离，很谈得来。我们都是书呆子，喜欢逛旧书摊。他很有才气，有些古典文学修养。1935 年我到了哥廷根，一待就是 10 年；他到了图秉根。

20. 哥廷根有一个汉学研究所，对我的影响非常大

梁：为什么选择哥廷根而不是柏林呢？

季：哥廷根有一个汉学研究所，对我以后的影响非常大。乔冠华是一个社会活动家，在哥廷根待了两年后就到柏林了。当时黄绍竑也在哥廷根，乔冠华参加革命与他有直接关系。

梁：就是那个桂系的军阀黄绍竑？

季：我不想待在柏林，那里的中国留学生很多，国民党大官很多，纨绔子弟也很多。我不是搞政治的料子，所以就离开柏林去了哥廷根。在那里的留学生，其中有原清华大学副校长、中国科学院院士张维。1942 年我去了柏林，那时是想离开德国，可是没走成。那一年汪精卫投靠了日本人。他一投敌，希特勒就承认了汪伪政府，国民党的使馆从柏林撤走，日本走狗汪精卫政府的使馆取而代之。我和张维觉得不能和汉奸合作，就到德国警察局申请无国籍，无国籍的人处境非常危险，因为没有人保护你。但没人保护也不能让汉奸保护，一个有良心的中国人也只能这样去做。张维的夫人是一个飞机设计师的学生。二战结束后，我们一起从瑞士回国。当时交通断了，我们就找所谓军政府，见到了英军上尉沃特金斯，他答应

帮忙。一个美国少校，想搭我们的车到瑞士玩一玩，我们坐着一辆大吉普车，我、张维一家、刘先志夫妇一起来到了瑞士。因为没有签证，进不去，我们就打电话给中国驻瑞士使馆，把我们接过去了。张维是学工程的，他的专业在瑞士很稀缺，所以就待了一阵，后来才回国。

21. 西克老师说吐火罗语是他一辈子的绝活，非要教给我不行，我只好学了

梁：您在《留德十年》里曾提到西克老师。

季：那位老先生像祖父。他是我平生遇到的对我最爱护、感情最深、期望最大的老师。一开始，我并不想学吐火罗语。当时学的语言不少了，脑子有点盛不下了。

梁：您学了几门外语？

季：已经学了六、七种。在哥廷根学希腊文、梵文、巴利文。当时西克老师说吐火罗语是他一辈子的绝活，非要教给我不可，我只好学了。我曾把他的照片放在桌子上，面对自己。一看到他的相片，心里就有了很大勇气，觉得应该拼命研究下去，不然对不住老师。

梁：后来鉴定新疆考古发现的弥勒会见记残卷用上了？

季：那是一个剧本。

梁：也算是佛家的经书？

季：既是一种文艺作品，又算是经书，是用戏剧来宣扬佛教。当时在新疆发现了这个弥勒会见记剧本残卷。

22. 吐火罗文，是中国的古代语言，属于印欧语系

梁：发现了这个残卷有什么意义呢？

季：吐火罗文，从地理学讲只有中国有，是中国的古代语言，属于印欧语系。后来新疆出土了几十页吐火罗文的弥勒会见记剧本残卷。我读通了，寄回新疆博物馆。如果我们中国发现的残卷，自己都读不通，再求别人，脸面不好过。

梁：有什么文艺价值呢？

季：研究中国文学史就知道，中国的戏剧开始比较晚。王国维曾写过《宋元戏剧史》一书。中国的戏剧最早追溯到宋、元。宋朝是宋词，元代是元曲。我认为，中国戏剧源自西方，就来自新疆。比如吐火罗文的弥勒会见记剧本就在新疆发现的，中国戏剧从新疆到中原，中间接通的是发现的剧本残卷，梵文也是剧本。

23. 了解中国戏剧史，有王国维的《宋元戏剧史》，我只能补充吐火罗文这一部分

梁：除此还有吗？

季：还有，有梵文也有吐火罗文，都是剧本。

梁：年代能推断出来吗？

季：上限不好说。纸张可以看出大致年代，但文字很难准确判断年代，从纸张上看到不了唐。我们中国出土的文献——弥勒会见记剧本，我读通了。我们新疆博物馆出土的文献多极了，最早没有吐火罗文这方面的专家，所以有些本子是头脚倒着摆放的。

梁：为什么不印刷出来呢？

季：这是个残卷，很不完整。平心而论，从艺术价值上说，我们的这个剧本比易卜生的差远了。它的语言价值极高，而艺术价值极低。古希腊戏剧有一流的剧本。

梁：您对中国戏剧有很深的了解，为什么不写一本中国戏剧史的书？

季：了解中国戏剧史，有王国维的《宋元戏剧史》，我只能补充吐火罗文这一部分。

梁：在清华时，他教过您吗？

季：没有。他1928年就投湖了，我是31年到的清华，王国维是大家。

24. 世界各民族无论大小强弱，都对世界文化有所贡献

梁：您为什么会研究《糖史》呢？

季：我主要研究文化交流，从语言对比上研究。民族文化交流除了学术意义，还有政治意义。世界各民族是互相学习，共同前进的。有一句话，可能有些过头。我讲，世界各民族无论大小强弱，都对世界文化有所贡献。但小民族有多少贡献，我也一时说不清，无论大小，都有所贡献，不要挫伤民族的自尊感。

25. 我只是个杂家，兴趣太多。自己的学问，最看重的就是巴利文、吐火罗文

梁：您的学问既精深又渊博。

季：我只是个杂家，兴趣太多。

梁：您认为您的学问最重要的是哪一部分？您怎样看自己的学问？

季：最看重的就是巴利文、吐火罗文。北京语言大学校长、外研社要出词典全集，供外贸、外交行业用。这是一个冷门，他们当时说准备赔上一千万。他们让我看。我就专挑了一个词——"倚老卖老"，看他们翻译的怎样。这是周总理接待外宾时提的一个问题，当时翻译都翻不出来，周也翻译不出来。我看了他们的辞典词条后，觉得翻译得很好。

梁：您还记得他们怎样翻译的吗？

季：记得。（用钢笔在纸上写了起来：To take advantage of his old age）

26. 邓拓是一个才子，但不太收敛

梁：季老，我是搞新闻的，对邓拓印象很深。最近公布了他自杀前的两封遗书。您和三家村的三个人都认识吗？

季：认识。邓拓是个才子。他曾讲，无论什么人，给他出什么问题，他都能答复。他靠的是《古今图书集成》。这部书部头很多，材料很多，他很会查。出什么题目，他都会做文章。《古今图书集成》比《辞海》资料要丰富。我和他没有什么直接来往，我认识他，他不一定认识我，身份不同，一个是市委书记，一个是一介书生，差距太大。吴晗是清华的，比

我早。巴格达建城 1 500 年纪念会，我们国家派了一个代表团，吴晗是团长，团员中有北京师范大学的白寿彝和我。我和廖沫沙也见过面，他们的文章我都读过。

梁：邓拓写过《中国救荒史》，很难得，首开这方面研究的先河。

季：他是一个才子，但不太收敛。

梁：这一点和胡也频有点相似吗？

季：胡也频才分不如邓拓，他是一个一般的作家。

27. 我这个人有个特点，就是什么东西都不丢，结果这张相片"文革"中被抄家抄出来了。我蹲了八个月的牛棚

梁：邓拓曾在《人民日报》当过一任总编辑。在您的《牛棚杂忆》里，曾多次提到两位老人：婶母和妻子。

季："文革"中的这一段说来话长，主要因为一个姓张的人。当年我在德国留学时，遇到了这个姓张的，过去并不认识。他既不念书又不上学，整天无所事事，但从不缺钱花，

季羡林先生签名送作者的
《牛棚杂忆手稿本》

后来我怀疑他是国民党的蓝衣社，钱大大地有，他曾送我一张蒋介石与宋美龄的照片。我这个人有个特点，就是什么东西都不丢，结果这张相片"文革"中被抄家抄出来了，他们就说我是蒋介石的走狗，这张照片惹了大祸，我后来蹲牛棚都跟它有关。其实，按理说，我是双清干部，历史清楚、历史清白。但是蒋宋的照片怎么讲呢？我也不清楚那个姓张的背景，况且当时说这些根本也没有用，那不是讲理的时候。我蹲了八个月的

牛棚。

梁：八个月产生了一本《牛棚杂忆》。这是关于"文革"的一个重要资料。

季：我也不后悔。关于"文革"的还有一本书，是老作家马识途的，他也蹲过牛棚，一开始人家不给他出。我的那本书是中央党校出版社出的，牌子硬，出来后，他的书也出版了。

梁：您跟杨振宁、李政道认识吗？

季：杨振宁爸爸是清华大学数学系教授。我在清华读书时，他还是个中学生，不像现在这么有名，不认识他。后来见了面谈到了他的父亲是杨武之。

梁：后来您和他们曾同时住过一家医院？

季：他们都住过院，国家特别优待。

梁：您的关于天人合一的文章和杨振宁的同时发在一个刊物上。

季：是有这回事，具体我记不清了。

28. 一个叫王邦维的学生要看《赵城藏》，他借不出来，我就借出来，陪他看

梁：有一年在人民大会堂开会，任继愈先生曾讲了一个故事。在北图文景阁善本借阅处，您替学生借书，书借出来了，您还在一旁陪着学生阅读抄录。

季：当时一个叫王邦维的学生要看《赵城藏》，但善本书是不能随便借阅的，他借不出来，我就借出来，陪他看。

梁：陪他看了多长时间？

季：相当长，大概一个上午。看的时候要戴上手套，看善本书不准用钢笔，只能用铅笔抄录。这是保护古籍，是对的。

29. Wala 是波兰人，是在火车上碰到的

梁：在您的散文里，有一篇《Wala》，写的是一个女孩子。

季：Wala 是波兰人，是在火车上碰到的。圆圆的脸，圆圆的眼睛，很天真。当时坐火车时间很漫长。在苏联境内时，他们的外文不行，难以沟通交流。火车一过苏联，进入波兰境内后，情况就大不一样。波兰人英文、德文都会说。Wala 就是这样一个女孩子。

梁：还有一个女孩子，叫伊姆加德，在您留学德国的时候曾帮您打论文，对您很有好感。

季：（不好意思地与梁相视而笑）那个时候……

梁：王炳南就找了个德国姑娘。

季：他们后来又分开了。王炳南比我大。

第四次：2007 年 4 月 30 日　301 医院

30. 西方语言里没有"仕"和"孝"这两个词

梁：季老好。我给您带来一本杂志，上面有您的文章。

季：你上次送来的梁漱溟的书我看了，这个人有骨气，这是中国传统的"仕"的精神。西方语言里没有"仕"这个词。

梁：就是知识分子的硬骨头精神。

季：现在这种精神少了。

梁：季老，我记得您说过西方语言里也没有"孝"这个词。前几年我来看您，说到小学生品德教育，您随手就写了"孝顺父母"。这真是东西方文化的差异。

季：西方人敬上帝，中国人敬祖宗。

梁：您当时写的是四句话："热爱祖国，孝顺父母，尊重师长，同伴和睦"，我拿回去发在 2004 年 4 月 6 日的《人民日报》上。

季：现在眼睛不行了。写字也看不清了。

梁：现在社会上您的书很多。最近几个年轻的出版工作者希望为您编一套自选集，普及一点，通俗一点。

季：可以考虑。

梁：书名叫什么好？

季：我这一生风风雨雨，快 100 岁了，就叫《风风雨雨一百年》吧。

第五次：2007 年 11 月 22 日

（略）

第六次：2008 年 12 月 17 日

31. 中国农民第一是要吃饱肚子。

梁：季老，很长时间没有来看您了。

季：不能握手了，医生不让，只能作揖表示了。

梁：今天我带出版公司的人来，给您送书，送稿费。您的自选集共 12 本，另一本画传。还有我主编的一套《名家佛性散文选》，是您题的书名，也给您带来了。

季：眼睛不行了，只是个形式了，不能看东西了，只能听他们念一点。（翻书）

梁：（翻到自选集最后一页）这里有我为全书写的一篇短《跋》，可以让他们给您读一下。

季：你的政治散文还在写吗？

梁：在写。今年是彭德怀诞辰 110 周年，我前后花了 7 年时间写了一篇《二死其身的彭德怀》发在《新华文摘》上。

季：武的，我崇拜彭德怀；文的，我崇拜梁漱溟。他们都敢顶毛泽东。

梁：今年 10 月我去了一趟山东邹平，参加首届范仲淹节，邹平是范的故乡。无意中我才知道梁漱溟先生的墓在邹平，修得很好，在山上，还专为它修了一条路。县中学里有一个简单的纪念馆。

季：当年梁漱溟在山东邹平做乡村建设实验，晏阳初在河北保定搞实验。

梁：梁在那里搞了七年，简直就是一个新型的社会，直到1937年，日本人一来全垮了。看来没有政权，谈不上改革。邹平还存有不少资料。

季：梁漱溟、晏阳初那一套乡村建设不行。中国农民第一是要吃饱肚子。不发展生产，办教育，识字，解决不了问题。中国农村，一两千年都是吃饭问题，有饭吃社会就稳。到共产党才解决这个问题。

梁：现在我们搞新农村建设，中心还是发展生产。全国还有1 400万农村人口没有脱贫。

季：这是个难题，是个大题目。

32. 奇怪，共产党员可以当官，当群众团体的头不行

梁：那天我在邹平纪念馆里还看到一件过去没有见过的东西。赵朴初写的一封信，手稿。说是在一次会上，梁漱溟讲话时突然说他自己前世是一个菩萨。看口气，赵朴老好像也觉得奇怪，就如实照录，有立此存照之意。

季：梁是居士，他是真信佛的。梁是相信轮回转世的，赵朴老应该也是相信的。

梁：您和赵、梁都有过交往吧？

季：我曾接替梁任中国文化书院的院长。1961年曾准备接赵朴初任佛教协会的会长，组织不批准，说你是共产党员，不能当群众团体的领导。奇怪，共产党员当官可以，当群众团体的头不行。

33. 周恩来为翻译问题费尽了心

梁：你们那一批的老先生现在还和谁有来往？

季：老了，音讯全无。我现在以医院为家了。当年一起工作的还有雷洁琼、周有光。

梁：那是什么时候？

季：1954 年成立文字改革委员会，大家一起工作。委员有周有光。有老舍，满族，京腔最地道。还有侯宝林，语言丰富生动。当时的想法是改革汉字，拉丁化，取消方块字。毛主席也有这个意思。现在还在世的只有周有光了。

梁：拉丁化是不是世界趋势？

季：大部分都是拉丁化。1954 年周恩来参加日内瓦会议。我们的文字翻译难，见报总比人家慢。1956 年党的八大，邀请世界上很多兄弟党参加。我在大会翻译组工作。同声翻译遇到大问题。中国人发言时，外语翻译跟不上。好多种语言同时翻，不好协调。周恩来想了个办法，给发言席上装一盏红灯。翻译跟不上就按开关，亮一下红灯，提醒发言者慢一点。不想发言人理解错了，见了红灯更紧张，讲得更快。所以当时有个想法改革中国字。但这个办法后来证明行不通。越南文字就是拉丁化了，弄得更复杂，更不方便。

34. 中国文字是上帝对我们的恩赐

梁：汉语最简练。

季：对。当年搞翻译，一句汉语，外文要长出好几倍。

梁：最长的是哪国文字？

季：英语、俄语都长，但最长的是缅甸文。比如时常用的“多、快、好、省”四个字，翻成外文要费很大劲。当时只觉得拼音文字书写印刷快一些，现在科技进步，发现汉语更方便。

梁：现在电脑输入，单位时间，汉语的信息量更大。

季：语言是表达思想，怎么方便就怎么来。古人是文言和口语分开，辜鸿铭是个怪老头，用文言说话，本来是“雇一洋车”，他说“为我市一车”。说男人可以娶姨太太，一个壶四个杯。

梁：你们有接触？

季：他早得多。我还不够资格。

梁：幸亏汉字没有被改革掉，那要丢掉多少宝贵遗产。

季：精炼本来是汉语的优势，表达同样的内容，他们用十分钟，我们用五分钟。但是现在有些官员，空话、套话连篇，又哼又哈，讲话和文章越来越长。各国语言都有格言、成语，但中国最多。

梁：文风连着党风，连着世风。

季：连外国人都说，中国文字是上帝对我们的恩赐。我们要好好地保护她，发扬她。

梁：季老，这句话很好，请您给我写下来。

季：眼睛不行了，只能摸着写，靠惯性写。一停就接不上了。（提笔写字）

（《北京文学》2013 年第 7 期）

以后这样的人不多了

从医院里看范敬宜同志回来，第三天就收到他去世的消息。我们是很熟的，曾在同一个单位工作，又住在同一个大院里。但那天去看他时，却几乎是相对无言。过去常说的话题，如写作，如社会上的事，如新闻业务，都已无力再谈；而病情，心照不宣，又谁也不愿提及，不敢提及。我极难过，生离死别，竟是这个样子。又怕他累，说了一点不着边际的话，就赶快退了出来。回到家里，就找他过去送我的《敬宜笔记》看。老范从小受过严格的国学训练，又上过教会办的大学，"文革"前让政治风浪打到东北一个农村劳动，改革开放后得以重新回京。论学问是中西合璧，论经历是七上八下，论意志和信念可谓九死而不悔。他曾主持《经济日报》、《人民日报》两大报纸，成绩显著，且人又十分温和善良。每个人总是属于自己的时代，有自己的基因，我想今后中国新闻界这样的人是不多了。

2008 年 11 月 22 日，作者与范敬宜交谈

我想到老范可与两个人相比。

一是邓拓。邓是《人民日报》第一任总编。在过去的十多任总编中，论学识之富，笔耕之勤，当数邓、范。新闻因实用性强，社会上曾流传"新闻无学"。我曾有专文《新闻有学，学在有无中》谈此事。其实大新闻人必是大文化人，胸中自有八方之学。邓、范都够得上。当年邓拓曾在《北京晚报》开专栏，写《燕山夜话》；老范在《新民晚报》开专栏，写《敬宜笔记》。邓拓从《人民日报》离任时曾有赠诗，中有"笔走龙蛇二十年"、"文章满纸书生累"的佳句；范离任时亦有赠诗，其中有"风晨雨夕赖相持，剑气箫心喜共鸣"的佳句。邓说"不当新闻官"，躬亲版面；而范写稿编报至细。一次，我当夜班，他出国，远在万里之外的莫斯科，两次来电话只为稿中的一个字。真如古诗所说"吟安一个字，捻断数茎须"。他未当总编时有名篇《莫把开头当过头》，当总编后又有大量新闻作品和多次著名的策划。总编之职，说难亦难，说易亦易。大学问家有之，甩手掌柜有之。看大样签字点头亦可，殚精竭虑审稿、拟题、配言论亦可。办报是政治把关，文化兜底，把关易，兜底难，能言传身教，提升记者、编辑和版面的水平更难。办报是很累人的，我们这些人常感叹是误入歧途，只好舍命相陪。他却从来没有把编报看成负担。按说总编辑不必细看副刊的大样，但他说这是他的爱好，常常能从稿中学到一些东西。当然，他也常挑出一些错误。他给我讲过一个例子，说年轻记者对旧典不熟，易出笑话。有一篇言论批评我们的干部和市场走得太近，说是"依市门"，殊不知"依市门"是指妓女拉客。他骨子里还是一个文化人。范敬宜继承了中国报人的正宗一脉，警醒于政治，厚积于文化，薄发于新闻，满腹才学，发为文章，并带出一批高徒。在新闻界大家都知道他谦虚随和，乐于助人。20世纪90年代初，我在新闻出版署主办一本管理杂志《报纸月报》，为活跃版面，拟在每期封面发一个新闻名人漫画头像，同时发一个人物小传。那时人们还不习惯正面人物用漫画，特别是封面人物。我们正愁这个策划无法实现，他却很痛快地愿意为我们第一个"以身试画"。有他这个名人带头，这个创意终于成功，并一直使用了两年。我从心里是很感谢他的。他平时勤读好学，不耻下问，毫无架子。一次在小饭店里吃饭，见墙上贴着一篇《红烧肉赋》，感觉有趣，便放下筷子，从头至尾抄下来。服务员大奇，以为这文中有什么毛病。一天早晨，他突然来电话问我："你谈夜班体会的那八个字是什么？"原来他正要登车出门去讲课。我读《敬宜笔记》，看其随手例举诗、词、书、画、古籍、掌故，总想起瞿秋白的一句话：以后这样的文人是没有了。就是那天在医院里，桌子上还摆着他刚画完的一幅山水，竟成绝笔。

二是范仲淹。这么比，好像说远了，但确实他最堪其比。当然，不是比功业，而是比精神。范敬宜是范仲淹之后，又是范仲淹思想研究会会长。蒙他错爱，我忝为这个研究会的顾问，近两年常在一起搞范学研究。范仲淹提出"先天下之忧而忧，后天下之乐而乐"，"居庙堂之高则忧其民，处江湖之远则忧其君"。范敬宜完全彻底地继承了先祖的忧国思想。他是九届全国人大常委，一次他提出要到北京的外地人口聚居区视察，答曰：治安不好，环境不好，最好不去。他说："这样就更要去了。"事后他给我谈起感想说："回来七天，我的鞋上还有腥臭味，其生存环境可想而知。"戚然良久，忧心不释。到外地视察，他往往直言政弊，恳切献策。他退休之后还常给报纸写稿。一次春节过后他传来一稿《风雪念村官》，原来他与自己30年前"发配"东北农村时的老房东、老支书还一直保持联系，年节通电话察问民情，知惠民政策见效，喜上心头，急草成一稿。夜班的编辑们都深为感动。他是人大代表，每年开"两会"时都不忘搜集民情，写成稿件。这本来普通小记者做的事情，他自觉去做。这正如范仲淹所言："求民疾于一方，分国忧于千里。"试问，一个部级干部，一个70多岁的退休老人，还这样牵挂民情的能有几人？

范仲淹为政，每到一地必先办书院，一生不知亲自提携、资助了多少后进。范敬宜退下来后即被聘为清华大学新闻传播学院院长。按说人家是要他这个名，大可不必去多管事。事实上在其他院校也多是这样。但他很认真，还备课，给本科生上课，带研究生，甚至亲自组织课堂讨论，批改学生作业。这几年大学毕业生就业成了老大难，每到学生毕业时他又四处托人帮他们找工作。有一年他带的一个研究生毕业答辩，他这个导师要回避，又找我去帮忙主持。我说："老范，你这哪像个院长？"事实上，在清华，学生背后都叫他"范爷爷"。看来他这一辈子也不会当官。当总编，改稿子；当院长，改作业，实在是忧心太重。就是社会上许多求文、求字的事他也是有求必应。一次我在刊物上读到他应人之请写的《重修望海楼记》，大喜。其结尾处的六个排比，气势之宏，忧怀天下之切，令人过目难忘，真正是一个《岳阳楼记》的现代版。当世之人，我还少见可与并驾之笔。现抄于此："望其澎湃奔腾之势，则感世界潮流之变，而思何以应之；望其浩瀚广袤之状，则感孕育万物之德，而思何以敬之；望其吸纳百川之广，则感有容乃大之量，而思何以效之；望其神秘莫测之深，则感宇宙无尽之藏，而思何以宝之；望其波澜不惊之静，则感一碧万顷之美，而思何以致之；望其咆哮震怒之威，则感裂岸决堤之险，而思何以安之。"没有一生坎坷、满腹诗书、一腔忧心，何能有这样的文字？

《人民日报》十多位总编，自邓拓之后，其才学堪与其比者唯老范一人；范仲淹倡"先忧后乐"已千年，我身边亲历亲见，能躬行其道的新闻高官，唯老范一人。我只有用《岳阳楼记》的最后一句话来说："噫！微斯人，吾谁与归！"

（《新闻战线》2010 年第 12 期，《文史参考》2010 年第 23 期）

跨越百年的美丽

今年是居里夫妇发现放射性元素镭100周年。

100年前的1898年12月26日，法国科学院人声鼎沸，一位年轻漂亮、神色庄重又略显疲倦的妇人走上讲台，全场立即肃然无声。她叫玛丽·居里，就是后来名扬于世的居里夫人。她今天要和她的丈夫皮埃尔·居里一起在这里宣布一项惊人发现，他们发现了天然放射性元素镭。本来这场报告，她想让丈夫来作，但皮埃尔·居里坚持让她来讲。因为在此之前还没有一个女子登上过法国科学院的讲台。玛丽·居

居里夫人

里穿着一袭黑色长裙，白净端庄的脸庞显出坚定又略带淡泊的神情，而那双微微内陷的大眼睛，则让你觉得能看透一切，看透未来。她的报告使全场震惊，物理学进入了一个新时代，而她那美丽而庄重的形象也就从此定格在历史上，定格在每个人的心里。

居里夫人一直是我崇拜的少数名人中的一个。如果说到女性的名人她就更是非第一莫属了，余后大概还有一个中国的李清照。我大约是在上中

学时读到介绍居里夫人的小册子，从此她坚毅的形象便在脑海里永难拂去。以后我几乎搜读了所有关于她的传记。一个人的伟大不外乎两个方面，一是他对社会作出的贡献，二是他的人格、他的精神。对居里夫人来说，这两方面她都具备，而且超群绝伦，值得我们永远地怀念和学习。

关于放射性的发现，居里夫人并不是第一人，但她是关键的一人。在她之前，1896 年 1 月，德国科学家伦琴发现了 X 射线，这是人工放射性；1896 年 5 月，法国科学家贝克勒尔发现铀盐可以使胶片感光，这是天然放射性。这都还是偶然的发现，居里夫人却立即提出了一个新问题，其他物质有没有放射性？物质世界里是不是还有另一块全新的领域？别人在海滩上捡到一块贝壳，她却要研究一下这贝壳是怎样生、怎样长，怎样冲到海滩上来的。别人摸瓜她寻藤，别人摘叶她问根。是她提出了放射性这个词。两年后，她发现了钋，接着发现了镭，冰山露出了一角。为了提炼出纯净的镭，居里夫妇搞到一吨可能含镭的工业废渣。他们在院子里支起了一口大锅，一锅一锅地进行冶炼。然后再送到化验室溶解、沉淀、分析。而所谓化验室是一个废弃的、曾停放解剖尸体用的破棚子。玛丽终日在烟熏火燎中搅拌着锅里的矿渣。她衣裙上、双手上，留下了酸碱的点点烧痕。一天，疲劳之极，玛丽揉着酸痛的后腰，隔着满桌试管、量杯问皮埃尔："你说这镭会是什么样子？"皮埃尔说："我只是希望它有美丽的颜色。"终于经过三年又九个月，他们在成吨的矿渣中提炼出了 0.1 克镭。它真的有极美丽的颜色，在幽暗的破木棚里发出略带蓝色的荧光。还会自动放热，一小时放出的热能溶化等重的冰块。

旧木棚里这点美丽的淡蓝色荧光，是用一个美丽女子的生命和信念换来的。这项开辟科学新纪元的伟大发现好像不该落在一个女子的头上。千百年来，漂亮就是一个女人的最高荣誉，最大资本，只要有幸得到这一点，其余便不必再求了。莫泊桑在他的名著《项链》中说："女人并无社会等级，也无种族差异；她们的姿色、风度和妩媚就是她们身世和门庭的标志。"居里夫人是属于那一类很漂亮的女子，她的肖像如今挂遍世界各国的科研教学机构，我们仍可看到她昔日的风采。但是她偏偏没有利用这一点资本，她的战胜自我也恰恰就是从这一点开始的。当她还是个小学生时就显示出上帝给她的优宠，漂亮的外貌已足以使她讨得周围所有人的喜欢。但她的性格里天生还有一种更可贵的东西，这就是人们经常加于男子汉身上的骨气。她坚定、刚毅，有远大、执着的追求。为了不被漂亮所干扰，她故意把一头金发剪得很短，她对哥哥说："毫无疑问，我们家里的人有天赋，必须使这种天赋由我们中的一个表现出来！"她不但懂得个人的自尊更懂得民族的自尊。当时的波兰为沙皇所统治，她每天上学的路上有一座沙皇走狗的雕像，玛丽路过此地，总要狠狠唾上一口，如果哪一天和女伴说话忘记了，就是已走到校门口也要返回来补上。她中学毕业后在城里和乡下当了七年家庭教师，积攒了一点学费便到巴黎来读书。当时大学里女学生很少，这个高额头、蓝眼睛、身材修长的漂亮的异国女子，很快成了人们议论的中心。男学生们为了能更多地看她一眼，或有幸凑上去说几句话，常常挤在教室外的走廊里。她的女友甚至不得不用伞柄赶走这些追慕者。但她对这种热闹不屑一顾，她每天到得最早，坐在前排，给那些追寻的目光一个无情的后脑勺。她身上永远裹着一层冰霜的盔甲，凛然使那些"追星族"不敢靠近。她本来是住在姐姐家中，为了求得安静，便一人租了间小阁楼，一天只吃一顿饭，日夜苦读。晚上冷得睡不着，就拉把椅子压在身上，以取得一点感觉上的温暖。这种心无旁骛、悬梁刺股、卧薪尝胆的进取精神，就是一般男子也是很难做到的啊。宋玉说有美女在墙头看他三年而不动心；范仲淹考进士前在一间破庙里读书，晨起煮粥一碗，冷后划作四块，是为一天的口粮。而在地球那一边的法国，一个波兰女子也这样心静、这样执着、这样地耐得苦寒。她以 25 岁青春难再的妙龄，面对追者如潮而不心动。她只要稍微松一下手，回一下头，就会跌回温软的怀抱和赞美的泡沫中。但是她有大志，有大求。她知道只有发现创造之花才有永开不败的美丽。所以她甘愿让酸碱啃蚀柔美的双手，让呛人的烟气吹皱她秀美的额头。

本来玛丽·居里完全可以换另外一个活法。她可以趁着年轻貌美如现代女孩吃青春饭那样，在钦羡和礼赞中活个轻松，活个痛快。但是她没有，她知道自己更深一层的价值和更远一些的目标。成语言"浅尝辄止"是指人对外部世界的认识，殊不知有多少人对自己也常是浅知辄止，见宠即喜。你看有多少女孩子王婆"赏"瓜，顾影自怜而不知前路。数年前一位母亲对我说她刚上初中的女儿成绩下降了。为什么？答曰："知道爱美了，上课总用铅笔杆做她的卷卷头。"美对人来说是一种附加，就像格律对诗词也是一种附加。律诗难作，美人难为，做得好惊天动地，做不好就黄花委地。玛丽·居里让全世界的女子都知道，她们除了"身世"和"门庭"之外，还有更值钱、更重要的东西。

1852年斯陀夫人写了一本《汤姆叔叔的小屋》，导致了美国南北战争爆发，林肯说是一个小妇人引发了一场解放黑奴的大革命。比斯陀夫人约晚50年，居里夫人发现了镭。也是一个小妇人引发了一场大革命，科学革命。它直接导致了后来卢瑟夫对原子结构的探秘，导致了原子弹的爆炸，导致了原子时代的到来。更重要的是这项发现的哲学意义。哲学家说事物无时无刻不在变。西方哲人说，人不能两次踏进同一条河流。公元1082年东方哲人苏东坡在赤壁望月长叹道："盖将自其变者而观之，则天地曾不能以一瞬；自其不变者而观之，则物与我皆无尽也。"现在，居里夫人证明镭便是这样"不能以一瞬"而存在的物质，它会自己不停地发光、放热、放出射线。能灼伤人的皮肤、能穿透黑纸使胶片感光、能使空气导电，它刹那间是自己又不是自己。哲理就渗透在每个原子的毛孔里。玛丽·居里几乎在完成这项伟大自然发现的同时也完成了对人生意义的发现。她也在不停地变化着，当工作卓有成效的同时，镭射线也在无声地侵蚀着她的肌体。她美丽健康的容貌在悄悄地隐退，她逐渐变得眼花耳鸣，苍白乏力。而皮埃尔不幸早逝，社会对女性的歧视更加重了她生活和思想上的沉重负担。但她什么也不管，只是默默地工作。她从一个漂亮的小姑娘、一个端庄坚毅的女学者，变成科学教科书里的新名词"放射线"，变成物理学的一个新计量单位"居里"，变成一条条科学定理，她变成了科学史上一块永远的里程碑。"自其不变者而观之"，它得到了永恒。"长恨春归无觅处，不知转入此中来"，就像化学的置换反应一样，她的青春美丽已换位到了科学教科书里，换位到了人类文化的史册里。

居里夫人的美名从她发现镭那一刻起就流传于世，迄今已经百年。这是她用全部的青春、信念和生命换来的荣誉。她一生共得了 10 项奖金、16 种奖章、107 个名誉头衔，特别是两次诺贝尔奖。她本来可以躺在任何一项大奖或任何一个荣誉上尽情地享受。但是她视名利如粪土，她将奖金赠给科研事业和战争中的法国，而将那些奖章送给 6 岁的小女儿去当玩具。上帝给的美形她都不为所累，尘世给的美誉她又怎肯背负在身呢？凭谁论短长，漫将浮名换了精修细研。她一如既往，埋头工作到 67 岁离开人世，离开了她心爱的实验室。直到她去世后 40 年，她用过的笔记本里，还有射线在不停地释放。爱因斯坦说："在所有的世界著名人物中，玛丽·居里是唯一没有被盛名宠坏的人。"她行事处世，超形脱俗，知道自己的目标，更知道自己的价值。在一般人要做到这两个自知，排除干扰并终生如一，是很难很难的，但居里夫人做到了。她让我们明白，人有多重价值，是需要多层开发的。有的人止于形，以售其貌；有的人止于勇，而呈其力；有的人止于心，只用其技；有的人达于理，而用其智。诸葛亮戎马一生，气吞曹吴，却不披一甲，不佩一刃；毛泽东指挥军民万众，在战火中打出一个新中国，却从不受军衔，不挎一枪。大音希声，大道无形，大智之人，不耽于形，不逐于力，不持于技。他们淡淡地生活，静静地思考，执着地进取，直进到智慧高地，自由地驾驭规律，而永葆一种理性的美丽。

居里夫人就是这样一位挺立在智慧高地的伟人。

（1998 年 9 月 25 日）

左公柳

清代的左宗棠是以平定太平天国、捻军、回民起义，收复新疆的武功而彰显于后世的。但是，他万万没有想到，自己死后被谥号为"文襄公"，而人们对他最没有争议的纪念竟是一种树，并不约而同地呼之为"左公柳"。可见和平重于战争，生态高于政治。环境第一，生存至上。

带棺西行

十年前我就去过一次甘肃平凉，专门去柳湖凭吊那里的柳树。平凉是当年左宗棠西征、收复新疆的跳板，他的署衙就设在柳湖。左虽是个带兵的人，但骨子里是中国传统文化中耕读修身的知识分子。未出山以前他像

左宗棠画像

诸葛亮那样躬耕于湖南湘阴，潜心治兵法、农林、地理之学，后来虽半生都在带兵打仗，但所到之处总不忘讲农、治水、栽树。他驻兵平凉时，于马嘶镝鸣之中还颇有兴致地发现了一个三九不冻的暖泉，就集资修浚了这个湖，并手题"柳湖"二字。现在这遗墨仍立于水旁。那年来时，我的印象湖水泱泱，柳丝绵绵，老柳环岸，一派古风，内心只是泛起了一点岁月的沧桑，并未深动。直到近年读了几本关于左公的书，才又引起

对他的注意，去年秋天又专门重访了一次柳湖。

由西安出发西行，车子驶入甘肃境内，公路两边就是又浓又密的柳树。在北方的各种树木中，柳树是发芽最早的。当春寒寂寂之时，它总是最先透出一抹绿色，为我们报春。柳树的生命力又是最顽强的，它随遇而安，无处不长，且品种极多，形态各样。我在青藏高原的风雪中见过形似古柏、蟠劲如铁的藏柳；在江南的春风细雨中见过婀娜多姿的垂柳。只我的家乡山西，就有两种截然不同的柳。北部的山坡下生长着一种树形高大、树冠浑圆的馒头柳，其树头的分枝修长柔韧，常用来制草原上牧民用的套马杆。而南部平原上的小河流水旁，却生长着一种矮小的成灌木状的白条柳，退去绿皮，雪白的柳条是编制簸箕、笸箩、油篓等农家用具的绝好材料。现在我眼前的这种柳是西北高原常见的旱柳，它树身高大，树干挺直，如松如杨，而枝叶却柔密浓厚。每一棵树就像一个突然从地心涌出的绿色喷泉，茂盛的枝叶冲出地面，射向天空，然后再四散垂落，泼洒到路的两边。远远望去连绵不断，又像是两道结实的堤坝，我们的车子夹行其中，好像永远也逃不出这绿的围堵。

左宗棠是 1869 年 5 月沿着我们今天走的这条路进入甘肃的。在这之前的 11 年，马克思在《鸦片贸易史》中分析中国："一个人口几乎占人类三分之一的大帝国，不顾时势，安于现状，人为地隔绝于世并因此竭力以天朝尽善尽美的幻想自欺。这样一个帝国注定最后要在一场殊死的决斗中被打垮"。被不幸言中，十年来，大清帝国在和西方列强及国内农民起义的搏斗中已经精疲力竭，到了垮台的边缘。虽有曾国藩、李鸿章这些晚清重臣垂死支撑，但还是每况愈下。李说，他就是一个帝国的裱糊匠。就在这时左宗棠横空出世，为日落时分的帝国又争得耀眼的一亮。

左算得上是中国官僚史上的一个奇人。按照古代中国的官制，先得读书，考中进士后先授一小官，然后一步一步地往上熬。他三考不中便无心再去读枯涩的经书，便在乡下边种地边研究农桑、水利等实用之学，后因太平天国乱起，就随曾国藩办湘军。1866 年甘肃出现回民起义时，左正在福建办船政，建海军，对付东南的外敌。朝中无人，同治皇帝只好拆东墙补西墙，急召他赴西北平叛。但这时的政局已千疮百孔，哪里只是一个回民起义。甘肃之西，新疆外来的阿古柏政权已形成割据，而甘肃之东继太平军之后兴起的东、西捻军，纵横陕西、河南、山东，如入无人之境。左受命时皇太后问西事几年可定？他答：五年。并提出一个战略构想：欲平回先平捻，先稳甘再收疆，一开口就擘画出半个中国的未来形势图，其雄心和目光超过当年诸葛亮的隆中对。而这时清政府捉襟见肘，哪有这个实力。朝中以李鸿章为代表的主流派干脆主张放弃新疆这块荒远之地。是他力排众议终于说动朝廷用兵西北。

左宗棠受命之后，先驻汉口指挥平捻，到 1869 年 11 月才进驻平凉，这年他已 58 岁。如果历史可以回放的话，这是一个十分悲壮的镜头：一队从遥远的湖南长途跋涉而来的士兵，穿着南国的衣服，说着北方人听不懂的"南蛮"语，艰难地行进在黄风、沙尘之中。队伍前面的高头大马上坐着一位目光炯炯、须发皆白的老者，他就是左宗棠。最奇的是，他的身后十多个士兵抬着一具黑漆发亮的棺材，在刀枪、军旗的辉映下十分醒目。左宗棠发誓，不收复新疆，平定西北，决不回京。人们熟知"力拔山兮气盖世"的项羽破釜沉舟的故事，可有多少人知道这个手无缚鸡之力的南国老翁，带棺出征过天山呢？

绿染戈壁

左宗棠在西北的政治、军事建树历史自有公论，我们这里要说的是他怎样首创西北的绿化和生态建设。左到西北后发现这里的危机不只是政治腐败，军事瘫痪，还有生态的恶劣和耕作习惯的落后。大军所过之处全是不毛的荒山、无垠的黄沙、裸露的戈壁、洪水冲刷过后的沟壑。这与江南的青山绿水、稻丰鱼肥形成强烈的反差。左宗棠隐居乡间时曾躬耕农亩，他是抱着儒家"穷则独善其身"的思想，准备种田教书、终老乡下的。但是命运却把他推向西北，让他"达则兼济天下"，兼顾西北。而且除让他施展胸中的兵学、地学外，还要挖掘他腹中的农林水利之学。

面对赤地千里，他干的第一件事就是栽树，这当然是结合战争的需要。（但古往今来西北不知几多战事，而栽树将军又有几人?）用兵西北先要修路，左宗棠修的路宽三到十丈，东起陕西的潼关，横穿甘肃的河西走廊，旁出宁夏、青海，到新疆哈密，再分别延至南疆北疆。穿戈壁，翻天山，全长三四千里，后人尊称为"左公大道"。1871年2月左下令栽树，有路必有树，路旁最少栽一行，多至四五行。这是为巩固路基，"限戎马之足"，为路人提供荫凉。左对种树是真有兴趣，真去研究，躬身参与，强力推行。他先选树种，认为西北植树应以杨、榆、柳为主。河西天寒，多种杨；陇东温和，多种柳，凡军队扎营之处都要栽树。他还把种树的好处编印成册，广为宣传，又颁布各种规章保护树木。史载左宗棠"严令以种树为急务"，"相檄各防军夹道植树，意为居民取材，用庇行人，以复承平景象"。我特别想找到这个"檄"和"令"，即他下达的栽树命令的原文，史海茫茫，文牍泱泱，可惜没有找到。好在其他奏稿、文告、书信中常有涉及。他的《楚军营制》（楚军即湘军）规定"长夫人等（后勤人员）不得在外砍柴。但（意，只要是）屋边、庙边、祠堂边、坟边、园内竹林及果树，概不准砍"。"马夫宜看守马匹，切不可践食百姓生芽。如践食百姓生芽，无论何营人见，即将马匹牵至该营禀报，该营营官即将马夫口粮钱拿出四百立赏送马之人，再查明践食若干，值钱若干，亦拿马夫之钱赔偿。如下次再犯将马夫重责二百，加倍处罚。"你看，他实行的是严格的责任制。左每到一地必视察营旁是否种树。在他的带领下，各营军官竞相种树，一时成为风气。现在平凉仍存有一块《威武军各营频年种树记》碑，详细记录了当时各营种树的情景。

由于这样顽强地坚持，左宗棠在取得西北战事胜利的同时，生态建设也卓有成效。左 1866 年 9 月奉调陕甘总督，1867 年 6 月入陕，到 1880 年 12 月奉旨离开，在西北干了十多年。他刚到西北时的情景是"土地芜废，人民稀少，弥望黄沙白骨，不似人间光景"。到他离开时，中国这片最干旱、贫瘠的土地上奇迹般地出现了一条绿色长廊。他在奏稿中向皇上报告返京途中所见，"道旁所种榆柳业已成林，自嘉峪关至省，除碱地沙碛外，拱把之树接续不断"。"兰州东路所种之树，密如木城，行列整齐。"这对夕阳中的大清帝国来说真是难得的欣慰。要知朝中的主流派原是要放弃这块疆土的啊，左宗棠力挽狂澜，一人带椟出关，又排除种种刁难，自筹军费，自募新兵，不但收回了这片失土，而且在向朝廷奉上时还将她绿化打扮一番。曾经的焦土、荒漠，现在绿风荡漾，树城连绵，怎么能不让人高兴呢。左宗棠在西北到底种了多少树，很难有确切的数字。他在光绪六年（1880）的奏折中称：只"自陕西长武到甘肃会宁县东门六百里……种活树 264 000 多棵"。其中柳湖有 1 200 多棵。再加上甘肃其余各州约有 40 万棵，还有在河西走廊和新疆种的树，总数在一二百万棵之多。而当时左指挥的部队大约是 12 万人，合每人种树 10 多棵。中国西北自秦之后至清代共有三条著名的大道。一是秦始皇统一中国后修的驰道；二是唐代的丝绸之路（巧合，丝绸之路在宋元后已经衰落，它的重新发现并命名是 1877 年德国地理学家希霍芬在其新著《中国——亲身旅行的成果和以之为依据的研究》首次提出，其时左宗棠正埋头在这条古道遗址上修路栽树）；三就是左宗棠开辟的这条"左公绿柳之路"，民国时期和解放后的西北公路建设基本上是沿用这个路基。三千里大道，百万棵绿柳，这在荒凉的西北是何等壮观的景色，它注定要成为西北开发史上的丰碑。

左宗棠的绿色情结也还远不只是沿路栽树。他不但要三千里路绿一线，还要让万里河山绿一片。至少还有两点值得一说。

一是种桑养蚕，引进南方的先进耕作。他自言"家世寒素，耕读相承，少小从事陇亩，于北农、南农诸书，性喜研求，躬验而有得"。他考证，西北历史上即有养蚕，《诗经》采桑之咏，说的就是陕西邠州和甘肃泾州的事。他大声疾呼改变当地保守、懒惰的恶习，要养蚕植棉，不要"坐失美利，甘为冻鬼"。又从浙江引来桑苗并工匠 60 人，还亲自在酒泉驻地栽了几百株桑示范。蚕桑随之在西北逐渐推广。"向之衣不蔽体者亦免号寒之苦。"他又严禁烧荒，保护植被，"况冬令严寒，虫类蜷伏，任意焚烧，生机尽矣，是仁人君子所宜为？"左宗棠的远景目标是就地取材，靠养羊、纺毛、种桑、种棉，解决西北的穿衣问题。

二是美化城镇，改善环境。虽战事紧张，左每收复或进驻一地，都要对环境美化，倡导文明生活。他驻兰州后开凿了饮和池、挹清池两个市民饮水工程。听说国外有"公园"，左就将总督府的后花园修治整理，定期向社会开放。光绪五年（1879）他第二次驻节肃州时，捐出俸银 200 两，将酒泉疏浚成湖，湖心筑三岛，建楼阁，环湖种花树。左在给友人的信中高兴地说："白波万叠，沙鸟水禽飞翔游泳水边，亭子上有层楼，下有扁舟。时闻笛声，悠扬断续。""近城士女及远近数十里间父老幼稚，挈伴载酒往来堤干，恣其游览，连日络绎。"这在荒凉的西北简直就是仙境下凡，可以想见祖辈居住在这里的人们是怎样的惊喜。以至于左怕人们因此忘掉正事，"肆志游冶，或致废业"，不得不将酒泉湖限期开放。左宗棠是在西北建设城市公园的第一人。

兵者，杀气也。向来手握兵权的人多以杀人为功、毁城为乐，项羽烧阿房宫，黄巢烧长安，前朝文明尽毁于一旦。他们能掀起造反的万丈狂澜，却迈不过政权建设这道门槛。只有少数有远见的政治家才会在战火弥漫的同时就播撒建设的种子，随着硝烟的退去便显出生命的绿色。

春风玉门

在清代以前古人写西北的诗词中最常见的句子是：大漠孤烟、平沙无垠、白骨在野、春风不度等等。左宗棠和他的湘军改写了西北风物志，也改写了西北文学史。三千里大道，数百万棵左公柳及陌上桑、沙中湖、江南景的出现为西北灰黄的天际抹上一笔重重的新绿，也给沉闷枯寂的西北诗坛带来了生机。一时以左公柳为题材的诗歌传唱不休。最流行的一首是一个叫杨昌俊的左宗棠的部下真实地感叹："大将筹边尚未还，湖湘子弟满天山。新栽杨柳三千里，引得春风渡玉关。"杨并不是诗人，也未见再有其他的诗作行世，但只这一首便足以让他跻身诗坛，流芳百世。自左宗棠之后，在文学作品中，春风终于渡过了玉门关。

文学反映现实，生活造就文学，这真是颠扑不破的真理。清代之后，左公柳成了开发西北的标志，也成了历代文人竞相唱和的主题。就是解放后一段时间，史家对左宗棠或贬或缄之时，文人和民间对左公柳的歌颂也从未间断。如果以杨昌俊的诗打头，顺流而下足可以编出一部蔚为壮观的《左公柳诗文集》。这里面不乏名家之作。

1934 年春，小说家张恨水游西北，是年正遇大旱，无奈之下百姓以柳树皮充饥。张有感写了一首《竹枝词》："大旱要谢左宗棠，种下垂柳绿两行。剥下树皮和草煮，又充饭菜又充汤。"1935 年 7 月，著名记者范长江到西北采访，左公柳也写入了他的《中国的西北角》："庄浪河东西两岸的冲积平原上杨柳相望，水渠交通……道旁尚间有左宗棠征新疆时所植柳树，古老苍劲，令人对左氏雄才大略不胜其企慕之思。"民国期间，教育部长、诗人罗家伦出国途经西北，见左公柳大为感动，写词一首，经赵元任作曲成为传唱一时的校园歌曲："左公柳拂玉门晓，塞上春光好，天山融雪灌田畴，大漠习沙旋落照。沙中水草堆，好似仙人岛。过瓜田，碧玉葱葱；望马群，白浪滔滔。想乘槎张骞，定远班超，汉唐先烈经营早。当年是匈奴右臂，将来是欧亚孔道。经营趁早，经营趁早，莫让碧眼儿射西域盘雕。"

至于民间传说和一般文人笔下的诗画就更见真情。西北一直有左宗棠杀驴护树的传说。左最恨毁树，严令不许牲口啃食。一次，左军务罢从新疆返回酒泉，发现柳树皮被剥，便微服私访，见农民进城都将驴拴于树上。左大怒，立将驴带回衙门杀掉，并出告示，若有再犯，格杀勿论。甚至还有"斩侄护树"的传说。左去世后不久，当时很有名的《点石斋画报》曾发表一幅《甘棠遗泽》图，再现左公大道的真实情景：山川逶迤，大道向天，绿柳浓荫中行人正在赶路。画上题字曰："种树十余年来，浓荫蔽日，翠幄连云，六月徂暑者，荫赐于下，无不感文襄公（左宗棠身后谥文襄公）之德"，"手泽在途，口碑载道，千年遗爱"。

一个人和他栽的一棵树能经得起民间一百多年的传唱不衰，其中必有道理。文学形象所意象化了的春风实际上就是左公精神。春风何能渡玉门，为有振臂呼风人。左是在政治腐败、国危民穷、环境恶劣的大背景下去西北的。按说他只有平乱之命，并无建设之责。但儒家的担当精神和胸中的才学让他觉得应该为整顿、开发西北尽一点力。左宗棠挟军事胜利之威，掀起了一股新政的狂飙，扫荡着那经年累世的污泥浊水。西北严酷的现实与一个南国饱学的儒生，砥砺出一串精神的火花，闪耀在中国古代史的最后一章之上，绽放出一丝回暖的春意。

左宗棠在西北开创的政治新风有这样几个特点。一是强化国家主权，力主新疆建省。他痛斥朝中那些放弃西北的谬论，"周、秦、汉、唐之盛，奄有西北。及其衰也先捐西北，以保东南，国势浸弱，以底灭亡"。捐出西北，最后必定是国家的灭亡。从汉至清，新疆只设军事机构而无行省郡县。左前后五次上书吁请建省，终得批准，从此西北版图归一统。二是反贪倡廉。清晚期的政治已成糜烂之局，何况西北，鞭长莫及。地方官为所欲为，贪腐成性。他严查了几个地方和军队贪污、吃空饷的典型，严立新规。而他自己高风亮节，以身作则，陕甘军费，每年过手1 240万两白银，无一毫不清。西北十年，没有安排一个亲朋。有家乡远来投靠者都自费招待，又贴路费送回。光绪五年儿子带四五人从湖南到西北来看他。他训示："不可沾染官场习气，少爷排场，一切简约为主。署中大厨房，只准改两灶，一煮饭，一熬菜。厨子一、打杂一、水火夫一，此外不宜多用人。尔宜三、八日作诗文，不准在外应酬。"你看，不但戒奢，还要像小学生一样留作业。教子、束亲之严，令我们想起建国初中南海里毛、周的家风。欲要忠先要孝，欲肃政风先严家风。不管哪朝哪代，哪个阶级，一切有为的政治家无不这样。三是惩治不作为。他一针见血地指出"甘肃官场恶习，惟以循比弥缝，见好属吏为事，不以国家民事为念"，"官场控案只讲和息事"，对贪污、失职、营私等事官官相护。里面已经腐烂，外面还在抹稀泥，维护表面的稳定。他最恨那些身居要位怕事、躲事、不干事的懒官、庸官，常驳回其文，令其重办，"如有一字含糊，定惟该道是问!"其严厉作风无人不怕。四是亲民恤下。战乱之后十室九空，左细心安排移民，村庄选址、沿途护送无不想到，又计算到牲畜、种子、口粮。光绪三年大旱，一亩地只值三百文，一个面饼换一个女人。他命在西安开粥厂，路人都可来喝，多时一天七万人。他身为钦差、总督，又年过六十，带兵时仍住帐篷。地方官劝他住馆舍，他说"斗帐虽寒，犹愈于士卒之苦也"。五是务实，不喜虚荣。他人还未到兰州，当地乡绅已为他修了一座歌功颂德的生祠，他最看不惯这种拍马屁的作风，立令拆毁。下面凡有送礼一律退回。地方官员或前方将领有写信来问安者，他说百废待举，军务、政务这么忙，哪有时间听这些空话、套话，一律不看。"一切称颂贺候套禀，概置不览，且拉杂烧之。"他又大抓文风，所有公文"毋得照绿营恶习，撢拾浮词……尽可据实直陈，如写家信，不必装点隐饰"。他又兴办实业，引进洋人的技术修桥、开渠、办厂……

中国历史上多是来自北方的入侵，造成北人南渡，无意中将先进文化带到南方。而左宗棠这次是南人北伐，收复失地，主动将先进的江南文化推广到了西北。历来的战争都是一次生态大破坏，而左宗棠这次是未打仗先栽树，硝烟中植桑棉，惊人地实现了一次与战争同步的生态大修复。恐怕史上也仅此一例。

左宗棠性格决绝，办事认真，绝不做李鸿章那样的裱糊匠，虽不能回天救世，也要救一时、一地之弊。他抬棺西进，收失地，振颓政，救民生，这在晚清的落日残照中，在西北寒冷孤寂的大漠上，真不啻为一阵东来的春风悄然渡玉门。而那三千里绿柳正是他春风中飘扬的旗帜。

西学东渐，湘人北上，春风玉门，西北之幸！

柳色长青

柳树是一种易活好栽、适应性很强的树种，但也有一个缺点，不像松柏那样耐年头。我们要找千年的古柏很容易，千年的古柳几不可能，甚至百年以上的也不多见。所以对左公柳的保护、补栽，成了西北人民的一个情结，也是官方的一种责任，历代出台的保护文告接连不断。这一半是为了保护生态，一半是为了延续左公精神。我们现在能看到的最早的保护文件是晚清官府在古驿道旁贴的一张告谕："昆仑之阴，积雪皑皑，杯酒阳关，马嘶人泣，谁引春风，千里一碧。勿剪勿伐，左公所植。"可以看出，此告谕的重点不在树而在人，是保护树但更看重左公精神的传承。进入民国时期，甘肃省政府两次行文保护左公柳。1935 年的《保护左公柳办法》规定更为详细：一、全省普查编号；二、分段保护，落实到人；三、树如枯死，亦不许伐；四、已砍伐者，按原位补齐；五、树旁不得采掘草土、引火、拴牲口等；六、违规者处以相当的罚金或工役；七、保护不力唯县长是问。现存档案也记录了多起对盗伐事件的处理。1946 年，隆德县建设科长等人借处理枯树，伙同乡里人员盗卖柳树 400 棵，县政府给予处罚后还要求"补植新苗，保护成活，以重先贤遗爱"，并就此对境内的左公柳进行了普查，还剩 3 610 棵，都一一编号建档。我们发现在清和民国两代的政府文告中总少不了这样的词汇：左公、先贤、遗爱、遗泽等，要知道这是官方的公文啊，但是仍掩盖不住对左宗棠的尊敬。民国时还将左宗棠修缮过的兰州城门改名"宗棠门"，由省长亲笔题写。在众多研究左宗棠在西北的著作中最权威的一本是 1945 年初版于重庆，后经王震将军提议又在 1984 年重印《左文襄公在西北》。此书从书名到内文，凡说到左宗棠时概不直呼其名，都是尊称"文襄公"，可见清和民国两代左在人们心目中的地位。只是进入当代后因极左政治影响才有了一个小的反复。但随着人们对生态的再认识，又不觉想起了这位在西北栽树的湖南人。于是我又联想到一个著名的典故。当年左宗棠在湖南初露头角，他恃才傲物得罪了人，有人告了御状，眼看就要掉脑袋。大臣潘祖荫惜才，上书疾呼："天下不可一日无湖南，湖南不可一日无左宗棠。"这一句话救了他的一条命。假使当年左不明不白地死去，哪有新疆的收复、西北的开发？真可是中国不可一日无西北，西北不可一日无左宗棠。左一人而悬湖湘，悬陕、甘、宁、青、疆，悬大清天下。拔危救难，力挽狂澜，这样的名臣史上能有几人？不知为什么，在西北采访，我眼前总是浮现着苍凉的大漠、浩荡的队伍、一具黑色的棺材、须发皆白的左公和伸向天边的绿柳。有哪一个画家能画一张左公西行图，或哪一个导演能拍一部片子，这将是何等的动人。

平凉柳湖，左宗棠西征时种植的柳树

岁月无情，从 1871 年左宗棠下令植树到现在已 140 多年，要想拜谒一下左公亲植的柳树已经是一件很难的事了。档案记载，1935 年时的统计，平凉境内还有左公柳 7 978 棵，而 1998 年 8 月出版的《甘肃森林》记载，全省境内的左公柳只剩 202 棵，其中大部分存于柳湖公园，有 187 棵（左当年栽了 1 200 棵）。看来我十年间两到柳湖还是来对了，这里确是左公遗泽最多处。但 1998 年到如今又过了 15 年啊，斗转星移，大树飘零，左公柳还在锐减。那天，我到柳湖去，想穿越时空一会左公的音容。只见湖边星星点点，隔不远处就会现出几株古柳，躯干总是昂然向上的，但树身实在是老了，表皮皴裂着满是纵横的纹路，如布满山川戈壁的西北地图；齐腰处敞开黑黑的树洞，像是在撕心裂肺地呼喊；而它的根，有的悄无声息地抓地入土，吸吮着岸边的湖水，有的则青筋暴突抱定青石，如西北风霜中老人的手臂。但不管哪一棵，则一律于枝端发出翠绿的新枝，密浓如发，披拂若裙，在秋日的暖阳中绽出恬静的微笑。柳湖公园正在扩建，岸边补栽的新柳柔枝嫩叶随风摇曳，如儿孙绕膝。而在柳湖之外，已是绿满西北，绿满天涯了。我以手抚树，读着左公柳这本岁月的天书，端详着这座生命的雕塑。古往今来于战火中不忘栽树且卓有建树的将军恐怕只有左宗棠一人了。

（2013 年 10 月记于平凉，翌年 7 月写于北京）

（《人民日报》2014 年 7 月 23 日）

下篇：文学与艺术

美是什么

审美文化，是艺术文化。回答美是怎么一回事、什么叫美、怎样才美、美有什么用等问题，有以下这样几个要点。

一、美是人的本性

这个本性甚至可以追溯到动物性。你看孔雀的羽毛、老虎的花纹无不求美。公鸡好看，是因为母鸡爱美，对它长期追求、筛选的结果。爱美不要什么理由，也不受时代、阶级、环境的限制。原始人就知道用兽骨制成项链，还在岩壁上画画，后来又在陶器上画各种花纹、图案。只不过随着文化的进步、人的精神世界的丰富，美的内容、层次也在增加、变化。美是与人类的成长同步的，一部美学史也即一部社会发展史。人的爱美之心是人发展完善的一种动力。我们要承认这种本能，"文化大革命"把人的这种本能都批判了：美就是资产阶级，就是反动，"左"到否定人的本性。而人的本性是不能剥夺的，正如饿了就要吃东西的食欲，不懂就要学习的求知欲，看到美的人、美的物、美的作品就喜欢的审美欲。既然人人都爱美，都有这个本性，反过来就人人讨厌丑，不管是外表形式的丑，还是内在的精神方面的丑。当然，谁也不愿被人讨厌。于是为了自己的美和欣赏外部的美，就生出一门美学，研究怎样才算美、才能美。

二、美的用途

农村里的一些老人常说年轻人："描眉画红（口红）有什么用?"从发

展生产、多打粮食来讲，确实没用。"文革"前，把绿化、美化环境都看做是资产阶级思想作怪。美这个东西，既不实用，也不深刻，只作用于人的情感，让你愉悦、兴奋、激动、忧伤，改善情绪，作用于精神世界，提高道德修养，就像人身上的经络系统，没有血管、骨骼那样具体，看不见，摸不着，却在起很重要的沟通、维系作用。

美学老祖宗黑格尔把人与外界的关系分为三种。一是欲望关系。消灭它或利用它，以满足自己生命的需要，这是针对一个具体的完整的事物。如你又渴又饿，看见一个苹果就想吃掉它。这时要的不是欣赏。他幽默地说，你要是想使用一块木材或吃一种动物，画一个就不能满足。中国成语中有"画饼充饥"，就是说欣赏代替不了实用。二是思考关系。并不要消灭它，而是研究它，找出事物的规律、本质。如，我们研究数学、物理的公式定理，只是要弄懂它，并不想吃掉它，也不是欣赏它。当我们解剖一只老虎时，注意力在研究它的结构功能，而不是如在野外时欣赏它漂亮的花纹和奔跑的姿势。三是审美关系。既不吃，也不深入研究，只是满足求美的心理，欣赏它，黑格尔称为"满足心灵的旨趣"。所以，美针对的既不是具体事物的全部，也不是它内含的抽象的道理（概念、本质、规律），而是外表的具体的形式（形状、颜色等）。通过形式让人愉悦（不是具体的实用，也不是抽象的思考）。男女找对象，都愿找漂亮的，先要从形式上就让人看着舒服。有一个真实的故事。一美女与甲乙两个男生为大学同学。女先与甲好，到毕业前又被乙挖去，后结婚。40年后老同学聚会，都成白发老人。回顾昔日他们说了真话。甲对乙说："你知道吗？当时你娶走了她，我真想杀了你。"乙说："你不知道，这些年我差一点自杀。跟她生活这几十年不知多么痛苦。"恋爱时是审美，结婚后讲实用，用途不同。音乐、美术、诗歌都是形式艺术，不管实用，只管审美。专门调节人的观感、情绪，进而修炼人的道德，这就是美的用途。我们无论是看画、听音乐，还是游山玩水，都能产生或宁静、安闲，或激动、振奋的心情，这就是审美、享受美。它不像具体的食物让你长身体，也不像普遍的理性让你长思想，而是让你知道怎样把自己修炼得更美，好让别人喜欢，同时你也得到尊重和方便，怎样去欣赏和享受外部世界的美，尊重别人。

三、怎样才美

（1）美在真实。

审美即解决人情感上的问题，而情感是最不能被欺骗的，所以美的前提是真实。有一个真实的故事。一美女爱一俊男，后结婚。男说：我从小就没有沾过厨房的边，不会家务。女说：我侍候你。一直十年。一次女出差，提前到家，发现他在厨房做菜，非常熟练。原来为不干家务男子竟伪装了十年。女大怒，立即离婚。生活中先真才会美。人喜欢真山、真水、真花，讨厌假景。有人说话时对你拿腔拿调，嗲声嗲气，你就浑身起鸡皮疙瘩。杨朔散文，后来人不愿看，就是总要装一条光明的尾巴。一个政治家，民众对他的判断首先不是能力大小，而是行为的真假。许多作秀、表演已让人恶心，怎么可能再去服从和追随他？

（2）美在结构。这要说到外美和内美。

外美，指形式的美。当事物的外形构成一种和谐比例时，看着就舒服，这就是美感。人的美，首先是五官和身体四肢的结构合理、和谐。书法的美，先讲笔画的间架结构；图画讲构图、色彩搭配；音乐是音符、音色的结构配合。自然美是青山绿水、红花绿叶、石硬水柔、天高地阔、风动枝摇、花香蝶舞等等自然元素的搭配。但这结构不是平均分配，常会有主次，有个性。如我们说那个姑娘有一双漂亮的大眼睛，这正是她的个性、她的亮点。书法中的行书、草书就打破了楷书的平稳，追求结构变化个性化，常一笔出人不意，于是美就变化无穷。

内美，指人的修养，精神之美。这也是讲结构：文化结构，人的知识、思想、道德修养等精神方面的结构，由此可分出高尚与卑下、丰富与贫乏、高雅与粗俗等等。知识丰富的人有一种从容与幽默的雍容之美，思想敏锐而有个性的人有一种勇敢与坚强的阳刚之美。但如果有一方缺失，也会结构失衡而立马变丑。历史上曾有诺贝尔奖得主追随希特勒干坏事，好莱坞影星偷东西，都是内丑而不是外丑。

漂亮不一定美。漂亮经常是指表层的感觉，而不涉及深层结构。比如一个人穿一件粗麻布衣服，当然不如绸缎衣服漂亮，但是如果衣、裙、鞋、帽搭配恰到好处，仍然美。布衣荆钗，仍不失其美。如果她的知识、才艺、思想等内在结构更丰富合理呢，就有了风度美、精神美。经常有一些很漂亮的女人，如电影明星，却过单身生活。别人奇怪：怎么这样的人还没人要呢？如果男女找对象只是双方外表的结构搭配就最好办了。但人这种东西很复杂，他还有内在结构。不是美女不漂亮，是她的内在精神——知识、修养、脾气等——和对方形不成合理的结构，互相觉得不美。

（3）美在距离。

美既不解决实用（不会上去吃一口），也不解决研究（不去解剖实验）的问题，只是欣赏，于是就要有一定的距离。我们在画廊看大画总是要退后几步看。《爱莲说》里讲"可远观而不可亵玩焉"。上面举到的一女两男的故事，未结婚前看恋人，怎么看，怎么美，因为有距离。俩人结合后才发现问题不少，没有距离了。正因为有距离，审美才脱离了实用方便的庸俗的作用，而有了道德的、艺术的意义。道德是一种行为规范、一种自我约束。我们看见一朵漂亮的花，知道只能看，不可摘。虽然也有占为己有的欲望，但又有道德良心来克服这种欲望，于是就会保持一定的距离。这样才美。人和人的交往彼此保持一定的距离，会给对方留下美好的印象。有时亲密接触，知道了对方许多缺点，就不觉得美了。因为这时距离太近，如黑格尔所说，你们已不只是欣赏关系而有了实用关系或研究关系。看山水也是这样，"横看成岭侧成峰"，有许多朦胧变幻的美，你一旦走进山肚子里可能又不觉得美了。朦胧是一种美，而距离正是实现它的一个重要前提。

　　美只管形式，不管内容。但它可以和内容结合成更复杂的形式组合，达到更高层次的美：内外一致的美。在物品，如既实用又美观的设计；在人是外美加上内在的思想和能力，如居里夫人；在科学和思想研究则是深刻的哲理加上简洁优美的形式，如爱因斯坦的质能方程，如范仲淹表达忧国思想的"先天下之忧而忧，后天下之乐而乐"的名句。当然，还有更多的好诗、好画、好歌。

（《党建》2009 年第 2、3 期）

影响中国历史的十篇政治美文

中国从古至今，以一篇文章而影响了中华民族政治文明、人格行为和文化思想的美文为数不多。我排了一下有十篇。

请注意，这里说的是"政治美文"，就是说既要有思想，还要文字美。要符合三个条件：（1）文章提出了一个影响中华民族政治文明、人格行为的思想；（2）文章中的一些名句熟词广为流传，成为格言、人们的座右铭，有的已载入词典，丰富了民族语言；（3）文章符合艺术规律，词、句、章，形、情、理都达到了美的要求。如果我们只是就文字"选美"，当然还会选出更多，如王勃的《滕王阁序》等，那是另一个范畴。

下面按这个标准一一分析。

贾谊的《过秦论》，探讨一个政权为什么会灭亡。为政必须施仁政，不能反人民。后来说到农民起义时常用的词"斩木为兵，揭竿为旗"，即出自本篇。

司马迁的《报任安书》，探讨生命的价值，提出一个做人的人格标准："人固有一死，或重于泰山，或轻于鸿毛，用之所趋异也。"成语"士为知己者死，女为悦己者容"亦出自本篇。

诸葛亮的《出师表》，提出忠心耿耿的为臣之道和勤恳不怠的敬业精神。名句"鞠躬尽瘁，死而后已"，"亲贤臣，远小人"，"受任于败军之际，奉命于危难之间"等广为流传。

陶渊明的《桃花源记》，以文学的手法描绘出一个理想社会的蓝图，从中可以看出老庄哲学与空想社会主义的影子。西方的政治名著《乌托邦》、《太阳城》与其相类。"桃花源中人"、"只知秦汉，不识魏晋"，已成后人常用的习语，而"桃花源"已经是理想社会和优美风景的代名词。

魏徵的《谏太宗十思疏》，探讨一个政权怎样才能巩固，并且塑造了一个较理想的君臣关系样板。文中提出"居安思危，戒奢以俭"、"载舟覆舟，所宜深慎"，提出"凡百元首，承天景命……有善始者实繁，能克终者盖寡"。这就是1942年黄炎培与毛泽东在延安谈的政权周期律。后人常说的"居安思危"、"水可载舟亦可覆舟"，即出于此。

范仲淹的《岳阳楼记》，提出"先天下之忧而忧，后天下之乐而乐"的为人、为政理念。这句名言成了范之后所有进步政治家的信条。范的这篇文章和陶渊明的《桃花源记》都做到了形美、情美、理美，是用文学来翻译政治的典范。

文天祥的《正气歌序》，提出为人要有正气的气节观，鼓舞了历代的民族英雄，成了中国人的做人标准。"天地有正气"成了战胜一切邪恶、腐败势力的旗帜。

梁启超的《少年中国说》，反对保守，提倡革新，提出抛弃老朽的中国，创造一个少年中国，振兴中华。几乎通篇都是美言美句。

林觉民的《与妻书》，呼唤共和，敲响了数千年封建王朝的丧钟。文中再次响亮地喊出"老吾老，以及人之老；幼吾幼，以及人之幼"，牺牲个人，报效祖国。

毛泽东的《为人民服务》，提出

梁衡：《影响中国历史的十篇政治美文》，
中国人民大学出版社，2012年出版。

为人民服务思想，成了共产党人立党立国的宗旨。

这些文章已经成为中华文明的经典。

好文章是替时代立言，是一个人在一定的时代背景下全部知识和阅历的结晶，是他生命的写照。这其中不知要经历多少矛盾、冲突、坎坷、辛酸、成功与失败。这非主观意志可得，只可遇而不可求。因此，一篇好的文章就如一个天才人物、一个历史事件，甚或如一个太平盛世的出现一样，不是随便就能有的，它要综天时地利之和，得历史演变之机，靠作者的修炼之功，是积数十年甚或数百年才可能出现的一个思想和艺术的高峰。

千军易得，一将难求；千年易过，好文难有。

心中的桃花源——《桃花源记》解读

每一个多少读过点书的人，都知道陶渊明的《桃花源记》。一篇只有320 字的散文能流传 1 500 年，家喻户晓，传唱不衰，其中必有它的道理。这篇文字连同作者最流行的诗作，大约是我在孩提时代，为习文识字，被父亲捉来读的。当时的印象也就是文字优美，故事奇特而已。直到年过花甲之后，才渐有所悟。一篇好文章原来是要用整整一生去阅读的。反过来，一篇文章也只有经过读者的检验、岁月的打磨，才能称得起是经典。凡是经典的散文总是说出了一种道理，蕴涵着一种美感，让你一开卷就沉浸在它的怀抱里。《桃花源记》就是这样的文字。

陶渊明画像

一、《桃花源记》想说什么？

一般人都将《桃花源记》看做一篇美文小品。它确实美，朴实无华，清秀似水，而又神韵无穷。但正是因为这美害了它，让人望美驻足，而忽略了它更深一层的含义。就如一个美女英雄或美女学者，人们总是惊叹她的容貌，而少谈她的业绩。《桃花源记》也是吃了这个亏，顶了"美文"的名，始终在文人圈子和文章堆里打转转，殊不知它的第一含义在于政治。

陶渊明所处的晋代距离秦统一天下已 600 余年。在陶之前不是没有过政治家。你看，贾谊是政治家，他的《过秦论》剖析暴秦之灭亡何等精辟，但汉文帝召见他时"不问苍生问鬼神"，仍旧穷兵黩武；诸葛亮是政治家，是智者的化身，但他用尽脑汁，也不过是为了帮刘备恢复汉家天下；曹操是政治家，雄才大略，横槊赋诗何其风光，但刚为曹家挣到一点江山底子，转瞬间就让司马氏篡权换成晋朝旗号。

陶渊明也不是没有参与过政治，读书人谁不想建功立业？况且他的曾祖陶侃（就是"陶侃惜分阴"说的那个陶侃）就曾是一个为晋王朝立有大功的政治家、军事家。陶渊明曾多次出入权贵的幕府，但是他所处的政治环境实在是太黑暗了。东晋王朝气数将尽，争权夺利，贪污腐败，军阀混战，民不聊生。以东晋的重臣刘裕为例，未发迹时是一无赖，好赌，借大族刁氏钱不还，刁氏将其绑在树上用皮鞭抽。有一个叫王谧的富人可怜他，便代为还钱。刘发迹，就扶王为相，而将刁家数百人满门抄斩，后来干脆篡位，灭晋建宋。陶渊明曾四隐四出，因家里实在太穷，无力养活 6 个孩子，公元 405 年时他已 42 岁，不得已便又第五次出山，当了彭泽县令。这更让他近距离看透了政治。东晋从公元 377 年起实行"口税法"，即按人口收税，每人年缴米三斛。但有权有势的大户人家纷纷隐瞒人口，国家收不到税，就抬高收税标准，每人五斛，恶性循环的结果是小民的负担更重，纷纷逃亡藏匿，国库更穷。陶一上任，就在自己从政的小舞台上大刀阔斧地搞改革。他从清查户籍入手，先拿本县一户何姓大地主开刀。何家有成年男丁 200 人，却每年只缴 20 人的税。何家有人在郡里当官，历任县令都不敢动他一根毫毛。

陶是个知识分子，骨子里是心忧国家，要踏破不平救黎民，治天下。

年轻时他就曾一人仗剑游四方。你看他的诗"刑天舞干戚，猛志固常在"，"君子死知己，提剑出燕京"，绝不只是一个东篱采菊人。所以鲁迅说陶渊明除了"静穆"之外，还有"金刚怒目"的一面。一时彭泽县里削富济贫、充实国库的政改实验搞得轰轰烈烈。正是：

> 莫谓我隐伴菊眠，半醉半醒酒半酣。
>
> 翻身一怒虎啸川，秀才出手乾坤转！

但是上层整整的一个利益集团已经形成，哪能容得他这个书生"刑天舞干戚"来撼动呢？邪恶对付光明自然有一套潜规则。当年，干部考察时，何家买通督邮（监察和考核官员政绩的官）来找麻烦。部下告诉陶，按惯例这时都要行贿，给点好处。陶渊明大怒："我安能为五斗米折腰！"连夜弃官而去。回家之后便写了那篇著名的《归去来兮辞》："归去来兮，田园将芜胡不归！既自以心为形役，奚惆怅而独悲……世与我而相违，复驾言兮焉求？"

这次出去为官对他刺激太大了，他对官府，对这个制度已经绝望。他向往尧舜时那种人与人之间平等、和谐的生活，向往《山海经》里的神仙世界，向往古代隐士的超尘绝世。从此，他就这样一直在乡下读书、思考、种地。终于在他弃彭泽令回家16年之后的57岁时写成了这篇320字的《桃花源记》。作者纵有万般忧伤压于心底，却化作千树桃花昭示未来，虽是政治文字却不焦不躁、不偏不激，于淡淡的写景叙事中，铺排出热烈的治国理想，这种用文学翻译政治的功夫真令人叫绝。但这时离他去世只剩下6年了，这篇政治美文可以说是他一生观察思考的结晶，是他思想和艺术的顶峰。历史竟会有这样的相似，陶渊明五仕五隐，范仲淹四起四落。范仲淹那篇著名的政治美文《岳阳楼记》是在58岁那年写成的，离去世只剩6年。这两篇政治美文都是作者在生命的末期总其一生之跌宕、积其一生之情思，发出的灿烂之光。不过范文是正统的儒家治国之道，提出了一个政治家的个人行为准则；陶文却本老子的无为而治，给出了一幅最佳幸福社会的蓝图。陶渊明是用文学来翻译政治的。在《桃花源记》中他塑造了这样一个理想的社会：土地平旷，屋舍俨然，良田美池，往来耕作，鸡犬相闻，黄发垂髫，怡然自乐。这是一个自自在在的社会，一种轻轻松松的生活，人人干着自己喜欢的工作。在这里没有阶级，没有欺诈，没有剥削，没有烦恼，没有污染。人与人和谐，人与自然和谐。这是什么？这简直就是共产主义。陶渊明是在晋太元年间（公元376—396）说这个话的，比《共产党宣言》的发表（1848）还早1 400多年呢。只是有那么一点点影子，我们就算它是"桃源主义"吧。但他确实是开了一条政治幻想的先河。当政治家们为怎样治国争论不休时，作为文学家的陶渊明却轻轻叹了一声："不如不治。"然后就提笔濡墨，描绘了一幅桃花源图。这正如五祖门下的几个佛家大弟子为怎样克服人生烦恼争论不休时，当时还是个打杂小和尚的六祖却在一旁叹道："菩提本无树，明镜亦非台。本来无一物，何处惹尘埃？"人性本自由，劳动最可爱，本来无阶级，平等最应该。不是政治家的陶渊明走的就是这种釜底抽薪的路子。

陶之后一千余年，欧洲出现了空想社会主义，而且巧得很，也是用文学作品来表达未来社会的蓝图，但不是散文，是两本小说，在社会发展史和世界文化史上影响极大。这就是1516年英国人莫尔出版的《乌托邦》和1637年意大利人康帕内拉出版的《太阳城》。所以《桃花源记》也可以归入政治文献，而不是只存在于文学史中。其实《桃花源记》又何尝不可以当成小说来读呢？甚至那两本书的构思手法与《桃花源记》也惊人地相似。陶渊明是假设打鱼人误入桃花源，而《乌托邦》是写一个探险家在南美误登上一孤悬海中的小岛。岛上绿草如茵，四周波平浪静。街上灯火辉煌，家家门前有花园。每个街区都有公共食堂，供人免费取食。个人所用的物品都可到公共仓库任意领取，并无人借机多占。更奇的是，他被邀参加一个订婚仪式，男女新人都要脱光衣服，让对方检验身体有无毛病，然后订约。其道德清纯、诚实高尚若此。探险家在这里生活了5年，回来后将此事传于世人，就如武陵人讲桃花源中事。《乌托邦》成书后顷刻间风靡欧洲，被译成多国文字，传遍世界。中国近代翻译家严复也把它介绍到了中国。1637 年意大利人康帕内拉又出版了一本书《太阳城》。很巧，还是陶渊明的手法。一个水手在印度洋遇险上岸，穿过森林进到一座城堡，内外七层，街道平整，宫殿华丽，居民身体健康，风度高雅，衣食无忧。在这个城市里没有私产，实行供给制。服装统一制作，按四季更换。每日晨起，一声长号，击鼓升旗，大家都到田里劳动。没有工农之分，没有商品交换，没有货币。孩子两岁后即离开父母交由公家培养。总之一切都是公有，需求由政府实施公共分配。甚至婚姻也是政府考虑后代的优生来搭配，靓男配美女，胖男配瘦女。又是那个水手归来"海外谈瀛洲"，如同武陵人讲桃花源。这本书同样风靡全球，是空想社会主义的又一个里程碑。以幻想理想社会类的文学作品而论，有三大里程碑：《桃花源记》、《乌托邦》、《太阳城》。"桃园三结义"，陶渊明是老大。

为了追求真实的桃花源，除出书外，还有人身体力行地去实验。1825 年 4 月，英国人欧文用 15 万美元在美国买了一块地，办起一个"新和谐公社"。这公社规划得十分理想，有农田、工场、住宅、学校、医院。公社成员一律平等。也是吹号起床，集体劳动，吃公共食堂。没有交换，没有货币。算是一个西洋版的"桃花源"。可惜这个公社来得实在太早，与当时的生产力水平、道德标准相差太远。墙内清贫而浪漫的生活，抵挡不住墙外资本主义金钱、名利的诱惑。试验维持了两年，宣告失败。但是人们心中那盏理想的明灯总是在轻轻闪烁。在西方，这种试验一直顽强地延续着。今天，英国查尔斯王子在本国一个叫庞德里的小城，也搞了一个"小国寡民"的建设，400 户人家，全部环保建材，绿荫小街，各家一色的院落，无汽车之喧嚣，无贫富之悬殊。美国弗吉尼亚州双橡树合作社区试验从 1967 年坚持到现在已有 40 多年，450 英亩土地，百来人口，财产公有，自愿结合。这是北美共产社区中维持时间最长的一个。

　　桃花源在中国人的心里更是根深蒂固，那个美丽的梦也总是挥之不去。洪秀全就曾搞过太平天国版的空想共产主义，分男营、女营，不要家庭生活（当然这并不妨碍他妻妾成群）。而中华民国的立法院在 1930 年也讨论过要不要家庭。青年毛泽东在 1919 年，也有过一次乡村新社会的试验。他说："我数年来梦想新社会生活，而没有办法。七年（指民国七年，1918 年）春季，想邀数朋友在省城对岸岳麓山设工读同志会，从事半耕半读……今春回湘，再发生这种想象，乃有在岳麓山建设新村的计议，而先从办一实行社会说本位教育说的学校入手。此新村以新家庭新学校及旁的新社会连成一块为根本理想……"

　　1958 年，在这个全球人口最多的国度又开始了一场人民公社大试验，吃饭不要钱，一如《乌托邦》和"新和谐公社"里的情景，但又像欧文一样的失败了。可是试验并没有停止。20 世纪 80 年代，人民公社体制在全国正式取消后，个别生产力（财富）和精神文明（觉悟）发达的集体仍在坚持着"共产"模式。如河南的南街村，到今天仍是吃饭不要钱。各家用多少米面，到库房里随便领取。那天参观时我奇怪地问："有人多领怎么办？""领多了，吃不了，也没用。""如果他送给外村的亲戚呢？""相信他的觉悟。"财富加觉悟，这真是一个现代版的"桃花源"，微型的空想"共产主义"。

　　空想虽然空洞一些，但思想解放就是力量。无论是一个人还是一个社会，如果没有幻想，就会静止，就会死亡。自陶渊明之后，这种对未来社会的想象从来没有停止过。到马克思那里终于产生了科学社会主义。《共产党宣言》预言未来的理想社会是"自由人联合体"。没有阶级，没有剥削，没有贫富差别，没有尔虞我诈，大家自由地联合在一起。恩格斯给出的蓝图是："这种制度将给所有的人提供健康而有益的工作，给所有的人提供充裕的物质生活和闲暇时间，给所有的人提供真正的充分的自由。"你看，这不就是桃花源中人吗？

就主体来说，陶渊明是诗人而不是政治家、思想家，他只是以憧憬的心情写了一篇短文。武陵人误入桃花源，陶渊明误入了政治思想界。他万万没有想到他的幻想竟引来了这么多的试验版本。相比于政治和哲学，文学更富有想象力，陶渊明的桃花源足够后人一代一代地去寻找、评说。

二、桃花源在哪里？

中国文学史上有许多的游记名篇，也造就了许多的山水品牌，成了今天旅游的新卖点。但让人吃惊的是，一个虚构的桃花源却盖过了所有的真山水，弄得国内只要是稍微有一点姿色的风景，就去打"桃花源"的牌子，软贴硬靠，甚至争风吃醋，莫辨真伪。北至山西、河北，南到广西、台湾，处处自诩桃花源，人人争当武陵人。只我亲身游历过的"桃花源"就不下几十处，遍布大半个中国。似花还似非花，也无人去较真。但正是这似与不似之间，哪一处也比不上幻想中的桃花源，而那些著名游记又无论如何也不能与《桃花源记》等身。就连最有名的《小石潭记》所描写的小石潭，现在也只不过是柳州的一个废土坑而已，也未见有哪个地方去与之争版权、争冠名。桃花源成了风景的偶像。何方化作身千亿，一处山水一桃源。陶渊明用什么魔法将这桃花源的基因遍洒中华大地，遗传千年，繁衍不息？

凡偶像都代表一种精神，而精神这种东西既无形又可幻化为万形。陶渊明笔下的桃花源是一处风景，但绝不是单纯的风景。它是被审美的汁液所浸泡，又为理想的光环所笼罩着的山水。美好的事物谁不向往？正如地球上无论东西方都有空想社会主义的模式；在中国，无论东西南北，都能按图索骥找到"桃花源"。桃花源不是小石潭，不是滕王阁，不是月下赤壁，也不是雨中的西湖。它是神秘山口中放出的一束佛光，是这佛光幻化的海市蜃楼，这里桃林夹岸，中无杂树，芳草鲜美，落英缤纷。《桃花源记》是一个多棱镜，能折射出每一个人心中的桃花源，而每一个桃花源里都有陶渊明的影子，一处桃源一陶翁。

我见到的第一个桃花源是在福建武夷山区。从福州出发北上，过永安市，车停路边，有指路牌：桃花源。我说这柏油马路一条，石山一座，怎么是桃花源？主人说不急，先请下车。行几百米，果见一河，溯流而上，渐行渐深，林木葱茏，繁花似锦，两山夹岸，绿风荡漾，胸爽如洗。而半山腰庙宇民房，红墙绿瓦，飘于树梢之上，疑是仙境。折而右行，半壁之上突现一岩缝，竟容一人，曰"一线天"。我从缝中望去，山那边蓝天白云，

1994 年 6 月作者在武陵山区
寻访桃花源途中

往来如鹤。因为要赶路，我们不能如武陵人"舍船，从口入"了，但我相信穿过一线天，那边定有一个桃花源。再沿路北上就是著名的武夷山。山之有名，因二：一是通体暗红，山崖如血，属典型的丹霞地貌；二是环山有溪水绕过，作九折之状，即著名的"武夷九曲"。想不到在这景区深处却还另藏着一个小"桃花源"。当游人气喘吁吁地翻过名为"天游"的石山顶，自天而降，或溯流而上，游完九曲，弃筏登岸时，身已累极，心乏神疲，忽眼前一亮见一竹篱小墙。穿过篱笆小门，地敞为坪，青草如茵，草坪尽处一泓碧水如镜，整座红色的山崖倒映其中，绿树四合，凉风拂衣，汗热顿消。正是陶诗"蔼蔼堂前林，中夏贮清阴。凯风因时来，回飙开我襟"的意境。这时席地而坐，仰望"天游"之顶，见人小如蚁，缘壁而行；俯视池水之中，蓝天白云，悠然自得。草坪上散摆着些茶桌，武夷

山的"大红袍"茶海内知名。你在这里尽可细品杯中乾坤，把玩手中岁月。那天我正低头品茗，忽听有人呼唤，隔数桌之外走来一人，原来是十多年未见的一位南海边的朋友，不期在此相遇。我们相抱而呼，以茶代酒，痛饮一番。我一面感叹世界之小，一面更觉这桃花源之妙，它真是一个可暗通今昔的时光隧道。

光阴者，百代之过客，这武夷山里不知过往了多少名人，朱熹就是从这里走出去开创了他的哲学流派，我怀疑他"半亩方塘一鉴开，天光云影共徘徊。问渠那得清如许，为有源头活水来"的名句，就是取自这个意境。明代大将军戚继光在南方抗倭之后又被调到北方修长城，曾路过此地，在这里照影洗尘，竟激动地不想离去。他赋诗道："一剑横空星斗寒，甫随平虏复征蛮。他年觅取封侯印，愿向君王换此山。"而陆游、辛弃疾在不得志之时，甚至还在这里任过守山的官职。朱、戚、陆、辛都是中国历史上屈指可数的人物。他们在绚烂过后更想要一个平淡，要做陶渊明，做一个桃花源中人。辛词写道："今宵依旧醉中行。试寻残菊处，中路侯渊明。"

我看到的第二处桃花源是湖南桃源县的桃源洞。一般认为这处景观最接近正宗的桃花源，况且国内毕竟也就只有这一个以桃源命名的县。这里除山水幽静外更多了一分文化的积淀。史上多有文人来此凭吊，孟浩然、李白、韩愈、苏轼等人都留有诗作。由此可见桃花源早已不是一个风景概念，而是一种文化现象了。

我印象最深的是这里刻于石碑上的一首回文诗：

> 牛郎织女会佳期，月底弹琴又赋诗。
> 寺静惟闻钟鼓響（响），音停始觉星斗移。
> 多少黄冠归道观，见几而作尽忘机。
> 几时得到桃源洞，同彼仙人下象棋。

一般的回文诗是下句首字套用上句的末字，这在修辞学上叫"顶真"

格。而这首诗是从上字中拆出半个字来起写下句，这样的"顶真"就更难。接着还有一个更难的动作，刻碑时第一字不从右上起，而是中心开花，向外旋转，到最后一字收尾，正好成方：

这样的挖空心思，说明后人对桃花源题材是多么喜爱。而小石潭、赤壁，就是现代朱自清笔下的荷花塘也没有这样的殊荣呀！陶渊明所创造的"桃花源"实在是一个忘却时空、成仙得道的境界，比《乌托邦》、《太阳城》多了几分审美，比《小石潭记》、《赤壁赋》又多了几分理想。

那天我不觉技痒，也仿其格填了一首回文诗（比原式更苛求一点，连首尾都半字相咬）：

因曾数读《桃花源》，原知诗人梦秦汉。

又来桃源寻旧梦，夕阳压山柳如烟。

我看到的第三处桃花源是在湖北恩施。这里是湘、鄂、黔交界的武陵山区。陶渊明是今江西九江人，其活动区域不会包括这一带。但阴差阳错，这山却名"武陵"，而《桃花源记》正好说的是武陵人的事。当地人以此附比桃花源也算言之有据，比别处更多一点骄傲。况且，这里地处偏远，至今还保有极浓的世外桃源的味道。武陵山区多洞，洞大得让你不敢去想，一个洞就能开进一架直升机，而洞深几许到现在也没有探出个所以。这比陶渊明说的桃林夹岸、山有小口、豁然开朗更要神秘。那天我们就在山洞里的一个千人大剧场看了一台现代武陵人的歌舞演出，真是恍若隔世，不知梦在何处。最动人的是情歌演唱。男女歌手分别站在舞台两侧的两个山头上（请注意，洞里还有山）引吭高歌：

> 女：郎在高坡放早牛，
>
> 妹在院中梳早头。
>
> 郎在高坡招招手，
>
> 妹在院中点点头。
>
> 男：太阳一出红似火，
>
> 晒得小妹无处躲。
>
> 郎我心中实难过，
>
> 送顶草帽你戴着。

你看男子心疼他心爱的女子，恨不能立即送去一顶遮阳的草帽。楚人是善于歌颂爱情或者借爱情说事的，从屈原始，古今皆然。陶渊明的楚文化背景很深。这让我立即想起他的《闲情赋》中的意境：

> 我愿做她的衣领，以闻到她颈上的芳香；
>
> 可惜就寝时，衣服总要被弃置一旁。
>
> 我愿做她的衣带，终日系于她的腰间；
>
> 可惜换装时，衣带被解下，又有暂别的忧伤。
>
> 我愿做一滴发乳，涂在她的黑发上；
>
> 可她总要洗发，我又会受到冲洗的熬煎。
>
> ············
>
> 我愿做一把竹扇，让她握于手上，凉风送爽；
>
> 可秋天来临，还是难免有离去的凄凉。

我愿做一株桐木，制成一把她膝上的鸣琴；

可她也有悲伤的时候，会推开我不再奏弹。

（愿在衣而为领，承华首之余芳；悲罗襟之宵离，怨秋夜之未央

……）

那天的表演还有哭嫁歌。婚嫁本是喜事，但女儿出嫁要哭，大哭，不舍爹娘，不舍闺友，大骂媒婆。哭，且能成歌，有腔有调，有情有韵。艺术这种东西真是无孔不入，喜怒哀乐都有美，悲欢离合都是歌。但是这歌和大城市里舞台上那些尖嗓子、哑喉咙、扭屁股、声光电的歌不一样，这是桃花源中的歌，是在武陵山中的时光隧道中听到的魏晋声、秦汉韵啊。

那天演的又有丧葬歌。人之大悲莫过于死，但这么悲伤的事却用唱歌来表达。当地风俗"谁家昨日添新鬼，一夜歌声到天明"。你看那个主唱的男子，击鼓为拍，踏歌而舞，众人起身而合，袖之飘兮，足之蹈兮，十分洒脱。生死由命，回归自然，一种多么伟大的达观，仿佛到了一个生死无界、喜乐无忧的神仙境界。这远胜于现代都市里作秀式的告别仪式、追悼大会。在歌声中我听到了1 500多年前陶渊明那首《拟挽歌辞》："千秋万岁后，谁知荣与辱。但恨在世时，饮酒不得足。""荒草何茫茫，白杨亦萧萧。严霜九月中，送我出远郊。"武陵人这洒脱的丧歌，那源头竟是陶公的《拟挽歌辞》啊！你不得不承认这山洞里的桃源世界确实还在继续着陶渊明所创造的那个生命境界和审美意境。还有一种原始的茅古斯舞蹈，舞者全身紧裹稻草，男子两腿间挂着象征阳物的装饰，甩来摆去，癫狂起舞，表达的是自然崇拜与生殖崇拜。这种纯朴只有在这深幽的山洞里才能见到，这时你已完全忘了山外的高楼大厦、车水马龙、电脑网络、反恐战争、股票期货、跑官卖官，真的不知今宵何夕，身在何处了。一连几天我就在这深山里转，感受这歌声、这舞蹈，还有米酒。这里喝酒也是桃花源式，是在别处从没有见过的。喝时要唱，要喊，要舞，喝到高兴处还要摔酒碗。双手过头，一饮而尽，然后"啪"的一声，满地瓷片，当然是那种

很便宜的陶瓷碗。这正是陶渊明《杂诗》与《饮酒》诗的意境："得欢当作乐，斗酒聚比邻。""忽与一觞酒，日夕欢相持。""若复不快饮，空负头上巾。"历史越千年，风物依然。

湖南桃花源风景区

一日，喝罢酒，我们去游一个叫"四洞峡"的地方，那又是一处桃花源了。离开公路，夹岸数步，人就落入一个大峡谷中。头上奇树蔽日，脚下湍流漱石。平时在城里花盆中才能见到的杜鹃花，在这里长成了合抱之粗的大树，花大如盘，洁白如雪。一种金色的不老兰，攀于岩上，遍洒峡中，灿若繁星。古藤缠树，树树翠帘倒挂；香茅牵衣，依依不叫人行。许多草木都见所未见，闻所未闻。一种铁匠树，木极硬，木工工具对付不了它，要用铁匠工具才能加工，因有此名。其木放入炉中，如炭一样一晚不灭。一种似草似灌木的植物，杆子肥肥胖胖，就名"胖婆娘的腿"。真是目不暇接。走着，走着，这一路风景突然没入一个悠长的石洞，瞬间一片幽暗，不见天日，唯闻流水潺潺，暗香浮动。我们扶杖踏石，缘壁而行，大气也不敢出一口，仿佛真的要走回到秦汉去，也不知这样如履薄冰行了几时，忽又见天日重回到了人间。这样忽明忽暗，穿峡过洞，如是者四次，是为"四洞峡"。到最后一个石洞的出口处，有巨石如人头，传说是远古时一将军在此守洞，慢慢石化。石壁上长有一株手腕粗的黄杨木，却言已生有八百年。据说这种树平时正常生长，而每逢有闰月就又往回缩，它竟能自由地挪动时空。现代物理学已有一种"虫洞"假说，人们可轻易穿越时空退回过去，而桃花源中的植物竟然早已有了这种本事。我回望洞口，看着这石将军、这黄杨树，浮想联翩。当年陶渊明由晋而返秦，我们现在莫不是返回到了东晋？

出峡之时已近黄昏，主人请我们参观他们的万亩桃林。这里乡民种桃已不知起于何年。近年来为了进一步富民，政府又请专家指导，搞了一项万亩桃园工程，好大的规模，放眼望去漫山遍野全是桃树。正是开花季节，晚照中红浪滚滚，一直铺向天边，只间或露出些道路、谷场，或农家的青瓦粉墙。我们随意选了一处半山腰的"农家乐"，在院子里摆桌吃饭。席间仍是要喝米酒，唱古老的歌，摔酒碗。主人对我们这些山外来人更是十分的亲热。有如《桃花源记》所言："见渔人，乃大惊，问所从来，具答之。便要还家，设酒杀鸡作食。"又如陶诗："落地为兄弟，何必骨肉亲！得欢当作乐，斗酒聚比邻。"他们也不知道什么戚继光曾经要用功名换山水，更不会去作什么回文诗。但他们知道这里就是桃花源，是他们的家，祖祖辈辈都这样自自然然地生活着。

桃花源不只是风景，还是一种生活符号、一种文化标记。

三、心中的桃花源

陶渊明为晋代柴桑人，即现在的江西省九江县、星子县一带。九江我是去过的，这次为写这篇文章又重去两地寻找感觉。结果这感觉真的让我大吃一惊。在陶渊明纪念馆，我看到了许多历代、各地甚至还有国外对他的研究资料，及出版的各种书刊。像东北鞍山这样远、这样小的地方都有陶学的研究团体，而今年的全国陶渊明学术研讨会是在内蒙古召开的。日本亦有专门的陶学社团。一本专刊上这样说："渊明文学在日本流传，不论时光如何流失，人们对他恬淡高洁的人格的憧憬，对其诗文的热爱从未中断。"而更未想到的是陶渊明的墓是在部队的一座营房里，官兵们用平时节约下来的经费将其修葺保护得十分完美。我们登上营房后的小山，香樟、桂花、茶树等江南名木掩映着一座青石古墓，墓的四角，四株合抱粗的油松皮红叶绿，直冲云天。只看这树就知这墓在数百年之上。陶卒于乱世，其墓本无可考，元代时大水在这附近冲出一块记载陶事的石碑，官民喜而存之，因碑起墓，代代飨祭。现在这个墓是部队在2003年重修的，并立碑记其事。一个诗人，一个逝去了1 500多年的古人怎么会引起这么广泛、久远的共鸣呢？

陶渊明的《桃花源记》确是以艺术的魅力激起了我们千百年来对理想社会和美好山水的不断追求。但更有普世价值的是他设计出了一个人心理的最佳状态，这就是以不变应万变，永是平和自然，永葆一颗平常心。他以亲身的实践证明了这一点，接着又用自己的作品定格、升华、传达了这种感觉。他在我们每个人的心里都埋下了一粒桃花源的种子，无论如何斗转星移，岁月更换，后人只要一读陶诗、陶文，就心生桃花，暖意融融，悠然自悟，妙不可言。德国著名哲学家海德格尔认为，哲学家应该具有诗人的思维，哲学最好的表达方式是诗歌。陶渊明已经做到了这一点，他始终是用诗歌来表现人生。

人生在世有三样东西绕不过去。一是谁都有挫折坎坷；二是任你有多少辉煌也要消失，没有不散的宴席；三是人总要死去，总要离开这个世界。与这三样东西相对应的心境是灰心、失落与恐惧。对于怎样面对这个难题，克服人精神上的消极面，让每一天都过得快活一些，历来不知有多少思想家、宗教徒都在做着不尽的探索。过去关于奋斗、修养的书不知几多，现在"励志"类的书又满街满巷，而所谓"修养"，已经滑进了"厚黑"的死胡同。而你就是励志、奋斗、有所成就之后还是绕不开这三点。你看现实生活中有的人生活并没有到了谷底，甚至还有几分殷实小康，但还在没完没了地嫉妒、哭穷、诉苦、牢骚；有的人已身居高位，还在贪婪、虚荣、邀功；有的人已退出官场，还在回头、恋权、恋名，苦心安排身后事。陶渊明官也做过，民也当过；富也富过，穷也穷过；也曾顺利，也曾坎坷；但这些毛病他一点也没有。他学儒、学道、学佛，又非儒、非道、非佛，而求静、求真、求我，从思想到实践较好地回答了人生修养这个难题。

陶渊明生活在一个不幸的时代，军阀混战，政权更迭，民不聊生。他虽也做过几次官，但"不愿为五斗米折腰"，归隐回乡，日子过得紧巴巴。为避战乱他曾两次逃难，仇家一把火又将他可怜的家产烧了个精光。但在他的诗文中却找不到杜甫"亲朋无一字，老病有孤舟"式的哀叹，反倒常是一种"采菊东篱下，悠然见南山"的恬静。这是一种境界，一种回归，回归自然，回归自我，不为权、财、名、苦所累，永葆一颗平常心的境界。他为官时不为五斗米折腰，不丢人格；穷困时安贫知足，不发牢骚，不和自己过不去。这也就是《桃花源记》里说的"怡然自乐"。我们没有理由责备陶渊明为什么不像白居易那样去写《卖炭翁》，不像陆游那样去写"铁马秋风大散关"，不像辛弃疾那样"把栏杆拍遍"。陶所处的时代没有辛弃疾、岳飞那样尖锐的民族矛盾，他也未能像魏徵、范仲淹那样身处于高层政治的旋涡之中。存在决定意识，各人有各人的历史定位。陶渊明的背景就是一个"乱"字，世乱如倾，政乱如粥，心乱如麻。他的贡献是于乱世、乱政、乱象之中，在人的心灵深处开发出了一块恬静的心田。"结庐在人境，而无车马喧。问君何能尔？心远地自偏。采菊东篱下，悠然见南山。"

陶渊明一生大多身处逆境，但他却永是开朗。不是说这逆境不存在，而是他能精神变物质，逆来顺推，化烦躁为平和。他以太极手段，四两拨千斤，将愁苦从心头轻轻化去，让苦难不再发酵放大，或干脆就转而发酵为一坛美酒。马克思说，受难使人思考，思考使人受难。世上总有不平事，尤其是爱思考的知识分子，世有多大，心有多忧，忧便有苦，苦则要学会排解。陶渊明对辞官后的农耕生活要求并不高："岂期过满腹，但愿饱粳粮。御冬足大布，粗缔以应阳。"粗布淡饭而已。但他却从这种清苦中找到精神上的寄托和审美的享受。"耕种有时息，行者无问津。日入相与归，壶浆劳近邻。长吟掩柴门，聊为陇亩民。"

陶渊明也不是没有做过官，但他不把做官当饭吃，他一生五仕五隐，那官场的生活只不过是他的人生实验。他对朝廷也曾是有过一点忠心的，甚至还有对晋王朝的眷恋。自晋亡后，他写诗就从不署新朝的年号。但是他把人格看得比政治要重，不为五斗米折腰，不看人的脸色。政治生活一旦妨碍了他的人性自由，就宁可回家。他高唱着："归去来兮，田园将芜胡不归！既自以心为形役，奚惆怅而独悲？悟已往之不谏，知来者之可追。实迷途其未远，觉今是而昨非。舟遥遥以轻飏，风飘飘而吹衣。"何等痛快。朱熹评陶渊明说："晋宋人物，虽曰尚清高，然个个要官职。这边一面清谈，那边一面招权纳货。陶渊明真个能不要，此所以高于晋宋人物。"他岂但只高于晋宋人物，也远高于现代的许多跑官要官、贪财受贿、争权夺利、图名好虚之人。

陶渊明对死亡的思考更是彻底，并有一种另类的美感。他说："有生必有死，早终非命促。……千秋万岁后，谁知荣与辱。""死去何所道，托体同山阿。""自古皆有没，何人得灵长？不死复不老，万岁如平常。"人总有一死，何必叹什么命长命短，操心什么死后的荣誉。如果一个人总是不死，那生和死又有什么区别？这种彻底的唯物主义真让我们吃惊。正因为有这种生死观，他从不要什么虚荣，没有一点浮躁。更不会如今人之非要生前争什么镜头、版面，死后留什么传记、文选。龚自珍说："陶潜酷似卧龙豪，万古浔阳松菊高。莫信诗人竟平淡，二分《梁甫》一分

《骚》。"梁启超说："这位先生身份太高了，原来用不着我恭维。"说是不用"恭维"，但历来研究、赞美他的人实在太多。他的思想确实影响了一代又一代的人，他的这种达观精神几乎成了后人处世的楷模。如果你抚摸着陶之后的历史画卷，就会听到无数伟人、名人与他的共鸣。而这些人都是中国历史上的群山高峰啊。于是我们就会发现一股从遥远的桃花源深处发出的雷鸣，在历史的大峡谷中，滚滚回荡，隐隐不绝。李白算是中国诗歌的高峰了，被尊为诗仙，但他对陶是何等的敬仰："梦见五柳枝，已堪挂马鞭。何时到彭泽，狂歌陶令前。"他梦见陶公门前的五柳树了，要到彭泽去与他狂歌。白居易曾被贬为江州司马，离陶的家乡不远，他在任上时陶诗不离手："亭上独吟罢，眼前无事时。数峰太白雪，一卷陶潜诗。"苏东坡曾被发配在偏远的海南，他身处逆境时，是靠把陶渊明当老师才渡过困境的："吾于诗人无所甚好，独好渊明之诗。渊明作诗不多，然其诗质而实绮，癯而实腴，自曹、刘、鲍、谢、李、杜诸人，皆莫及也。"他把陶放在曹植、李白、杜甫之上，而且居然把陶诗逐一和了一遍，这恐怕主要是精神上的相通。现代人中，毛泽东也有陶渊明情结。他一生轰轰烈烈是是非非，但晚年多次谈到想放浪形骸，寄情山水，去做徐霞客，或者去当一名教书先生。他上庐山，山下的九江就是陶渊明的家乡，于是赋诗道："陶令不知何处去，桃花源里可耕田？"庄子说"内贤而外王"，事业是皮毛，心灵的自由才是人的终极追求。魏晋人追求的大概就是这个风度，所谓"居官无官官之事，处事无事事之心"。亦即陶渊明说的不要让心情为外形所役使（即"以心为形役"）。翻阅史书，我们发现凡真正建功立业、轰轰烈烈的大人物，其内心深处都有一个静谧的桃花源，能隐能出，能动能静，收放自如。诸葛亮舌战群儒，火烧赤壁，六出祁山，七擒孟获，一生何等忙碌，但留下的格言是"非淡泊无以明志，非宁静无以致远"。范仲淹"先天下之忧而忧，后天下之乐而乐"，其政治抱负多么强烈，但他的心理支柱是"不以物喜，不以己悲"。辛弃疾晚年写词："岁岁有黄菊，千载一东篱……都把轩窗写遍，更使儿童诵得，《归去来兮辞》。"
邓小平是继毛之后的又一伟人。"文革"之难，他在江西被软禁三年。这
个昔日指挥淮海战役的主帅，在一个绿树砖墙的小院里，养了几只鸡，种
了几垄菜，挑粪担水，劈柴烧火，如陶渊明那样"带月荷锄"、"守拙归
园"。后来毛要他出山，他说，我是桃花源中人，只知秦汉，不识魏晋。
但正是这种能伸能屈的淡定，让他后来一出山就带来国家民族的中兴。而
事成之后他却淡淡地说了一句："我这个人没有什么大志，就是希望中国
的老百姓都富起来，我做一个富裕国家的公民就行。"他要归去。陶渊明
不是政治家，却勾勒出一个理想社会，让人们不断地去追求；他不是专门
的游记作家，却描绘了一幅最美的山水图，让人们不断地去寻找；他不是
专门的哲学家，却给出了人生智慧，设计了一种最好的心态，让人们去解
脱。如果真要说专业的话，陶渊明只是一个诗人，他开创了田园诗派，用
美来净化人们的心灵。中外文学史上从来没有哪一位诗人能像他这样创造
了一个社会模式、一种山水布景、一种人生哲学，并将这些深深地植根在
后人的心中，让人不断地去追寻。

（《中国作家》2012 年第 1 期）

永恒的岳阳楼——《岳阳楼记》解读

　　毛泽东在《讲堂录》中谈到，在中国历史上，不乏建功立业的人，也不乏以思想品行影响后世的人，前者如诸葛亮、范仲淹，后者如孔孟等人。但二者兼有，即"办事而兼传教"之人，历史上只有两位，即宋代的范仲淹和清代的曾国藩。范仲淹正当北宋封建社会的成熟期，他"办事而兼传教"，是一个典型的封建官员知识分子。而他留给我们的政治财富和文化思考全部浓缩在一篇只有368字的短文中，这就是传唱千古的《岳阳楼记》。

岳阳楼

中国古代留下的文章不知有多少，如果让我在古今文章中选一篇最好的，只许忍痛选一篇，那就是范仲淹的《岳阳楼记》。千百年来，中国知识界流传一句话：不读《出师表》，不知何为忠；不读《陈情表》，不知何为孝。忠孝是封建道德标准。随着历史进入现代社会，这两"表"的影响力，已在逐渐减弱，特别是《陈情表》，已鲜为人知。但有一个奇怪的现象，同样产生于封建时代的《岳阳楼记》却丝毫没有因历史的变迁而被冷落、淘汰，相反，它如一棵千年古槐，经岁月的沧桑，愈显其旺盛的生命力。北宋之后，论朝代，已经南宋、元、明、清、民国等的更迭；论社会形态，也经封建社会、半殖民地半封建社会、社会主义社会三世的冲击。但它穿云破雾，历久弥新。呜呼，以一文之力能抗六代之易、三世之变，靠什么？靠它的思想含量——人格思想、政治思想和艺术思想。它以传统的文字，表达了一种跨越时空的思想，上下千年，唯此一文。

《岳阳楼记》已经成为一份独特的历史遗产，其中有无尽的文化思考和政治财富。从《古文观止》到新中国成立以后历届的中学课本，常选不衰；从政界要人、学者教授到中小学生，无人不读、不背。这说明它仍有现实意义。归纳起来有三条：一是教我们怎样做人；二是教我们怎样做官；三是教我们怎样做文章。

一、我们该怎样做人——独立、理性、牺牲的人格之美

人们都熟知范仲淹在《岳阳楼记》里的名言"先天下之忧而忧，后天下之乐而乐"，却常忽略了文中的另一句话："不以物喜，不以己悲。"前者是讲政治，怎样为政、为官，后者是讲人格，怎样做人。前者是讲政治观，后者是讲人生观。正因为讲出了政治和人生这两个基本道理，这篇文章才达到了不朽。其实，一个政治家政治行为的背后都有人格精神在支撑，而且其人格的力量会更长久地作用于后人，存在于历史。

"不以物喜，不以己悲"：物，指外部世界，不为利动；己，指内心世界，不为私惑。就是说：有信仰，有目标，有精神追求，有道德操守。结合范仲淹的人生实践，可从三个方面来解读他的人格思想。

一是独立精神——无奴气，有志气。

范仲淹有两句诗最能说明他的独立人格："心焉介如石，可裂不可夺。"范仲淹于太宗端拱二年（989）生于徐州，出生第二年父亲去世，29岁的母亲贫无所依，抱着襁褓中的他改嫁朱家，来到山东淄州（今山东邹平县附近）。他也改姓朱，名朱说。他少年时在附近的庙里借宿读书，每晚煮粥一小锅，次日用刀划为四块，早晚各取两块，拌一点咸菜为食。这就是成语"断齑画粥"的来历。这样苦读三年，直到附近的书已被他搜读得再无可读。但他的两个异父兄长却不好好读书，花钱如流水。一次他稍劝几句，对方反唇相讥："连你花的钱都是我们朱家的，有什么资格说话。"他才知道自己的身世，心灵大受刺激。真是未出家门便感知世态之炎凉。他发誓期以十年，恢复范姓，自立门户。

大中祥符四年（1011），23岁的范仲淹开始外出游学，来到当时一所大书院应天书院（在今河南商丘），昼夜苦读。一次真宗皇帝巡幸这里，同学们都争先出去观瞻圣容，他却仍闭门读书，别人怪之，他说："日后再见，也不晚！"可知其志之大，其心之静。有富家子弟送他美食，他竟一口不吃，任其发霉。人家怪罪，他谢曰："我已安于喝粥的清苦，一旦吃了美味怕日后再吃不得苦。"真是天降大任于斯人，自觉自愿苦其心志，劳其筋骨。他在大中祥符八年（1015）中进士，在殿试时终于见到了真宗皇帝，并赴御宴。他不久调去安徽广德、亳州做官，立即把母亲接来赡养，并正式恢复范姓。这时离他发愤复姓五年。

范仲淹中了进士后被任命的第一个地方官职是安徽广德司理参军，就是审理案件的助理。当时地方官普遍贪赃爱财，人为制造冤案。他廉洁守身，秉公办案，常与上司发生争论，任其怎样以势压人，也不屈服。每结一案，就把争论内容记在屏风上，可见其性格的耿直。一年后离任时，屏风上已写满案情，这就是"屏风记案"的故事。他两袖清风，走时无路费，只好把老马卖掉。

对历史上有骨气的人，范仲淹非常敬重。1038 年，范在第三次贬谪中抵润州（今江苏镇江）任上时，途中经彭泽，拜谒唐代名相狄仁杰的祠堂。狄刚正不阿，不畏武则天的权势，被陷入狱，又贬为县令。范当即为其写一碑文，歌颂他：

> 呜呼，武暴如火，李寒如灰，何心不随，何力可回！我公哀伤，拯天之亡。逆长风而孤骞，愬（sù，向）大川以独航。金可革，公不可革，孰为乎刚！地可动，公不可动，孰为乎方！

文字掷地有声。而当时作者也正冒着朝中的"暴火寒灰"，独行在被贬的路上。而他所描写的刚不可摧、方不可变，也正是自己的形象。

二是理性精神——实事求是，按原则行事。

范仲淹的独立精神绝不是桀骜不驯的自我标榜和逞一时之快的匹夫之勇。他是按自己的信仰办事，是知识分子的那种理性的勇敢。我在写瞿秋白的《觅渡，觅渡，渡何处？》一文中曾谈到，这是一种像铁轨延伸一样的坚定。

亚里士多德说："吾爱吾师，吾更爱真理。"范仲淹是晏殊推荐入朝为官的。他一入朝就上奏章给朝廷提意见。这吓坏了推荐人晏殊，他说："你刚入朝就这样轻狂，就不怕连累到我这个举荐人吗？"范听后半晌没有反应过来，过了一会儿，难受地说："我一入朝就总想着奉公直言，万万不敢辜负您的举荐，没想到尽忠尽职反而会得罪于您。"回到家他又给晏写了一封近 3 000 字的长信说："当公之知，惟惧忠不如金石之坚，直不如药石之良，才不为天下之奇，名不及泰山之高，未足副大贤人之清举。今乃一变为忧，能不自疑而惊呼！为公之悔，傥默默不辨，则恐搢绅先生消公之失举也。"晏殊是他的恩师、入朝的引路人。这件事充分体现了范爱吾师更爱真理的品格。

宋仁宗时，西北强敌西夏不断侵扰，范被任为前线副帅抗敌。当时朝野上下出于报仇心理和抗战激情，都高喊出兵。主帅命令出兵，皇上不断催问，左右不停地劝说。但他认为备战还不成熟，坚持不出兵。主帅韩琦说："大凡用兵，先得置胜负于度外。"他说："大军一动就是千万人的性命，怎敢置之度外？"朝廷严词催促出兵，他反复申诉："臣非不知不从众议则得罪必速，奈何成败安危之机，国家大事，臣岂敢避罪于其间哉！"结果，上面不听他的意见，1041年好水川一战，宋军损失6 000人。此后宋军再不敢盲动，最终按范仲淹的策略取得了胜利。这种独立思考的理性精神类似的一例，就是900多年后的粟裕将军。在淮海战役前，中央三次下令要他率师渡江，他三次向中央上书，建议战场摆在江北，终于为中央所接受，这一决策使得解放战争提前胜利三年。①

在人性中，独立和奴气，是基本的两大分野。一般来讲，人格上有独立精神的人，在政治上就不大容易被收买。我们不要小看人格的独立。就整个社会来讲，这种道德的进步经历了一个漫长的过程。奴隶制度造成人的奴性，封建制度下虽有"士可杀不可辱"的说法，但还是强调等级、服从。进入资产阶级民主社会，才响亮地提出平等、自由，人性的独立才成为一种普遍的社会标准和道德意识。这一点西方比我们好一些，民主革命彻底，封建残留较少。② 中国封建社会长，又没有经过彻底的资本主义民

---

① 1948年1月中央决定分10万兵南渡长江，由粟裕统率。1月12日粟电中央，过江后无后方，不利，建议不过，在中原打大仗。1月27日，中央再令粟最迟5月渡江。1月31日，粟以2 000字长电二次电中央，建议三个野战军联合在中原打大仗，将敌主力消灭在江北。2月1日，中央再电令3月渡江，后又令5月渡江。4月18日，粟面见陈毅，重申己见。4月29日又赶赴城南庄，直接向五大书记汇报，终于说动中央，搞淮海大决战，保证歼敌50万到60万，结果歼敌80万。

② 英国布莱尔任首相时，苏格兰北部落后地区一女学生考上牛津大学，这在当地百年一遇。但她面试未通过。地方政府请教育大臣出面说情，学校不许。大臣又托副首相去学校说情，未许。副首相找到布莱尔，学校对布莱尔说："任何人都无权改变教授面试的结论。"布莱尔只好同意，但背后发了一句牢骚，说这个学校也太古板了。学校大怒，宣布取消原定授予布莱尔荣誉博士称号的计划。

主革命，人格中的奴性残留就多。① 现在许多人也在变着法子媚上。对照现实我们更感到范仲淹在近千年前坚持的独立精神的可贵。正是这一点，使他在政治上能经得起风浪。做人就应该"宠而不惊，弃而不伤，丈夫立世，独对八荒"。鲁迅就曾痛斥中国人的奴性。一个人先得骨头硬，才能成事，如果他总是看别人的脸色，那除了当奴才还能干什么？纵观范仲淹一生为官，无论在朝、在野、打仗、理政，从不人云亦云，就是对上级，对皇帝，他也实事求是，敢于坚持。这里固然有负责精神，但不改信仰、按规律办事，却是他的为人标准。

"不以物喜，不以己悲"，就是不随波逐流。那么以什么为立身根据呢？以实际情况，以国家利益为根据。用现在的话说就是实事求是，无私奉献。陈云同志讲："不唯上，不唯书，只唯实。"人能超然物外，克服私心，就是一个大写的人，就是君子，不是小人。可惜，千年来人性虽已大有进步，但社会仍然没有能摆脱这种公与私的羁绊。这个问题恐怕要到共产主义社会才能解决。你看我们的周围，有多少光明磊落，又有多少虚伪龌龊。凡成大事者，首先在人格上要能独立思考，理性处事，敢于牺牲。而那些人格上不独立的人，政治上必然得软骨病，一入官场，就阿谀奉承，明哲保身，甚而阳奉阴违，贪赃枉法，卖身投靠，紧要关头投敌叛变。我在官场几十年，目之所及，已数不清有多少的事例，让你落泪，又让你失望。有的官员，专研究上司所好，媚态献尽，唯命是从。上发一言，必弯腰尽十倍之诚，而不惜耗部下百倍之力，费公家千倍之财，以博领导一喜。这种对上为奴、对下为虎的劣根人格实在可悲。我每次读《岳阳楼记》就会立即联想到周围的现实。"不以物喜，不以己悲"，这种对独立人格的追求，仍然是我们现在所需要的。

三是牺牲精神——为官不滑，为人不私。

---

① 2009年7月1日《新京报》消息：北京市建成第一批廉租房，市委领导为住户发钥匙，住户代表跪地而接，向领导表恩。

"不以己悲"就是抛却个人利益，敢于牺牲，不患得患失。

怎样处理公与私的关系，是判断一个人的道德高下的最基本标准。我们熟悉的林则徐的两句诗："苟利国家生死以，岂因祸福避趋之"，讲的就是这个道理。范仲淹一生为官不滑，为人不奸。他的道德标准是只要为国家，为百姓，为正义，都可牺牲自己。兹举两例。

1038年，位于宋西北的西夏建国，赵元昊称帝。宋夏战事不断。边防主帅范雍无能，1040年仁宗不得不重组一线指挥机构，任命范仲淹为陕西经略安抚招讨副使（副总指挥）赶赴前线，这年他已52岁，在这之前他从未带过兵。范仲淹一路兼程，赶到延州（今延安）。延州经兵火之后，前面36寨都被荡平，孤悬于敌阵前。朝廷曾先后任命数人，都畏敌而找借口不去就任。范说，形势危机，延州不能无守，就挺身而出，自请兼知延州。范仲淹虽是一介书生，但文韬武略，胆识过人。他见敌势坐大，又以骑兵见长，便取守势，并加紧部队的整肃改编，提拔了一批战将，在当地边民中招募了一批新兵。庆历二年（1042），范仲淹密令19岁的长子纯佑偷袭西夏，夺回战略要地"马铺寨"。他引大军带筑城工具随后跟进。部队一接近对方营地，他便令就地筑城，十天，一座新城平地而起。这就是后来发挥了重要战略作用的，像一个楔子一样打入西夏界的孤城——大顺城。① 此城与附近的寨堡相呼应，西夏再也撼不动宋界。西夏军中传说着，现在带兵的这个范小老子（西夏人称官为老子）胸中自有数万甲兵，不像原先那个范大老子（指前任范雍）好对付。西夏见无机可乘，随即开始议和。范以一书生领兵获胜，除其智慧之外，最主要的是这种为国牺牲的精神。

范仲淹与滕宗谅（字子京）的关系，是他为国惜才、为朋友牺牲的例证。滕与范是同年的进士，也是一个热血报国的忠臣。西北战事吃紧时滕

---

① 范仲淹词《渔家傲》："塞下秋来风景异，衡阳雁去无留意。四面边声连角起。千嶂里，长烟落日孤城闭。　浊酒一杯家万里，燕然未勒归无计。羌管悠悠霜满地。人不寐，将军白发征夫泪。"

也在边防效力，知泾州。当时正定川一役大败之后，形势危机。滕招兵买马，犒赏将士，重振旗鼓。范又让他兼知庆州，亦治理得井井有条。但正因为他干事太多，就总被人挑毛病，有人告他挪用公款 15 万贯。仁宗大怒，要查办。但很快查明，这 15 万贯钱，犒赏用了 3 000 贯，其他皆是用于军饷。而这 3 000 贯的使用也没有超出地方官的权力规定范围，但是朝中的守旧派，咬住不放，乘机大做文章，宰相等也默不作声。范这时已回京，他激愤地说，朝廷看不到边防将士的辛苦和功劳，一任某些人在这些小问题上捕风捉影，加以陷害，这必让将士寒心，边防不稳。他力保滕宗谅无大过，如有事甘愿同受处分。这样滕才没有被撤职，而在庆历四年（1044）贬到了岳阳，才有后来《岳阳楼记》这一段佳话。如果没有当年范对滕的冒死一保，政治史和文学史都将缺少精彩的一笔。可知范后来为他写《岳阳楼记》，本身就是一种对朋友、对正义事业的支持，而这是要冒风险、付代价的。他在文章中叹道："微斯人，吾谁与归！"他愿意和志同道合的战友一起去为事业牺牲。

任何革命的、进步的团体和事业，都是以肝胆相照的人格精神为基础凝聚力量、团结队伍的。不要奸猾，只要忠诚。"文化大革命"中"四人帮"制造了"六十一人"案件，诬刘少奇为内奸、叛徒。周恩来 1966 年 11 月 22 日致信毛泽东："当时确为少奇同志代表中央所决定，七大、八大又均已审查过，故中央必须承认知道此事。""红卫兵"要揪斗陈毅，周站在大会堂门口厉声说："谁要揪陈毅，就从我身上踏过去。"而康生对借"伍豪事件"整周恩来却装聋作哑。

二、我们该怎样做官——忧民、忧君、忧政的为官之道

范仲淹对政治文明的贡献，主要体现在一个"忧"字上。《岳阳楼记》产生于我国封建社会成熟期之宋代，作者生于忧患，长于忧患，倾其一生和一个时代来解读这个"忧"字。好像是中国封建社会发展到转折时期，

专门要找一个这样的解读人。

范仲淹的忧国思想，最忧之处有三，即忧民、忧君、忧政。也可以说这是留给我们的政治财富。这是每一个政治家都要面对的问题。

第一，忧民。

他在文章中写道，"居庙堂之高则忧其民"，就是说当官千万不要忘了百姓，官位越高，越要注意这一点。

政治就是管理，就是民心。官和民的关系是政治运作中最基本的内容。忧民的本质是官员的公心、服务心，是怎样处理个人与群众的关系。人民永远是第一位的，任何政权都是靠人民来支撑的。一些进步的封建政治家也看到了这一点，强调"民为邦本"，唐太宗甚至说"水可载舟，亦可覆舟"。范仲淹继承了这一思想并努力在实践中贯彻。他认为君要"爱民"、"养民"，就像调养自己的身体，要十分小心，要轻徭役、重农耕。特别是地方官，如果压榨百姓，就是自毁邦本。

范仲淹从1015年27岁中进士到1028年40岁进京任职前，已在基层为官13年。这期间，他先后转任广德（今安徽广德）、亳州（今安徽亳州）、泰州（今江苏泰州）、兴化（今江苏南通一带）、楚州（今江苏淮安）五地，任过一些掌管刑狱的幕僚小职，最后一任是管盐仓的小吏。他表现出一个典型的有知识、有理想，又时时想着报国安民的青年官吏的所作所为。他按儒家经典的要求"达则兼济天下"，但是却扬弃了"穷则独善其身"，只要有一点机会，就去用手中的权力为老百姓办事，并时刻思考着只有百姓安康，政治才能稳定。

范仲淹的忧民思想体现在三个方面，即为民请命、为民办实事和为民除弊。

一是为民请命。用现在的话说就是"情为民所系"。

关心民情，是中国古代清官的一种好品质、好传统。就是说先得从思想上解决问题，要有一颗为民的心。郑板桥就有一首名诗："衙斋卧听萧萧竹，疑是民间疾苦声。些小吾曹州县吏，一枝一叶总关情。"出身贫寒、起于基层的范仲淹一生不管地位怎么变，忧民之心始终不变。1033 年，全国蝗旱灾害流行，山东、江淮地区尤甚。时范已调回朝中，他上书希望朝廷派员视察，却迟迟得不到答复，他又忍不住了，冒杀头之祸，去当面质问仁宗："我们在上面要时刻想着下面的百姓。要是您这宫里的人半天没有饭吃会是什么样子？今饿殍遍野，为君的怎能熟视无睹？"皇帝被他问得无言以对，就顺水推舟说："那就派你去赈灾吧。"当年他以一个盐吏上书自讨了一个修堤的苦差事；这次他这个谏官，又因言得差，自讨了一份棘手难办的赈灾之事。但从这件事情上倒让我们看到了他的办事才干。他一到灾区就开仓济民，组织生产自救。灾后必有大疫，他遍设诊所，甚至还亲自研制出一种防疫的白药丸。赈灾结束回京后他还特意带回灾民吃的一种"鸟味草"，送给仁宗，并请传示后宫，以戒宫中的奢侈浪费。他的这个举动肯定又引起宫中人的反感。你去赈灾，完成任务回来交差就是，何苦又要借机为宫里人上一堂课呢？就你最爱表现，这怎能不招惹人嫉妒？他还给仁宗讲了他调查访问的一件实事。途中，他碰到 6 个从长沙到安徽的漕运兵，他们出来时 30 人，现连死带逃，还剩 6 人，路途遥远，还不知能不能活着回到家。他深感百姓粮饷和运输负担太重。他对皇帝说："知之生物有时，而国家用度无度，天下安得不困！"

二是为民办实事。用现在的话说就是"利为民所谋"。

思想上爱民还不算，还得办实事。他较突出的一件政绩是修海堤。1021 年，范仲淹调泰州，任一个管理盐仓的小官。当时泰州、楚州、通州（今南通）位于淮水之南，东临黄海，海堤年久失修，海水倒灌，冲毁盐场，淹没良田，不但政府盐利受损，百姓亦流离失所，逃荒他乡。范仲淹只是一个看盐场的小吏，这些地方上的政务经济上的事本不归他管，但他见民受其苦，国损其利，便一再建议复修海堤，政府就干脆任他为灾区中心兴化县的县令。他制定规划，亲率几万民工日夜劳作在筑堤工地。一次大浪淹来，百多人顿时被卷入海底。一时各种非议四起，要求停工罢修，范力排众议，身先民工，亲自督战，前后三年，终使大堤告成。地方经济恢复，国家增收盐利，流离的百姓又回到故乡。人们感谢范仲淹，将此堤称为"范堤"，甚至有不少人改姓范，以之为荣。历代，就是直到今天，能为范仲淹之后仍是一种光荣。明朝朱元璋一次审查犯人名单，见一叫范从文的人，疑是仲淹之后，一问，果是其12世孙，便特赦了他。有一土匪绑票，见苦主名范希荣，再问是仲淹之后，立即放掉。可见范在民间的影响之大之远。现在全国为纪念他而建的"景范希望小学"就有39所。

三是为民除弊。用现在的话说，就是敢于改革。

范仲淹是一位行政能力极强的政要。他的忧民，绝不像其他官僚那样空发议论，装装样子。他能将思想和具体的行动进一步上升到制度的改革，每治一地，必有创造性的惠民政策。他在西北前线积极改革用兵制度。当时因战事紧张，政府在陕西征农民当兵，士兵不愿背井离乡，便有逃兵。政府就规定在兵的脸上刺字，谓之"黥面"。一旦黥面，他永世，甚至子孙后代都不得脱离军籍。范经调查后体恤民情，认为这"岂徒星霜之苦，极伤骨肉之恩"，就进行改革，边寨大办营田，将士可以带家，又改刺面为刺手，罢兵后还可为民。这些措施，深得百姓拥护。

范仲淹是64岁去世的。他在生命的最后三年，积劳成疾，病体难支，但愈迸发出为民请命、大胆改革的热情。1049年，他61岁时，知杭州，遇大旱，流民遍地。他不只用传统的调粮、赈济之法，而是以工代赈，大兴土木，特别是让寺院参加进来，用平时节余搞基建，增加就业；同时，大办西湖的龙舟赛事，让富人捐助，繁荣贸易，扩大内需；此外，高价收粮，使粮商无法囤粮抬价。这些举措看似不当，也受到非议，但却挖掘了民间财力，杭州平安度荒。

宋代税收常以实物缴纳，以余补缺，移此输彼，谓之支移，但运输费要纳税人出。1051年，范去世前一年，知青州，这是他生命旅途的最后一

董其昌所书《岳阳楼记》

站。他见百姓往 200 里外的博州纳税，往返经月，路途劳苦，还误农时，运费又多出税额的二到三成。农民之苦，上面长期熟视无睹，范心里十分不安。他就改革征税方法，命将粮赋折成现金，派人到博州高于市价购粮，不出五天即完成任务，免了百姓运输之苦，还有余钱。一般地方官都是尽量超征，讨好朝廷。他却多一斤不要，将余钱退给青州百姓。

诚如他言："求民疾于一方，分国忧于千里。"可以看出他的忧民是真忧，决不沽名，不作秀，甚至还要顶着上面的压力，冒被处分的危险。像上面所举之例，都是问题早就在那里明摆着，为什么前任那么多官都不去解决呢？为什么朝廷不管呢？关键是心中没有装着老百姓。所以"忧民"实际上是检验一个官好坏的试金石，也成了千百年来永远的政治话题。这种以民为上的思想延续到共产党就是彻底地为人民服务。毛泽东专门写过一篇《为人民服务》的文章。2004 年，邓小平诞辰一百周年纪念，我受命写一篇纪念文章，在收集资料时，我问研究邓的专家："有哪一句话最能体现邓的思想?"对方思考片刻,答曰,邓对家人说过的一句话可作代表,他说:"我这个人没有什么大志,就是希望中国的老百姓都富起来,我做一个富裕国家的公民就行。"

第二,忧君。

范仲淹的第二忧是忧君。他说:"处江湖之远则忧其君。"不管在朝在野都不忘君。封建社会"君"即是国,他的"忧君"就是忧国。不管在朝还是在野,他时时处处都在忧国。

无论过去的皇帝还是现在的总统、主席,虽位高权重,但却身系一国之安危。于是,以"君"为核心的君民关系、君政关系、君臣关系,便构成了一国政治的核心部分。而君臣关系,直接涉及领导集团的团结,是核心中的核心。综观历史,历代的君大致有明君、能君、庸君、昏君四个档次,臣也有贤臣、忠臣、庸臣、奸臣四种。于是明君贤臣、昏君奸臣,抑或庸君庸臣就决定了一朝政府的工作质量。而又以君臣关系最为具体,君臣故事成了中国政治史上最生动的内容。(比如,史上最典型的明君贤臣配——唐太宗与魏徵,昏君贤臣配——阿斗与诸葛亮,昏君奸臣配——宋高宗与秦桧等。)

范仲淹是贤臣,属臣中最高一档;仁宗不庸不昏,基本上算是能君,属于第二档。他们的君臣矛盾,是比较典型的能君与贤臣的关系。在专制和权力高度集中的制度下,君既有代表国家的一面,又有权力私有的一面;臣子既要忠君,又要报国。这就带来了"君"的两重性和"臣"的两重性。君有明、昏之分,臣有忠、奸之别。臣遇明君则宵衣旰食,如履薄冰,勤恳为国;遇昏君,则独断专行,为所欲为,玩忽国事。"忧君"的实质是忧君所代表的国事,而不是忧君个人的私事。忠臣忧君不媚君,总是想着怎么劝君谏君,抑其私心而扬其公责,把国家治好。奸臣媚君不忧国,总在琢磨怎么满足君的私欲,把他拍得舒服一些。当然,奸臣这种行为总能得到个人的好处,而忠臣的行为则可能招来杀身之祸。范仲淹行的是忠臣之道，是通过忧君而忧国、忧民，所以，当这个"君"与国、与民矛盾时，他就左右为难。这是一种矛盾、一种悲剧，但正是这种矛盾和悲剧考验出忠臣、贤臣的人格。

这种"四重奏"和"两重性"的矛盾关系决定了一个忠心忧国的臣子必然要实事求是，敢说真话，对国家负责。用范仲淹的话说："士不死不为忠，言不逆不为谏。"欧阳修评价他："直辞正色，面争庭论"，"敢与天子争是非"。仁宗属于能君，他有他的主意，对范是既不全信任，又离不开，时用时弃，即信即离。而范仲淹既有独立见解，又有个性，这就构成范仲淹的悲剧人生。封建社会伴君如伴虎，真正的忧君，敢说真话是要以生命作抵押的。范仲淹不是不知道这一点，他说："臣非不知逆龙鳞者，掇齑粉之患；忤天威者，负雷霆之诛。理或当言，死无所避。"他将一切置之度外，一生四起四落，前后四次被贬出京城。他从 27 岁中进士，到64 岁去世，一生为官 37 年，在京城工作却总共不到 4 年。

1028 年，范仲淹经晏殊推荐到京任秘阁校理——皇家图书馆的工作人员。这是一个可以常见到皇帝的近水楼台。如果他会钻营奉承，很快就可以飞黄腾达。中国历史上有多少近臣、宦官如高述、魏忠贤等都是这样爬上高位的。但是范仲淹的"忧君"，却招来了他京官生涯中的第一次谪贬。

原来，这时仁宗皇帝虽已近 20 岁，但刘太后还在垂帘听政。朝中实际上是两个"君"。一个名分上的君仁宗皇帝，一个实权之君刘太后。这个刘太后可不是一般人等，她本是仁宗的父亲真宗的一位普通后宫中人，只有"修仪"名分，但她很会讨真宗欢心。皇后去世，真宗无子，嫔妃们都争着能为真宗生一个孩子，好荣登后位。刘修仪自己无能，便想出一计，将身边的一位李姓侍女送给皇帝"侍寝"，果然生下一子，但她立即抱入宫中，作为己子，就是后来的宋仁宗。刘随即因此封后，真宗死后她又当上太后，长期干预朝政，满朝没有一人敢有异议。范新入朝就赶上太后过生日，要皇帝率百官为之跪拜祝寿。范仲淹认为这有损君的尊严，君代表国家，朝廷是治理国家大事的地方，怎么能在这里玩起家庭游戏。皇家虽然也有家庭私事，但家礼、国礼不能混淆，便上书劝阻："天子有事亲之道，无为臣之礼；有南面之位，无北面之仪。"干脆再上一章，请太后还政于帝。这一举动震动了朝廷。那太后在当"修仪"时先夺人子，后挟子封后，又扶帝登位，从皇帝在襁褓之中到现在已20年，满朝有谁敢置一喙？今天突然杀出了个程咬金，一个刚来的图书校勘员就敢问帝后之间的事。封建王朝是家天下、私天下，大臣就是家奴，哪能容得下这种不懂家规的臣子？他即刻被贬到河中府（今山西永济）任副长官——通判。范仲淹百思不得其解，十三年身处江湖之远，时时想着能伴君左右，为国分忧，第一次进京却一张嘴就获罪，在最方便接近皇帝的秘阁只待了一年，就砸了自己的饭碗。

范仲淹第二次进京为官是三年之后，皇太后去世。也许是皇帝看中他敢说真话的长处，就召他回朝做评议朝事的言官——右司谏。我国封建社会的政府监察体制分两部分，一是谏官，专门给皇帝提意见，二是台官，专门弹劾百官，合称台谏。到宋真宗时，谏官权已扩大到可议论朝政，弹劾百官。中国封建社会长期稳定，台谏制度有其一功，它强调权力制约，是中国封建制度中的积极部分。便是皇帝也要有人来监督，勿使放任而误国事。在推行制度的同时又在道德上提倡"文死谏，武死战"，使之成为一种风气。据统计，在中国历史上从秦始皇到溥仪共334位皇帝，就曾有79位皇帝下罪己诏260次，作自我批评。这种对最高权力的监督和皇帝的自我批评是中国封建政治中积极的一面。范二次进京所授右司谏官的级别并不高，七品，但权大、责大、影响大。范仲淹的正直当时已很有名，他一上任立即受到朝野的欢迎。这时的当朝宰相是吕夷简。吕靠太后起家，太后一死他就说太后坏话。郭皇后揭穿其伎，相位被罢。吕也不是一般人等，他一面收买内侍，一面默而不言，等待时机。时皇帝与杨、尚两位美人热恋。一日，杨自恃得宠，对郭皇后出言不逊，郭挥手一掌向她打去，仁宗一旁急忙拉架，这一掌正打在皇帝脖颈上。吕和内侍便乘机鼓动皇帝废后。

后与帝都是稳定封建政权的重要因素，看似家事，常关国运。就是现代社会，第一夫人也会影响政治，影响国事。范仲淹知道后一旦被废，将会引起一场政治混乱。这种家事纠纷的背后是正邪之争，皇后易位的结果是奸相专权。他联合负责纠察的御史台官数人上殿前求见仁宗。半日无人答理，司门官又出来将大门砰的一声闭上。他的犟劲又上来了，就手执铜门环，敲击大门，并高呼："皇后被废，何不听听谏官的意见！"这真是有点不知高低，要舍命与皇帝辩论了。看看没有人理，他们议定明天上朝当面再奏。

第二天，天不亮范仲淹就穿好朝服准备出门。妻子牵着他的衣服哭着说："你已经被贬过一次了，不为别的，就为孩子着想，你也再不敢多说了。"他就把九岁的长子叫到面前正色说道："我今天上朝，如果回不来，你和弟弟好好读书，一生不要做官。"说罢，头也不回地向待漏院走去。"漏"是古代计时之器，待漏院是设在皇城门外，供百官暂歇等候皇帝召见的地方。范仲淹这次上朝是在1033年，比这早46年，公元987年，宋太宗朝的大臣王禹偁曾写过一篇很有名的《待漏院记》，分析忠臣、奸臣在见皇帝前的不同心理。他说，当大臣在这个地方静等上朝时，心里却在各打各的算盘。贤相"忧心忡忡"。忧什么？有8个方面：安民、来夷、息兵、辟田、进贤、斥佞、禳灾、措刑。等到宫门一开就向上直言，君王采纳，"皇风于是乎清夷，苍生以之而富庶"。而奸相则"私心慆慆，假寐而坐"，想的是怎样报私仇，搜钱财，提拔党羽，媚惑君王，"政柄于是乎堕哉，帝位以之而危矣"。他说，既然为官就要担起责任，那种"无毁无誉，旅进旅退，窃位而苟禄，备员而全身"的态度最不可取。他在这里惟妙惟肖地描述和揭示了贤相与明君、奸相与昏君的两个组合，还要求把这篇文章刻在待漏院的墙上，以诫后人。

不知范仲淹上朝时壁上是否真的刻有这篇文章，但范仲淹此时的确是忧心忡忡。他忧皇上不明事理，以私害公，因小乱大。这种家务之事，你要是一般百姓，爱谁、娶谁、休妻、纳妾也没有人管。你是一国之君啊，君行无私，君行无小。枕边人的好坏，常关政事国运。历史上因后贤而国安、后劣而国乱的事太多太多。同是一个唐朝，长孙皇后帮李世民出了不少好主意，甚至纠正他欲杀魏徵这样的坏念头；杨贵妃却引进家族势力，招来安史之乱。

范仲淹正盘算着怎样进一步劝谏皇上，忽然传他接旨，只听宣旨官朗朗念道，贬他到睦州（今浙江桐庐附近），接着朝中就派人赶到他家，催他当天动身离京。这果然不幸为其妻子所言中，顿时全家老小哭作一团。显然这吕夷简玩起权术来比他高明，事前已做过认真准备，三下五除二就干净利落地将他赶出京城。他1033年4月回京，第二年被贬出京，第二次进京做官只有一年时间。

如果说范仲淹第一次遭贬，是性格使然，还有几分书生气，这第二次遭贬，确是他更自觉地心忧君王，心忧国事。平心而论，仁宗不是昏君，更不是暴君，也曾想有所作为，君臣关系也曾出现过短时蜜月，但随即就如肥皂泡一样地破灭。范仲淹不明白，几乎所有的忠臣都如诸葛亮那样希望君王"亲贤臣远小人"，但几乎所有的君王都离不开小人，喜欢用小人。

犯颜直谏的政治品德是超地域、超时代的，是一种可以继承的政治文明。后世千年历史中，这种事例并不鲜见，从中我们也可以看出忧君思想在中国政治长河中的影响。

第三，忧政。

忠臣总是一片忠心，借君之力为国家办大事；奸臣总是耍尽手段投君所好，为君办私事。范仲淹一生心忧天下，总是在和政治腐败，特别是吏治腐败作斗争，并进行了中国封建社会成熟期的第一场大改革——"庆历新政"。

　　一个政权的腐败总是先从吏治腐败开始。当一个新政权诞生后，第一件事就是安排干部。通常，官位成了胜利者的最高回报，和掌权者对亲信、子女的最好赏赐。官吏既是这个政权的代表和既得利益者，也就成了最易被腐蚀的对象和最不情愿改革的阶层。只有其中的少数清醒者，能抛却个人利益，看到历史规律而想到改革。

　　1035 年，范仲淹因知苏州治水有功又被调回京，任尚书礼部员外郎，知京城开封府。他已两次遭贬，这次能够回京，对一般人来说定要接受教训慎言敏行，明哲保身。但这却让范仲淹更深刻地看到国家的政治危机。他又浑身热血沸腾，要指陈时弊了。

　　这次，范仲淹没有像前两次那样挑"君"的毛病，他这次主要针对的是干部制度问题。也就是由尽"谏官"之责，转而要尽"台官"之责了。

　　原来这宋朝的老祖宗，太祖赵匡胤得天下是利用带兵之权，阴谋篡位当的皇帝。他怕部下也学这一招来夺其子孙的皇位，就收买人心，凡高官的子孙后代都可荫封官职。这样累积到仁宗朝时，已官多为患，甚至骑竹马的孩子都有官在身。凡一个新政权到 50 年左右是一道坎，这就是当年黄炎培与毛泽东在延安讨论的"周期率"。到范仲淹在朝时，宋朝开国已 80 年，吏治腐败，积重难返。再加上当朝宰相培植党羽，各种关系盘根错节。皇帝要保护官僚，官僚要巩固个人的势力，拼命扩大关系网，百姓养官越来越多，官的质量越来越低。这之前，范两次遭贬，三次在地方为官，深知百姓赋税之重、政府行政能力之低、民间冤狱之多，根子都在朝中吏治腐败。他经调查研究，就将朝中官员的关系网绘了一张"百官图"。1036 年他拿着这图去面见仁宗，说宰相统领百官，不替君分忧，不为国尽忠，反广开后门，大用私人，买官卖官，这样的干部路线，政府还能有什么效率，朝廷还有什么威信，百姓怎么会拥护我们。范又连上四章，要求整顿吏治。你想，拔起一株苗，连起百条根，这一整顿要伤到多少人的利益，如欧阳修所说："如此等事，皆外招小人之怨怒，不免浮议之纷纷。"

皇帝虽有改革之意，但他决不敢把这官僚班底兜翻，范仲淹在朝中就成了一个讨嫌的人。吕夷简对他更是恨得牙根痒，就反诬他"越职言事，荐引朋党，离间君臣"。那个仁宗是最怕大臣结党的，吕很聪明，一下就说到了皇上的痒处，于是就把范贬到饶州（今江西鄱阳）。从他1035年3月进京，第三次被起用，到第二年5月被贬出京，又只有一年多一点。这是他第一次试图碰一碰腐败的吏治。

这次，许多正直有为的臣子也都被划入范党，分别发配到边远僻地。朝中已彻底没有人再敢就干部问题说三道四了。范仲淹离京，几乎没有人再敢为他送行。只有一个叫王质的人扶病载酒而来，他举杯道："范君坚守自己的立场，此行比之前两次更加光彩！"范笑道："我已经前后'三光'了。你看，来送行的人也越来越少。下次如再送我，请准备一只整羊，祭祀我吧。"他坚守自己的信仰"不以物喜，不以己悲"，虽三次被贬而不改初衷。

从京城开封出来到饶州要经过十几个州，除扬州外，一路上竟无一人出门接待范仲淹。他对这些都不介意，到饶州任后吟诗道："三出青城鬓如丝，斋中潇洒过禅师。""潇洒过禅师"，这是无奈的自我解嘲，是一种无法排解的苦闷。翻读中国历史，我们经常会听到这种怀才不遇、报国无门者的自嘲之声。柳永屡试不中，就去为歌女写歌词，说自己是"奉旨填词"；辛弃疾被免职闲居，说是"君恩重，且教种芙蓉"；林则徐被谪贬新疆，说是"谪居正是君恩厚，养拙刚于戍卒宜"。现在范仲淹也是：君恩厚重，让你到湖边去休息！饶州在鄱阳湖边，风大浪高，范自幼多病，这时又肺病复发。不久，那成天担惊受怕、随他四处奔波的妻子也病死在饶州。未几，他又连调润州（今江苏镇江）、越州（今浙江绍兴）。四年换了三个地方。他想起楚国被流放的屈原、汉代被放逐的贾谊，报国无门，不知路在何方。他说："仲淹草莱经生，服习古训，所学者惟修身治民而已。一日登朝，辄不知忌讳，效贾生'恸哭'、'太息'之说，为报国安危之计。情既龃龉，词乃睽戾……天下指之为狂士。"范仲淹已三进三出京城，来回调动已不下 20 次。他想，看来这一生他只有在人们讨嫌的目光中度过了。

但忠臣注定不得休闲。自范仲淹 1036 年被贬外地 4 年后，西北战事吃紧，皇帝又想起了范仲淹。1040 年他被派往延州前线指挥抗战。1043 年宋夏正秘密议和，战事稍缓，国内矛盾又尖锐起来。赋税增加，吏治黑暗，地方上暴动四起，仁宗束手无策。庆历三年（1043）4 月仁宗又将他调回京城任为副相，且免了吕夷简的官，请范主持改革，史称"庆历新政"。这是他第四次进京为官了。

这次，他指出的要害仍然是吏治。前面说过，范仲淹第三次被贬就是因为上了一个"百官图"，揭露吏治的腐败。七年过去了，他连任了四任地方官，又和西夏打了一仗，但朝中的吏治腐败不但没有解决，反愈演愈烈。他立即上书《答手诏条陈十事》。

他说，第一条，先要明确罢免升迁。现在无论功过，不问好坏，文官三年一升，武将五年一提，人人都在混日子。假如同僚中有一个忧国忧民，"思兴利去害而有为"的，"众皆指为生事，必嫉之沮之，非之笑之，稍有差失，随而挤陷。故不肖者素餐尸禄，安然而莫有为也。虽愚暗鄙猥，人莫齿之，而三年一迁，坐至卿、监、丞、郎者，历历皆是。谁肯为陛下兴公家之利，救生民之病，去政事之弊，葺纲纪之坏哉？利而不兴则国虚，病而不救则民怨，弊而不去则小人得志，坏而不葺则王者失政"。你看"国虚"、"民怨"、"小人得志"、"王者失政"，现在我们读这篇《答手诏条陈十事》，仍能感受到范仲淹那种深深的忧国忧民之心和急切的除弊救政之志。

他条陈的第二条是抑制大官子弟世袭为官。就是说不能靠出身好当官。现在朝中的大官每年都可自荐子弟当官，"每岁奏荐，积成冗官"，甚至有"一家兄弟子孙出京官二十人"。大官子弟"充塞铨曹（官署），与孤寒争路"。范仲淹是"孤寒"出身,深深痛恨这种排斥人才的门阀观念和世袭制度。

他条陈的第三条是贡举选人。第四条是选好的地方官,"一方舒惨,百姓休戚,实系其人"。第五条是公田养廉。十条倒有五条有关吏治。后面还有厚农桑、修武备、减徭役等。我们听着这些连珠炮似的言词和条分缕析的陈述,仿佛看到了一个痛心疾首、泪流满面的臣子,上忧其君,下忧其民,恨不得国家一夜之间扭转乾坤,来一个河清海晏、政通人和。

毛泽东认为:政治路线确定之后,干部就是决定的因素。干部制度向来是政权的核心问题。治国先治吏,历来的政治改革都把吏治作为重点。不管是忧君、忧国、忧民,最后总要落实在"忧政"上,即谁来施政,怎样施政。

庆历新政之初,仁宗皇帝对范仲淹还是很信任的,改革的决心也很大。仁宗甚至让他搬到自己的殿旁办公。范仲淹派许多按察使到地方考察官员的政绩,调查材料一到,他就从官名册上勾掉一批赃官。仁宗即刻批准。这是一段君臣难得的合作蜜月。有人劝道:"你这一勾,就有一家人要哭!"范说:"一家人哭总比一州县的百姓哭好吧。"短短几个月,朝廷上下风气为之一新。贪官收敛,行政效率提高。但是,由于新政首先对腐败的干部制度开刀,先得罪朝中的既得利益者,必然会有强大的阻力。他的朋友欧阳修就最担心这一点,专门向仁宗上书,希望能放心用范仲淹,并能保护他,不要听信谗言。"凡小人怨怒,仲淹等自以身当浮议奸谗,陛下亦须力拒。"但是皇帝在小人之怨和纷纭的浮议面前渐渐开始动摇了。他一次又一次地无法"自以身当",终于在朝中难以立足。庆历四年(1044),保守派制造了一起谋逆大案,将改革派一网囊括进去。这回还是利用了仁宗疑心重、怕臣子结党的弱点,把改革派打成"朋党"。庆历五年(1045)初,失去了皇帝支持的改革已彻底失败,范仲淹被调出京到邠州(今陕西彬县)任职,这是他第四次被贬出京了,这之后就再也没有回京城工作。

庆历六年（1046），范仲淹因肺病不堪北地的风寒，要求调邓州（今河南南阳）。这年他已 58 岁，生命已进入最后 6 年的倒计时。他自 27 岁中进士为官，四处奔波，四起四落，已 31 年。自庆历改革失败后，他已没有重回京城的打算。现在他可以静静地回顾一生的阅历，思考为官为人的哲理。一天，他的老朋友滕子京从岳阳送来一信，并一图，画得新落成的岳阳楼，希望他能为之写一篇记。这滕子京与他是同年进士，又在泰州任上和西北前线共过事，是庆历新政的积极推行者。滕的一生也很坎坷，他敢作敢为，总想干一番事，却常招人忌，甚至被陷害。那一次在西北遭人陷害，亏得范力保，虽没有下狱却被贬岳阳，但仍怀忧国之心，才两年就政绩显著，又重修名楼。范仲淹看罢信，将图挂在堂前，只见一楼高耸，万顷碧波，胸中不由得翻江倒海：那西北的风沙，东海的波涛，朝中的争斗，饥民的眼泪，金戈铁马，阁中书卷，狄仁杰的祠堂，揳入西夏的孤城，仁宗皇帝的忽而手诏亲见，忽而挥袖逐他出京，还有妻子牵衣滴泪的阻劝，长子随他在西北前线的冲杀……一起浮到眼前。他心中万分激动，喊一声："研墨！"挑灯对图，凝神静思，片刻一篇 368 字的《岳阳楼记》就如珠落玉盘，风舒岫云，标新立异，墨透纸背。他把自己奋斗一生的做人标准和政治理想提炼为"不以物喜，不以己悲"、"先天下之忧而忧，后天下之乐而乐"。震大千而醒人智，承千古而启后人。文章熔山水、政治、情感、理想、人格于一炉，用纯青的火候为我们铸炼了一面照史、照人的铜镜。文章说是写岳阳楼，实在是写他自己的一生。现在我们来看一下范仲淹怎样做文章。

三、我们该怎样做文章——文章达到的"三境之美"

第一，一文、二为、三境、五诀。

在中国古代，文章是官员政治素质的一部分。"立功、立德、立言"

三者缺一不可。古今有三种文章，一是官场应景之文，空话、套话，人们很快忘记；二是有一点思想内容，但行文不美（如大量的奏折、记、表等），人们也已经忘记；三就是以《岳阳楼记》为代表的既有思想内容，又有艺术高度的一种思想美文。

《岳阳楼记》到底好在什么地方？在下评语前，我们不妨先探究一下好文章的标准。概括地说可以叫作"一文、二为、三境、五诀"。

"一文"是指文采。首先你要明白，你是在做文章，不是写应用文、写公文。文者，纹也，花纹之谓；章者，章法。文章是一门以文字为对象的形式艺术，它要遵循形式美的法则，并通过这个法则表达作者的精神美。中国古代文、言相分，说话可以随便点，既要落成文字，就要讲究美。诏书、奏折、书信等文件、应用文字也一样求美。古代是把文件写成美文，而我们现在是把美文改成了文件，都一个面孔。

"二为"是写文章的目的，一为思想而写，二为美而写。既要有思想，又要有美感。文章有"思"无美则枯，有美无"思"则浮。

"三境"是指文章要达到三个层次的美，或曰三个境界。古人论诗词就有境界之说。我现在把文章的境界细分为三个层次。一是景物之美，即描绘出逼真的形象，让人如临其境，谓之"形境"，类似绘画的写生；二是情感之美，即创造一种精神氛围叫人留恋体味，谓之"意境"，类似绘画的写意，如徐渭；三是哲理之美，即说出一个你不得不信的道理，让你口服心服，谓之"理境"，类似绘画的抽象，如毕加索。这三个境界一个比一个高。

"五诀"是指要达到这三境的方法，我把它叫作"文章五诀"，即"形、事、情、理、典"。文中必有具体形象，有可叙之事，有真挚的情感，有深刻的道理，还有可借用的典故知识。这一切，又都得用优美的文字来表达。这就是"一文、二为、三境、五诀"之法。

以这个标准来分析《岳阳楼记》，我们就会惊喜地发现它原来暗合作文和审美的规律，所以成了一篇千古不朽的范文。

2008 年 10 月作者在山东邹平范仲淹读书洞前

请看全文：

庆历四年春，滕子京谪守巴陵郡。越明年，政通人和，百废俱兴，乃重修岳阳楼，增其旧制，刻唐贤、今人诗赋于其上，属予作文以记之。

予观夫巴陵胜状，在洞庭一湖。衔远山，吞长江，浩浩汤汤，横无际涯；朝晖夕阴，气象万千。此则岳阳楼之大观也，前人之述备矣。然则北通巫峡，南极潇湘，迁客骚人，多会于此，览物之情，得无异乎？

若夫霪雨霏霏，连月不开；阴风怒号，浊浪排空；日星隐曜，山岳潜形；商旅不行，樯倾楫摧；薄暮冥冥，虎啸猿啼；登斯楼也，则有去国怀乡，忧谗畏讥，满目萧然，感极而悲者矣。

至若春和景明，波澜不惊，上下天光，一碧万顷；沙鸥翔集，锦鳞游泳；岸芷汀兰，郁郁青青。而或长烟一空，皓月千里，浮光跃金，静影沉璧，渔歌互答，此乐何极！登斯楼也，则有心旷神怡，宠辱偕忘，把酒临风，其喜洋洋者矣。

嗟夫！予尝求古仁人之心，或异二者之为，何哉？不以物喜，不以己悲，居庙堂之高则忧其民，处江湖之远则忧其君。是进亦忧，退亦忧；然则何时而乐耶？其必曰：先天下之忧而忧，后天下之乐而乐乎！噫！微斯人，吾谁与归！

时六年九月十五日。

全文共有六个自然段。

第一段叙写这件事的缘起。以事起兴，作一个引子，用"事"字诀。

第二段描写洞庭湖的气象，铺垫出一个宏大的背景。借山川豪气写忠臣志士之志，用"形"字诀。

第三、四段作者借景抒情，设想了两种"览物之情"，创造出一悲一喜的意境。通过景物描写营造气氛，水到渠成，即用"形"字诀和"情"字诀，由"形境"过渡到"意境"。连用霪雨、阴风、浊浪、星隐、山潜、商断、船翻、日暮、虎啸、猿啼等十个恐怖的形象，然后推出"去国怀乡，忧谗畏讥，满目萧然，感极而悲"的伤感情境。连用春风、丽日、微波、碧浪、鸟飞、鱼游、芷草、兰花、月色、渔歌等十个美好的形象，推出"心旷神怡，宠辱偕忘，把酒临风，其喜洋洋"的快乐情境。

第五段，导出哲理，作者将"形"和"情"有意推向"理"的高度，设问：有没有超出上面那两种的情况呢？有，那就不是一般人，而是"古仁人之心"了。这种人超出物质利益的诱惑，超出个人的私念：在朝为官，不忘百姓；被贬江湖，不忘其君。太平时忧天下，危难时担天下。进也忧，退也忧，那么，什么时候才乐呢？到文章快结束时才推出一声绝响，一个响亮的哲理式结论——"先天下之忧而忧，后天下之乐而乐"。做官要做这样的官，做人要做这样的人！用我们现在的话说，就是无私奉献，全心全意为人民服务。用的是"理"字诀。这个道理一下讲透了，这个标准一下管了近千年，而且还要永远管下去！这是文章的高潮，全文的主题，是作者一生悟出的真理，也是他的信念。不管哪个时代、哪个国家的官员都有忠奸、公私、贤愚、勤庸之分。而公而忘私、"先忧后乐"是超时代、超阶级的道德文明、政治文明，是人类共同的、永远的精神财富。范仲淹道出了这种为人、为臣的本质的理性的大美，文章就千古不朽了。作者讲完这个结论后，文章又从"理"回转到"情"："噫！微斯人，吾谁与归！"前不见古人，后不见来者，写出了一种超时空的向往和惆怅。

第六段，不经意间再轻带一笔转回到记"事"："时六年九月十五日。"照应文章的开头，像一个绕梁的余音。至此文章形、事、情、理都有（注意，本文没有用典），形美、意美、理美三个层次皆具，已达到了一个完美的艺术境界。

这篇文章的核心是阐述"先天下之忧而忧，后天下之乐而乐"的道理。但如果作者只说出这一句话，这一个理，就不会有多大的感染效果，那不是文学艺术，是口号，是社论。好就好在它有形、有景、有情、有人、有物的铺垫，而且全都用优美的文字来表述，用了许多修辞手法。在"理境"之美出现之前，已先收"形境"、"意境"之效，再加上贯穿始终的文字之美，形美、意美、理美、文美，算是"四美"了，在内容和形式两方面都分别达到了很难得的高度，借用王勃在《滕王阁序》里的一句话，就是"四美具，二难并"了，是一种高难度的美。

第二，两类作者，两类文章。

虽然我们给出了一个"一文"的要求、"二为"的宗旨、"三境"的标准、"五诀"的方法，但并不是谁人拿去一套，就可以写出一篇好文章。就像数学课上，不是老师教给一个公式，就人人都能得一百分。这还得有一个艰苦的修炼过程。

凡古今文章，从作者角度分有两大类。一类是文人、专业作家。如古代的司马相如、王勃、李白，现代的许多专业作家。作者先从文章形式入手，已娴熟地掌握了艺术技巧，然后再努力去修炼思想，充实内容，但无论如何，由于阅历所限，其思想总难拔到多高的境界。就像一个美人，已得先天之美，又想再成就一番英雄业绩，其难也哉！第二类是政治家、思想家。如古代的贾谊、诸葛亮、魏徵、韩愈、范仲淹，近代的林觉民、梁启超，现代的毛泽东等人。这类作者是从思想内容入手。他并不想以文为业，只是由于环境、经历使然，内心积累甚多，如火山之待喷，不吐不快，就借文章的形式表达出来。当然，大部分政治家是写不出好文章的，他们忙于事务，长于公文、讲话、指示等应用文字而不善美文，或者根本就没有修炼到思想的美，很难做到"四美具，二难并"。但也有少数政治家、思想家，或因小时就有文章阅读或写作训练的童子功（如人外表的先天之美），或政务之余不忘治学（如人形体的后天训练），于是便挟思想之深又借艺术之美，登上了文章的顶峰。就像一个美女后来又成就了伟功大业，既天生丽质，又惊天动地，百里挑一。

有两类作家，也就有两类文章，即"文人文章"和"道德文章"。中国文学传统很重视政治家的"道德文章"。政治家为文是用个性的话说出共性的思想（如诸葛亮说的"鞠躬尽瘁，死而后已"，毛泽东说的"帝国主义和一切反动派都是纸老虎"）。如果只会用共性的语言说共性的思想，就是官话、套话，有理而无美，这不叫文章，也不可能流传。"文人文章"，求"美"而不求"理"，是以个性的语言说出共性的美感。常"美"有余而理不足（如王勃的"落霞与孤鹜齐飞，秋水共长天一色"）。因为文章第一位是表达思想，"理境"为"三境"中最高之境，所以相对来讲，先入艺术之门，再求深造思想难；先登思想之峰，再入艺术之门易。所以真正的大文章家，由政治家、思想家出身的多，而专攻文章，以文为业的反倒少。历史上的范仲淹是一个政治家、军事家、学者，也许他从来也没有把自己当做一个作家。后人在排唐宋八大家之类的排行榜时，他也无缘入列。但这恰恰是他胜过一般文人之处。或者历史根本就不忍心将他排入文人之列。这倒给我们一个启示，每一个政治家都有条件写出大文章，都应该写出大文章。

这篇文章是对我国封建政治文明的高度总结。中国封建社会两千余年，政界人物多得数不清，历朝皇帝334个（按理，他们是当然的大政治家），大臣官员更不知几多。但能写出《岳阳楼记》，并被后人所记住、学习和研究的只有范仲淹一人。现在我们知道要出一篇好文章是多么不容易了。要做文，先做人。金代学者元好问评价范仲淹说："范文正公，在布衣为名士，在州县为能吏，在边境为名将。其材、其量、其忠，一身而备数器。"我们还可以再加上一句：在文坛为大家。其思想、其文采，光照千年。①

中国从古至今，内容形式都好，以一篇文章而影响了中华民族政治文明、人格行为和文化思想的文章为数不多。我排了一下有九篇。它们是汉代贾谊《过秦论》、司马迁《报任安书》，三国时期诸葛亮《出师表》，唐代魏徵《谏太宗十思疏》、宋代范仲淹《岳阳楼记》、文天祥《正气歌序》，近现代时期梁启超《少年中国说》、林觉民《与妻书》、毛泽东《为人民服务》。这些文章已经成为中华经典。什么是经典？第一，经典是一个时代的标志，空前绝后，比如我们现在不可能再写出唐诗、宋词；第二，已上升到理性，有长远的指导意义；第三，能经得起重复，即实践的检验，会常读常新。人们每重复一次都能从中开发出有用的东西。这就是经典与平凡的区别。一块黄土，雨一打就碎，而一块钻石，岁月的打磨，只能使它愈见光亮。怎么才能达到经典的高度呢？这又回到我们开头讲的"一文、二为、三境、五诀"的标准。简要来说，你得有很高的政治修养和文学修养，而且还要能有机地结合。而这不是每一个人都能做到的，用美学大师黑格尔的话说这种人是天才，"一般来说有这种才能的人一遇到心中有什

---

① 冯玉祥曾有一联号召人学习范仲淹："兵甲富胸中，纵教他房骑横飞，也怕那范小老子；忧乐观天下，愿今人砥砺振奋，都学这秀才先生。"

么观念，有什么在感发他，鼓动他，他就会马上把它化为一个形象，一幅素描，一曲乐调或一首诗"。艺术史上这样的例子很多，如王羲之的《兰亭集序》、徐悲鸿的马、冼星海的《黄河大合唱》等。范仲淹在这里是把他的政治理念化作了一篇《岳阳楼记》。

我曾讲过，好文章是一个人在一定的时代背景下全部知识和阅历的结晶，是他生命的写照。其中不知要经历多少矛盾、冲突、坎坷、辛酸、成功与失败。这非主观意志可得，只可遇而不可求。因此一篇好的文章就如一个天才人物、一个历史事件，甚或如一个太平盛世的出现，不是随便就有

河南洛阳范仲淹墓

的，它要综天时地利之和，得历史演变之机，靠作者修炼之功，是积数十年甚或数百年才可能出现的一个思想和艺术的高峰。千军易得，一将难求；千年易过，好文难有。

范仲淹为我们写了一篇千古美文，留下了一笔重要的文化遗产和政治财富，同时他也作为不朽的政治家、思想家和文学家被载入史册。

（2009 年 7 月 18 日于部级领导干部历史文化讲座的讲演）

语言文字是民族生命的一部分

15 年前因拙作《晋祠》入选中学课本，讨论教学，我与《语文学习》有一段缘。缘结心里时时不忘，但因工作繁忙，行无定所，以后就再没有什么联系。近日杂志社的同志忽上门，说《语文学习》已满 200 期，希望说几句话。真是岁月无痕暗自流，花开花落几多秋。15 年来最大的变化是改革开放和商品经济的大潮对语言文字的冲击和推动。检点思绪，和当年比，我现在最想说的不是语文的艺术，而是语文的责任。

前不久看到一则材料，在亚洲某国刚开完一个出版问题研讨会。这个国家曾长期受殖民统治，外来语几乎取代了本国的母语，西方的书刊在国内可以很方便地流行。这样国外一些积压滞销的、黄色的甚至有害于国家发展的等坏书刊就可以毫不费力地倾销进来，直接作用于读者，起到瓦解腐蚀的作用。所以在那个会上有学者提出：发展中国家必须以本土语言为市场屏障，这样才能弘扬传统文化，抵御文化入侵，否则将面临民族文化的毁灭。我当时心中不由一惊，语言文字问题竟这样重要，甚至关系到民族的生命。我们平常说有语言障碍不方便，但是当我们需要进行文化自卫时，这障碍就有了积极的意义。一次，我在亚运村门口碰到一个把门的"坏小子"，他对一位进门的外国人用客气的表情讲了一句骂人的话。这是恶作剧，要是中国人非跳起来不可。但这个外国人也客气地点了一下头，便进去了。"坏小子"以为占了便宜，其实他白费了唾沫。这个外国人头脑里有一道语言屏障。他不使用你的语言系统，你的语言武器就起不了作用。当然这是一件坏事，希望再不要发生。但它再次证明，语言可以筑起一道屏障，从而有效地进行自身保护。

一个国家和民族能够在世界上自立，是因为它由自身许多个体的东西组合、凝聚成一个牢固的整体。如民族文化、民族习俗、民族经济，还有一个更重要的，就是民族语言。这些都已成了民族生命的一部分。语言文字在这个组合中，对外是屏障，对内是血液，是黏合剂，就像一座大楼黏结各个板块之间的水泥。一次在国外旅行，同一个卧铺厢里，碰到一位黑发黑眼珠的青年，我很兴奋，但一张口，他神情木然，一句汉语也听不懂，原来他从小就移居国外。这个黏合剂已经不起作用了，我心里好生遗憾。中华民族这样强大统一，我们得感谢在秦朝时就统一了文字。新中国成立后全国又大力推广普通话，尽量做到语言统一。

语文既然是民族生命的一部分，我们就应该像保护眼睛一样保护它。语言文字是工具，但这工具在为民族政治、经济、文化服务的过程中已渗进了民族的个性，成了民族的财富、民族的标志，从而有了积极主动的作用。我们绝不能自毁长城，懈怠它、作践它，而是要纯洁它、发展它。可惜这一层意思并没有引起足够的注意。现在语言不规范的现象几乎到处可见：第一是洋文大量涌入，中西混杂；第二是随意编造，篡改词语；第三是繁简混用，有法不依；第四是文字粗糙，常有错字病句。这些与对外开放、电视普及、广告发展等有关，也正是新形势给我们提出的新问题。语言首先是一种工具；其次是一种艺术；最后，在发挥工具和艺术功能的过程中，它又远远超出本能而有了全局的、政治的价值。语言质量的下降，一是将影响人际关系和工作交流的质量；二是将影响文化的积累提高，如果听之任之，多少年后我们的子孙将无好书可读，无好文可诵；三是语言质量的下降，就像用低标号的水泥盖楼，将会影响民族的凝聚力，影响本民族的独立个性和在世界民族之林的竞争能力，就像前面提到的那个亚洲国家的教训。这不是耸人听闻。这么想来，我们语言文字工作者，实在是任重而道远。

　　时代的变革必然带来语言文字的变革。中华文明五千年，其间经历了大小无数次的社会变革和文字变革才有了我们今天这样丰富而优美的语言文字。远的不说，在"五四"那场伟大的新旧变革中，语言文字也曾出现过一定的混乱，但可喜的是，在那场运动中，一批思想解放的勇士同时也就是语言文字的大师，如鲁迅、叶圣陶、陈望道、刘半农、钱玄同，他们关注社会的进步，同样也关注语言的进步，致力于语言文字的改革，从而使我们的语文既保留了优秀的传统，又吸收了许多新的东西，建立了新的规范，有了一次大发展。

　　正是千百年来这种不懈的努力，才使我们的语言文字成了世界上最优秀的语言文字之一，以至于在计算机大量普及的现在，连外国人都奇怪汉字竟能这样惊人地适应这种现代工具。在当前这场空前的改革开放的高潮中，我们首先应该发扬民族语言文字的好传统，然后在此基础上吸收外来词语，创造新词语，并且严格遵守语言规律。语言是民族的生命，是民族的血液。当前语言文字是出现了一些混乱，但我们应满怀希望，抓住机遇。我们在经济、文化、社会等方面不是也都有一些转轨时期的混乱，但又同样有惊人的进步吗？相信只要唤起社会的广泛支持，经过语言文字工作者的不懈努力，我们的语言文字会更规范、更准确、更生动、更美丽。而语言文字质量的提高，将会进一步促进这场改革的胜利，提高我们民族的素质。

（《语文学习》1996 年第 2 期）

好书耐抽读

要检验一本好书，我的办法是，任翻一页，读上一段，能把你吸引，这就是好书。如果一本书，非要等到全部读完才能说好，那么这本书实际上够不上好。

我的这种体验，第一次是从《毛选》引起。当时在中学读书，上历史课，不专心听讲，却去翻书中的插图，这一翻却翻到一页影印的《新民主主义论》，出于好奇，我趴在书上细细辨认那些小蚂蚁串似的影印字，一段文字跳入眼帘："抗战以来，全国人民有一种欣欣向荣的气象，大家以为有了出路，愁眉锁眼的姿态为之一扫。但是近来的妥协空气，反共声浪，忽又甚嚣尘上，又把全国人民打入闷葫芦里了。"我心中怦然一动，因为这文字十分有色彩、有个性、有扭力，这和我想象的硬邦邦的政治文字大大不同。我放学回家便翻出父亲的《毛选》，居然一读而不可收，将大部分文章读完了。那年我才 15 岁。现在说来可能人都不信，我读《毛选》竟是这样开始的。当时也还没有后来那样的学《毛选》运动。说实话，我读《毛选》，并不是学政治，而是当文学来读，是因为它的文字美。正是这种文字的美把我导向政治、哲学和历史。第二次体验是读秦牧的《艺海拾贝》。现在我还记得清楚，那是在太原市解放路人民市场旁边的一家书店。那时口袋里的钱不多，不能买书，最好的办法是蹲书店。当时书店的服务态度也真好，服务员看着我们这群小"书丐"，看完一本又给取一本，就像一个农妇，很大度地看着一群麻雀欢快地啄食自家门前的谷米。我就是在这样的氛围中翻开《艺海拾贝》看到了这样一段话："想象的羽翼可以把我们带到古代去，在一家家的门口，清清楚楚地看到他们在劳动，在饮食，在希望，在叹息，可惜隔着一道历史的门限，我们却不能和他们作半句的交谈！但怀古思念，想起了我们这个时代的农民是几千年历史中第一次真正挣脱了枷锁、逐渐离开了鬼神天命的羁绊的农民，我们又仿佛走出了黑暗的历史隧洞，突然见到耀眼的阳光了。"这就是那篇有名的《社稷坛抒情》。我一下被这美丽的意境所吸引，跟着作者去做了一次深沉而浪漫的神游。接着尽搜口袋里的零钱买了这本书。这是我的第一本自己在书店里买的书。没想到以此为契机，以后我也写起了散文。

一部好的书随便翻一页，就能留住读者的眼，一篇好文章任读一段，都能吸住人的心，这叫通篇锦绣，字字珠玑。就像一碗汤，不一定非得等到把一整碗都喝下去才知道它好，只要尝一口就行了。我到过九寨沟、张家界，这里风景的美，可以这样来形容：你用不着刻意选景，随便一抬手就是一幅好照片。一本好书要能经得起抽读，就像一种产品能经得起抽查。钱锺书的《围城》，我试过，可以闭上眼睛任翻一页。你看这些段落：

> 苏小姐才出来。她冷淡的笑容，像阴寒欲雪天的淡日，拉拉手，说："方先生好久不见，今天怎么会来？"鸿渐想去年分手时拉手，何等亲热；今天握她的手像捏着冷血的鱼翅……这时候他的心理，仿佛临考抱佛脚的学生睡了一晚，发现自以为温熟的功课，还是生的。

> 鸿渐没法推避，回脸吻她。这吻的分量很轻，范围很小，只仿佛清朝官场端茶送客时的把嘴唇抹一抹茶碗边，或者从前西洋法庭见证人宣誓时把嘴唇碰一碰《圣经》，至多像那些信女们吻西藏活佛或者罗马教皇的大脚指，一种敬而远之的亲近。

> 可怜他们这天饭都不敢多吃。吃的饭并不能使他们不饿，只滋养栽培了饿，使饿在他们身体里长存，而他们不至于饿死了不再饿。

这种幽默而美妙的比喻，全书比比皆是。

再比如朱自清的散文，他的《背影》、《荷塘月色》等，这些是我们早已熟悉的。一天我新得了一套他的全集，又是这么随便翻开一页，是一篇从未看过的《谈抽烟》，有这样一段：

> 好些人抽烟，为的是有个伴儿。譬如说一个人单身住在北平，和朋友在一块儿，倒是有说有笑的，回家来，空屋子像水一样。这时候他可以摸出一支烟抽起来，借点儿暖气。黄昏来了，屋子里的东西只剩些轮廓，暂时懒得开灯，也可以点上一支烟，看烟头上的火一闪一闪的，像亲密的低语，只有自己听得出。要是生气，也不妨迁怒一下，使劲儿吸他十来口。

对人心的揣摩何等细致，对形神的描摹何等写意，我不由得又倒着看上面一段：

> 再说那吐出的烟，袅袅地缭绕着，也够你一回两回的捉摸；它可以领你走到顶远的地方去。——即便在百忙当中，也可以让你轻松一忽儿。所以老于抽烟的人，一叼上烟，真能悠然遐想。他霎时间是个自由自在的身子，无论他是靠在沙发上的绅士，还是蹲在台阶上的瓦匠。

仍然是非常精彩。

抽读一篇好文章好比是选一件做工精致的红木家具，你随便摸着哪个地方，轻轻敲一下，很满意，不由得再四处抚摸一下，就更证实了这种感觉。又像一块衣料，用手指捻一下，好；用手背贴一贴，手掌握一握，仍然好。文章的好，是说作者已经达到了一个基本水准，他的语言，他的思想，他的综合技巧。就好像盖房，一起手用的就是钢材、有机玻璃、铝合金这些高档建材，而不是土坯茅草。所以它就耐看，处处都好看，从头至尾都经看。作者的基本功不到家，玩一点花架子，也许能收一时之效，譬若用茅草搭了一个野味的小拥，或者在泥房子上镶了一个铝合金窗户。但这终久够不上高档，要想以这种作品传世就更是可笑。我们常说一本书或一篇文章不可卒读，就是因为它够不上这个标准。我也常用这个抽查的办法对付其他的艺术，比如看电视剧，盯住屏幕看五分钟，不能吸引人就换台。因为一个演员，有五分钟的时间足可以展示他的才华，如果展示不出来，说明他本来就没有。

（1998 年 12 月 18 日）

书籍是知识的种子

一天，一位编辑给我送来一本大书，极好的画报纸，九寸宽，一尺二寸长，十五斤重，实在无法捧读。想放在书架上，插不进去，只好放在茶几上，压了八个月。茶几也不堪重负，不得已，将其请出了办公室。现在的书不求内容的实在却一味地追求形式的奢华，摆设功能正在悄悄地取代阅读功能。一次在大会堂碰见了出版界老前辈叶至善老人，他深有感慨地说："书是越出越多，越出越大，一些儿童读物也动辄几大卷，一厚本，孩子们怎么翻得动？"书出得多一些、好一些，本是好事，但徒求其形，不究其质，多而不精，就堪忧堪虑了。

既然读书的人都觉得太多太滥，编书的人为什么还一个劲地出呢？抛开经济利益不说，这里有一个贪大求名、以大为荣、大即有功、大可传世的大错觉。

一本书之所以成名传世，不是因为其字多本大，而是因其内容之精，代表了当时某一领域的知识顶峰，后人可赖以攀登。历史上有没有大书？有。但它首先不是大，而是精。《史记》是一本大书，从传说中的黄帝一直写到汉代，凡130篇，52万字，作者整整写了16年。它在记事、析理及文学艺术上都达到了一个精字，成了后人治史为文的楷模。《资治通鉴》是一本大书，但作者一开始就是从求精的目的出发。他深感《春秋》之后到北宋已千余年，书实在是太多了，只主要的史书就已积存了1 500余卷，一般知识分子一生也难通读，因此有必要辨其真伪，撮其精要，写一本既存史实、又资治国的好书。他精心工作了19年，终于完成了这本以史为镜、明兴替之理的大书，大大影响了以后的中国历史。《资本论》是一本大书，但这主要不是因为它浩浩万言，而是因为它揭示了在这之前别人还没有发现的关于剩余价值的原理，从而揭示了资本主义必然灭亡的规律。无论是司马迁、司马光还是马克思，他们所完成的书虽然都很大，但相对于从前浩瀚的书卷，却是精而又精了。

即使这样，一般读者对这种大书仍然不能通读，主要影响读者的还是其中精辟的章节和主要的观点。再大的书也只能把精髓集中于一点。就像关公的大刀再重，刀刃也是薄薄一线，张飞的蛇矛再长，矛锋也是尖尖的一点。精髓不存，大书无魂；精髓所在，片言万代。一篇《岳阳楼记》代代传唱，皆因其"先忧后乐"的思想；一篇《出师表》千年不衰，全在"鞠躬尽瘁"的精神。文无长短，书无大小，有魂则灵，意新则存。所以，许多薄篇短章仍被作为宏文巨著载入史册，甚至有的还被史家以此来划分年代。1543 年被认为是欧洲文艺复兴的开始，就是因为这一年出版了两本科学专著：维萨留斯的《人体的结构》和哥白尼的《天体运行论》。1905 年被认为是现代物理学的开端，因为这一年爱因斯坦发表了震惊世界的相对论，但这个宏论却是发于当年的《物理学纪事》杂志上的三篇薄薄的论文。30 多年后一支反法西斯志愿军缺乏经费，只求爱因斯坦将这杂志找出来将文章重抄了一遍，就拍卖了 400 万美元，武装了一支军队，真是字字千金。这些书或文章从字数来说比起我们现在动辄千万言的"大系"、"全书"来，算是豆芥之微，但其作用之大却如日月经天。写书本来就是有话则长无话则短，现在却有点"学者不知书滋味，为成巨著强凑字"。

因常写东西，我有时也闭目自测，到底对自己的写作产生过重大影响的是哪些书。细算下来竟大都是一些短篇。中学时背过一些《史记》列传唐末文章，在以后的散文和新闻写作中，时时觉得如气相接，如影相随。打倒"四人帮"后，又得以重新细读朱自清、徐志摩，自觉又如被人往上推了一把。20 世纪 70 年代末，无意中看到一本薄薄的新点校的《浮生六记》，语言之清丽令人如沐春风，一见就不肯放手，以后又研习再三，从中得到不少启发。写作《数理化通俗演义》时，知识和资料全部来源于各种科普和科学人物的小册子，因为这些小册子都是从千年科海中打捞出来的最精的实货。大约一般人的读书心理总是寻找林中秀木、沙滩珍珠和羊群里的骆驼，总是想用最短的时间，获得最有用的知识，所以小而精的书利用率最高。

本来书籍的功能就是积累知识，没有积累，不能把有价值的东西留传给后代，书籍就没有生命。前人论书的本质和功能大多集中于这一点。高尔基说："书是人类进步的阶梯。"阶梯者，不断向前延伸也。赫尔岑说："书，这是这一代对另一代人的遗训，这是行将就木的老人对刚刚开始生活的年轻人的忠告，是行将去休息的站岗人对走来接替他的岗位的站岗人的命令。"既然是遗训、忠告、命令，当然要尽量提炼出最重要的东西，然后再将其压缩在最精练的文字中，哪能像我们现在这样动辄百万言、千万言地拉杂。古人讲"立言"，言能立于世必得有个性，不重复，有创造。所以杜甫说"语不惊人死不休"。我想顺着他的意思可以这样说："语不惊人死不休，篇无新意不出手。著书必求传后世，立事当作空前谋。"牛顿说，他的成功是因为站在了巨人的肩膀上，是因为巨人们用本本的书搭成了一条台阶，托着他向上攀登。牛顿的脚下踩着哥白尼的《天体运行论》、伽利略的《对话》，而爱因斯坦也踏着牛顿的《自然哲学的数学原理》，给后人留下了相对论。

书籍是什么？我觉得还可以说书籍是知识的种子。50年代曾发生过这样一件轰动一时的事：我国考古工作者在东北某地挖掘出一粒在地下埋藏了千年的古莲子，经过精心培育，居然发芽长叶开出了一朵新莲花。如果当时埋在土里的不是一粒种子而是一团枝叶呢？我们现在挖出的就只能是一团污泥。1865年奥地利科学家孟德尔发现了生物遗传规律，他在一次科学会议上宣布后，竟无一人理解。他将此写成论文发表，并分藏到欧洲的

120 个图书馆，直到 24 年后才又被人重新发现和证实。若没有这些书籍作种子，埋种在先，科学发现不知还要被推后多少年。今天，如果我们凑够字数就出书，那就是在田野里播种莠谷，看似一片茂盛，到秋天却颗粒不收。这样既浪费了今天的资源，又断绝了子孙的口粮，何必这样做呢？

（《人民日报》1995 年 2 月 27 日）

书与人的随想

在所有关于书的格言中，我最喜欢赫尔岑的这句话：书是行将就木的老人对刚刚开始生活的年轻人的忠告……种族、人群、国家消失了，但书却留存下去。

人类社会是一个连续发展的过程，我们常将它们比做历史长河，而每个人都是途中搭行一段的乘客。每当我们上船之时，前人就将他们的一切发现和创造，浓缩在书本中，作为欢迎我们的礼物，同时也是交班的嘱托。由于有了这根接力魔棒，所以人类几十万年的历史，某一学科积几千年而有的成果，我们便可以在短时间内将其掌握，而腾出足够的时间去进行新的创造。书籍是我们视接千载、心通四海的桥梁，是每个人来到这个世界上首先要拿到的通行证。历史愈久，文明积累愈多，人和书的关系就愈紧密相连。

现实生活中我们常常会发现一个新世界，比如海洋、太空、微生物等等。凡新世界都会给我们带来无穷的乐趣。但真正大的世界是书籍，它是平行于物质世界的另一个精神世界。有位养生家说："健康是幸福，无病最自由。"这是讲作为物质的人。正常的人刚生下来没有任何疾病，一张白纸，生机盎然，傲对来世。以后风寒相侵，细菌感染，七情六欲，就灾病渐起，有一种病就减少一分活动的自由。作为精神的人正好与此相反。他刚一降生时，对这个世界一无所知，迷蒙蒙，怯生生，茫然对来世。于是就识字读书，读一本书就获得一分自由，读的书越多，获得的自由度就越大。所以一个学者到了晚年，哪怕他是疾病缠身，身体的自由度已极小极小，精神的自由度却可达到最大最大，甚至在去世之后他所创造的精神世界仍然存在。哥白尼一生研究日心说，备受教会迫害，到晚年困顿于城堡中，双目失明，举步维艰，但他终于完成了划时代巨著《天体运行论》。到去世前一刻，他摸了摸这本刚出版的新书欣然离开了人世。这时他在天文世界里已获得了最大自由，而且还使后人也不断分享他的自由。

中国古代有人之初性恶性善之争。我却说，人之初性本愚，只是后来靠读书才解疑释惑，慢慢开启智慧。凡书籍所记录、所研究的范围，所涉及的东西，他都可以到达，都可以拥有。不读书的人无法理解读书人的幸福，就像足不出户者无法理解环球旅行者或者登月人的心情。既然书总结了人类的一切财富，总结了做人的经验，那么读书就决定了一个人的视野、知识、才能、气质。当然读书之后还要实践，但这里又用到了高尔基的那句话："书籍是人类进步的阶梯"，如果你脚下不踏一梯，你的实践又能走出多远呢？那就只能像一只不停刨洞的土拨鼠，终其一生也不过是吃穿二字。你可以自得其乐，但实际上已比别人少享受了半个世界。一个人只有当他借助书籍进入精神世界，洞察万物时，他才算跳出了现实的局限，才有了时代和历史的意义。古语言：读书知理。谁掌握了真理谁就掌握了世界。所以读书人最勇敢，常一介书生敢当天下。像毛泽东当年不就是以一青年知识分子而独上井冈，面对腥风血雨坚信必能再造一个新中国，他懂得阶级分析、阶级斗争这个理。像马寅初那样，敢以一朽老翁面对汹汹批判，而坚持到胜利。他懂得人口科学这个理。他知道即使身不在而理亦存，其身早已置之度外。读书又给人最大的智慧。爱因斯坦在伽利略、牛顿之书的基础上，发现相对论，物理世界一下子进入一个新纪元。马克思穷读了他之前的所有经济学著作，发现了剩余价值规律，指出资本主义必然灭亡，一下子开辟了社会主义革命的新纪元。他们掌握了事物之理，看世界就如庖丁观牛，"以神遇而不以目视"，这是常人之所难及。所以从一定意义上讲读书造人。你要成为某方面有用的人，就得攻读某方面的书，你要有发现和创造就得先读过前人积累的书。毛泽东讲，从孔夫子到孙中山都要给以总结，历史也就真的产生了毛泽东、邓小平这样的巨人。这就是为什么一个民族的甚至世界的伟人，必定是一个知识分子，一个读书人，一个读书最多的人。

我们作为一个历史长河中的旅人，上船时既得到过前人以书的赠礼，就该想到也要为下班乘客留一点东西。如果说读书是一个人有没有求知心的标志，那么写作就是一个人有没有创造力和责任感的标志。读书是吸收，是继承；写作是创造，是超越。一个人读懂了世界，吸足了知识，并经过了实践的发展之后才可能写出属于他自己而又对世界有用的东西，这就叫贡献。这样他才真正完成了继承与超越的交替，才算尽到历史的责任。写作是检验一个人的学识才智的最简单方法，写书不是抄书，你得把前人之书糅进自己的实践，得出新的思想，如鲁迅之谓吃进草，挤出牛奶。这是一种创造，如同科学技术的发现与发明，要智慧和勇气。小智勇小文章、大智勇大文章。唐太宗称以铜为镜、以史为镜、以人为镜，其实文章也是一面大镜子，验之于作者可知驽骏。古往今来，凡其人庸庸，其言云云，其政平平者，必无文章。古人云立德立言，人必得有新言汇入历史长河而后才得历史的承认。无论马、恩、毛、邓，还是李、杜、韩、柳，功在当世之德，更在传世之文，他们有思想的大发现大发明。我们不妨把每个人留给这个世界的文章或著作算作他搭乘历史之舟的船票，既然顶了读书人的名，最好就不要做逃票人。这船票自然也轻重不同，含金量不等，像《资本论》或者《红楼梦》，那是怎样一张沉甸甸的票据啊。书的分量，其实也是人的分量。

不读书愚而可哀；只读书迂而可惜；读而后有作，作而出新，是大智慧。

（1999 年 5 月）

书籍改变世界， 读书改变人生

书这件东西是专门给懂得精神享受、有精神进取的人准备的。当地球上还没有人类之前，草木自生自灭，鸟兽自来自去，史前世界全靠物质的生态自然调节。自从有了人类，就出现了另外一个调节系统——精神系统。在这个系统里，人们追求的不是吃、穿、住，而是信息、知识、思想、艺术等。而这些精神财富的最主要载体就是图书。

图书有两大作用，一是塑造人，二是为社会传承文化。下面先谈谈书与人的关系。

读书是为了生命的完整

人为什么要读书？一句话，为了生命的完整。或者说是为了追回另一半的生命。现在很流行一半又一半的说法。"一半是海水，一半是火焰"，"男人的一半是女人"，其实最根本的，人生命的一半是物质，一半是精神。读书是对精神的那一半生命的能量补充。在地球上所有物种中，除物质之外还需要精神滋养的就是人类。只有人，有精神生活，有主观思维，会改造客观，追求幸福。

这是电视上播过的一个真实的故事。有人问西部地区的一个放羊娃，你为啥要放羊？放羊娃说，挣钱。挣钱干什么？娶老婆。娶老婆干什么？生娃。生娃干什么？放羊。大家看，这样一个简单的循环是什么？就是为了活命，完成人口的简单再生产。这只是实现了人的生命价值的一半。

作为人，还有另一半更重要的，就是他有精神世界。喜、怒、哀、乐，七情六欲，理想追求等。马克思给人下定义：人是各种生产关系的总和。人与人的关系，主要不是物质交往，而是精神交往。谈话、书信、亲情、爱情、政治、学术、艺术等，都是精神活动。小孩子只知道好吃的东西最重要，而人一进入成年就会发现，精神满足更重要，精神世界更广阔。所以才有为爱情而歌唱，为自由而斗争，为理想而献身。爱情、自由、理想、知识、艺术等等，靠什么来交流、传承？主要载体就是书籍。

真正要有感、有悟、有创造，改变人生，成就事业，有个性，自立于人海，流芳于青史，要靠对后三个层次的攻读。

阅读有六个层次

那么，人怎样实现自己这生命的另一半价值，构建精神世界呢？有六个层次、三大支柱。也就是人们阅读的六种基本追求，追求刺激、娱乐、信息、知识、审美和思想，其中知识、审美和思想，是三大支柱。这六个层次由低到高，反映着人们不同的文化程度、修养状态和价值取向。

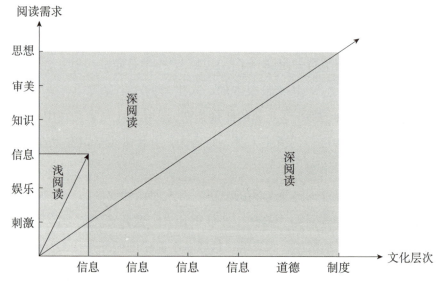

深阅读与浅阅读

一是刺激需求。正常人的精神生活中总有企图改变平静、追求奇特、寻找刺激的一面。这种需求，与其说是精神追求，不如说是心理生理追求，因为理性的成分还不多。在刺激需求下，会有非法的出版物市场如黄色、低档出版物。这也说明人有自然的一面。

二是休闲娱乐需求。按这种需求，就产生了一类轻松的作品，如花卉、鱼虫、时装、幽默、故事等。休闲娱乐需求在读者中的覆盖面最大，不但有闲阶层靠消遣读物打发时日，就是专业人员，也常常会翻翻书报以作休息。

三是信息需求。随着社会的现代化进程，人们对信息的需求量越来越大。每个人在生活中也离不开信息，一条信息使一个决策成功，救活一个企业，或者使一个人致富的事，已屡见不鲜。以至于信息已经发展成为一个独立的行业。人们对信息的这种需求是书、报、刊等传媒的基础，特别是报纸存在的基础。

以上这三个需求，虽属精神的，但仍可看出不脱物质的羁绊，多为实用的需求。其载体也以报纸、杂志、电视为主。真正精神层面是后面的三大支柱，其载体以书籍为主。

四是知识需求。知识是人们在改造世界的实践中所获得的认识和经验的总和。粮食、蔬菜、肉类使人从孩子长成体魄健壮的成人，而知识使人聪明有本事，如果无知识只能算半个人。所以人的一生专门安排一个学生时期，较集中地专门接受知识，以后直到老死以前，还要不断补充更新知识，这主要靠出版的书、报、刊，特别是书籍。

五是审美需求。爱美之心人皆有之。从原始人开始，人类就懂得对美的追求。这种本能的不断发展提高了的审美需求呼唤出版物一方面作为载体来提供审美对象，如文学作品、美术作品等，另一方面又作为工具来帮助指导人们提高审美能力。

六是思想需求。人的精神需求的最高层次是理性的思考。刺激是心理本能的满足，娱乐是心理休息，信息是人捕捉到的事物的信号，知识已进入到认识的总结，只有思想才能进入到理性，进入到规律和方法的把握，是人们对客观世界的更深刻的认识。这种需求，促使人们去读理论学术书刊，去通过具体出版物的形象、素材思考问题。

我劝爱读书的朋友们，爱读书当然很好，但还要讲究读书的目的和层次。我们可以把读书大致分为两类：一类是消费型，为了眼前实用；另一类是积累型，为了长远和根本性的提高。前三个层次属消费型，后三个层次属积累型。就像一个国家除实用企业外，还得有能源、交通等基础项目建设。只有在积累型阅读上下功夫，才能改变人生，创造辉煌。

大凡伟人皆爱读书

下面我们随手举几个例子。

马克思爱读书。他本来是在参加社会生产和具体的工人运动，但觉得许多事情弄不明白，自己不通，也无法指导运动，就宣布要退出具体事务，回到书房。他在大英博物馆读书、写作，时间长了脚下的石板给蹭出了一条浅沟，就像少林寺石板上留下武僧的脚窝一样。马克思写《资本论》，耗费了40年的心血，为了写作，前后研究书籍达1 500种。读书造就了马克思，他成了一代伟人。

毛泽东爱读书。毛泽东一生中

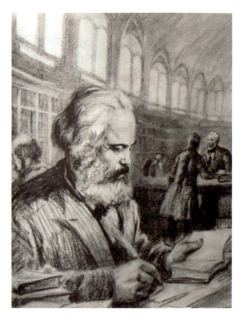

马克思刻苦读书（素描画）

可谓博览群书，延安时期是中国共产党最艰苦的时期，战火烧到眉毛，缺衣少食，但毛泽东还读哲学、读军事，补上了这重要一课。他听艾思奇讲哲学，恭恭敬敬地做笔记。在延安的窑洞里，毛泽东在油灯下写出了《论持久战》、《矛盾论》、《实践论》等名篇。

毛泽东酷爱读书

文章不是写给人看的而应是写给人背的

刚才有记者问我自己读书有什么体会，读书怎么改变人生，其实我们每个人都有这样的经历。我原来在中国人民大学读的是档案专业，毕业之时，正赶上"文革"后期，响应号召到祖国的北部去，我到内蒙古先当了一年的农民。

在这个时候，我读到了一本对我一生影响很大的书，这就是陈望道先生的《修辞学发凡》。那是我在拉风箱做饭的时候在灶上看到的，书的前后已经被扯下好几页。陈望道是中国最早翻译《共产党宣言》的人，早期曾经和陈独秀一起筹备中国共产党，帮陈独秀管经费，但陈独秀的脾气很不好，陈望道受不了，离开了陈独秀。这一走两人各闯出一片天地。陈独秀成了中国共产党的创始人之一，陈望道则是中国系统研究修辞的第一人。在这本书中他认为修辞有积极修辞、消极修辞。积极修辞语言生动比喻、形容很多，消极修辞语言比较平实，比如法律术语、各种教科书等。

这本书当然还有其他很多的内容，但两大修辞分类的思想对我治学影响很大。因为我长期以来既是记者又是作家，在接受杂志社的采访时，我说，陈望道先生的《修辞学发凡》对于我来说就是一座巴颜喀拉山，是分水岭，一边是长江，一边是黄河；《修辞学发凡》它一边成就了我的新闻写作，一边成就了我的文学创作。

此外，还有一本中国青年出版社出的《历代文选》对我的影响也很大，后来我发现毛泽东也读这本书。毛泽东晚年因为白内障，眼睛看东西很吃力，文件就让秘书给他念，而文学方面的书呢，他就找到当年这本书的编者之一、中国人民大学的卢荻给他念。毛泽东的记忆力很好，晚年的时候还记得当年看过的这本书的编者，当时中国人民大学已经被撤销合并到北京大学去了，就从北京大学把她找来。

在我后来当记者的时候，《历代文选》这本书在我的采访包里背了多年，出差在招待所里有空我就背书中的名篇，这对我后来新闻语言的形成产生了很大的影响。我认为，新闻语言应该向古文、电报学习，新闻语言应该求短求干净，古文因为最早要刻在竹简上很费劲，电报按数字收钱。后来我写的《晋祠》，1 600多字，能被收入中学语文课本，和这个理念很有关系，因为我写的时候就认定我的文章不是让人看的，而是让人背的。

这些工作和我当初学的档案专业已经相距十万八千里，之所以有这样的改变，就是因为后来我的读书生活。人不知在什么地方什么时候就会遇到改变自己人生的书籍，只要你去读。

尤其是《史记》，它的思想、它褒贬的人物及它的文风，到今天还影响着中华民族。

图书积累会影响一国国运

从世界史的角度来说，曾有过四次大的文化积累，实际上是四次大出书活动，对世界进程产生过大的影响。这就是古希腊、罗马时期的文化积累；文艺复兴时期的文化积累；18世纪中叶欧洲资产阶级启蒙运动中以百科全书派为代表的文化积累；19世纪中叶在总结了英国古典经济学、德国古典哲学和法国空想社会主义之后而产生的马克思主义的文化积累。

中国历史上也有几次大的文化积累。第一次是汉初对先秦文化的整理。这次积累，确定了中国封建社会的基础，基本上确定了中国历史的走向。产生了以《史记》、《汉书》为代表的积累型巨著，尤其是《史记》，它的思想、它褒贬的人物及它的文风，到今天还影响着中华民族。第二次是隋唐对散佚书籍的收集和新书的编纂。它使儒家思想更趋成熟，封建制度进一步确立。第三次是宋代的积累，儒家发展到理学新高度，产生了程朱这样的儒学理论大师，和《资治通鉴》这样总结治国实践的巨著，儒家思想的完善保证了以后700年封建制度的延续。第四次是明清修书，以《永乐大典》、《四库全书》的成就为代表。这笔文化遗产为我们民族以后的发展，直到今天还发挥着积极作用。以后还有康梁等对西方文化的引进积累，中国共产党人对马克思主义的引进积累，这些在反帝制和民主革命中都曾发挥了巨大的作用。

不论是世界的文化大积累还是中国的文化大积累，实际是图书大积累。据统计，自西汉至辛亥革命共出版图书8万种。从公元前206年算起到1988年底，我国2 200年间共出版图书90余万种。这种悠久的历史积累，决定了我们是一个文明发达的民族。但是立国仅200余年的美国，其文化积累的速度却快得惊人，报载，美国国会图书馆藏文献8 830多万种，书架长达877公里。自然，这一点也已构成美国文明发达的一部分。环视全球，我们会发现一些国家的强盛与衰落、发达与落后固然与它所拥有的经济实力、军事实力、政治策略有关，但是也不可不注意到与它所拥有的典籍、文献，它掌握的资料、信息，它积累的精神财富以及对这些典籍的态度、策略，还有它的积累方式、速度与取向有关。这同样会影响到一个国家的国力、国运。

一本书改变世界

一本书可以改变一个人的命运，也可以改变一个国家的命运，一个世界的命运，甚至改写人类的历史。我们还可以拿一本具体的书来验证这个命题。美国人曾写过一本书《影响世界历史的16本书》，其中包括：马克思的《资本论》、牛顿的《自然哲学的数学原理》等，同时还有希特勒的《我的奋斗》。

马克思写的《共产党宣言》和《资本论》，改变了世界，这是谁都承认的。据统计，《共产党宣言》共出版过 70 多种文字的 1 000 多个版本，它传到中国是 1920 年，由陈望道先生译出第一个中文本。从此开始改变中国的命运。

毛泽东在延安的窑洞里完成了《论持久战》，当白崇禧把这本麻纸本小册子送给蒋介石时，蒋介石都喜得如获至宝，发给全军团以上军官每人一本，这本书很快又在美国出版，震惊了世界。事实证明，抗日战争就是沿着这一思路进行的。

哥白尼的《天体运行论》。这本书改变了世界，应该说改变了宇宙。它成了一块里程碑，它 1543 年出版，文艺复兴的开始、近代科学的开始就从这一年算起。世界进入一个新时期。

爱因斯坦的相对论。现代物理学开端被史家定为 1905 年，就是因为这一年《物理学纪事》发表了爱因斯坦的几篇重要论文。爱因斯坦提出了质能互变公式 $E = mc^2$，1945 年第一颗原子弹爆炸，才证实了爱氏超前了 40 年。

1952 年，李四光完成了《中国地质学》中文版一书，论证了地壳运动与矿产分布的规律，提出"构造体系"这一地质力学新概念。当时只发行了两千册，但地质队员在这本书的理论指导下，于十年后相继发现了大庆、胜利、大港等油田，使中国甩掉了贫油国的帽子。

1852 年，斯陀夫人写了一本《汤姆叔叔的小屋》，导致了美国南北战争爆发，林肯说是一个小妇人引发了一场解放黑奴的大革命。

先进文化应该具备四个特点

经过历史的层层积累，不断形成先进文化。那些影响世界文明进步的书，也就成了先进文化的载体。现在我们可以补充几句，什么是先进文化。所谓先进文化，应该具备四个特点：积累性、批判性、创造性、普及性。

先进文化必须具备足够多的积累。我们检验一种文化先进不先进，最简单的方法就是看其是否包容、吸收、概括了在它之前的文化，如果它仍然是先前某种文化的重复，甚至还达不到先前的高度，它肯定不能算是先进的。

先进文化具有鲜明的批判性。这种批判有时是彻底的革命，更多的时候则表现为不同程度的革新、建议和改进。总之，它必须提出与旧文化的不同之处，才可能有自己的生长点。

先进文化必须有属于自己个性的新的创造。历史上所有代表进步的潮流，对时代前进起到过巨大推动作用的先进文化，都有其个性的创造。它一出现就代表某一领域、某一方面的一个新高度、新标准，对前人有突破，为后人所承认、所追随。

先进文化必须具有广泛的普及性。这种文化能逐渐为大众所接受，并因此提高本领域的文化水准，乃至提高全社会的文明水平，最后被载入史册，成为全人类共同接受和承认的财富。

用这四个标准来衡量，我们可以发现前面所举的，对历史进步起过推动作用的书，都曾经是或者现在仍是先进文化，仍在对生产力的解放、人的思想解放起推动作用。这也启发我们读书、写书、出书时，要把握积累、批判、创新、普及这几个切入点，这样才能有创造，有个性，有进步。

（2005 年在北师大的讲演）

说兴趣

过去一说某名人怎么成才，总讲如何坚忍不拔、刻苦努力，其实这些都是有了兴趣之后的事。他能有成就，首先是因为他对那件事有兴趣。兴趣是什么呢？就是人追求完美事物的一种本能。没有听说过谁专门对丑的、坏的、恶的、苦的有兴趣。孩子对糖块有兴趣，姑娘对打扮有兴趣，青年对恋爱有兴趣，老人对忆旧有兴趣。人们对休闲、娱乐、美食、华服、好房子、好车都有兴趣，因为这样活着就舒服。但只满足于此也不行，时间长了就要退步，要堕落。于是人们对学习、开拓、创造也有兴趣。这样人类才会活得更美好。有兴趣，有各种各样的兴趣，是人的天性，人要学会开发自己的天性，要发现兴趣，保护兴趣，扩大兴趣。这不用专门去教、去辅导，你只要不压抑、不干扰它就行。就像水，一打开闸门就自然往下流；像烟，你一点燃就自然往上走。

信佛者到处拜佛。佛经上说，你不必拜，佛就是你自己，只要你想成佛，就能立地成佛。如果你能发现自己内心深处对某种事物的强烈兴趣，你就立地成佛，你想成为什么样子，就能成什么样子，这才是一个最厉害的秘密武器。老师、家长总是怕孩子不学习，总嫌孩子不努力，"新松恨不高千尺"，其实，你不要急，也不必"恨"，更不要那么"狠"，搞得孩子们眉头常皱，心存压力。你只需细心地去发现他到底对什么有兴趣，就像发现落叶下的一棵春笋，只需浇一点水，一回头，它就窜高好几米。园丁的作用不是用剪子把花草剪整齐，而是用锄头把杂草锄干净。生物学、人才学研究已经揭示，基因决定了每一个人身上都有某种特殊的才能。

"天生我材必有用"，李白这句话是没有错的。兴趣是寂夜里飘着的萤火虫，常在你不经意时灵光一闪，有人及时捕捉到了自己的兴趣，有人却在兴趣敲门时木然无应，花自飘零，水自流，错过了机遇。歌德的父亲安排歌德学法律，他却对文学、科学有兴趣；伽利略的父亲安排伽利略学医学，他却对物理、天文有兴趣。每一届诺贝尔奖公布后，记者总要向得主提这样一个问题："你为什么要从事这项研究？"大部分人的回答是："不为什么，就是因为对它感兴趣。"

兴趣是人的天性，但要成就功德，还得将它转化为目标和毅力，不达目的决不罢休。达尔文小时候对生物有兴趣。一次他在野外看见一只未见过的甲虫，就用右手捉住；又见一只，即用左手捉住。这时又发现第三只，情急之下他将一只放入口中，腾出手来去捉第三只。不想嘴里那只甲虫放出一种辛辣刺激的液体，他"哇"的一声，三只全跑了。可以看出，这时他的兴趣还是一种孩童式的天性。但是，由此出发，他后来毅然参加了贝格尔舰的环球考察，一走五年。每到一地，就采挖生物标本，托运回国。五年后他定居伦敦郊外潜心研究这些资料，冷板凳一坐就是 20 年。1859 年终于出版了《物种起源》，创立了进化论。是目标和毅力巩固和延伸了他的兴趣。如果要想有更大的成就，兴趣还得转化为责任和牺牲。特别是从事社会科学，必得担大责，才能有大成。比如许多文学少年，当初只是因语言优美、情节曲折而对文学产生兴趣。但真正要成为大作家，如鲁迅，如托尔斯泰，则非得有为时代、为民众立言的责任心不可。至于说到社会活动家更是要心忧天下，以身许国。兴趣只有在注入了目标和责任之后才算成熟，才能抗风雨，破逆境，到达胜利的彼岸。

总之，兴趣是成就人生的一粒种子，种瓜得瓜，种豆得豆。你先得找见自己的基因，是瓜还是豆，然后再说培育之事。有的人从一开始就没有弄清楚自己是瓜还是豆，或因环境所迫，瓜秧爬上豆架，满拧着长；有的人知道是瓜是豆，春风得意，却耐不过夏的煎熬，等不到秋天的丰收。只有那些像达尔文一样，一开始就认定要收获一颗大瓜的人，栉风沐雨几十年，才能享受到秋收的喜悦。

（《北京日报》2011 年 12 月 21 日）

文章自然相似论

苏轼在《答谢民师书》中提出：写文章"大略如行云流水，初无定质，但常行于所当行，常止于所不可不止，文理自然，姿态横生"。这大概是我国古代文论中谈到写文章应师法自然的最直接明白的一段话，千百年来一直为人所乐道。这就是说，文章什么叫好，自然叫好；怎样去学，请细细体会自然规律。这是一种文章自然相似论。纵观文章写作史和结合现代科学与创作的实践，这种提法确实值得细细回味。

一、师法自然，老话再提；重新认识大自然这个最好的老师

我们常说"巧夺天工"，现代科学的进展，更证明了"天工"之巧。人们常常是在做了许多发明创造之后，回头一看，才恍然大悟：这些东西原来是大自然中早就有的。氢弹的出现是 20 世纪 50 年代的事，但殊不知太阳这颗自然界中的大氢弹，早就在不断地做着氢—氦聚变，已经一直爆炸燃烧了多少亿年。雷达、声呐仪也是不久才问世的，但是人们惊讶地发现，蝙蝠就是一个最好的超声波接收、发射器，即使在一个小房子里，满拉上铁丝格子，它飞来飞去也不会碰撞上去。人们在做了许多这种"回头是岸"的工作后，不得不承认，大自然便是一位学问最渊博的老师。于是便出现了"仿生学"等科学，自觉地去模仿，再现大自然的杰作。关于思维科学的一个新命题便是：人们的创造，是对大自然规律的一种更逼近的相似。

自然科学如此，那么在艺术领域内又怎么样呢？大自然在人们眼前，

呈现出绚烂的色彩、多姿的造型与奇妙的音响。客观世界有一种自然之美，这些美的景物也是一种天工之巧。如桂林的秀丽山水，大海的日出，峨眉山金顶上的"佛光"，西双版纳的竹林，香山的红叶，鸣沙山上的沙鸣声。人们热爱自然，向往自然，除了身处于自然之中外，还希望将这些自然美复制下来，能随时欣赏。这便创造了艺术美。当然这其中又包括了人的社会成分。摄影便是艺术美向自然美的一种很逼近的相似，艺术便是自然美的集中再现。何香凝画自然中的花鸟，陈毅同志题诗："大师摄其神，一纸皆留住。"清代画家石涛为得纸上功夫，便到大自然中"搜尽奇峰打草稿"。其实"人工"所精心研究制作的艺术品，便是"天工"之物的相似，就和氢弹相似于太阳的爆炸一样。相似的程度越高，艺术性就越强，所谓巧夺天工是也。在艺术领域，我们也是在时时向大自然这个老师学习的。

文章作为一种艺术，它的美学规律也逃不脱和自然美的相似。一篇文章气势澎湃，如大海之波涛；清丽明快，如山间之小溪；音韵节奏又要合自然之音律。人之于大自然犹如婴儿之于母亲，在他躁动母腹时，便听惯了母亲心脏跳动的节奏，怀抱于胸前时，听到母亲的心音，便会安详舒服而再不烦躁啼哭（这是有科学根据的）。自然景物与人的情感息息相共，所谓"人心之动，物使之然也"、"目既往还，心亦吐纳"（刘勰《文心雕龙》）。人们对艺术的要求，无不以他自身和自然相似的准尺来定取舍。文者，纹也，美也。作为更高级、更综合的文章艺术，有形、有色、有声、有神、有韵、有气、有意，在美的表现上，更应该较其他艺术形式更逼近、更相似于自然美的规律，或曰更能向自然美中学到最多的表现方法，它更应重视大自然这个老师，这方面我国古代文论中虽无系统专论，但散论随笔及实例却是很多的。李白自言："好为庐山谣，兴因庐山发。"陆游说："挥毫当得江山助，不到潇湘岂有诗。"庐山之奇丽、潇湘之壮阔移入他们的作品便得一种特别的美丽与魅力。正如自然科学中的"仿生学"一样。师法自然，实是研究文章写作的一条重要路子。

二、文之体裁，自然之态；要时时警惕和反对形式主义

大自然千姿百态，人们的思想也千姿百态，反映这些的文章，也应该千姿百态。这是一个相似的系列。要说为文的规律，首要一条就是学习大自然的丰富多彩。同是一个水，或喷涌而为泉，或积聚而为潭，或飞流直下而为瀑，或汇纳四方而为湖。同是一个山，或拔地而独秀，或逶迤而苍茫。同是一棵树，或叶绿吐雾，或根劲而裂石。同是一个洞庭湖，或"阴风怒号，浊浪排空"，或"春和景明，波澜不惊"。同是一处长江赤壁，或"白露横江，水光接天"，或"山高月小，水落石出"。大自然千差万别，瞬息万变，才成其为自然，才现其美。人们对这个客体才感到层出不穷，新意不断。文章对读者来说，也是一种被欣赏的客体，它的体裁、面目、结构、句法，也应是千变万化才能适应于人们从大自然中养成的审美观念。如果是水，总是死寂的一池，人们便会望而生厌，避而远之。如果为文，总是一个格式，人们便会读而生烦，弃掷一旁。向大自然师法为文，首要的一条，就是文章的体裁要千姿万态，决不可定下某种格式，无论什么材料、什么思想，都往这个框子里装。

中国散文史上，大约出现过两次较大的脱离现实、违反自然美的文章框子。第一次是六朝时句式整齐的四六骈文。整齐本是自然美中的一种，我们看河边的树，若纯为垂柳，不杂一株其他的树，依依袅袅，煞是好看。看山上的树，若全是古松，没有一株柔柳轻杨，郁郁苍苍也很壮观，这是一种整齐的美。文章四六句式，从审美的角度说，不能说不好，但是如果所写的文章，全篇都是一个句式到底，就如是花园，就必得开一样的花，是河边就必得植柳，是山峦就必得长松，总是这般单调下去，谁还爱游山玩水？如果是文章就必得整齐的四六句子，其他句式再美也不得入卷，这种文章，谁还去读？朱自清先生说过，文章之中偶夹一两句整齐、对偶的句式，原是起警策作用的，为的是引起人们的注意，读后不忘。我

想这好似羊群里突然出来一个骆驼，让你印象极深。但是若把羊赶走，又全部换来一群骆驼，这样又有什么高低之分呢？千差万别的自然，决不会是一个面孔。这种违反自然规律、同时也是违反艺术规律的文体，在六朝盛行一时之后，终因不能满足人们的需要而被淘汰。第二次是明清的八股文。如果说骈文是企图将文章统一为一种固定的句式，那么八股即是想将文章统一为一种固定的结构。自然界中是有一些必然的、完整的、规律性的东西，如春种秋收，冬雪夏雨；树根生于土下，花朵开于叶间。八股文初创之时，不是没有道理的。它先要破题，后要收尾（束股），中间起、承、转、合，一般来讲文章的内容大体如此。但是并不是每一件事、每一个题，必得有如此复杂的程序，就是大自然中也常常有春天误了种，秋天便不能收，常会一冬无雪，一夏无雨。一般的树根是长在土下的，可是福建有一种榕树，枝上会长出长须般的根来，吊在空中，入地可成树，谓之"气根"。一般的花长在叶间，而无花果却是开花不见花，藏在果内，谓之"隐花"。自然界中常会千奇百怪，比一般常规会突然少了些什么，或者多了些什么，这样才叫"奇"。而八股文总得照那八股去做，有新的东西无法纳入，本来没有的地方也得无病呻吟。这种貌似结构上的完美，实在是对客观事物和作者思想的砍杀与枷锁。四六骈文还有一定的音韵形式之美，而八股就连这点味道也没有了。这种文章沉闷之极，决不会出什么"新"，出什么"奇"。文章不新不奇，谁还去读，所以康梁一批改革派在改革政治时，连它也给革掉了。

人们从自然中走来，随着人类的进步，在生活中会逐渐增加许多除自然之外的人为创造。但这种创造常常会走弯路，便是自然科学中的一些东西也有走弯路的。语言，最初从人们生活中出现，达意而已。后来有了文章，又懂得音韵，便会追求起某一方面来（如字数、音律、结构），而走向片面，离生活越来越远。或者说是将某种艺术美追求到僵化的程度，离自然美越来越远。这时便需要向自然请教，要回顾一下自己过去走过的路，所谓返璞归真。我国古代虽然几百年就会出现一种文章上的形式主义的框子，但另一面，每当在这个时候又总有一些改革者、一些明白人，起来冲破这个不知不觉形成的框子，把文章的瞎马从悬崖上拉了回来。

李白就曾特别反对文字绮丽雕琢的形式主义，很怀念古代朴质的诗风。他说："大雅久不作，吾衰竟谁陈……正声何微茫，哀怨起骚人……自从建安来，绮丽不足珍。圣代复元古，垂衣贵清真"（《古风五十九首》）。他主张"清水出芙蓉，天然去雕饰"（《赠江夏韦太守良宰》）。这便是恢复文章的本来面目，让文章艺术的形式美更相似于自然美。他自己作诗就绝不受什么形式限制，绝不肯用一种句式，如《蜀道难》里便有三字句、四字句、五字句、七字句、九字句、十一字句，简直是自由体。韩愈、柳宗元倡导的古文运动也是这样，他们摒弃六朝绮丽文风和四六骈句，内容上求古朴、真实，句式上追求用古典式的更近于口语的散句。韩愈在《应科目时与人书》中，故意不用典雅华丽之词，故意加进一些虚字而打破四六节拍，到写《送李愿归盘谷序》时，则绕过六朝文风而远取《诗经》、《楚辞》的韵律。在韩、柳之后，有些人把韩愈为文求"奇"、求"高"，又发展到了片面化的程度，走向另一种奇崛、晦涩的极端，是为"时文"，以至于又有欧阳修等宋代大家再次掀起古文运动的浪涛，将这种"时文"压了下去。这里面有一个有趣的道理。无论李白、韩愈、柳宗元还是欧阳修，他们在反对形式主义、反对文章格式的片面化时，都要打出"复古"的旗帜，难道真是古胜于今吗？不是。韩愈的观点是：复古为了开今。不是古不如今，是原来的，本来存在一些合理的、美好的东西，由于今人的形式主义片面化，而被丢掉了。这种复古是寻根，是将丢的再找回来，是先将文章之旅从岔路上拉回正路，请你思索，重辨路径，再重新起步。

艺术美，是以自然美为基础的，是人们长期在自然的熏陶下发现、研究了它美的规律，然后加上主观的能动成分而创造出的美。这主观能动部分的加入包括两种可能，一是概括、总结、提炼、更典型、更完善、更"优化"，但也有另一种情况，由于主观成分的夸大、片面、极端而走入歧途，出现"劣化"。人类的艺术史，缩小一点，文章写作的艺术史，正是这样一种漫长的、有"优"有"劣"的波浪式的起伏（自然科学史也是这样，既会出现很伟大的发明，又会突然出现一个如黑暗的中世纪那样的断层）。这种起伏是由人类社会的主观原因所引起的。而作为大自然则是万古不变的，从浑浊之初直到现在，人类的精神文明，艺术美的形式，不知几经沧桑。但是，大自然却依然是它自己星垂平野，雪披大地，高山流水，林木郁郁。像西湖那样，它不会因为有人们朝朝代代的赞赏而变得更加娇艳；像湖南张家界、四川九寨沟那样，它们也不会因为人们长期不去理睬，就自暴自弃变得丑陋。它该是什么样子，就是什么样子，该怎样存在、怎样发展，就怎样存在、怎样发展。行云随风而舒卷，流水由西北而东南，它决不会给自己规定某种固定的形式，而永呈着一种自然之美。所以，在写作艺术上，当我们发现已经走入一条死胡同时，向大自然这个永不会犯形式主义错误的老师求教，便是最好的办法。李白的所谓"复元古"，韩愈的"古文运动"，苏轼的作文应如"行云流水"，李贽的"以自然为美"，都是讲的这个道理。就是说，文章的体裁、句式、结构、韵律等（本文这里只探讨文章的形式美）方面的美感，一定要相似于自然美的规律。文章在表现形式方面，要像大自然一样多姿多态，千变万化，只有"多"与"变"才是为文之道，希望有哪一种统一的模式，都是幻想，要求用某一种模式去统一文坛，最终都要失败。

可惜的是，这个规律虽早经古代散文史所证明，但是还未引起今人的足够重视，以至于现代散文还在犯这种僵化的形式主义错误。30 年代，我国出现了一批如鲁迅、冰心、朱自清等各有不同风格的散文家，建国以后也有如杨朔、秦牧、魏巍、徐迟等散文家，但是后来这种百花齐放、多种风格的局面，又在向一个片面的格式集中。到 50 年代末 60 年代初，以杨朔散文为代表的"物—人—理"三段式结构，逐渐为很多人所效法，以至于成了一种公式。要写一个人，必得先用一件物来作喻，最后再归出一个道理。无物作喻，便是不含蓄，不归出一个理来，便是意境不深。这种文章遍及报刊，一个标准成为编辑取稿、老师评分的依据。如果说骈文是以句式、音律的形式来限制内容，八股文是以结构的完善来限制内容，那么杨朔式的"物—人—理"三段论作文法便是直接将内容和思想都已定死。要说理、写人，必得托物，要说一件物、一个景，就必得导出一个理。逼着你去虚构，去拔高，去说假话。我认为，现在已需要再来一次新的"古文运动"，破掉这个新八股，否则散文不会有大的发展，这种新八股再发展下去，散文史上将会形成第三次形式主义的文章"框子"。

三、师法自然，务求神似；要创造出高于自然美的艺术美

艺术美的规律与自然美的规律是相似的，但并不相同。微妙正在这一字之差。所以我们所说的师法自然，是师其理，是要从中得到启发，是神似，而不是形似，不是照搬，不是全抄。正像大自然中隐藏着"牛顿三定律"，隐藏着"勾股定理"，隐藏着"黄金分割点"一样，也隐藏着最美的组合。如钱塘江的海潮、桂林石洞的钟乳石、云南的石林、长白山上的天池。从大自然的总体来说，是丰富多彩的、千姿百态的，从某一景来说它又是有个性的，是"奇"的。对大自然中美的东西，摄影是选其最美之处，绘画是综合其最美的东西，一般来讲是以形写神。而文章则是将其融入文中。因为除少数游记文学是直接写大自然，还可摹其形外，更多的是一些叙事、言志、抒情之作。从总体来讲，为文要千姿百态，从具体哪篇文章来说则要求或如钱塘之势，或如石林之奇，或如天池之秀，各从自然美中汲取一种神韵。

这个道理，从文章风格上讲必得与自然环境相似，或曰可向某种自然环境借一点风格、气质。边塞之地则有"天苍苍，野茫茫"之豪言，江南

水乡则有"三秋桂子，十里荷花"之艳词，这都是将自然之美移入艺术美中，文章才得自然之神韵。王羲之为练字，养了许多鹅，常观鹅戏水，而对书法有所领悟；唐怀素和尚观路边公主与挑夫争路及公孙大娘舞剑得到启示，笔法大进，独创狂草。这些都是与自然之物的神似。苏东坡游赤壁，其《赋》舒卷自如，如江上的清风波涛；柳宗元贬于柳州，其《记》凄神寒骨，如潭境之幽清；陶渊明辞官归里，其《辞》闲适，满纸故园之温情；朱自清之《荷塘月色》，叶圣陶之《五月卅一日急雨中》，同是抒发大革命年代中知识分子对革命的同情，前者沉思含蓄如月色轻轻，后者激越悲愤如急雨浇心。可见为文，其时、其地、其物、其景都可以影响文章的风格、气质。也就是说文章和外景的自然之物都可以找见共同的相似点，通过"心有灵犀一点通"将自然美和艺术美沟通，使二者达到和谐统一，文章也就会创造出新的艺术境界。之所以说"一点"是指二者神似之处，而不是它们的全部，就像数学上的"0.618"黄金分割点一样，不管作哪方面的计算，这一点是必须用的。学会寻找自然美与艺术美的神似之点，是我们师法自然时的关键。

从表现形式上说，无论句式、修辞还是音律，文学的美感也可在自然美中找到相似点，如王勃《滕王阁序》中的名句"落霞与孤鹜齐飞，秋水共长天一色"，实在是句中的精品，好像经过悉心雕琢的一件玉器。这里主要是一种对称的美。但是再一细想，自然界中，水清清，天碧碧，晚雾飘在天边，野鸭从水际飞起，这样的景色，我们还曾少见吗？它本身就已含有了许多美的要素，有色彩，有动感，还有对称。句式的对偶，本来于自然。王勃将自然中美的东西，用艺术的形式表现出来，便是一种艺术美。怀素见公主与挑夫路边争路，受启发而为书，是取与其在气、在势上的神似之点，王勃这里是取与其在形式上的神似。其实，自然界中除对称之外还有欠缺，这样才能造成丰富多彩的自然现象。按照最新的"耗散结构理论"，现在人们已将大自然归纳成三种情况：（一）有理序，有明确的规律；（二）无理序，虽有序但不严格，像周期又不尽重复；（三）混沌序，更有偶然性和随机变化性（这是最多的一类）。和这个大自然相适应的，我们表达客观事物和主观思想（主观思想也是客观事物的反映）的文字形式，大概也应有这三种情况。除对偶之外，还可以有其他的辞格：比喻、借代、镶嵌、复叠、省略、顶真、倒装等等，在这些有序的辞格句式之外，更多的是可字数随意的散句（无理序）。它们在大自然中都可找到相似的形式。留心观察自然，便可移自然美于文章。大自然中的行云流水，奇峰险石，苍松古木，都可以给我们在文章形式结构上一定的启发。

对于通过力求神似师法自然，明代学者李贽有过精彩的论述。他认为文章有两种，一是"化工"，真正达到造化之工，如野花"天之所生，地之所长"，毫无斧凿之痕；还有一种是"画工"，不得自然之趣，作者一味"穷巧板工"，处处露斧凿之痕。对自然美来说，他只学得了形似，而不是神似。他还提出，作诗，墨守"律则"便是"诗奴"，不守"律则"便是"诗魔"，这两者都不可取。那种不管文法，任意胡写的，也可谓"文魔"，困于某种文章格式、框子，故步自封的，可谓"文奴"。从文章史上看，从当前的写作实践上看，"文魔"并不太多，也很易被读者识破，"文奴"却常常会有，并且会有许多人抢着去做。而自然中的万物，却不会给谁去"为魔"、"为奴"，它以本来的规律天然存在。我们师法自然，正要做到非魔非奴，才是自由王国。只有真正得自然之神韵，又用人为的方法、社会的内容，将这美再现出来，这才是真正的艺术美，真正的好文章。

四、结论

综上所述，可知大自然中有无穷的规律，有许多的奥妙，它是值得我们永远求教的老师。自然美是艺术美的基础和主要来源，二者有很重要的相似之处。作为一种艺术形式的散文，应时时注意师法自然，以自然为境，不要走入形式主义的死胡同。一方面，文章要如行云流水，顺乎自然，不强扭虚造；另一方面，又要求新、求奇，在顺乎自然的基础上创出新的意境、新的美感。文苑从整体来说，应永远如大自然那样，大千世界，丰富多彩，从局部来说，每篇文章都应如各处佳山秀水一样，自有所长，这样，文章的长河才会永远翻滚着轻快的浪花，奔腾不息。

（1985 年 1 月）

铺张的艺术与杂交的优势

和唐宋古文相比，盛行于汉魏六朝的赋，显得多么遥远，和我们现在的白话散文相比，赋的文字、格律、字词显得多么艰深，也许正因为这点，相对来讲，这些年对这一部分遗产研究得较少了一些，其中一些合理的东西，未引起足够的注意并得到有效的借鉴。

字句——这是一种浪费的艺术

我们现在写文章强调短，常常一个字、一个字地往下砍，但是在赋中描写某物、某景时，却是一段一段地往上堆，这确实是一种敢于铺张浪费的艺术，每当读到这些地方，便不由得使人想起丰盛的筵席。这种筵席上的菜，真正能吃下肚的也不过一小半，余皆撤掉。明知吃不了，还要做那么多，这不是浪费吗？可是如果菜上得刚好够客人吃得盘光碗净，那么就是对客人的不敬，宴会的热情、欢愉气氛便会荡然无存。那么没吃掉的菜并不算浪费，它自有自己的价值——助兴。对文章的作者来说，读者便是他请来的客人，那文字之餐，该是越丰盛越好。正如赴宴不只是为了充饥，读者读文艺作品也不只是为了看懂作者意思，如果只为此，尽可简单一点写成新闻，再简单一点拟成电报，但这里便没有了艺术。语言艺术的价值，在于它除让人知道是什么外，还要让人感觉什么，欣赏什么，体味什么，流连什么。赋的文字特点正是抓住了人们的这一需要。刘勰在《文心雕龙·诠赋》里说："赋者，铺也。铺采摛文，体物写志也。"铺排，铺张，已有豪华浪费之意了。为了体物写志，作者将众多的文字之菜，一盘接一盘地往上端，让你感到目不暇接，口不及尝。这是在诗、词和古文中少有的效果。

比如要渲染"悲"的效果，就说："龙门山上有一株百尺梧桐，上有千丈高峰，下临百丈深溪，它孤独地支撑在那里，其根受水的拍击，其枝受风雪雷电的摇撼，终日里迷途的鸟、失群的鸿在上面声声哀啼。把一棵这样的树砍下来制成琴，用野蚕丝为弦，用孤儿衣带上的钩为琴饰，用寡母的耳环为琴徽，请乐师奏悲声，伯牙唱悲歌，那歌声悲得飞鸟听了敛翅不飞，野兽听了垂耳不行，虫蚁听了喙支在地上爬不动"。一首悲歌，除歌以外，又写伴奏的琴，又写制琴的树，又写树的环境，可谓铺排得够多够远了。这是不是有点多余、有点浪费？从一般的达意来说，当然多余。但要让人感动就必须如此。这正是多彩的艺术与严格的技术之间的区别，而集中优势兵力，泼墨似的渲染，则是达到这一艺术效果的重要手法。杜甫讲："语不惊人死不休。"对历代赋家来说是"物不写尽死不休"、"话不说尽死不休"，历代的赋家互相做着比赛，必得将事物、事理从多侧面、多角度写得透彻淋漓，必得想出一些"绝招"式的比喻、描摹和语词才肯罢休。比如一个"风"：

宋玉的《风赋》这样写：

夫风生于地，起于青萍之末，侵淫溪谷，盛怒于土囊之口。缘泰山之阿，舞于松柏之下，飘忽溯滂，激飏熛怒。耾耾雷声，回穴错迕。蹶石伐木，梢杀林莽。至其将衰也，被丽披离，冲孔动楗。眴焕粲烂，离散转移。

欧阳修的《秋声赋》这样写：

初淅沥以萧飒，忽奔腾而砰湃，如波涛夜惊，风雨骤至。其触于物也，铮铮铮铮，金铁皆鸣，又如赴敌之兵，衔枚疾走，不闻号令，但闻人马之行声。

这两段文字用我们现在的话说不过是"起风了"三字，但宋玉和欧阳修却各使出自己的招数，尽倾胸中所藏，多方设比，巧妙措词，使你如临其境，如闻其声，而且更真切，更感动。语言在表达意思时，作为一种工具是一回事，作为一种艺术又是一回事，而文章的感人，主要是靠这种艺术的魅力。在现代文中这种铺排的写法也是有的，如毛泽东同志写到革命高潮快要到来时说："它是站在海岸遥望海中已经看得见桅杆尖头了的一只航船，它是立于高山之巅远看东方已见光芒四射喷薄欲出的一轮朝日，它是躁动于母腹中的快要成熟了的一个婴儿。"这是一种从赋中借来的集中语言的优势兵力，进行"饱和轰炸"、"强化"、"刺激"的战术。局部看来，好像是文字的浪费，但实际并没浪费掉，一字一词都转化为艺术之力。它像糖上加蜜，火上浇油，土上打夯，木上钉钉，穴位上进针，进去后再拧几圈。这种铺排会不会使文章冗长呢？不会。一是作者只在最关键的地方泼墨，而在其他的大部分地方省墨。如上面引的《风赋》写风将收时，却才16个字："被丽披离，冲孔动楗。眴焕粲烂，离散转移。"二是赋在战术上"浪费"，战略上节省，在谋篇时就主题集中，不枝不蔓。因此除个别大赋外，长文并不多见，许多很精的短赋，如只有81个字的《陋室铭》、121个字的《剑阁赋》，至今还脍炙人口。可见文章的短，首先要在战略上控制，在战术上则要集中兵力，有钱要会花，有墨要会洒，这是赋给我们的启示之一。

用典——它不只是一砖一瓦地盖房，而是大量使用预制件来拼装

在现代诗歌和小说中用典故的例子是很多的，散文中却不是太多。在赋里，这种手法是大量使用的。

以《陋室铭》为例，虽只81个字，但最后却连用了三个典故，南阳诸葛庐，西蜀子云亭，还有孔子的话，这一下子就将作者以隐者自居、洁身自好、尊圣贤之德的品质、风貌不言而喻地表现出来。同样贾谊《吊屈原

赋》用了卞随、伯夷不为人理解，千里马在拉盐车不为人所识的典故，以抒发自己的怀才不遇。而向秀写《思旧赋》则用李斯之受刑来哀叹嵇康之被杀。这种例子几乎没有一篇不有。赋，本来是讲铺排，讲对事物描写、渲染的，现在怎么又用起典来了？用典的手法至少可以起到三种效果。一是引起读者的共鸣。本来，作者通过文章表达思想，就是要和读者产生交流共鸣，但这个共鸣效果往往不够强，正像独唱演员要借助乐器伴奏一样，作者常常要再找一点东西来加强共鸣。原来，在人们积累知识的过程中（主要是读书），头脑里已经形成许多知识和感情的单元，这些过去的单元和我们现在的事物、情感往往是相似的（相似学上叫"相似块"），正如望梅而止渴，见冰雪而身寒，我们一见到这些典型，就会自然调动起头脑里的相似储存，产生相似的情感。赵壹在《刺世疾邪赋》里讽刺那些佞谄之徒而用了"舐痔结驷"这样一个取于《庄子》里的典故。为了阿谀奉承便去给人舐痔疮，我们只看到这里，便不由会生起一股恶心。而苏轼《赤壁赋》说到在江面上畅游之乐时，也是用了《庄子》里的一个典："冯虚御风"，我们立时就感到通体清凉，如轻轻飘举于水上。典用得好正如响鼓轻捶，不费多少力却立见奇效。二是可使文字简洁。既然以往的古籍中已有现成的东西，我们又何必再从头说起呢？这很像数学计算时使用现代的公式；又像组装电器时使用集成电路；像盖房时使用预制件，一面墙、一方顶地整体拼装。就如上面举例的两个典，各用了四个字便会使读者产生许多的联想和情感。这样引文自然简洁了许多。三是增加文章的历史厚度。文学艺术的继承性是很强的，文学创作也需要站在巨人的肩膀上才能达到新的高度。典的使用是对前人知识的综合利用。古人特别注重这方面的训练，甚至规定了什么时候用什么典，这当然有点过死，但一篇文章如果能借助以往的成例，就会将读者的视野引向历史的来路，自然大大加强了它的说服力和感染力。毛主席在《南京政府向何处去？》中就用了"庆父不死，鲁难未已"的典故。鲁迅先生在《为了忘却的记念》中又引了向秀怀嵇康的典故。这里就有了历史的借鉴与启迪，文章深度大大加强。当然这也牵涉到作者的知识修养，就是王蒙同志提出的作家学者化问题。应纠正一个偏见，好像用典故只是古人的专利，试看一部《毛选》甚至马恩文集里有多少典故。

体裁——悄悄地改革与进化

说到对赋的印象，我们首先想到骈四俪六的句式和工整的对仗。殊不知在这些森严的格式内仍然在悄悄地进行着改革。虽然这种改革进行得很慢。但是由汉至清，积千年的跬步，它还是为我们提供了一条可资参考的轨迹。

赋在形式上的发展道路是它先为自己找到了一个表现形式，继而又使这个形式绝对化而成了限制自己的主旨，最后又突破了这个形式，走过了一个否定之否定的过程。汉初的古赋，是在先秦文章的基础上，吸取了《诗经》、《楚辞》音韵方面的特点而创制的。和散文相比，它有了一个更特殊的形式美。汉代文学的两大成就，一是司马迁的文章，二是汉赋。使用生物学的术语来理解，太史公是在先秦散文的基础上发展散文，使之更完善、更纯正，是一种"提纯复壮"的发展。赋是借他山之石，将诗歌的某些特点引入，是一种"发挥杂交优势"的发展。可以说赋一开始，就注意吸收各家之长。它铺排的表现手法，就是吸收了战国纵横家的说辞方式。自从句式、音律等形式的围墙立起之后，赋的精灵便在里面东冲西突。它先是尝试使这个形式更完善，这就是发展到六朝时的徘赋、骈俪、排比、押韵，直到中唐以后的科举考试的试体赋。单就形式而言，我们无权否认它有什么不好，有什么不美。如果能以这样严格、这样完美的形式写出能充分表达自己思想的文章当然更好，事实上也确实出现过一些内实而外华的好文（如江淹的《别赋》等）。但是，这个标准实在太难了，不免常常因格律而害意。物极必反，在形式上它既已登峰造极，于是要求打破旧形式而寻求新形式。这时赋又反过来向文求救，这就是唐宋后文赋的出现。赋又趋向散文化，押韵自由，句式长短错落，清新流畅，而且用典也相对减少。韩愈是很推崇司马迁的，韩柳古文运动是司马迁"纯正"散文的再次"提纯复壮"。伴随这个运动的另一成就，就是赋的第二次"杂交选择"，不过这一次所借的他山之石不是《楚辞》和屈原，而是古文和司马迁了。这就出现了以《秋声赋》、《赤壁赋》为代表的、至今还熠熠放光的作品。《秋声赋》中"其色……；其容……；其气……；共为声……"那样的排句，《赤壁赋》中"纵一苇之所如，凌万顷之茫然"那样的对偶都极精美，但作者并没有让它连篇累牍，而又常常间以散句，从表达内容上来说这样自由多了，从形式上说，只有散文才更能衬托出整齐的美。从汉初的大赋，到唐宋的文赋，赋作为一种独立的文体，虽然保留了自己的基本形式，但是它"对外开放"，向诗经、楚辞、古文借鉴，"积极引进"，终于自身取得了不小的进化。曾经格律极严的赋都能借诗借文不断地进行自身改革，我们今天自由的散文何不可以向更广阔的艺术领域借兵，大刀阔斧地改革呢！

　　白话散文的历史当然不能和悠久的赋相比，但文学规律是相同的。赋是从寻求某种形式出现的，白话散文是打破某种形式后出现的。白话之脱出于文言，很像唐宋文赋脱出于六朝俳赋。它刚刚形成之初实有一个发挥"杂交优势"的阶段，出现了一大批好作品和一些大家，如鲁迅、朱自清等。但值得引起注意的是，它发展到 60 年代初便又有逐渐为自己套上一种框子的趋势，如公式化了的杨朔式散文。当前散文面临的问题是在语言上怎样克服平淡而增加魅力，在内容上克服浅近而增加厚度，在形式上打破僵化而更自然和新颖。针对这些问题值得我们再重温一下赋的生成和发展。虽然铺排、用典和重格律常被看成赋体的缺点，而许多赋在这方面也确实走得太远。但这里也正隐藏着它的合理部分，今天我们继承这份遗产，切不可像列宁说的那样，将洗澡水和孩子一起泼掉。

（1986 年 2 月）

秋月冬雪两轴画
——《记承天寺夜游》与《湖心亭看雪》的写景欣赏

　　有一种轴画，且细且长，静静垂于厅堂之侧。她不与那些巨幅大作比气势、争地位，却以自己特有的淡雅、高洁，惹人喜爱。在我国古典文学宝库中，就垂着这样两轴精品，这就是宋苏东坡的《记承天寺夜游》和明张岱的《湖心亭看雪》。

　　凡文学，总要给人一种美。然而这美的塑造，于作家却各有各法。

　　秋之美，大抵是因了那明月。和刺目的阳光比，月色柔和；和沉沉的黑夜比，月色皎洁。月光的色相大致是青的，她不像红那样热，也不像绿那样冷，是一种清凉之色，有一种轻柔之感。人们经过一天的劳作后，在月光下小憩，心情自然是恬静、明快的。月色给人以甜美。

　　道理虽这样讲，但文学却是要靠形象来表达。苏东坡只用了 18 个字，就创造出了这个意境：

　　　　庭中如积水空明。水中藻荇交横，盖竹柏影也。

　　庭、水、藻、荇、竹、柏，他用了六种形象，全是比喻。先是明喻，"庭中如积水空明"。月光如水，本是人们用俗了的句子，苏轼却能翻新意，而将整座庭子注满了水。水，本是无色之物，实有其物，看似却无，月光不正是如此吗？"空明"二字更是绝妙，用"空"去修饰一种色调，出奇制胜。第二句用借喻，以客代主，索性把庭中当作水中来比喻，说"藻荇交横"，最后总之以"盖竹柏影也"，点透真情。这样先客后主，明暗交替，抑抑扬扬，使人自然而然地步入了一片皎洁、恬静的月色之中。

柳宗元写小石潭记，以池清之如无水作比；苏轼写月，反以庭明之如有水来作喻。异曲同工，看来文章要精，要活，就要善于诉诸形象。

月光是青色的，人们在月光下尚可看到一些朦胧的物；而雪则干脆是白色的，白得什么都没有。花红柳绿，山川形胜，都统统盖在一层厚被之下。再加上寒气充塞天地，生命之物又大都冬眠和隐遁。这时给人的感觉是清寒、广漠、辽阔、纯洁。春光有明媚的美，这雪景也另有一番清冷的美。

张岱是用 42 个字来创造这个意境的：

> 雾凇沆砀，天与云与山与水，上下一白，湖上影子，惟长堤一痕、湖心亭一点，与余舟一芥、舟中人两三粒而已！

他这里没有像苏轼那样借几个形象来比，偌大个全白世界，用何作比呢？作者用直写的手法，高屋建瓴，极目世界，突出一个白

沈心海画作《东坡夜游承天寺》

字："天与云与山与水，上下一白"，三个"与"字连用得极好，反正一切都白了。由于色的区别已无复存在，天地一体，浑然皆白，这时若偶有什么东西裸露出来，自然显得极小。而这小却反衬了天地的阔，天地的清阔则又是因为雪的白和多。这正是其中的美和趣。作者是怎样写出这种美感和情趣的呢？他无多笔墨，而是精选了几个量词：痕、点、芥、粒。按照陈望道先生的辞趣之说，语词本身就带有自己的历史背景和习惯范围。这恰如一种无形的磁场。我们只要说出一个词语，自然就能勾起人们的一大堆联想。这痕、点、芥、粒，本是修饰那些线丝、米豆之类的细微之物

的，如今却移来写堤、亭、舟、人。毋庸多言，它们自然也就变得极小，那天地自然也就极阔了。陆游说，功夫在诗外，这里实在是功夫在"词"外。这功夫从文章的最基本单元——词做起，文章哪能不精？

这两则短文的妙处正在这里，她们像那纤细的画轴，追求的是一种精美。

文章之精，也易。精雕细刻，反复推敲就是了。但难的是如行云流水，精巧而又不露斧凿之痕。这两篇短文都是作者的随手笔记，并不是他们的勉力之作。正因为如此，才现其自然之美，也见其功夫之深。文章是写景，但都先不点景，一个写解衣又起，一个写买舟下湖，使读者随作者自然地步入景中。当笔锋点到景时，也是求其自然。苏东坡记文与可画竹之法说："画竹必先得成竹于胸中，执笔熟视，乃见其所欲画者，急起从之，振笔直遂。"写文也应如此，统观全局，眼前之最熟稔于心，然后用写意笔法，一挥而成。苏轼写月，开头就是"庭中如积水空明"，一下就把你推入月光之下，那竹柏影就在你的头前身后婆娑摇曳。张岱写雪："天与云与山与水，上下一白"，巨笔如椽，直扫天际，让你视野与心胸顿然开阔，一饱冬雪之美。看到什么写什么（如月光空明、天地皆白等），自然成文；想到什么写什么（如竹、柏似藻、荇，堤、亭、舟成痕、点、芥），顺理成章。刘勰说："目既往还，心亦吐纳。"作者是成"景"在胸之后，将景和情融在一起，于笔端自然地流泻出来而为文的。景不生造，情不做作。

这两文的作者，当时一被贬在黄州，一隐居山中，他们所抒的情自然是一种闲情。他们塑造的美，也是一种清雅、超逸的美。当然，同是月色、雪景，我们还可以塑造出各种各样的美。但这不必苛求古人，小小画轴自有她自己美的价值。

（1983 年 3 月）

附：

记承天寺夜游

苏轼

元丰六年十月十二日。夜，解衣欲睡，月色入户，欣然起行。念无与为乐者，遂至承天寺，寻张怀民。怀民亦未寝。相与步于中庭。

庭中如积水空明，水中藻荇交横，盖竹柏影也。

何夜无月？何处无竹柏？但少闲人如吾两人者耳。

湖心亭看雪

张岱

崇祯五年十二月，余住西湖。大雪三日，湖中人鸟声俱绝。是日，更定矣，余拏一小舟，拥毳衣炉火，独往湖心亭看雪。雾凇沆砀，天与云与山与水，上下一白，湖上影子，惟长堤一痕、湖心亭一点、与余舟一芥、舟中人两三粒而已！到亭上，有两人铺毡对坐，一童子烧酒炉正沸。见余大喜曰："湖中焉得更有此人！"拉余同饮。余强饮三大白而别。问其姓氏，是金陵人，客此。及下船，舟子喃喃曰："莫说相公痴，更有痴似相公者。"

推理中的美感

　　陈望道同志所著的《修辞学发凡》一书中曾节选了30年代散文家夏丏尊译、日本散文家高山樗牛著的一篇散文《月夜的美感》（1980年出版的《陈望道文集》中此篇已被换掉），这是一篇少见的推理散文。

　　人类的思维方式大致有两种：逻辑思维与形象思维。前者严密，滴水不漏；后者生动，活灵活现。科学家的思维一般认为是逻辑思维，那严格的推理论证，使你不得不相信他的结论，承认他的结论。他那道理是可以明明确确地讲出来，让你听得懂的。文艺家的思维，一般认为是形象思维。生动的描写，形象的比喻，使你如临其境、如闻其声，你好像看到了，听到了，但实际上又没有看到，没有听到。这其中的形象、意境、感情只能靠读者去体会，所谓只可意会，不能言传。事实上这两种思维是不可截然分割的。科学家也在使用形象思维，据说门捷列夫在研究元素周期表的日子里，一夜梦见一条蜷曲的蛇，醒而想到周期序列。本来文学家使用的语言离不开逻辑，但文学却大都是靠形象来表达的。即以这篇散文中所说的月色而论，古今中外已写得很多很多了。苏东坡写江面之月："白露横江，水光接天"，张先写花间之月："云破月来花弄影"，朱自清写荷塘月色是"薄薄的青雾"，是"笼着轻纱的梦"。在浩瀚的文海中我们还可以找出许多关于月的章句，它们无论怎样直写、侧写、比喻、描摹，但都可归成一类：靠形象来表达月色的美。你读一篇文章感到这月是一种美，再读一篇文章感到这月又是另一种美，那么若要问一个为什么美呢？这些文章只能让你去意会，却没有哪一篇再能作一个正面的回答了。而现在，

《月夜的美感》却突然站出来要担此重任了。这篇散文中的月亮，像从西边升起一样，它完全是从另外的角度出发——作者决心不让你先去感觉月色之美，而是让你先来理解月色的美，在理解中再慢慢地加深感受。这里一般文人最不敢使用的逻辑思维方式，倒成了作者最得心应手的武器。

文章共分九节。推理主要在二、三、四、五这几节，通过对颜色的分析展开。

第二节，作者不用一般散文常用的以景、以情引人，而突露论文的锋芒。作者先立论，认为月夜的美感，不管各人怎么看大体不出三条原因：一是月；二是月下的夜世界；三是月夜中的人。这便大有囊括以往的千古文章的气势，就是说，不管你苏东坡的大江，还是朱自清的荷塘，总不出这三。读者不觉为之一震。待一声惊堂木落地后，他又突然将这么大的命题，缩小到"月亮的光是青色"这样一个小点，抽出一根细细的丝来，以后各节便都在这个青丝独弦上做着美妙的弹奏了。

第三节，你既承认了月光是青色，他便进而推论，一方面青比红、黄等热色要冷，因此在感情上是安慰，是寂寞；另一方面，青色表现为朦胧，在心理上它产生幽邃、深远。

第四节，为了证明"青色"这个抽象之物的魅力，再进一步用旁证的笔法说明，其他色也是各代表一种感情的：赤的"烦恼"，黄的"理想"，绿的"希望"，紫的"渴仰"，而这几种色的调和，便会得出青色的"沉思"。

第五节，步步为营的进攻。月色是青，青有它的感情，这还是一般而论，那么这青要在月夜之下又该如何？于是又引出"暗"和"淡"的概念。一面因了暗把沉静之情加深，他面又因了淡把实在性减浅。这实在是一针下去本已扎着穴位，但还不肯罢休，又再拧上两下，加强针感。

我们平时说月色的美丽，一般总脱不了朦胧、温柔、恬淡等意。作者在这篇文章中，并不想再唱这个已唱得很烂的调子了，再不去状物、写态、抒情了，而是像做一道证明题一样来推论为什么会这样温柔、朦胧、恬淡。你看他的步骤：先证明月色的青，再证明青在色彩上力弱，于是生平和、慰藉之效；青的光并不鲜明，于是有神秘、无限之感；再证明这青要是加了月下这个条件，平和、慰藉、神秘、无限，便就更暗、更淡，若有若无，这就得出了我们常说的朦胧、缥缈之美的结论。这时，你再品味这月色的温柔，便如醉如痴，如在梦中了。

我们说这篇文章是用逻辑推理的方法为文，并不是说它不用形象思维。相反作者更注意到这一点，他是用逻辑方法搭骨架，用丰满的形象做血肉，所以文章虽推理严密，但并没有枯燥的说教。他在讲到了每一个具体问题、具体观点时，便尽力借助生动的形象。如对比赤色与青色的原则便有这样优美的段落："赤如大鼓之响，青如横笛之音；赤如燃着情欲的男子，青如沉在静思的女子；赤如傲夏的牡丹，青如耐冬的水仙。"这样通过一系列的形象比喻，使你对青色的概念有了更准确的理解。更妙的是，他在步步推理中，却步步推出一个个鲜明的形象，如："如果以大鼓之响比赤，以横笛之音比普通的青，那么月光的青可以譬喻为洞箫之音了吧。"大鼓、横笛、洞箫，音响层层递减，道理却层层递进。真是逻辑与形象并用，哲理与美感兼收。

另外，这篇文章的另一大特点是善将枯燥的抽象概念随时转换成浓厚的感情，严密推理的结果是搔到了你内心情感的最痒处，使你对作者产生关于月夜美感的最强烈的共鸣。如，它将色彩分解成昂奋与镇静两类（这便已带有感情），昂奋之色（如：红、黄等）产生轻浮、活动、执着、烦恼；镇静的青产生平和、慰藉、无限、神秘，不知不觉中将你从客观的颜色特征引向了人的主观感情。再看他怎样论述夜间的青色，一是光力弱，因此就暗；二是其色淡，于是发白，弱、暗、淡、白，这些都还是物理性质的用词，但他又立即由暗引出神秘，由白引出"非实在"。于是青中加入了暗便更沉静，加入了白便更朦胧。月夜下其妙难言的美感便这样在那许多抽象的概念与推理中不知不觉地浮上你的心头，真是"暗香浮动月黄昏"。

除注意讲道理用形象外，作者说话还注意口气。全文虽从一开始立论就步步推理，但却全用商量的、婉转的口气："依我所见"、"我的意思"、"或许有疑我言辞过于夸张的吧"、"一面因了……他面又因了……"、"谅是……人所熟知的"等等。得理却让三分，面对这种谦虚、委婉的文风，真如柔和的月色，亦自引起人的好感了。所以我们读这篇文章时，如在清风明月中，听到了赤壁大江的流水，看到了荷塘上田田绿叶的迷蒙和园中摇曳的花影，哪还感到有一点的说教呢？但是当我们读完这篇文章时，你不得不承认实在听了一堂美学教育课。只不过作者将月色写得未免有点太悲哀了，这是时代所致，自然这情调，是为我们所不该取的。

科学文化的发展，必然带来思维方法、表达方法的发达与完善，现在许多科学家都在探讨形象思维在科学中的运用，我们搞文学的人除了传统的比、赋等手法外，也该向其他领域借一点"他山之石"。但这种写法实在太少见了。我现在翻出这样一篇埋在故纸堆里的东西，是觉得它在这方面还有一点启发作用。愿我们的散文能向这个方面努力，析理绵密，文采绚丽，像一幅织锦，经纬分明又花色艳丽。

（1985 年 1 月）

附：

月夜的美感

［日］高山樗牛作　夏丐尊译

在形容美的时候，人就比起花月来。恰配赞美月夜美感的言辞，世间更有几何呢？于此，唯有埋怨诗人的笔短了！

秋深了，虫声幽咽。人将怎样过这三秋的月夜呢？姑且缅想过去，共话月夜的美感，不也好吗？

依我所见，构成月夜美感的最大要素，似乎有三：一是月光；二是这光所照的夜的世界；三是月夜的光景在观者心中所引起的联想。此外或者因了时地和观者的心情，可有种种的原因，但一般地所谓月夜的美感，大概可以认为由这三要素而成的。

月光，其强不及太阳的光，据科学者说，即使天空全部尽是月亮，其光尚距白昼甚远。那么，月光在我们视觉所及的影响，事实上和普通的色彩无大差的吗？将月光作为一种色彩看的时候，和青最相近。月夜的青，虽不如海或空的青，然其根色却不失为青的，如果我们在海或空的色中，加入若干的暗或淡，就容易想象月光了。既认月光的色是青，我们就有把一般的青的色相和感情来一说的必要。

青在波经上，强度上，都不及黄加赤，如果说黄近于赤，青似乎可以说是近于暗的了。青在色彩中，原也有多少的力，但其力不像别的色彩那样是积极的，使人心昂奋的力，倒是消极的使人心镇静的力。青对于黄、橙或赤等热色，谓之寒色，其所表示的感情，是冷，是静，是安慰，是寂寞。在其光力强的时候，一见也非没有稍微的快爽之趣，但究无能动地昂奋吾人的感情的力；到了第二刹那，它所引导我们去的地方，仍是沉思之境，冥想之域；更进一步，就在人心的全体内面，给予一种幽邈难名的忧郁的润色了。因此，青所表示的感情，或可以说是关于人心的消极的半面，青所表示的是哀，是信，是平和，是慰藉，至如轻浮、活动、执着、烦恼等各种积极的感情，都是它所反对的。简括地说，青的色相的一面，是使意志沉没的。

青在另一面，又似和"无限"的观念有最密切的关系。据我所见，青似乎像暗黑的光辉，似乎像带有无穷的远距离或无限的夜空的色相来的，略加夸张了说，好像"无限"、"永远"、"神秘"等不可思议的实在，因为要示现他的实在，故意把这色相来呈示的。我们对这色相，在情的一面起沉静、安慰之感，同时在知的一面，还生幽邃深远之想。在这里，生出对于绝对或彼岸的世界的沉思冥想来。并且，这时吾人心中不会起像"渴仰"那样的和意志有关系的活动。没有意志，只有沉思，所谓沉思，又是对于无限、永远、神秘的沉思，于是生纯粹的认识。所谓纯粹的认识，就是摆脱了意欲的束缚，而单把对境来认识的意思。意欲的束缚既经摆脱，意欲的主境的"我"，已等于消灭。这就是佛家所谓无念无想的境界，物我同体的意识了。青的色相，其便于人心的影响，最高可以达此境地。

这样说法，读者之中或许有疑我言辞过于夸张的吧。我的意思，要之无非想用了这青色的影响来说明月夜的美感的。其实，要达到这意识并非要待月夜。望青天，眺沧海的时候，因了观者的心情状况，似乎也可以得此境地。不过，白日晃晃之下，人的现身当在现实世界的重围中，要想有这样纯粹的观念，究不是容易的事。

二

青的色相表示沉思、安慰、冥想的感情，可因与其他色相比较而更明了。青的力以渐近于赤而愈增进。黄是赤的光力最弱者，对于赤的烦恼，被称为理想之色。理想，毕竟是意志的活动。假如在天空所呈现的纯粹的青中，把黄加入，结果就成为绿，绿是比青更进一步近乎赤的东西，其所表示的感情，是在青的沉静上加了黄的理想，就是在安慰之中掺入一分的意志发动的东西，所以大家都称绿为希望之色。因为所谓希望者，无非是对于理想的向上思索。青若超过了绿再与赤接近，就成紫。紫是位于青和赤的中间的，其所表示的感情为渴仰。赤是热色的极轴，原表示活动烦恼的极致的，今于青的沉静中，加以赤的烦恼，所得的紫，当然应该是渴仰之色了。

这样的色的复合和表情，谅是处理色彩的人所熟知的。这等事实，无一不可证明青在色相上是沉静、安慰、冥想的标号。像褐的一色，也可用了同样的原理来说明。褐通常被称为健康、能力的标号，将其成分加以分析，无非是黄、青、赤三色的复合色。黄和青合成希望之色的绿，再加上活力、烦恼的标号的赤，其所得的是健全的能力的标号的褐，也是自然的结果吧。

要之，青所表示的感情是沉静，是安慰，是冥想，在色相上和赤所表示的全然相反。赤是活动之色，烦恼之色，意欲之色。用比喻来说：赤如大鼓之响，青如横笛之音；赤如燃着情欲的男子，青如沉在静思的女子；赤如傲夏的牡丹，青如耐冬的水仙。

四

以上所说的是普通在日光中的青色，那么，月夜的青色如何？月光的青，有两点和普通所见的青不同：第一是光力的弱，换言之，就是比普通的青带有一分的暗；第二是其色的淡，换言之，就是略带着白味而朦胧的。凡暗色或黑色所表示者，是不可解的秘密，是沉静的极致，就是寂灭死灭。青中加着一分的暗，即使和暗接近，因之自然使其所表示的感情更加神秘和寂寞了。所以月色的青，其所表示的沉静、安慰、冥想，较之普通的青，更有深度。至于其色的淡，就是在其色中加入白的意思，白是证示一切色的不在的，是色而实非色，其所表示者为无体无相的极致，直言之，就是"非实在"的标号。青中加入一分白，即进一步转向"非实在"去，换言之，就是在"实在"的青里，加了一分的假象性了。这样，月光的青色，一面因了暗把沉静之情加深，他面又因了淡把实在之性减浅。

所以，将普通的青和月光的青相较，前者是实，后者是假，前者是现实，后者是理想。如果以大鼓之响比赤，以横笛之音比普通的青，那么月光的青可以譬喻为洞箫之音了吧。月中的青色，虽是沉静冥想的标号，但其所表示者，都不失为实在。看天空的青，看海的青，看山野草木的青的时候，都无非是当作实在物去看罢了。并且观者自身处在堂堂白日之中，周围的状况，无一不是把实在的意识来确证的。至于月夜的青，因为淡淡的缘故，已经是假象的了，再因了暗把沉静加深，何况加以其时不在日中，乃在"实在的人生"的休止时间的夜间呢。

依次而现，月夜的美，不是可以因其色彩说明了大半吗？这微妙的色彩，包裹天地使成一色，山，川，草，木，田野，市街，人间，凡是天地间一切的物，都被这微妙的色彩一抹而各现共同的色相。观月者并不做梦，可是所见的薄暗青白的世界，总会觉得和那实在的世界有些不同吧。平常尚且是沉静冥想悲哀之色的青，更掺了暗和淡，在观者的心中，不加深了一层感受吗？寂寞的夜景之中，那幽邈难名的月夜的安慰、冥想和悲哀，不是如此而成的吗？

月色的美感，幽邈难言。但有很明白的一事：就是其及于吾人的感情，是倾向于悲哀一方面的。凡是由色彩而诱起的感情，都是无定，故月夜的悲哀也是无定的悲哀，只是一种无端的薄愁。而且月光的青，把我们的意欲的全体的"我"已经降没，其悲哀不是我执的悲哀，只是无端的悲哀，并能悲得"我"也忘却，觉我只是悲哀世界自身的一分而已。这恰和出神听着妙乐的人，于快乐以外，觉我身入其中一样。这悲哀，原非确实的悲哀，其漠然无定，如月光的幽暗，其朦胧而淡，如月光的梦境。

五

幽邈而无定的月夜的感情，一与同类的他的物象相随伴，更益深切，这好像调子相等的数音共鸣时一样。读者在月下必曾听过洞箫之音了吧，这乐器的特有的一种难言的咏叹的音响，和月夜的稀薄的悲哀感情亲和合调的事，大概也曾注意到了吧。如果这是喇叭的音，月夜的情景，将怎样被损害啊！月夜到田野去听涓涓的溪流，或锵锵的松涛，月夜的感情，自可更痛切地感受，因为这等音响，实在可谓月光的声音。歌德的有名的《对月》的歌，不是因为能捉到这般幽趣，遂成千古的绝唱的吗？

要知道月夜的世界和感情是怎样的假象的，最好把它在日中来追忆。于日中追忆月夜，其清道宛如梦境，它的幽妙的静思和哀情，觉得如谜一般。但看当午悬着天空的月球吧，其色的淡，形的微，不是宛如小儿所弄着的纸鸢吗？月的自身，月夜的感情，其在日中不过是一个幻影，也正如此。朗辉洛的歌里说：

昨日白昼里，我读诗人的奇歌，他所歌的，在我很像幻影或幽灵。

可是，后来苦闷的白昼，像烦恼样地消去了，清静的夜，笼在村庄山谷的上面了。

于是，无限矜持的月，精灵也似地亮着，放出她的光明，照遍夜的黑暗。

于是，重新，诗人的歌，好像妙乐的样子在我胸中苏生了，诗的美和神秘，夜向我示现了。

<h2 style="text-align:center">六</h2>

以上是专从色相上来说明月夜的美感的。但仅从色相上说，犹为未足。构成月夜美感的要素，于暗淡的青色以外，其次当推夜的世界了。详细点说，这样的青色所装饰的世界，是夜的天地。这样说的时候，或者有人要问：要夜里才会有月，你所说的不是理论上的谬论吗？但我的所谓夜的世界，不但是指没有日光的世界的，乃从人生方面来看，是对于日间的活动时而说的休息的意思。

当作休息时的夜，其对于月夜美感的构成上，有如何的势力呢？这只要把相反情形一想，就会自然明白。假定月光所照的世界，是像日中那样的活动的世界，月的青白光无论怎样幽丽，其及于吾人的影响，果能那样幽妙吗？青虽原是沉静之色，但对于意欲强盛的人，效果极薄。人在日中，大概是意欲的人，烦恼的人，其社会概是优胜劣败、生存竞争的社会。对于这样的人，这样的社会，月光能做些什么呢？夜的世界，是意欲竞争告休止的世界，人们已将一日间的活动奉诸现世，这时将退而求精神上的安慰。疲劳的夕阳的向西山沉下，就是人生日日战斗休战的信号，人们在这时收了锋，脱了胄，要想安静地在平和的世界休憩了。夜非活动之时，是静思之时，非烦闷之时，是安慰之时。好像人于面包以外还有粮食的样子，白昼以外也还有不要认人生的慰藉和幸福只在名利的世界！人在活动中可生活，在静思中也可生活，在渴仰中可生活，在咏叹中也可生活，在光明中可生活，在黑暗中也可生活，在现在可生活，在过去在未来也都可生活，在现实中可生活，在理想中也可生活：夜不是正把这人生的大半面在时间上来现示的吗？夜的世界非男子，是女子，非散文，是诗歌，非哲学，是宗教，非大鼓之响，是横笛之音。在这样的夜中观月，真是快悦啊！平常尚且沉于静思倾于咏叹的人，为这青白如梦的光一洗，其心地怎样欢喜啊！月的光证示夜的冥想不空，证示在六欲烦恼之巷以外，人尚有可求的安慰。

要之，夜的世界自身，其及于人心的影响，正是月夜美感的主要的素地；如果无此素地，月光虽有庄严的色彩，其效果的贫弱，也可想象的。

七

可是，于月光的色和夜的世界之外，还有所谓联想的第三个要素。因有此要素，月夜的美感可以更加深切地感到。

夜的世界和月光的色相，其在人心中所引起的感情，于内容虽为沉思悲哀，但其形式是无定的。换言之，就是关于所沉思所悲哀的对境，并无何等明确的意识，只是无端地沉思，无端地悲哀，好像山野都被月色涂抹的样子，觉得我们的心中也弥漫着悲哀的音调了。如果人心中有快活和沉郁的两面，那沉郁的一面就和这悲哀的音调共鸣了，给与微悲深哀及其他类似的诸情以开发的机会，由是赋授一种难以名状的安静和慰藉于吾人的精神中。所谓"对月百愁生"就是咏歌这般的心情的。由这样而生的感情，其初虽无定，但因开发所至，结局非得一个具象的形式不止，给与这无定的感情以具象的形式的，就是联想。

联想也有种种的种类，因了观者的性格阅历境遇，原不一样。常人一般所能在心头浮出的，大概是自然和人生的对比。斯世所不易有的月光的清幽，苍茫的天空的值得神往的美和无限，山川的依稀而静默，平和的面影，悠悠的标号，哪一种不是和现世的好对比？一与无始无终的自然的美的大观相接触，就会觉得人生的事业是怎样的贫弱；名利，得失，成败，生死，觉得用了叶末之露似的五十年的短生命，在烟火巷中龌龊悲喜，实是滑稽的事了。这是月夜的感慨中的最普通的见解，在吾人的道德的感情上，也有最大的影响的。

自然与人生的对比以外，其次最易有的联想，就是过去的追忆和远人的怀慕了。

> 江畔何人初见月？江月何年初照人？
> 人生代代无穷已，江月年年只相似。

这不是谁都知道的张若虚的诗句吗？于咏叹天地悠久人生须臾之中，杂着过去的追忆，觉有悠远的感慨。卫万在《吴宫怨》诗中道——

> 勾践城中非旧春，姑苏台下起黄尘。
> 只今唯有西江月，曾照吴王宫里人。

亦然。至如李太白的有名的《把酒问月》诗，可谓最痛切地来把这感慨表现的了：

> 青天有月来几时？我今停杯一问之。

人攀明月不可得，月行却与人相随。

············

今人不见古时月，今月曾经照古人。

古人今人若流水，共看明月皆如此。

唯愿当歌对酒时，月光长照金樽里！

我所观的和昔人所观的是同一的月，这意识不但使过去的观念确实，有增加同情的力，并且对于月自身，也觉得到亲近无他的感情。因有月的媒介，吾人可有感得古人心情的怀想。古有"国破山河在"的话，但较之天上永久不变的明月，觉得山河尚有变迁为沧海之嫌了。下瞰人生古今的盛衰而自己却不感丝毫隆替的月，其为追忆过去的有力的媒介，是极自然的事。因月而怀慕远人的情，也和此有同一的起源。张若虚的诗里：

谁家今夜扁舟子？何处相思明月楼？

可怜楼上月徘徊，应照离人妆镜台！

玉户帘中卷不去，捣衣砧上拂还来。

此时相望不相闻，愿逐月华流照君！

多感的哈伊纳关于星也歌着同一的感情：

美丽闪烁黄金样的星啊！请远告我的恋人：

说我永久不变，虽对于你有着烦恼。

过去的追忆，远人的思慕，这大概是一般人们所都有的月夜的联想吧。这联想和精神全体沉郁的背景相应，有使月夜的感慨加深之力，各种的咏叹，因了这联想的丝，给与吾人以一种幽通的安慰。不用说，因了观者的经验性癖，也有可以引起其他特殊的联想的。

八

以上所述，证明月光的色、夜的世界及联想三者为构成月夜美感的要素。但我同时还认为此外有多数的小原因。例如夜间空气的适体，确也是原因之一。现月既必在夜，无论在如何的盛夏，较之正午，温度必定平和，肌体的爽适，至少是引起精神上的洗涤的一种诱因。如果夜的空气蒸热至于流汗，月夜的美感，大概是难想象的。又于观者的心情，也大有关系。能观月而乐的人，大都在最初已有易于感受月的美的心境，换言之，就是其性情的倾向，早已和月夜的美感相谐和的。在名利以外无乐地的人们，月夜的美，也无所显其力了。这样的原因，细数起来，谅必还很有许多，但将在一般人的平等的最重的原因，归为上述的三种，大概是无大差的。

"杨朔模式" 对散文创作的消极影响

一、关于"杨朔模式"的含义及形式

新中国成立到改革开放这一时期，在散文领域涌现出一大批作家，他们每人都出版了数量可观的作品。但是要说影响，恐怕哪一个也比不上杨朔。一个作家的影响，不只是看他作品的多少，更主要看他的代表作；不只看他的作品本身，还要看这些作品被推崇、流传、渗透与潜移默化的情况。在散文界，杨朔就是这样一位作家，其作品被介绍和接受的程度之深，对广大作者创作的影响面之大，恐怕都是首屈一指的。

"杨朔模式"的含义大致包括这两个方面：一是内容模式，涉及题材；一是形式模式，涉及体裁和创作方法。杨朔散文绝大多数是政治抒情，在他的代表作里，无论写景、叙事都服务于一个明确的目的——突出政治。在他的笔下看不到或者很难看到与政治无关的人物，甚至景物。这是他的散文的内容模式。与内容相适应，其形式模式就是"物—人—理"的三段式结构。先推出景物和人，最后再归到一个政治道理上去。人、物、事都成了政治道理的道具或注脚。一句话，用"物—人—理"的三段式结构来表现政治内容，这就是杨朔散文的模式。

一个作家周围的环境和他的生活经历造就他自己的模式。比如曾经"热"了一段的台湾女作家琼瑶，台北一家杂志评论她的作品是"花呀草呀石呀天呀水呀风呀"的爱情模式，她的手法是这爱情必通过痛苦、眼泪、狂恋和才气来实现。杨朔散文则是"景呀物呀事呀理呀"，唯独缺一个"情"。大概每个作家都会有自己的模式，不过水平高一点的会从模式中跳出来，升跃到个性、风格。模式是某种特定时代背景和环境的产物。一个作家有自己的创作模式并不奇怪，但是全社会只有一个模式就很可悲了。细想一下，"文化大革命"前十七年和"文化大革命"十年，我们的文学就是在上面预制好的和自觉不自觉形成的许多模式中进行翻砂、浇铸。大的模式，如写斗争，必是阶级斗争，哪怕是一次失火、一次车祸，也要有一个阶级敌人出来顶罪；写胜利必是毛泽东思想的胜利，哪怕是治好了一个病人，赢了一场球，也要从学《毛泽东选集》上找根据。具体的模式，如写到爱情，都是两人工作中相识，战斗中相爱，双方都是第一次接触异性，纯而又纯的男女共青团员式的爱。写抗日斗争，都是我方如何顽强，国民党如何溃逃，等等。总之，各种题材都有一个模式。这一大堆模式是文艺为政治服务，为某一条政治路线服务的具体化。长期以来，我们的政治体制是一套"左"的集权模式，经济体制是统得很死的计划模式，连人也被训练成愚忠、服从，缺少个性与自我探索的机械模式。文学当然也就是一种"左"的说教模式。就是说，不管是写景还是编故事，都要明显地给你注入点政治。但是，"文化大革命"前的小说、诗歌等虽然也有这一套模式，却都没有像散文这样，形成一个完整、统一、浑然一体、权威的样板——"杨朔模式"。

"杨朔模式"的产生有特定背景。杨朔散文是反映了生活，但是它只反映了生活中的一个侧面。就其有影响的代表作来说，它们只注意反映了生活中光明向上的、美好的一面。杨朔作品的风格是明朗、秀丽的。这些作品产生的时代正是 20 世纪 50 年代到 60 年代初，这时期我们国家蓬勃向上，党、政府和领袖的威信空前的高，人们对前途充满毫不怀疑的乐观，对我们的工作充满毫不怀疑的自信，对工作中"左"的错误还没有充分地觉察。大家眼里一片光明，看不到问题，或者虽看到一点，也不愿承认，在一种"左"的盲目与虚假中，虔诚地生活。领袖像神一样英明，国家像天堂一样美好，生活中一切好的事情都应归功于革命，归结到政治。这是那个时代人们的思维模式。我在另一篇文章中曾谈到这一点："正如同汉王朝的初建需要汉赋一样，这时也需要歌颂之辞。自然，这种歌颂是有别于司马相如等对帝王功业的歌颂的。当时我们大家都是由衷地感到祖国、党需要歌颂，应该歌颂，读着这种文章心里特别高兴。对于当时潜伏的一些矛盾很少有人洞察到，这自然是历史的局限。所以说，产生于这个时期的散文，历史决定它既不可能再用解放区那种带点土气的文字，也不能再用鲁迅那种隐晦一点的讽刺杂文。它只能与我们大会堂的玻璃窗相适应而明亮，与天安门广场上的鲜花相适应而清新，与我们安静的生活相适应而含蓄。同时，这里已经有了悄悄开始了的'左'的影响，因而又带一点粉饰。这是那个时代所造就的一种形式，而加给包括杨朔在内的广大作家的。"①

但是，"杨朔模式"何以能保持长时间而不衰呢？这是它内容上的虚幻性、象征性和结构上的超稳定性决定的。

二、模式的特点之一：内容上的虚幻性与象征性

杨朔的作品总是选取生活中最光明向上的片断，推出最符合政治宣传口径的结论。香山的红叶、八达岭的长城、泰山的红日、荔园的蜂蜜、南疆的茶花等等，还有深山里公社化的投影，海市仙境般的生活，还有老向导、老泰山那样革命造就的红色标准公民。这些题材好不好呢？好。是不是生活呢？是。而且还是生活中积极的、光明可爱的一面。但是，正因为只选择这种光明与可爱，他的作品就如美好的山水一样，虽有赏心悦目的一面，但却较少实用的一面。它不像我们生活中的衣食住行那样，时刻不可离开，很易被挑剔和更新。对这种与生活不大贴近的作品，人们又需要，又不会特别注意，不会特别去下大力气挑剔、改造，加快更新。就本

---

① 《散文形式的哲学思考》，见梁衡：《只求新去处》，北京，作家出版社，1993。

质来说，他的作品专写好的片断，好的表象，诱导人们寻求一个简单的政治答案，沉醉于美妙的理想。作品呈现出一种虚幻的折光，有一种象征性的美好。你得承认，他是反映了生活，但是这种反映，写太阳只写早晨的清新艳丽，不写中午的炎热烤人；写水只写秋波漾漾，不写恶浪狂涛：是经过精心选择的。写父母只写其慈爱养育之恩，却回避其对子女的专断、干预；写战争只写鲜花凯旋，不写流血死人：都是有明显的启发、诱导倾向的。这种精心选择、积极诱导的反映生活，就必然在作品中造成一种虚幻、象征的美。这虽是虚幻、象征的（本质是假），但如中国传统戏中的大团圆结局一样，适应了人们的一种心理趋向和审美要求，所以能长期存在。而且它还影响到后来的散文创作：题材越来越窄，专写美好的一面，写美景，抒豪情（少真情），而不写矛盾。就现在来说，既然生活中总会有美好的一面，他的这种并不十分"较真"的、浮光掠影式的意境制造，仍有用武之地。这种模式实在是一种投机模式，它越是不疼不痒，越不那么认真深入地反映生活、干预生活，越不那么直接揭露矛盾，评论家也就越没有必要集中注意力来对付它。这在小说、戏剧中却不同，它们反映生活实实在在，靠矛盾来抓人、来立戏，稍一落后于时代，读者、观众、评论家立刻就会不买账。

所以说这种反映生活的虚幻性、象征性，是"杨朔模式"长期被散文界套用而得不到突破的一个重要原因。这个突破必定要待到人们对政治、经济、社会生活当中各种极左观念都有了一个彻底的认识和清算后，在文学改革的浪潮已经席卷了其他文学领地之后，才可能冲击到这块地盘。

三、模式的特点之二：结构上的超稳定性

"杨朔模式"能长期通行的另一个原因，是它在结构上的超稳定性。

为了更好地突出政治内容，杨朔散文找到一种三段式结构：物（景）—人（事）—理。大致是先布置一种景物，再在场景中展开人物、

故事，最后归结为一个政治道理。如：海浪、礁石—老泰山—"老泰山恰似一点浪花……正在勤勤恳恳塑造着人民的江山"（《雪浪花》）；香山红叶—老向导—"人生中经过风吹雨打"（《香山红叶》）；泰山风光—沿途的公社化情景—"看见另一场更加辉煌的日出"（《泰山极顶》）；蜜蜂、荔枝—跟老梁参观蜂场—"这黑夜，我做了个奇怪的梦，梦见自己变成一只小蜜蜂"（《荔枝蜜》）；山海关秋景—三个人的对话—"用我们的思想信仰修另一种长城"（《秋风萧瑟》）；一月茶花红—作者和种花匠普之仁的对话—"童子面茶花，岂不正可以象征着祖国的面貌"（《茶花赋》），等等。我们不用十分细心，就能解剖出杨朔散文的这个很清晰、工整的模式。

这种三段式模式有两方面的实用价值和审美价值。一是它不直不露，有一种曲折的美。这个模式将景物、人事、政治道理紧密地组结在一起。它既符合了要突出政治的要求，又符合了散文的特点，含蓄、短小、精巧，有意境，也符合读者的审美心理。所以，虽然杨朔散文总在突出政治，但它毕竟不是那种标语口号式的、武断的文学。那政治结论是经过景和人推出来的，既符合那个时代人们的政治思维规律，又符合文学的形象思维规律。

二是这种模式有一种稳固、严密的美。三段式像三足鼎一样，使文章结构产生了一种既简单又平稳的感觉。只就结构本身而言，可谓简而美了。中国散文史上形式化的高峰是八股文，讲破题，讲束股，讲起承转合，有头有尾，有过程。这种形式本身不能说它没有道理。具备一点知识修养和文字能力的人，只要记住这个格式，写出的文章一般总会及格，有才者还可写得极美。杨朔模式的三段式，可以看作八股式的简化：起—转—合，因景立意—卒章显志。本来散文的美有多种因素，比如遣词造句、气质风格，还有结构。而结构相对于其他因素是较易理解和效法的。正如书法中楷书的间架结构可以具体讲解，而笔力却是要经过长时间的磨炼揣摸才可意会的。所以杨朔散文很快就以其结构上的优势而具有了竞争力，这种结构简明清晰，如分析讲解更大受课堂教学的欢迎，故多年来杨文在教材中连选不衰。另外，散文的美应有三个层次——客观描写的美、意境的美、哲理的美，而杨朔模式的三段式结构正好从形式上与这三个层次合拍。好像真是从客观景物中一步、两步、三步推出了一个哲理（实际上是贴上了一种政治标签）。这样从内容表达上、形式结构上、人们的审美习惯上，都可以得到一种假象的合理和低层次美的满足。这又是"杨朔模式"能长期被人欣赏、效法的一个重要原因。

四、"杨朔模式"的本质是一个"假"，流弊是一个"窄"

这种模式，既然从内容上反映了光明的一面，从形式上不直不露有曲折美，结构合理有稳定的美，那么我们何以要来讨论和突破呢？

问题的实质在于这是一个假模式，是一个水中的月亮，它并不能全面地、真实地反映生活。作者为了表达自己的政治思想和所谓的哲理，在自觉不自觉地编假话，设计假故事。假话这个东西很奇怪，回头一看十分可笑，可是当时整个一代人、一个党、一个国家都能一起陷入假话之梦而不能觉醒。我党历史上就有几次。比如1958年"大炼钢铁"，粮食"亩产万斤"，人人都说，还登在报上，写在书上。历史地看，杨朔以散文形式说假话也就不足怪了。比如在《秋风萧瑟》中，他游长城，碰见一个不认识的游人，就要求人家讲个故事，两人讨论起长城哭呀笑呀的事，还自言自语地背古诗，背毛主席的诗，其天真可笑像两个孩子"过家家"玩；一会儿又大谈起应该修一条思想信仰的长城。在《雪浪花》中，本是写几个姑娘在海边嬉戏，很有生活情趣，突然船上走下个老泰山就是一句政治格言：别看浪花小，就是铁打的江山也能咬烂。在这些作品里，无论是主人公还是作者，好像都不食人间烟火，吃、喝、住、行、玩等都要扯到政治，人物好像得了"政治官能症"。这些对话像马路上走台步一样可笑。但是却写在书上，选入教材，被奉为样板。这种模式诱导初学写作者去犯一个大错误，就是掩藏起自己的真思想、真感受，去和政策、报刊对口径。散文创作第一要说真话，抒真情，不可生编，不可硬造。古人有很多笔记，当初并不准备发表，如《浮生六记》，虽是记起居游乐之事，但因其有真情趣，现在行世却是一本好散文集了。巴金先生有感于过去说假话，写了一本叫《真话集》的回忆录，也是好散文。所以我们今天研究"杨朔模式"，首先要认清这是一个叫人忘记自我而为空头政治服务的假模式。

这种模式的流弊和危害，就是从内容上、形式上限制了作者的创造，使创作之路越走越窄。我们承认，它是有一种结构上的美，一种曲折的美，也正因此它比标语口号式的文学寿命要长得多。但是又正因为它总是这一种类、一个模式的美，美来美去，总是西施一个，一个西施，千人一面，千篇一律，也就变成直、露、板了。有个模式并不可怕，怕就怕模式化，怕所有的人都来学这个模式（事实上这种手法也不是杨朔的发明，王安石的《游褒禅山记》也是由景推理）。"杨朔模式"作为初学者的一种基本训练是可以的，如武术中的基本套路，但是如果总是这一个基本套路，而不能变化创新，就始终称不上艺术。画家吴冠中说得好：美术，美术，术易，美难！如果把美归结为一个简单的技巧，一个模式，不断地去仿制、套印，这美也就没有了。而散文改革之所以落后于其他文体，其悲剧的根源正在于它有了一个十分完整、稳固的模式。

总之，不管怎样，杨朔散文创造了一种模式，它是我国现代散文史上的一座里程碑，它曾起过积极的作用。但是今天，这个模式却是散文发展的障碍了。现在散文的改革必须从打破这个模式入手。

（《批评家》1987 年第 2 期）

教材的力量

　　人民教育出版社建社 60 周年了，约我以课文作者的身份谈点感想。我首先想到的是教材的力量。

　　中小学教育就是要教学生怎么做人，而教材就是改变人生的杠杆，是奠定他一生事业的基础。记得我小学六年级时，姐姐已上高中，我偷看她的语文书，里面有李白的《静夜思》、白居易的《卖炭翁》，抒情、叙事都很迷人，特别是苏东坡的《前赤壁赋》，读到里面的句子"清风徐来，水波不兴"，"纵一苇之所如，凌万顷之茫然"，突然感到平平常常的汉字竟能这样的美。大概就是那一刻，如触动了一个开关，我就迷上了文学，决定了一生事业的走向，而且决定了我源于古典文学的文章风格。我高中时又遇到一位名师叫李光英，他对语文教材的诠释到了出神入化的境界。至今我还记得他讲《五人墓碑记》时扼腕而悲的神情，以及讲杜甫《客至》诗时喜不自禁，随手在黑板上几笔就勾出一幅客至图。他在讲韩愈文章时说的一句话，我终生难忘。他说："韩愈每为文时，必先读一段《史记》里的文字，为的是借一口司马迁的气。"后来在我的作品中，随时都能找见当年中学课堂上学过的教材的影子，都有这种借气的感觉。好的教材无论是给教者还是学者都能留出研究和发挥的空间，都有一种无穷的示范力。我对课文里的许多篇章都能熟背，直到上大学时还在背课文，包括一些数千字的现代散文，如魏巍的《依依惜别的深情》。这些理解并记住了的文字影响了我的一生。近几十年来，我也有多篇作品入选语文教材，与不少学生、教师及家长常有来往，这让我更深地感觉到教材是怎样影响着学生的一生的。

我的第一篇入选教材的作品是散文《晋祠》，1982年选入初三课本。当时我是《光明日报》驻山西记者。某出版社要创办一种名为《图苑》的杂志，报社就代他们向我约稿，后来杂志中途下马，这稿子就留在报社，在4月12日的《光明日报》副刊发表了，当年就入选课文，算是阴差阳错。那年我36岁，这在"文革"之后青黄不接的年代算是年轻人了，我很有点受宠若惊。多年后我在人民日报社任副总编，一个记者初次见到我，兴奋地说："我第一次知道'璀璨'这个词就是学您的《晋祠》。"他还能背出文中"春日黄花满山，径幽而香远；秋来草木郁郁，天高而水清"的对仗句。这大大拉近了我与年轻人的距离。我一生中没有当过教师，却常被人叫老师，就因为课本里的那几篇文章。一次我在山西出差，碰到一位年轻的女公务员，是黑龙江人。我说："你怎么这么远来山西工作？"她说："上学时学了《晋祠》，觉得山西很美，就报考了山西大学，又嫁给了山西人，就留在这里工作。想不到一篇文章改变了我的人生。"那一年，我刚调新闻出版署工作，陪署长回山西出差去参观晋祠，晋祠文管所的所长把署长晾在一旁，却和我热情地攀谈，弄得我很不好意思。原来，他于中山大学毕业后在广州当教师，教了好几年的《晋祠》，终于心动，调回家乡，当了晋祠文管所的所长。他说，他得感谢我让他与晋祠结缘，又送我一张很珍贵的唐太宗《晋祠铭》的大型拓片。《晋祠》这篇课文一直到现在还使用，大约已送走了30届学生，这其中不知还有多少故事，可能以后还会改变一些人的人生轨迹。而我没有想到的另一个结果是，晋祠为此游客也大大增加了，有了更大的知名度和经济效益。常有北京的一些白领，想起小时的课文，假日里就自驾游，去山西游晋祠。有了这个先例，不少风景名胜点，都来找我写文章，说最好也能入选课文。最典型的是贵州黄果树瀑布旁的天星桥景区，我曾为之写过一篇《天星桥：桥那边有一个美丽的地方》，文章被印在画册里，刻成碑立在景区，印成传单散发，还不过瘾，一定要"活动"进课文。我说不大可能了，他们还是专门进了一趟北京，请人民教育出版社的同志吃了一顿饭，结果也没有下文。可见教材在人心目中的力量。

时隔 21 年后，2003 年我的一篇写瞿秋白烈士的散文《觅渡，觅渡，渡何处？》被选入高中课本。对我来说，从山水散文到人物散文，是一次大的转换，这在读者中的反响则更为强烈。后来我母校的出版社中国人民大学出版社就以《觅渡》为书名出了一本我的散文集，发行很好，连续再版。瞿秋白是共产党的领袖，我的这篇文章却不是写政治，也不是写英雄，是写人格，写哲人。我本来以为这篇文章对中学生而言可能深了一些，但没有想到那样地为他们所喜爱。我们报社的一位编辑的朋友的孩子上高中，就转托他介绍来见我。想不到这个稚嫩的中学生跟我大谈党史，谈我写马克思的《特利尔的幽灵》。北京 101 中学的师生请我去与他们见面，他们兴奋地交流着对课文的理解。一个学生说："这是心灵的告白，是作者与笔下人物思想交汇撞出的火花，从而又点燃了我的心灵。"在小礼堂里，老师在台上问："同学们，谁手里有梁老师的书？"台下人手一本《觅渡》，高高举起，红红的一片。当时让我眼睛一热。原来这已形成惯例，一开学，学生先到对面的书店买一本《觅渡》。中国人民大学出版社的同志说："我们得感谢人民教育出版社，他们的一篇文章为我们的一本书打开了市场。"这篇课文还被制成有声读物发行，又被刻成一面 12 米长、两米高的大石碑，立在常州瞿秋白纪念馆门前，成了纪念馆的一个重要景观，因此也有了更多瞻仰者。胡锦涛等领导人也驻足细读，并索要碑文。研究人员说："宣传先烈，这一篇文章的作用超过了一本传记。"纪念馆旁有一所小学就名"觅渡小学"，常举行"觅渡"主题班会或讨论会，他们还聘我为名誉校长。因此还弄出笑话，因这所小学是名校，入学难。有人就给我写信，托我这个"校长"走后门，帮孩子入学。总之，这篇课文无论是对传播秋白精神，还是对附带提高当地的知名度，都起了很大的作用。

我还有其他一些文章入选从小学到大学的各种课本和师生读本，有山水题材的，如《苏州园林》、《清凉世界五台山》、《夏感》，但以写人物的为多，如《大无大有周恩来》、《读韩愈》、《读柳永》，还有写辛弃疾的《把栏杆拍遍》、写诸葛亮的《武侯祠》、写王洛宾的《追寻那遥远的美丽》、写一个普通植树老人的《青山不老》（见 1983 年 7 月 24 日《光明日报》）等等。而影响最大的是写居里夫人的《跨越百年的美丽》（首发 1998年 10 月《光明日报》），分别被选进了 13 个不同的教材版本中。其次是《把栏杆拍遍》入选华东师大版高中语文课本等 7 个版本，上海一个出版社以此为契机，专为中学生出版了一本我的批注本散文集，就名为《把栏杆拍遍》，已印行到第 11 版。（我真的应该感谢《光明日报》，以上提到的 12篇入选教材或读本的文章，其中有 5 篇是任《光明日报》记者时所写，或后来所写又发在该报上的。还有一篇获 1980 年全国好新闻奖的作品入选大学新闻教科书。）这些文章主要是从精神、信念、人格养成方面指导学生，但读者面早已超出了学生而影响到教师、家长并走向社会。我的其他谈写作的文章被选入各种教师用书，有的老师从外地打长途来探讨教学。一个家长在陪女儿读书时看到课文，便到网上搜出我所有的文章，到书店里去买书，并激动地写了博客说："这是些充满阳光的、让孩子向上、让家长放心的文字。"有的家长把搜集到的我的文章寄给远涉重洋、在外留学的孩子，让他们正确对待困难、事业和人生。这也从另一方面反衬出目前社会上不利孩子成长、让家长不放心的文字实在不少，呼唤着作家、出版社的责任。

同样是一篇文章，为什么一放到教材里就有这么大的力量呢？这是因为：其一，教科书的正统性，人们对它有信任感；其二，课文的样板性，有示范放大作用；其三，课堂教育是制式教育，有强制性；其四，学生可塑，而且量大，我国在校中小学生年约两亿。教材对学生的直接作用是学习语言文字知识，但从长远来看，其在思想道德方面的间接作用更大。这是一种力量，它将思想基因植入青少年头脑中，将影响他的一生，进而影响一代人，影响一个国家、一个民族。

（《光明日报》2010 年 12 月 17 日）

在欧洲看教堂

教堂虽然是基督的大旗，是他的讲坛、他的行营，但教堂首先又是它自己，是由砖石构造，建成某种形状，又配以某种装饰的房子。它是盛着精神的物质，是相对内容而存在的形式。而形式这种东西又常常可以偷偷地离开内容，或假借内容来实现自己的价值。正如不管是皇帝还是农夫都要穿衣，裁缝就只管它们的形式，只在这一点上实现自己的手艺。中国诗赋的格律，就是离开内容而独立存在的声韵和节奏的美。当主教大人们决心到处修造恢宏的教堂来宣扬圣道时，艺术家也就找到了一种表达自己艺术才能的借口和形式。所以今天我们看教堂，即使对宗教没有一点的兴趣，也可以把它当作艺术来欣赏。就如欣赏金缕玉衣，并不必追究这衣服是穿在什么人身上的。

前面说过，教会垄断了文化，其实教会还垄断了艺术，垄断了建筑。因为它有势，有钱，能调动最好的材料、最好的艺术家来修教堂。（与教会平行的是皇宫，那也是有钱有势的主，你看哪一家不金碧辉煌?）因此罗马和欧洲大地上的著名教堂，实际上成了那些伟大艺术家的个人纪念碑。我猜想教会与艺术家之间是心照不宣互为利用的。我花钱雇你来修教堂，你的才能越发挥得淋漓尽致，教堂就修得越好，就越证明我教的伟大；我被你雇来修教堂，你花的钱越多，教堂修得越大，就越能发挥我的才能，证明我的存在。这种暗中的利用，倒给我们留下了一件件艺术精品。

借教堂成名的艺术家当首推米开朗琪罗。他1475年诞生在佛罗伦萨，他的奶娘是位石匠的妻子，也许就是这段缘分，他一生也没有离开石雕艺术，后来他风趣地说："我是吃铁锤和凿子的奶长大的。"他28岁时便完成了成名作《大卫》。至今这件作品仍被全世界美术院校的学子奉为入门教材。梵蒂冈宫的西斯廷教堂可以毫不夸张地说就是米开朗琪罗纪念馆。这位文艺复兴的先驱，以他人文主义的思想是反对神权的，但是他被迫两次来梵蒂冈的西斯廷作画，第一次来是1508年，画了4年；第二次来是1535年，这次画了8年。现在西斯廷成了游人难得一进的艺术圣地，那天我们去瞻仰时，厅内密密麻麻地站满人，大家慢慢地挪动脚步，都仰起头看着这400多年前的珍品。米开朗琪罗的这些画全部用裸体人物来表达，他是以人的尊严来对抗神的统治。他第一次受聘是来画这个大厅的拱顶，开始他请了几位当时也是很有名的高手画家帮忙，几天后他发现不合自己的标准，然后就一个人来完成这项艰巨的工程。在这块800平方米的天花板下，他站在脚手架上，仰着脸，要是晚上手里还举着一盏灯，就这样一直画了4年，到1512年完成。不用说别的，就是我们现在仰脸看画，一会儿就脖颈酸疼，他是以怎样的毅力来创造艺术的啊。他第二次被召来时是为了在祭坛后的山墙上画一幅《最后的审判》，画高10米，宽9米，200多个人物，足足画了8年，还是全用裸体。当画快完成时，教皇的一位官员来视察说：这么神圣的地方，怎么能画这种画？这画不如挂在澡堂子里。米开朗琪罗非常恼火，此人一去，他就将他的形象画成一个阴间的法官，脚上盘着长蛇。现在这个人还在画上受罪。他的透视技巧十分高超。画上每个人物都像随时要走下来。这幅画当时就轰动了世界。我挤在人群中，屏住呼吸和大家一起感受这种艺术的魅力。我只感到四周全是米开朗琪罗的化身，这些人物从两侧的墙壁上，从天花板上，一起拥来，穿越500年的时空，带着画家的呼喊，向我们诉说人的复兴，文艺的复兴。在教会死寂的殿堂里竟有了这样一个活泼泼的人的世界。这和我们在庙里和石窟所看的冰冷的、一个模样的佛祖、罗汉大不一样。大约上帝也承认了内心深处的寂寞，从而暗自屈从了这位艺术家，让他在神殿上打开一扇通向人世的窗户，而实际上也就在众神间为米开朗琪罗留了一把交椅。米开朗琪罗的创作态度是极其认真的。创作《大卫》时，他用一道屏风挡起来，作品未完成前，不许任何人看一眼。一次他正修改一件作品，有朋友来访，刚扫了作品一眼，他就装作失手把灯掉在地上，屋里一片黑暗。凡是自己眼睛通不过的作品，决不肯示人；凡是没有新意的作品他决不留存。一次为雕一个人像，他竟一连作了 12 个稿样。正是这种执着、这种残酷的追求，使我们在 500 多年后还是觉得他是一座不可企及的高峰。

梵蒂冈宫的西斯廷天顶画《大卫》

罗马和欧洲的著名教堂，大多是经数代名家设计和监督施工而成。世界第一大的圣彼得教堂是公元 349 年始建，以后历次重修，到 16 世纪更有拉斐尔、米开朗琪罗这样的大师加入，到 1612 年才完成现在这个规模，前后 1 300 年。世界第四大教堂的佛罗伦萨大教堂 1296 年开工，到 1461 年完成，前后 165 年。大圣玛丽亚教堂是公元 352 年始建，一直建到 18 世纪，前后 1 400 多年。一座建筑的修建动辄上百年、上千年，只有宗教的信仰才能维系这样的工程。这在东方也不例外。中国的云冈佛窟修了 50

年，乐山大佛修了90年，大足佛刻前后700年。因为朝代可以更替，信仰却没有更换，并且又只有这种宗教迷信式的信仰才能驱使人们将自己的精力、财力去作无限的倾注，并代代相续。一个教堂越是这样一代代地往下传，就越显得珍贵，好像一个十世单传的婴儿，这是欧洲人最爱向客人显示的骄傲。正是在这种传承中，教堂成了一棵独特的艺术大树。如果你细心一点，还会发现这大树仍在不断地抽着新芽。现代艺术家就是设计教堂也要张扬自己创造的个性，这也许是为了适应旅游业的要求。最典型的是芬兰的岩石教堂，建于1969年，由蒂莫和图奥莫兄弟两人合作设计。它完全是在一座岩石顶上挖的一个深坑，然后搭上玻璃、钢材和铜材的大顶棚。十足的现代的味道，但仍不失教堂本色。

正像前面吉本论宗教一样，我说，教堂对教会来说，是布道的场所；对教徒来说，是寻找安慰洗刷心灵的地方；对艺术家来说，那是他手中的一块石料或者是一块画布。

（1998年11月）

人与石头的厮磨

　　中国人对于石头的感情远久而又亲近。在没有生命，没有人类以前，地球上先有石头。人类开始生活，利用它为工具，是为石器时代。大约人们发现它最硬，可用之攻其他物件，便制出石斧、石刀、石犁。就是不做加工，投石击兽也是很好的工具。等到人类有了文字后，需要记载，需要传世，又发现此物最经风雨，于是有了石碑，有了摩崖石刻，有了墓碑墓志。只是刻字达意还不满足，又有了石刻的图画、人像、佛像，直到大型石窟。这冰冷的石头就这样与人类携手进入文明时代。历史在走，人情、文化、风俗在变，这载有人类印痕的石头却静静地躺在那里。它为我们存了一份真情、真貌，不管我们走得多远，你一回头总能看到她深情的身影，就像一位母亲站在山头，目送远行的儿子，总会让我们从心底泛出一种崇高，一缕温馨。

　　人们喜欢将附着了人性的石头叫石文化。这种文化之石又可分两类。一类是人们在自然界搜集到的原始石块，不需任何加工。因其形、其色、其纹酷像某物、某景、某意，暗合了人的情趣，所谓奇石是也。这叫玩石、赏石，是天工为主。还有一类是人们取石为料，于其上或凿、或刻、或雕、或画，只将石作为一种记录文明、传承文化、寄托思想情感的载体。这叫用石，是人工为主。这也是一种石文化，石头与人合作的文化。我们这里说的是后一种。

（一）

　　石头与人的合作，首先是帮助人生存。当你随便走到哪一个小山村，都会有一块石头向你讲述生产力发展的故事。去年夏天我到晋冀之交的娘子关去，想不到在这太行之巅有一股水量极大的山泉，而山泉之上是一盘盘正在工作着的石碾。尽管历史已进入 21 世纪，头上飞过高压线，路边疾驰着大型载重车，这石碾还是不慌不忙地转着。碾盘上正将当地的一种野生灌木磨碎，准备出口海外，据说是化工原料。我看着这古老的石碾和它缓缓的姿态，深感历史的沧桑。毋庸讳言，人类就是从山林水边，从石头洞穴里走出来的。人之初，除了两只刚刚进化的手，一无所有。低头饮一口山泉，伸手拾一块石头，掷出去击打猎物，就这样生存。人们的生活水平总是和生产力水平一致的。石器是人类的第一个生产力平台。

随着人类的进步，石头也越来越多地渗透到生活中的角角落落。可以说衣食住行，没有一样能离开它。在儿时的记忆里就有河边的石窑洞、石板路，还有河边的洗衣石，院里的捶布石。大到石柱石础，小到石钵石碗，甚至还有可以装在口袋里的石火镰。但印象最深的是山村的石碾石磨。石碾子是用来加工米的，一般在院外露天处。你看半山坡上，老槐树下，一排土窑洞，窗棂上挂着一串红辣椒、几串黄玉米。一盘石碾，一头小毛驴遮着眼罩，在碾道上无休止地走着圈子。石磨一般专有磨房，大约因为是加工面粉，怕风和土，卫生条件就尽量讲究些。民以食为天，这第一需要的米面就这样从两块石头的摩擦挤压中生产出来，支撑着一代又一代人的生命。其实，在这之前还有几道工序，春天未播种前，要用石磙子将地里的土坷垃压碎，叫磨地。庄稼从地里收到场上后，要用石碌碡进行脱粒，叫碾场。小时最开心的游戏就是在柔软的麦草上，跟在碌碡后面翻跟斗。前几天到京郊的一个村里去，意外地碰到一个久违了的碌碡，它被弃在路旁，半个身子陷在淤泥里，我不禁驻足良久，黯然神伤。我又想起一次在山区的朋友家吃年夜饭，那菜、那粥、那馍，都分外的香。老农解释说："因为是石头缝里长出来的粮食，又是石磨磨出来的面，就比土里长的电磨加工的要香。"我确信这一点，大部分城里人是没有享过这个福的。当人们将石器送到历史博物馆时，我们也就失去了最初从它那里获得的那一份纯情和那一种享受。正如你盼着快点长大，你也就失去了儿时的无忧和天真。

生产力的发展变化，在石头上所体现的最好标志就是一块石头由加工其他产品的工具变成被其他工具加工的产品。

20年前，我第一次到福建出差，很惊异路两边的电线杆竟是一根根的石条，面对这些从石地层里切挖出来的"产品"，真是不可思议。又十年后我到绍兴，当地人说有个东湖你一定要看。我去后大吃一惊，这确实是个湖，碧波荡漾，游船如梭，湖岸上数峰耸立，直逼云天。但是待我扶着危栏，蜿蜒而上到达山顶时，才知道这里原来并不是湖，而是一处石山。当年秦始皇统一天下后，全国遍修驿道，需要大量石条，这里就成了一个采石场。现在的山峰正是采石工地上留下的"界桩"。看来当时是包工到户，一家人采一段。那"界桩"立如剑，薄如纸，是两家采石时留下的分界线，有的地方已经洞穿成一个大窗户。刚才看到的湖面，是采过石后的大坑。一根一根石条就这样从石山的肚子里、脚跟下抽出来。"沧海变桑田"是指大自然的伟力，这时我更感悟到人的伟力，是人硬将这一座座石山切掉，将石窝掏尽，泉涌雨注，就成湖成海了。后来我又参观了绍兴的柯岩风景区，那也是一个古采石场。不过不是湖，而是一片稻田，如今已成了公园。园中也有当年采石留下的"界桩"，是一柱傲立独秀的巨石，高近百米，石顶还傲立着一株苍劲的古松。可知当年的石工就从那个制高点，一刀一刀像切年糕一样将石山切剁下来。这些石料都去做了铺路的石板或宫殿的石柱。我们的祖先就是这样以血肉之手，以最原始的工具在石缝里拼生活啊！前不久我看过一个现代化的石料厂，是从意大利进口的设备，将一块块如写字台大小的石头固定在机座上，上面有七把锯片同时拉下，那比铁还硬的花岗岩就像木头一样被锯成薄如书本、大如桌面的石片。石沫飞溅，一如木渣落地。流水线尽头磨洗出来的成品花色各样，光可照人，将送到豪华宾馆去派上用场。远看料场上摆放着的石头，茫茫一片，像一群正在等待屠宰加工的牛羊，我一时倒心软起来。这就是数千年前用来修金字塔、修长城、建城堡的坚不可摧的石头吗？

经济学上说，生产力是人类改造世界的能力，它包括人、工具和劳动对象。这石头居然三居其二，你不能小看它对人类发展的贡献。

绍兴东湖

（二）

石头给人情感上的印象是冰冷生硬，有谁没有事会去抚摸或拥抱一块冰冷的石头呢？但正如地球北端有一个国家名冰岛，那终年被冰雪覆盖着的国土下却时时冒出温泉，喷发火山。这冰冷的石头里却蕴藏着激荡的风云和热烈的思想。

我第一次从石头上读政治，是1994年1月初到桂林。谁都知道，桂林是个山水绝佳之地，我也是本着这份心情去寄情自然、赏心娱性的。当游至龙隐崖时，主人向我介绍一块摩崖石刻，因文字仰刻在洞顶，虽经 800 年，却得以逃脱人祸、水患。细读才知是有名的《元祐党籍碑》。说是碑，实际上就是一个黑名单。在这明媚的湖光山色中猛见这段历史公案，不由心头一紧，身子一下落入历史的枯井。这碑的书写者是在中国历史上可入选奸臣之最的蔡京。宋朝自赵匡胤夺权得位之后，跌跌撞撞共 337 年，好像就没有干出什么光荣的大业，倒是演绎了一部忠奸交织图，并且大都是奸胜于忠。宋神宗年间国力贫弱，日子实在混不下去了，朝廷便起用新党王安石来变法。神宗死后，改年号元祐，反对变法的旧党得势；等到宋徽宗即位，新党势力又抬头。蔡京正在这时得宠，他便借机将自己的政敌统统打入旧党名单，名为元奸党，并且于崇宁四年（1105）讨得皇帝旨，亲自书写成碑，遍立全国各地，要他们永世不得翻身。把黑名单刻在石头上，这是蔡京的发明。

在这块黑硬阴冷的石刻前，我不禁毛骨悚然。细读碑文，黑名单共 309 人，其中有许多名人大家，如司马光、文彦博、苏东坡、秦观、黄庭坚等。这些人不说政见政绩，就说他们的诗书文章，也都是一代巨星。蔡本人也算是个大文人，书与画亦很出色，当初他就是靠着这个才得以接近徽宗。但他一旦由文而政，大权在手，整起人来却如此心狠。更难得他在政治斗争中又很会使用石头这个工具。当初中国猿人刚学会以石击兽猎食求生时，万没有想到几十万年后的政坛官僚会以石来上悦君王，下制政敌。更难得这蔡京上下两手都很纯熟。当他要取悦君王、以求进身时，用的是天然无字之石。蔡京经仔细观察，发现宋徽宗极好玩石，他就让心腹在南方不惜代价，广搜奇石。为求一石跋山涉水，挖坟掘墓，拆人庭院。有大石运京不便，沿途就征用民船，拆桥毁路，这便是历史上有名的"花石纲"之祸。这事连徽宗也觉得有点心虚，蔡京就说："陛下要的都是山野之物，是没有人要的东西，有何不可？"真会给主子找台阶下。当他要对付政敌时，用的是有字的石头。他看中了石头的经久耐磨，要刻书其上，让政敌万世不得翻身。不想后人又将此碑重刻，以作为历史的反面教员。

因为有了这次由石悟史的经历，以后我就留意石头上的野史。

封建时代普天之下莫非王土，这石头当然首先要为皇家服务。中国历史上文治武功较突出的秦皇汉武、唐宗宋祖、明太祖、清康熙乾隆七位名君，除汉武、宋祖外，我见过他们其余 5 人留下的石头。今泰山脚下的岱庙里有秦始皇二十八年东巡时的刻石，北宋时还有 136 字，现只剩下 9 个字了。现太原晋祠存有唐太宗李世民亲笔书的一块《记功铭》，四面为文。我得一拓片，展开有一面墙之大，甚是壮观。那个乞丐出身的朱元璋很有意思，他与陈友谅大战于鄱阳湖，正不分上下时得一疯人周颠指点而胜，朱得江山后亲自撰文，在鄱阳湖边的庐山最高处为之立碑。现在御碑亭成了庐山的一个重要景点。康熙、乾隆的御制诗文极多，这是世人皆知的。中国几乎任何一处著名的风景点或庙宇里都能看到他们的碑刻，但大多是"到此一游"之类。

石头记事，确实可以千古不朽。于是就生出另一面的故事，有钱有势的就想尽量刻大石、多刻石。但是如果你的名和事不配这个不朽，不配流芳百世呢？那就适得其反，留下了一分尴尬，又为历史平添了一点笑话。这石愈大，就尴尬愈大，笑话愈大。山东青州有一座云门山，石壁上刻有一巨大的寿字，就是一米七八的小伙子，也没有寿下的"寸"字高。游人在山下，仰首就可看到。原来当年这里曾是朱元璋的后代衡王的封地，他在嘉靖三十九年（1560）为筹办自己的祝寿庆典特意搞了这么一个"寿"字工程。但是如今除了山上的寿字和山下孤零零的一个空牌楼，衡王府连只砖片瓦也找不到了。衡王这个人如不专门查史，也是没人知道。寿字倒是长寿至今，那是因为它的书法价值和旅游的用途，衡王却一点光也沾不了。

河北正定去年才出土的一块残碑，也是对立碑人的最大讽刺。这碑我们现在已不能称之为碑了，因为它已断为三截。但是大得出奇，只碑的底座就比一辆小汽车还大。这是目前国内多处碑林中未曾见过的巨制。奇怪的是，如此辉煌的记功碑既不是出自大汉盛唐，也不是出于宋元明清，据查它出自中国历史上一个短暂纷乱的小王朝——五代时的后晋。从碑身可以看出字迹清晰，石色未经风雨洗磨，碑立好不久便入土为安了，而且碑文中所有涉及碑主人的名字多处都被剔毁。经考证，碑主是一个小军阀，是此

正定县出土的五代时期残碑

地的节度使，乱世之际他手里有几个兵也就做起了开国称帝的梦，并且预先刻好了记功清颂之碑，不想梦未成就祸临头了。他被杀身，碑也被活埋。这段公案直到一千多年后，正定县修路时，才在现代挖掘机的咔嚓一声中重见天日。于是我想到，这厚厚的土地下埋藏着多少不朽的石头和石头上早已朽掉了的人物。

上面说的是流传至今的成碑，还有一种是未及成形的夭折之碑。我见到最大的夭折碑是南京阳山的特大"碑材"。现在较多的说法是朱棣篡位称帝后准备为他的父亲朱元璋修孝陵时所采的石材。它实在太大了，从初步形成的情况看，碑座长 29.5 米，宽 12 米，高 17 米，重约 16 250 吨；碑首长 22 米，高 10 米，宽 10.3 米，重 6 118 吨；碑身长 51 米，宽 14.2 米，厚 4.5 米，重约 8 800 吨。总计合 3 万多吨。据传，当时为开采此石，用数千工匠，每人每天限出碎石三斗三升，不完即死。山下新坟遍野，至今仍有村名"坟头"。当时用的是笨办法，先将石料与山体凿缝剥离，然

后架火猛烧，再以冷水泼在石面，热胀冷缩，一层层地激起碎石。至今石上还有火烤烟熏的痕迹。千万人、千万时的劳动还是敌不过自然的伟力，人们虽可勉强将这个庞然大物从山体上剥离，但如何运进城去却是个难题，于是它就这样永远地躺在了山脚下。如今现代化的高速公路从碑石下穿过，这巨石就如一头远古时的恐龙或者猛犸象，终日瞪着好奇的眼睛看着来往的车流。

如果你读不懂这块三万吨的巨石，就请先读读明史，读读朱棣。朱棣是朱元璋的第四个儿子。本来轮不到他来做皇帝，他也早被封为燕王，驻地就是现在的北京。但他起兵南下，夺了他侄儿的帝位，然后迁都北京。朱棣很有雄才大略，平定北方，打击元朝残余势力，也很有功，但人极残忍。他窃位后自知不合法，便施高压，收拾异己。他要名士方孝孺为他起草即位诏，方不从。他就以刀割其口，又株连十族，共 873 人。兵部尚书铁铉不从，就割其耳鼻，又烹而使之食，问："甘否?"铉答："忠臣之肉有何不甘"，大骂而死。他将政敌或杀或充军，妻女则送军内转营奸宿。不可想象，在中国已经历了唐宋成熟期的封建文明之后，还有这样一位残暴的最高统治者。但他又装出很仁慈，一次到庙里去，一个小虫子落在身上，他忙叫下人放回树叶，并说："此虽微物，皆有生理，毋轻伤之。"朱棣既有野心和实力夺帝位，又要表现出仁孝，表示合法。于是他就想到为父亲的陵寝立一块最大的石碑。这或许有赎罪和安慰自己灵魂的一面，但正好表现了他的霸气和凶残，这是一块多么复杂的石头。中国历史上 334 个皇帝中，叔夺侄位，迁都易地，另打锣鼓重开张的就朱棣一人。这块有三万吨之重，非碑非石，后人只好叫做"碑材"的也只有这一例。它像神话中的人头兽身怪，是兽向人嬗变中的定格。

如果说，正定大残碑是一个未登皇位的人梦中的龙座，阳山大碑材就是一个已登皇位者，为自己想立又没有立起来的贞节牌坊。而许许多多有诗有文的御碑，则是胜者之皇们摇头晃脑、假模假样的道德文章。武则天倒是聪明，在她的陵前只有一块无字碑，她让后人去评、去想。但这也有点作秀，是另一种立传碑。"菩提本无树"，要是真洒脱又何必要一块加工过的石头呢？唐太宗说以史为镜，史镜的一种形式就是石头，后人从石镜里照出了所有弄石人的心肝嘴脸，就是那些偷偷的小动作和内心深处的小把戏也分毫毕现。

当然，石头既是山野之物，又可随时洗磨为镜，便就谁也可以用来照人照世、表达思想、褒贬人物了。上面说的是宫廷之碑，民间也有许多著名的碑刻成了我们历史文化的里程碑。如我们在中学课本里学过的《五人墓碑记》等，其激越的思想、感人的故事与坚强的石头一起经过历史的风雨，仍然闪烁着理性的光芒。成都武侯祠有岳飞书《出师表》石刻，一笔一画如横出剑戟，一点一捺又如血泪落地。石头客观公平，忠也记，奸也记，全留忠奸在青石。民间的说法就更是常书写在石头上。胡适说"中国文学史何尝没有代表时代的文学，但是我们不应该向那古文史里去找。应该向旁行斜出的不肖文学里去找寻"。了解中国的政治史也应该除二十四史外，到路边或旧宅的古石块上去找寻。在我看过蔡京《元祐党籍碑》之后八年再到桂林，却意外地见到一块惩贪官碑。碑文为："浮加赋税，冒功累民。兴安知事，吕德慎之纪念碑。民国五年冬月闰日公立"。指名道姓，为贪官立碑，彰显其恶，以戒后人，全国大概仅此一例。其作用正如朱元璋将贪官剥皮填草立于衙堂之侧。我当记者时，在家乡山西还碰到一起为清官立碑的事。从前山西晋城产一种稀有兰草，岁岁进贡。然此地崇山峻岭，崖高林密，年年因采贡品死人。就是那年我们上山时也还无路可通，要手足并用，攀岩附藤而上。有一任县令实在不忍百姓受苦，便冒欺君之罪，谎报因连年天旱此草已绝迹，请免岁贡。从此当地人逃此苦役，百姓为其立碑。封建时代人们盼清官，所以就留下不少这类的刻石。现在武夷山的文庙里还保存有一块宋太宗赐立各郡县的《戒石铭》："尔俸尔禄，民脂民膏，小民易虐，上天难欺"。还有那块被朱镕基推崇引用的

《官箴碑》："吏不畏吾严，而畏吾廉；民不服吾能，而服吾公。公则民不敢慢，廉则吏不敢欺。公生明，廉生威。"此石原为明代一州官的自警碑，到清代被一后继者，从墙里发现，又立于署衙之侧以自警，再到朱镕基之口，是一根廉政接力棒，现存西安碑林。

大约人一从有了思想，就一天也没有停止过利用石头来表达它。权贵们总是想把石头雕成一根永恒的权杖；洁身自好者就用它来磨一面正形的镜子；而老百姓则将它用作代言的嘴巴。无论岁月怎样热闹地更替，人类演化出多少缤纷的思想，上帝却只用一块石头，就将这一切静静地收藏。

（三）

前面说过，是没有哪一个人愿意怀抱一块冰冷的石头。但是，这石头确确实实每时每刻都在人类的怀抱里温暖着，一代代传递着。于是"入石三分"，那石面石纹里就都浸透着人文的痕迹。人们不知不觉中，除了将石头用作生产生活的工具外，还将它用作记录文明、传承文化的载体。就文化的本意来说，它是社会历史活动的积累。为了使辛苦积累的东西不至失去，石头是最好的载体。一来因其坚硬，耐磨损，不像纸书本那样怕水怕火；二来因其本就处在露天，体势宏大，有较好的宣示功能，所以以石记史、以石为文就代代不绝。

人以文化心理刻石大概有这样几种类型。

一是为了表达崇拜、宣扬精神。最典型的是佛教的石窟、石刻和摩崖造像。

敦煌、麦积山、云冈、龙门、大足，佛教一路西来，站站都留下巨型石窟。这都要积数代人的力量才能成。像乐山大佛那样，将一座山刻成一个大佛，用了90年的时间，这需要何等惊人的毅力，而且必须有社会的氛围，这只有宗教的信仰力才能办到。泰山后面有一道沟，竟将一部《金刚经》全刻在流水的石面上，每个字有桌面之大，这沟就因此名"经石峪"。

但也有的是为了宣扬其他。冯玉祥好读书，他住庐山时心有所悟，就将《孟子》的一整段话，叫人刻在对面的石壁上。经石峪和庐山我都去过，身临文化的山谷之中，俯读经文，佛心澄静；仰观圣言，壮心不已，你会感到一股这石头文化特有的磅礴之力。古人凿山为佛的场景我无法亲历，但现代人一件借石表忠的事我倒是亲自体味过。20世纪80年代初，我在山西当记者，一天沁水县（作家赵树理的家乡）的书记来找我，说我这里出了一件奇事，也不知该不该宣扬。我到现场一看，原来是一位老村干部为毛主席修了一座纪念堂。堂不足奇，奇的是他硬是在一块巨石上用手抠出了这座"堂"。当时，毛主席去世不久，这位深感其恩的老村干部，决心以个人之力为伟人建一座堂，而且暗发宏愿，必须整石为屋。他遍寻附近的山头，终于在村对面山上找见一块巨石，就一卷行李、一口小锅住到山上。他一锤一錾，每天打石不止，积年余之力，居然挖出一座有四米直径之大的圆房子。老人将毛主席的像端挂正中。他又觉得山太秃，想引来奇花异草，依稀知道有一本记载植物的书叫《本草纲目》，就向卫生部写信，卫生部居然还寄来了许多种子，我去时山上已一片青翠。当时正好农村推行改革政策，村里就将这山承包给了老人。当初，人们都说这老人是疯子，现在羡慕不止。这种借坚石而表诚心的方式中外同一。上个月我从泰国归来，那里有一座佛城，巨大的佛殿里，800多块花岗石碑，全部刻满经文。这则全靠国家的力量。

第二种是为了给后人积累知识、传递信息。那一年我到镇江，在焦山寺碑林里见到一方石头，上面刻有一幅地图，名《禹迹图》，是大禹治水、天下初定后的版图。这幅石地图用横竖线组成5 831个方格，每格合百里，比例为1∶420万，上面有山川河流及551个地理名称。这是我见到的最久远的地图，它刻于宋绍兴十二年（1142），英国人李约瑟说这是世界上最杰出的古地图。现在河北保定原清直隶总督的大院内保存着16幅《御题棉花图》刻石。1765年（乾隆三十年），时任总督的方观承考察北方的棉花种植生产流程后，亲手绘制了16幅工笔绢画，图后配有说明文字，呈送乾隆皇上御览。乾隆仔细研究过后，于每幅图上题诗一首。这回皇上写的诗也还文风淳朴，有亲农爱民之情，比如第二幅的《灌溉》："土厚由来产物良，却艰致水异南方。辘轳汲井分畦溉，嗟我农民总是忙。"皇帝亲自题诗勒石承认农民的辛苦，恐怕在中国历史上也仅此一例。这图文并茂的16幅石刻永远留在了直隶总督衙门，为我们保存了中国农业科技史的重要资料。人们考证，最早的木版连环画大约可以追溯到明万历年起，而这"棉花图"很可能就是第一本刻在石头上的连环画。最近我到甘肃麦积山又有新的发现，这里存有一块刻于北魏时期的释迦牟尼成佛过程的浮雕碑，应该是更古老的石刻连环画。现在长江大坝已经蓄水，有谁能想到百米水下将要永远淹没一段石上的文化。原来在涪陵城的江面上有一道石梁，水枯时现，水丰时没，古人就用它刻记水文的变化。石长1 600米，1 100年来竟刻存了163段，三万余字的记录，还有飞鱼图案。考古学家习惯将地表数米厚的土壤称为文化层。人们一代一代，耕作于斯，歇息于斯，自然就于这土层中沉淀了许多文化。那么，突出于地表的石头呢，自然就更要首当其冲地记录文化，它不仅是文化层，而且还是文化之碑，历史之柱。

第三种是人们无意中在石上留下的关于艺术、思想和情感的痕迹。

司马迁说"桃李不言，下自成蹊"，在无言的石头面前，岂止是"成蹊"，人们常常是诚惶诚恐地膜拜。山东平度的荒山上至今还存有一块著名的《郑文公碑》，被尊为魏碑的鼻祖。每年来这荒野中朝拜的人不知有多少。那年我去时，由县里一个姓于的先生陪同，他说日本人最崇拜这碑，每年都有书道团来认祖。真的是又鞠躬，又跪拜。一次两位老者以手抚碑，竟热泪盈眶，提出要在这碑下睡一夜，于先生大惊，说在这里过夜还不被狼吃掉？这"碑"虽叫碑，其实是山顶石缝中的两块石头。先要大汗淋淋爬半天山路，再手脚并用攀进石缝里，那天我的手就被酸枣刺划破多处。我来的前两年刘海粟先生也来过，但已无力上山，由人扶着坐在椅上，由山下用望远镜向山上看了好一会儿。其实是什么也看不见的，只是了一个心愿。现在，这山因石出名，成了旅游点，修亭铺路，好不热闹。

人对石的崇拜，是因为那石上所浸透着的文化汁液。石虽无言，文化有声。记得徐州汉墓刚出土，最让我感动的是每个墓主人身边都有一块十分精美的碑刻，今天都可用作学书法的范本。但这在当时就是一个普普通通的丧葬配件，平常得如同墓中的一把土。许多现在已被公认的名帖，其实当年就是这样一块墓中普通的只是用来干别的事情的石头，本与书法无关。如有名的《张黑女碑》，人们临习多年，赞颂有加，至今却不知道何人所写。就像飞鸟或奔跑的野物会无意中带着植物的种子传向远方。人们在将石头充作生活用品和生产工具时，无意中也将艺术传给了后人。

那一年我到青海塔尔寺去，被一块普通的石头大大感动。说它普通，是因为它不同于前面谈到的有字之石。它就是一块路边的野石，其身也不高，约半米；其形也不奇，略瘦长，但真正是一块文化石。当年宗喀巴就是从这块石头旁出发进藏学佛。他的老母每天到山下背水时就在这块石头旁休息，西望拉萨，盼儿想儿。泪水滴于石，汗水抹于石，背靠小憩时，体温亦传于石。后来，宗喀巴创立新教派成功，塔尔寺成了佛教圣地，这块望儿石就被请到庙门口。现在当地虔诚的信徒们来朝拜时，都要以他们特有的生活习惯来表达对这块石头的崇拜。有的在其上抹一层酥油，有的撒一把糌粑，有的放几丝红线，有的放一枚银针，时间一长，这石的原形早已难认，完全被人重新塑出了一个新貌，真正成了一块母亲石。就是毕加索、米开朗琪罗再世，也创作不出这样的杰作。那天我在石旁驻足良久，细读着那在一层层半透明的酥油间游走着的红线和闪亮的银针。红线蜿蜒曲折如山间细流，飘忽来去又如晚照中的彩云。而错落的银针，发出淡淡的轻光，刺着游子们的心微微发痛。这是一块伟大的圣母石。它也是一面镜子，照见了所有母亲的慈爱，也照出了所有儿女们的惭愧。这时不分信仰，不分语言，所有的中外游人都在这块普通的石头前心灵震颤，高山仰止。

当石头作为生产工具时，是我们生存的起码保证；当石头作为书写工具时，是我们传承文明的载体；而当石头作为人类代代相依忠贞不贰的伴侣时，它就是我们心灵深处的一面镜子。无论社会如何进步，天不变，石亦不烂，石头将与人相厮相守到永远。

（2003 年 8 月 24 日）

（《学习时报》2003 年 10 月 6 日）

（《中国作家》2003 年第 11 期）

奉献给死者的艺术

上飞机前还有一小时的机动时间，我坚持要去看看莫斯科的公墓，看看那个特殊的文化角落。

去得匆匆，竟连大门口是什么样子也未及细看，只记得是一条很宽的街，高大的门，门对面好大一片树林，绿涛翻滚着，无闹市的喧嚣，有郊野的清风，气氛是一种淡淡的寂静。一进门，甬道两旁分列着一排排的常青松柏，松柏下是死者整整齐齐的眠床。这里没有中国公墓常见的土堆，也无供骨灰的灵堂，只有绿树护着青石，青石衬着鲜花，猛一看像一个清净的公园或谁家的庭院。

我向一个靠近路边的墓葬走去。墓盖是一面极光洁的花岗石板，石板中央伸出两只大手，也是花岗石雕成，粗壮的腕部，有力的骨节，立时叫人起一种坚实的联想。这两只手轻轻地合拢着，捧着一块三角形的大红宝石。我一时不解了。这组颇具匠心的雕塑，就算是墓碑吗？那么这下面安息着一个怎样特殊的人呢？我在墓前肃立良久，细细揣度着，那双手从石中冲出时的强劲与合拢时的轻柔，那花岗石的纯黑与宝石的鲜红，幻化成一种多层复合的美，将人引向一个深邃的意境。向导过来告诉我，这里安眠着的是一位著名的心脏外科专家，他一生用自己灵巧而有力的手拯救过无数人的生命。噢，我一下明白了，一个人死后用这种含蓄的手法来表达他的生平与事业，表达生者对死者的纪念。最哀切的事情却用最艺术的手法来表达。这是一种多么平静、超脱而又理智的举动啊。我们说长歌当哭，他们却更祭以艺术。

我慢慢地往里去，一股强劲的艺术魅力如磁石般地吸引着我。这哪是什么墓地，简直是画廊。所不同的是这里每一件艺术品下还有一个曾是活泼泼的人，那是这件艺术的根，是它的主题。墓碑全部是清一色的黑花岗石，打磨得极光亮，熠熠照人如一面银镜。有的只简单地在这石面上刻出死者的头像，轻轻的又淡淡的如一幅随意素描。说是清淡，那不过是艺术的质感，这石与锤造就的作品自然是风雨不去、历久如新的。有的凿成浮雕，死者的形象微微突起在石板、石块或石柱上，若隐若现，好像在天国那边透过云雾回望人间。更多的则是半身胸像和各种含义深刻的组合雕塑。但这偌大的基地无两块相同式样的墓碑。生者不肯抹杀死者的个性，也决计要表现出自己的匠心。一位叫依留申的飞机设计师，他的墓碑是一个圆柱形与凹面的组合。圆柱上雕有他的胸像，胸前有三个醒目的大勋章。那块凹面石块立衬在石柱后面，表示无垠的天穹，天穹上还有些飞机的航行轨迹。看着这一组近在咫尺，盈缩如许的石雕，我顿然如驰骋蓝天，并感到一种凌云的壮志。有一位海军将领，他的墓盖上只有一只大铁锚，黑锚金链，屹然挺立，风打浪涌，不动丝纹。有一组更特殊的墓碑，石柱上横着一个大箭头，上面浮雕着六个人的头像。这只箭头正穿云过雾急急飞行。原来这六个人是一个派到国外的救援小组，不幸同机遇难。

松柏中有一组男女雕像吸引了我。不用说这是一个合葬墓了，令人吃惊的是两人全是裸体。男子略向前俯身，依在一石上。右臂弯回，手中握着一柄铁锤，女子偎在他的身后，手执一条轻纱，款款地飘在身后。两人都目视前方，但我切实地感到他们的心是那样的相连相通，是一个不可分的整体。最纯真大方的爱是用不得一点遮掩的。原来这对夫妻，男的是雕刻家，女的是一位芭蕾舞演员，都是搞艺术的。我想这组作为墓碑的石雕一定是他们生前设计好，嘱后人这样创作的。试想以我们的传统观念谁愿在自己的墓前留一个裸体像呢？又有谁敢将自己的亲友雕成一个裸体立于墓上呢？但艺术家自有艺术家的思考。世间虽有山水的磅礴、花草的艳丽，但哪一种美能比得上人体蕴藏的灵感呢？而这种人类的共性之美，并不是随便哪一个形象都可以表达的，只有那些个别的极富外美条件的人体才可充分表现这种内蕴的美感。这两位艺术家，一个人是终生为人们塑造这种能表达内蕴之美的外形，另一个则所幸天地钟秀其身，就矢志以自己美的外形去表现人类美的灵魂。总之，他们一生都沉浸在对人体美的追求、创造中。正当他们的事业处于顶峰之时，突然上帝要召他们而去，这是多大的遗憾啊。我好像听见他们在弥留之际请求上帝答应他们再给世上留下点东西。上帝说只许一件，这就是墓碑。于是他们就将自己的一生浓缩在这块石头上。他们要将自己美丽的躯体展示在这里，用这力、这柔、这情，留给后人永恒的美。什么才能久而不朽呢？石头。什么才能跨越生命的"代沟"，无言地表达感情与思想呢？艺术。于是这石头的艺术便成了死者与生者在墓前吻别的信物。

当匆匆的一小时参观行将结束的时候，我没忘记这普通公墓里还有一位不普通的人物——赫鲁晓夫。他的墓在公墓前后大院之间的甬道旁，占地不大。我没想到这样一个曾为超级大国一号领袖的人物，死后却屈身路旁。当他和光明一别之时，就来这里与民同乐了。而他的墓碑从艺术角度说也真有个性。那是由三个黑白方格相扣而成的石雕，在最上一格中放着赫鲁晓夫的人头雕像。赫在位时的一件惊世之举就是将斯大林遗体迁出列宁墓，而他现在却被置于公墓堆中。历史人物的功过且由历史学家去评说，但艺术家自有自己的见解。据说，这个墓碑的设计者曾受过赫鲁晓夫的批评，但他并不是从个人好恶出发，客观地认为赫这个人是功过参半，所以就用黑白两色夹一人头。而赫的家属也接受了这个方案。我站在那里好一会儿，端详着这件艺术家送给政治家的礼物。

在回去的车上，我自然联想到国内的墓葬风气。一次在南方旅行，老远就见到青山上一片片的白，像长了秃疮一样。那是新修的水泥墓。像这样铲去青松翠柏，铺上冰冷的水泥，且不说破坏水土，于死者又有何益呢？建筑向来标志着当时当地的社会文化。我想起一位建筑师朋友说的话：世界上的建筑可以分为三类：给人住的，给神住的，给鬼住的。那么通过神鬼之居的庙堂、陵墓同样可以窥见社会文明的一斑。封建帝王可以独占金字塔或十三陵那样大的地下宫殿，而刚才参观的这个苏联公墓无论贵贱，每人交一笔租金，占地一方，限期十四年。这几年我们国内不少人富了，人住的房子非常现代化，却又按最陈旧的规矩去盖庙修墓安抚鬼神。看来有了钱，没有文化，没有新观念还是难超越自我。能懂得向死者献上一件富有审美价值的雕塑，生者与死者之间能以艺术方式倾心交流思想，交流感情，这个民族的文化素养就不会很低了。

（1989 年 5 月 14 日）

李元茂治印

　　李元茂，国家一级美术师，央视"鉴宝"专家，文化部文化市场发展中心艺术品评估委员会专家委员，国务院特贴文物鉴定专家，中国书协鉴定评估委员，西泠印社社员。1944年生于山西太原，自幼接受朴学教育。攻书画鉴定学、金石学、书法、古文字考据学。1973年，调山西美术工作室从事专业工作。1983年偕同仁创办山西省金石书道研究所，任所长，填补了我国金石书道事业机构的空白，为我国金石书道学科的建设积累了经验。1991年调任海南省博物馆业务馆长、名誉馆长。2007年定居北京。

　　其于书学的贡献在于能运用"心理合一"的理论阐释篆法，故一画变体而万字随变，一字至千万字淋漓挥洒，皆为心出，浑为统一，将篆法推向新的境界。其治印深得传授，得天人合一境界，谓之四真咸备之"真印"，用之者受用无穷。20世纪60年代创作的《百寿印存》在1982年以国礼赠朝鲜金日成元首。作品曾参与最高国展（首届兰亭奖）、五届、六届书法国展，第三届篆刻国展、全国性展览、国际展览、跨省联展等百余次并获奖。

　　多年从事书画鉴定及名石印章研究，发明"干支公历速算法"，大大加快了古书画鉴定的速度与准确性，使一切造假伎俩难逃其眼。为各级博物馆馆藏文物的鉴定、定级，海关、公检司法鉴定，央视"鉴宝"专家团的鉴定点评、央视"寻宝"专家团的鉴定；并在清华大学、中国国家画院、鉴宝大讲堂等多处讲授书画鉴定学。发表论文近百篇，有专著《古书画仿制研究》、《名石治印》、《书画鉴定学讲义》及光盘《旧书画的改造手法与仿真》等多部行世。

我对治印一学纯属外行，天意安排，我却有一个内行朋友，这就是治印大家李元茂。

初中时我与元茂是同学，前后桌，感情甚笃。所留记忆不多，唯顽皮淘气而已，常被老师点名。忽一日，他说要参军，一脸稚气、一身新军装是我对他少年时的最后印象。40 多年后，我们在北京见面，他已是金石书画方面的专家。

他现在的头衔是我国知名的书画鉴定家、书法家、治印家，央视"鉴宝"栏目专家，西泠印社社员。他生长在山西，是山西金石书道事业的开创者，1983 年与同仁创办了我国第一所研究金石书画的专业机构山西省金石书道研究所，填补了我国在该专业机构上的空白。其人其事载入《中国印学年表》。这是山西自明末傅山之后，300 年来被印学史册载入的第一人，也是山西加入西泠印社的第一人。他曾任海南省博物馆业务馆长，现定居北京。

老友重逢，一言难尽。我就设一饭局，顺便向他学艺。

我说："我们弄文字的，千言万言还不能尽其意；画家动辄六尺八尺宣，甚至百米长卷，也不能收其景。一印章，方寸之间，能容下多少学问？多少思想？"

他说："作家、画家取材用纸，印人取材用石，石是印的载体，印料与印章之间有本质的内在关联。石不上等，则印不入流。未曾刻字，石上就分高低。这一点比写文作画还讲究。"

他对国内出产的四大名印石及各地产的小矿坑的印石研究多年，只要看上一眼，就能知道它产于某地、某坑、某洞。他多次赴寿山、青田、昌化实地考察印石，采集标本，有一次为向石农学艺，在产地坑边一住三个月。他对石中之王——田黄的鉴定研究更是付出了近一生的心血，发表了多篇关于田黄石鉴定的专业论文。2002 年他还出版了专著《名石治印》一书，专门论及各个印章石的品级。那时候在国内还没有著作论及印章石的好坏，这本书为后来一系列的专著开启了先路。

我说："印章符号而已，哪有这许多讲究？"他说："这符号是祖先留下的文字符号，不敢造次。治印，最起码不能刻错字。你先得敬先礼贤，继承前人，把这些符号弄清楚，才敢说创造。"

他在入印文字上下过很大功夫，古代有关篆字的各种器物：两周钟鼎器，秦代的石鼓文、绎山石刻，汉代缪篆石刻及清人邓石如、吴让之、赵之谦、吴昌硕等篆书他无所不临。为记住篆字造型，他曾临写《说文》十通。后来他不但能把《说文》五百四十部首背写下来，弄清古文字中形、音、义的关系，还能发现其中的问题。他在 1972 年遇到了一位文字学方面的高人，我国著名的古文字学家张颔先生。当时张先生刚从牛棚中放出来，他就拜其为师，张先生介绍给他的学术著作是王国维著的《观堂集林》，并且告诉他说："一个篆刻家，既要是一个书法家、一个画家，还要是一个文字学家。"从此，他跟随张先生师法清乾嘉学派戴震、段玉裁、王念孙、王引之、王筠、朱骏声及王国维等，用了十年时间来研究古文字考据学。他还弄清了先秦各国古文字的来龙去脉。这为他以后步入全国印坛之林奠定了深厚基础。但是，他说，他只愿意做印人，做书画鉴定家，不愿意做专门的古文字学家。他研究古文字只是为篆刻打基础，起码不要写错字。20 世纪 80 年代他曾专门发表《篆刻中篆字错写问题》的论文。其专著《名石治印》中，他对其所刻印的每一个字，都要考证出来龙去脉。

我说："同是艺术，人家张艺谋搞奥运开幕式，运动上万人，何等风光；你戴一副老花镜，伏案雕虫凿米，怎耐得这种寂寞？"

他说："艺术不分高低，学问只要精深。只要钻进去，就其乐无穷。篆刻这一脉源远流长，永续不断就是明证。再说，现代艺术也离不开传统，奥运会取篆刻作徽标就是最好的例证。"

李元茂追根溯源，在研刻中国古代印章上下了大功夫。他用半透明的日本美浓纸蒙在印蜕上，仔细摹写。刻了又磨，磨了又刻，足足刻了二千方汉印。他又对明代以后的流派印进行摹刻，凡是见到样式奇特的印式，或某书画家、鉴藏家的印鉴，他都要特别仔细地摹刻下来。后来他觉得美浓纸的透明程度还不够满意，就用刻蜡版用的蜡纸加油烟墨、肥皂水，进行摹写。他用这种方法又摹刻了明清流派印与名家姓名印千余方。

1966年"文化大革命"开始，全国都在喊毛主席万寿无疆，他萌发了刻百寿印的想法，到处搜集古今关于寿字的资料，共收集了五百余个单独寿字，又将每方寿字印用他所涉猎过的印式刻出来，几乎每一方印都有不同的章法和刀法变化，终于在1968年夏天刻成了"百寿印存"组印。随着形势的变化，万寿无疆口号的退去，他从治印的角度重新审视了这一庞大的组印，总感到是徒有其形，不得其神，便下狠心将其全部磨掉。

1977年中日恢复邦交之后，日本对华旅游开始，篆刻有了新用场。李元茂也开始忙于为外国友人治印，创作书法作品。这时他又想到了重新创作刻治百寿组印，这距离第一次创作已过了十年的时间，终于他在1978年第二次刻就了"百寿印存"。百寿印拓出来后，在友谊商店很是畅销，日本友人争相购买，有时一个旅游团人手一幅。随着百寿印名气的增大，他的名气也走出国门：1982年，中国新闻代表团就携带李元茂的两件"百寿印存"赴朝鲜，作为金日成七十大寿的礼品。1985年，日本学者小岛信子出版《冬蔷薇》诗集，该书的封面用的是元茂的"百寿印存"。但他仍不满意，又磨掉重刻。到1994年纪念邓小平九十寿辰全国书法篆刻邀请展时，他已重刻完90%，拓出来参加了展览。会后，他仍觉水平不够好，就又全部磨掉。朋友们都想再看到他的百寿印，但他总说火候不到。这种"寂寞"还不知要守多久。我们期待着李元茂的百寿印存的第四次出台。

李元茂自在1973年以自学成才调入山西美术工作室后，就与国内书法、篆刻大家来往甚密，尤其是与杭州的沙孟海先生来往更多。沙老经常给他来信鼓励，并给他亲笔题写了"徐徐斋"书斋匾。山西与杭州西泠印社的交流大多是由他联系。1975 年，他还担任山西省赴杭州西泠印社书法篆刻代表团的副团长（团长朱焰），赴杭州与西泠印社的同道进行艺术交流。但是李元茂一直没有加入了西泠印社，他为人低调，总觉自己不够格，要加倍努力，从不"跑官"而等"组织"说话。直到 2003 年西泠百年社庆时，元茂才由印社的资深社员推荐加入了西泠印社。当时，副社长陈振濂看了沙孟海先生写给元茂的信及当年元茂与西泠印社同仁的老照片时说：真是一个新入社的老社员！其治学态度可见一斑。

听了他的侃侃而谈，我还是要提俗人之见。我说："印者，印记；章，图章，留个记号罢了，还能有多大用？况现在多用签名、密码，谁还用什么大印？你看哪个明星、球星不是苦练签名，而从不盖印。"

他说："这你就不知了。印有四种，一是老百姓的名章，就是俗称盖个'戳子'；二是官印；三是艺术印，我们常说的篆刻；四是'真印'。这真印根据易经原理，沟通天地灵气，虽治的是方寸之印，却含做人、处事、为官之理，依印行事能成正果。"

我大奇，愿闻其详，请举一例。他说，比如你要刻一"王"姓之印。现在已知"王"字的天格为土属，还须把姓名核实清楚，按其名的五行金、木、水、火、土的序次换算其与父辈、侪辈与子辈相生与相克的关系，得出其名的地格与人格为何属，在布置与刻治中施以"助"技，如笔画之势、布局之态。

他又说：从形式而言，真印在印材、文字、布置与刻治的基础上增加"刻治礼仪"，包括审度天时（避雷风雨电）与立升印本。礼仪是中华民族文明的象征，貌似形式，实可通于宇宙天地的本性。真印需在心诚的自身大前提下进行，在刻印前须选其吉日、吉时，沉心静气，沐浴，按师傅所传之法打印稿刻之。

从根本上说，真印的原理是推变之印，须及石真、字真、图真、格真等四真皆具之"天人合一"的要求，方能构成升变的基础，而祈抵升华的目的。在《礼记·礼运》中已有提示。"真"字在《说文》匕部，从匕、从目、从乚、从八；匕即化也，有变化之意，故称真印。俗话说："谋事在人，成事在天。"以印玺沟通天地灵气，使之按照人的意愿信息而变化。我得此传授，又经过数十年研究，发现凡刻真印与人者必验，但我自己也必大病一场。

呵，我明白了。元茂治印不是刀与石的碰撞，而是身与心的结合。至于真印的得主是否真灵，还要看自身的修炼，但元茂的创作确是一片真心。

（《北京文学》2012 年第 3 期）

忽又重听走西口

　　正月里回家乡过年，初三那天作家赵越、亚瑜夫妇请吃饭，点的全是山西菜，不为别的，就是要个乡土味。席间，我问赵兄，最近又写了什么好歌词。我知道这几年他在词界名声大振。从中央电视台的春节晚会，到山西歌舞剧院出国演出，无不有他的新词。他说别的没有，倒有一首《走西口》，是旧瓶装新酒，还可自慰。我知道《走西口》是在山西、内蒙古、陕西一带流行极广的一首民歌。过去晋北、陕北一带生活苦寒，一些生活无着的人便西出内蒙古谋生，有的是去做点小买卖，有的是春种秋回，收一季庄稼就走。这一生活题材在民间便产生了各种版本的《走西口》，大都是叙青年男女的离别之情，且多是女角来唱，其词凄切缠绵，感人肺腑。赵君这一说，再加上这满桌莜面山药蛋、酸菜羊肉汤，乡情浓于水，歌情动于心，我忙停箸抬头请他将新词试说一遍。他以手辗转酒杯，且吟且唱：

　　　　叫一声妹妹哟你泪莫流，

　　　　泪蛋蛋就是哥哥心上的油。

　　　　实心心哥哥不想走，

　　　　真魂魂绕在妹妹身左右。

　　　　叫一声妹妹哟你不要哭，

　　　　哭成个泪人人你叫哥哥咋上路？

　　　　人常说树挪死来人挪活，

　　　　又不是哥哥一人走西口。

啊，亲亲！

挣挣上那十斗八斗我就往回走。

就这么几句，我心里一惊，不觉为之动容。确实是旧瓶新酒，变女声为男声，男儿有泪不轻弹，其悲中带壮，情中有理，虽无易水之寒，却如长城上北风之号，只有在黄土地上，在那裸露的沙梁土坎上，那些坡高沟深，无草无树，风吹塬上旷，泥屋炊烟渺的黄土高原上才可能有的这种质朴的赤裸裸的爱。这是小溪流水，竹林清风，《阿诗玛》、《刘三姐》等那种南国水乡式的爱情故事，所无法比拟的。赵君过去写过许多洋味十足的诗，其外貌风度也多次被人错认为德国友人、墨西哥影片里的角色等。不想今日能吐出如此浑厚的黄土之声。我说你以前所有的诗集、歌词都可以烧掉了，只这一首便可使大名传世。这时一旁的亚瑜君插话："别急，你听下面还有对妹子的呵护之情呢。"赵君接着吟唱：

叫一声妹妹你莫犯愁，

愁煞了亲亲哥哥不好受。

为你码好柴来为你换回油，

枣树圪针为你插了一墙头。

啊亲亲！

到夜晚你关好大门放开狗。

…………

叫一声妹妹呦你泪莫流，

挣上那十斗八斗我就往回走！

我是在西口外生活过整整六年的。大学一毕业即被分配到那里当农民，也算是走西口，不过是坐着火车走。那时当然比现在苦，但还不至于苦到生活无着，并不是为了糊口，是为了"支边"，或者是充边，是"文化大革命"中对"臭老九"的发配。当时我也未能享受到歌中主人翁的那份甜丝丝的苦、那份缠绵绵的愁。因为那时还没有一个能为我流泪滴油的妹妹。正是天苍苍，野茫茫，孤旅一个走四方。但那天高房矮、风起沙扬、枣刺柴门、黄泥短墙、寒夜狗吠、冷月白窗的塞外景况我实在是太熟悉了。你想孤灯长夜，小妹一人，将要走西口的哥哥心里怎么能放心得下，于是就在墙头上插满枣刺，又嘱咐夜晚小心听着狗叫。人走了，心还在啊。"妹的泪是哥心上的油，真魂魂绕在妹左右"，这是何等痛彻心骨的爱啊。这种质朴之声，直压中国古典的《西厢记》、西方古典的《罗密欧与朱丽叶》。赵君谈得兴起，干脆打开了音响，请我欣赏著名民歌演唱家牛宝林演唱的这首《走西口》。霎时，那嘹亮的带有塞外山药蛋味的男高音越过了边墙内外和黄土高坡上的沟沟坎坎，峁峁墕墕。我的心先是被震撼，接着被深深地陶醉了。

西口外风景

祖逖闻鸡起舞，我今闻赵君一歌思绪起伏。爱情这东西实在属于土地，属于劳动，属于那些无产、无累、无任、无负的人。古往今来有多少专吃爱情饭的作家，从曹雪芹到张恨水到琼瑶，连篇累牍，其实都赶不上塞外这些头缠白毛巾的小伙子掏出心来对着青天一声吼。就像人类在科学上费尽心机，做了许多发明，回头一看远不如自然界早已存在的物和理，又赶快去研究仿生学。赵君也是写了大半辈子诗的人了，绕了一圈回过头来，笔墨还是落在了这一首上。人以五谷为本，艺术以生活为根。黄土地实在是我们永远虔诚着的神。这使我想起 40 年代在陕北那块贫瘠的土地上，一批肚子里装满了翰墨的知识分子，他们打着裹腿，穿着补丁褂子，抿着干裂的嘴唇，顶着黄风，在土沟里崖畔上白天晚上地寻寻觅觅，为的是寻找生活的原汁原味，寻找艺术的源头。这其中最具代表性的是李季的《王贵与李香香》：

> 沟湾里胶泥黄又多，
>
> 挖块胶泥捏咱两个。
>
> 捏一个你来捏一个我，
>
> 捏的就像活人托。
>
> 摔碎了泥人再重和，
>
> 再捏一个你来再捏一个我。
>
> 哥哥身上有妹妹，
>
> 妹妹身上有哥哥。

我请赵君给我随便讲一件在晋西北采风的事。他说："一次在黄河边上的河曲县采风，晚上油灯下在一家人的土炕上吃饭，我们请主人随意唱一首歌。小伙子一只大手卡着粗瓷碗，用筷子轻敲碗沿，张口就唱'蜜蜂蜂飞在窗棂棂上，想亲亲想在心坎坎上'，不羞涩，不矫情。像吃饭喝水一样自然。"这也使我想起那一年在紧靠河曲的保德县（就是歌唱家马玉涛的家乡）采访，几位青年男女也是用这种比兴体张口就为我唱了一首怀念周总理的歌，立时催人泪下。这些伟大的歌手啊，他们才是大师，才是音乐家，就像树要长叶，草要发芽，他们有生就有爱，有爱就有歌，怎么生活就怎么唱。在他们面前我们真正自愧不如。到后来，等到我也开始谈恋爱时，虽然也是在西口古地，也是大漠孤烟，长河落日，锄禾田垄上，牧马黄河边。但是无论如何也吼不出那句"泪是哥哥心上的油"。现在闻歌静思才明白,真正的爱、质朴的爱最属于那些土里生土里长的山民。他们终日面对黄土背朝天,日晒脊梁汗洗脸,在以食为天的原始劳作中油然而生的爱,还没有受过外面世界的惑扰,还保有那份纯那份真。就像要找真人参还得到深山老林中的悬崖绝壁上去寻。像我们这些城市中的文化人每天挤汽车、找工作、评工资,还有什么迪斯科、武打片、环境污染、公共关系,早已疲惫不堪,许多事都是"欲说还休(羞)",哪里还有什么"泪蛋蛋、真魂魂、枣圪针、实心心",更没有什么晚上能卧在你脚下的狗。

听着歌,我不禁想起两件事。一是著名学者梁实秋,晚年丧妻后爱上了比他小二十多岁的孤身一人的歌星韩菁菁。这是个人的私事本来很自然,但却舆论哗然,首先梁的学生起来反对,甚至组织了"护师团"来干预他的爱。老教授每天早晨起来手拿一页昨晚写好的情书,仰望着情人的阳台。这位感情丰富、古文洋文底蕴极厚又曾因独立翻译完成《莎士比亚》而得大奖,装了一肚子爱情悲喜剧的老先生绝不敢在静静的晨曦中向楼上喊一嗓子:"叫一声妹妹你莫愁"。文化的负重,倒造成了爱的弯曲,至少是爱的朦胧。

还有一件事,是那一年我在西藏碰到的一件极普通但又印象极深的事。那天我在布达拉宫内沿着曲曲折折的石阶木梯正上下穿行,这座千年旧宫正在大修,到处是泥灰、木料,我仔细地看着脚下的路,忽隐隐传来一阵歌声。我初不经意,以为是哪间殿堂里在诵经。但这声音实在太美了,乐声如浅潮轻浪,一下下地冲撞着我的心。我心灵的窗户被一扇一扇地推开了,和风荡漾,花香袭人。我便翻架钻洞,上得一层楼上,原来是一群青年男女正在这里打地板。西藏楼房的地板是用当地产的一种"阿嘎"土,以水泡软平铺地上一下一下地砸,砸出的地板就像水磨石一样,能洗能擦,又光又亮。从一开始修布达拉宫到以后历朝历代翻修,地面都是这样制作，他们称为土水泥。我钻出楼梯口探头一看，只见约三十个青年分成男女两组，一前一后，每人手中持一根齐眉高的细木杆，杆的上端以红绸系一个小铜铃铛，下端是一块上圆下平如碗之大的夯石。在平坦的地板上后排方阵的小伙子都紫红脸膛，虎背熊腰，前排方阵的姑娘们则长辫盘头，腰系彩裙，面若桃花。只听男女歌声一递一进，一问一答，铃声璨璨，夯声墩墩，随着步伐的进退，腰转臂举，袍起袖落。这哪里是劳动，简直就是舞台演出，这时旁边的游人被吸引得越聚越多。青年们也越打越有劲，越唱越红火，特别是当姑娘们铃响夯落，面笑如花，转过脸去向小伙子们甩去一声歌，那群毛头小伙子就像被鞭子轻轻抽了一下，喜得一蹦一跳，手起铃响，轰然夯落，又从宽厚的胸中发出一声山呼之响，嗡嗡然，声震屋瓦绕梁不绝。和我同去的一位年轻人竟按捺不住自己，跳进人群，抢过一根夯杆也手之舞之，足之蹈之起来。我看之良久，从心里轻轻地喊出一声："这样的劳动怎么能不产生爱情！"

爱是男女相见相知，不由得生发出的相悦相恋之情。对这种感情的表达不同生活环境中的人会有不同的方式。李清照与其夫金石家赵明诚算是中国历史上文化层次很高的一对了。两人分居两地十分思念，李清照便写了一首后来在中国文学史上极有名的《醉花阴》："薄雾浓云愁永昼，瑞脑消金兽。佳节又重阳，玉枕纱橱，半夜凉初透。东篱把酒黄昏后，有暗香盈袖。莫道不消魂，帘卷西风，人比黄花瘦。"李将这首词寄给丈夫，赵明诚喜其情切词美，发誓要回写一首并超过她，便谢客三天，废寝忘食，得五十首，杂李词于其中以示友人。友人玩之再三，说只有这三句最佳"莫道不消魂，帘卷西风，人比黄花瘦"。赵自叹不如。像这种爱，早已经是非要爱出个花样不可，有点斗法的味道了。梁实秋与他所爱的大歌星当着面什么不能说，非得先写好一份情书，然后再捧书上门。这真是"人生识字扭捏始，偏要拐那十八道弯"。学问越高，拐的弯就越多。

文者，纹也，装饰，花样之谓也。文人办什么事都爱包装一下，连表达爱也是这样。但物极必反，弯子拐得过多，作品就没有人看了，文人自己也会觉得没趣，于是又寻找回归。胡适说："中国文学史上何尝没有代表时代的文学？但我们不应向那古文传统史里去找。应该向旁行斜出的不肖文学里去找寻，因为不肖古人，所以能代表当世。"胡适其他观点暂不去论，他的这句话倒很合毛泽东同志讲的：人民生活"是一切文学艺术的取之不尽、用之不竭的唯一的源泉"，"过去的文艺作品不是源而是流"。所以从古到今，诗歌都有向民歌特别是向民间的情歌学习的好传统。明代出了个作家冯梦龙，清代乾隆朝有个王迁绍，专向白话俚语学习，大量收集民间创作。有一首情诗《牛女》这样写道：

闷来时
独自个在星月下过。
猛抬头，
看见了一条天河，
牛郎星、织女星俱在两边坐。
南无阿弥陀佛，
那星宿也犯着孤。
星宿儿不得成双也，
何况他与我。

用这首诗来比李清照的《醉花阴》如何？更能感觉到直接来自生活源头的清纯。而且在表现手法上，先是平平道来，最后用了逆挽之法，说是技法的成熟，不如说是真情所在，情到技到，大道无形，真情无文。其实一切好的民歌的美，正在于此。无论铺排、比兴，全在一个真实自然，见情而不露文。唐代是我国诗歌发展史上的一个高峰。像白居易那样的大家写罢诗后也要去向老太婆读，好求得民间的认同。刘禹锡在向民歌学习方面也很见成效，他的《竹枝词》就很有质朴之美："杨柳青青江水平，闻郎江上唱歌声，东边日出西边雨，道是无情却有情。"在诗歌创作方面，这种学习从古至今一直不衰。连那个只会写词不会治国的亡国之君李后主也有一首写得很直率的《菩萨蛮》："花明月暗笼轻雾，今宵好向郎边去！袜步香阶，手提金缕鞋。画堂南畔见，一向偎人颤。奴为出来难，教郎恣意怜。"看来不管是皇帝老子还是风流名士，要写好诗就得向百姓学习，努力去掉文人身上的珠光色和脂粉气。当然学习也要有个度，也不是越土越好，土到《红楼梦》里的薛蟠体也就糟了。

其实，赵君的诗大多是为歌、为舞而写的。这几年在舞台上有一股不太好的风，哪怕是唱一首很纯朴的民歌，也要灯光陆离，烟雾漫漫，然后再找一些不明不白的伴舞，在歌手的前后左右伸胳膊蹬腿，非得把那清粼粼的旋律、蓝格莹莹的舞台，搅得一团混沌才甘心。而赵君的词却自带着一份不可亵渎的清纯。所以他的词也给舞台的台风带来了可喜的回归。他这几年的一大功劳是与著名编舞王秀芳等人合作创作了两台乡土味极浓的歌舞《黄河儿女情》和《黄河一方土》。这两台戏大震京华，并多次远征国际舞台。可见人心思土，艺风贵朴。剧中有一段《背河》舞，就是编舞在他那首极富动感的歌词的启发下编出的，效果极佳。北方的河水清浅，又多无桥，男人一般能蹚水过河，姑娘、媳妇胆小怕凉不敢蹚水。于是就专门有人在河边做起背人过河的生意，挣个小钱。前面说过，凡有劳动的地方就有爱，就在河边这种特殊劳动的小皱褶里也藏着爱。赵君的《背河》词是这样写的：

> 背起小妹妹河中走，
> 背了个欢喜扔了个愁。
> 妹妹的细腰扭呀扭，
> 扭得哥哥甜格滋滋，
> 像喝了蜜酒。
> 得儿呦，得儿呦，
> 莫怕那风浪三丈三，

妹妹哟，妹妹哟？

哥的劲头九十九丈九！

背起小妹妹河中走，

叫声妹妹不要害羞；

小心那掉在河里头，

快把哥哥亲格热热，

紧紧地搂。

得儿哟，得儿哟，

明年再背你下花轿，

妹妹哟，妹妹哟？

亲手给你揭开红盖头！

他的这首歌，又使我想起当年在口外当农民劳动锻炼时的一幕戏。春天里大地刚刚苏醒，春风吹过河套平原，有一丝丝的温馨，一丝丝的甜润。柳条开始发软，枯草刚顶出新芽。劳动休息时，四野旷旷无以为乐，经常的节目是摔跤。让我们这些洋学生大吃一惊的是，那些还没有脱去老羊皮袄或者厚棉袄的姑娘，手大腰壮，竟敢向小伙子叫阵，一会儿就龙腾虎跃，翻滚在松软的犁沟里，羞得我们看都不敢看。在劳动中油然而生爱心，爱心萌动就以歌抒之，歌之不足，舞之蹈之。现在想来田野上这种超出舞蹈的游戏中又一定还藏有那歌之舞之所没有表达尽的爱。

在赵君家吃了一顿饭，听了几首歌，倒惹我想了这许多。临走时赵君送我两盒《走西口》的磁带，这回赴宴真是货真价实。

(1996 年 3 月 15 日)

如何区分低俗、 通俗和高雅

　　一次谈文化，有人问什么是低俗、通俗和高雅？我一时语塞。如果凭感觉来回答，当然谁都知道，再往深说，有什么理论根据呢？我就赶快回来查书和旧日的读书笔记，于是有了一点新的梳理。

　　谈这个问题先得承认一个基本的事实：人是由动物变来的。

　　恩格斯在《自然辩证法》中说：在最初的动物中发展出脊椎动物，而最后在这些脊椎动物中，又发展出这样一种脊椎动物，在它身上自然界达到了自我意识，这就是人。于是人就有了两面性：动物性与人性，物质性与精神性。一般来说，"俗"是指动物性、物质性的一面，"雅"是指人性、精神性的一面。黑格尔在《美学》一书中将人与外部世界的关系分为三种。一是欲望关系，占有的欲望，如见美食就想吃，见好衣就要穿，一个猎人见了老虎就必定要捕杀它。欲望关系是以占有、牺牲对象为前提。二是研究关系，只想弄清对象的真相、规律，并不占有或牺牲它，这是科学的任务。如动物学家跟踪老虎，只是为了研究，绝不干涉老虎的行为。三是审美关系，只是欣赏，并不占有，也不想对它做更深研究。黑格尔称这为心灵的美感。它的特点是不把对象看做实用的个体，心中不起欲望，与其保持一定的距离，只生起一种愉悦的美感。如观众看演出，旅游者看山水。我们从欣赏角度看老虎，也只欣赏它的花纹、雄姿，而绝不会有捕杀的欲望或研究的耐心。

　　就是说人面对一物会有三念：占有的欲望、冷静的思考和愉悦的欣赏，就看你选择哪一种。这三种念头第一种源于人的动物性、物质性，可称为"俗";第三种体现人的精神存在,可称为"雅"。俗与雅之间还有一个过渡地带,这就是"通俗"。

人自身的两面性与对外的三种关系,就使人在行为方面产生了六种精神需求,也可称为阅读需求。它从低到高分别是:刺激、休闲、信息、知识、思想和审美的需求。大致说来,前两项刺激、休闲是满足物质需求的,可归于"俗";后两项思想和审美是满足精神需求的,可归于"雅"。中间两项比较模糊,兼而有之。但最低、最高的两项,即刺激与审美的需求却是很典型的。刺激就是勾起人的欲望,满足人的动物性,是最低的一档。这是一切黄色、凶杀、打斗、赌毒类低俗作品的心理基础和市场基础。过去我在新闻出版署工作,人们常问:扫黄、扫黄,为什么总是扫不完呢?它不可能扫完。只要人动物性的一面还存在,人与外界的欲望关系还在,它就要寻求刺激、发泄与满足。我们只能把它控制在最低限度:不公开传播,不以营利为目的,不危害青少年。相反,这六种需求的最高一档,即审美需求则是来满足精神的心灵的需要,常表现为纯艺术。其代表如已被历史洗练、陶冶过的唐诗、宋词、古典音乐、名画及一切经典作品,它没有任何物欲的刺激,全在净化心灵,这无疑是最高雅的。但是人们食人间烟火,正常的欲望还是要的,还得有作品去满足他的休闲需求、信息需求、知识需求等,这里有物质的也有精神的,这就是"通俗"。通俗的标准是不刺激人的欲望心理但又不脱离人的物质的现实。所以纯艺术、纯思辨性的作品不在通俗之列,它归于高雅;另一方面,纯刺激性的作品也不在通俗之列,它归于低俗,或名粗俗、庸俗。

上面我们从接受角度,即人接受作品时的"两面性、三种关系、六点需求"谈了低俗、通俗和高雅的存在基础,这样我们就知道社会上为什么会有三类截然不同的作品,古今中外,概莫能外。低俗的作品是从人的物质欲望出发,刺激并满足人的贪占、享用要求;高雅的作品是从愉悦人的精神出发,满足人的审美要求。低俗作品让人回归动物性、物质性的一面；高雅作品让人升华精神性、道德的一面。

通俗则是低俗与高雅间的过渡地带。但我们一般说的通俗是有方向性的，它是指从高到低的过渡。就是说作品内在的思想、艺术（审美）水准已经很高，但是照顾到接受者的接受能力，兼顾到他的需求（通常叫大众需求），而采用了他能接受的方式。注意，这里的要害是"高起低落"，是从高雅的标准出发落实到一个通俗的效果，从而避免了低俗。如果反过来从低俗的标准出发，就会滑落得更低，而永远不可能达到通俗的效果。就像委派一个大学文化程度的教师去教小学，可以把小学生培养成人才；而委派一个小学文化程度的教师去教中学，则只能把人才教成废才。真正的好作品都是"高起低落"，深入浅出，专家学者看了不觉为浅，工人、农民读来不觉为深，这就是通俗。这方面著名的例子，文艺作品如中国的四部古典名著，现代作家老舍、赵树理的作品，哲学著作如艾思奇的《大众哲学》。

（《人民日报》2010 年 8 月 19 日）

肢体导演张艺谋

　　从来没有说过电影方面的事，因为是外行；更没有议论过张艺谋，因为他是大人物。但最近，张艺谋自己为他的《三枪拍案惊奇》实在闹得动静太大，占住电视屏幕，总在你眼前晃，晃得头晕，就想说几句。并不全关电影，也不关他个人。

　　为了给《三枪拍案惊奇》做广告，张艺谋表扬他的演员，特别是小沈阳。说他们的长处是肢体表演，比如要表现"恐怖"，一般电影演员是用面部的心理表情，十几秒钟。而小沈阳他们能用全身的肢体，摔倒、爬滚、哆嗦、抽搐、歪眉斜眼、屁滚尿流。十秒的表演可以扩到十分钟。他自以为这种表演和导演手法是新的艺术高峰，其实是掉进了黑洞。张的这段自白可以看做解读他的电影的钥匙。这几天电视上不断播出《三枪拍案惊奇》的拍摄花絮，张亲自演示怎样踢屁股，要求像足球射门那样踢，把腿抡圆，一次不行，两次，直踢了七次。于是银幕上就满是横飞的肢体、鼻涕眼泪的脸、忽斜忽圆的眼、黑白的阴阳头、变形的胳膊腿……猛看就像毕加索那幅《格尔尼卡》的扭曲画面。

　　从表情走向肢体动作，这是进步吗？是退步。二人转作为一种底层民间艺术，原来的缺点有二。一是粗了一些，主要是动作的夸张粗野。二是脏了一些，互相调骂的太多，行话叫"脏口"。约二十年前，我曾专门到吉林，在一个地下表演厅看了一台原始的二人转，要硬着头皮看。赵本山的功劳正是对这两方面进行了改革，救活了二人转，加进了审美。张艺谋不吸收现在的阳光，反而去挖掘过去的裹脚布。张也曾有过好作品，如

《三枪拍案惊奇》宣传海报

《秋菊打官司》、《一个都不能少》等，记得他当时说过一句话：自己叙述的功力不够，拍《秋菊打官司》是为补课。新闻和电影本来是不搭界的，但我当时很为他的这种艺术追求所感动，就到处给青年记者讲，写新闻也要学张艺谋这种苦练叙述的基本功。可惜，我们认真学了，他却浅尝辄止。再一细想，他恐怕始终也没有走出"肢体热"的怪圈。他后来热心搞大型的《印象》，动辄百人、千人，真山水，声、光、电，那就是一种多人运动的大肢体戏。记得在桂林看《刘三姐印象》，气势虽大，但怎么也找不回当年歌剧和影片的美感，而现场倒是催生出了一个怪产业：卖望远镜。观者都传，远处船上的女演员是裸体。不管怎么样，在肢体上做文章，恐怕不是艺术的出路。前几年，作家中曾出现过所谓身体写作的美女作家，网上有木子美、芙蓉姐姐之类，虽有点噱头，但并没有什么大成。当然，张艺谋不会走这么远，但也难说。因为《三枪拍案惊奇》炒作的关键词是票房！票房！为了票房什么不敢牺牲？况且，玩庸俗本身也会上瘾，就像吸毒、赌博一样。

　　张艺谋说拍这个戏是为搞笑。搞笑是艺术吗？就算是，也是艺术中很小的一块皮毛。说到底，艺术要给人以美感。人除了物质需求之外，其精神文化需求有六个档次，由低到高分别是：刺激、休闲、信息、知识、思想、审美。搞笑属于刺激这一档，是最低档。刺激是一个巨大的精神需求黑洞，它甚至超过了其他五个档次，因为人由动物变来，有原始性、粗野性。如果不加限制，刺激性的精神产品就有无边的、可怕的市场。这就是为什么我们总在扫黄，却不可能完全扫净，但又还得不停地扫。在《三枪拍案惊奇》的宣传推介中，出品人居然在电视上大声喊，不管评价多么不同，只要有人看，能卖钱就行。我们关于精神产品的管理不是一直坚持"两个效果"的标准吗？即市场效果和社会效果。现在怎么自打嘴巴了？这时就不讲政治了？如果要更刺激、更赚钱、更市场一点，把赌场和妓院也开放了岂不痛快？黑格尔的《美学》，比较艰深难读，但他说出一个简单的道理：人与外部世界的关系，有两种，一种是为狭窄的庸俗的兴趣所束缚的欲望关系，另一种是对艺术品的审美关系。"人们常爱说：人应与自然契合为一体。但是就它的抽象意义来说，这种契合一体只是粗野性和野蛮性，而艺术替人把这契合一体拆开，这样，它就用慈祥的手替人解去自然的束缚。"（《美学》第一卷第 61 页）社会为什么敬重艺术家？是因为他们那双慈祥的手。张艺谋的手似乎并不慈祥，他的作品总是留恋原始、粗野和野蛮，乐此不疲。总喜欢把戏往下半身导。在高粱地里做爱，往烧酒锅里尿尿，打架斗殴踢屁股。就是秋菊男人被村长一脚踢伤，踢的部位也必须是生殖器。这些当然刺激，如黑格尔说的也能"起欲望"，也搞笑。但作为一种艺术方向，总这样搞笑下去，这个民族还有什么希望？如果当初我们的唐诗、宋词、元曲也这样一路搞笑过来，现在我们的文化会是什么样子？不是说艺术不能搞笑，但艺术的方向和本质不是搞笑，尤其它的代表人物不能以搞笑为旗、为业。我们所有的作家、音乐家、画家、演员、导演等艺术家，都应该有一双仁慈的手，为社会、为观众慈航普度，而不是玩弄和亵渎他们。艺术家啊，听听黑格尔老人的劝告吧，看看你的手，是仁慈的？无力的？抑或是罪恶的？

一个有修养的艺术家惜名如金，珍惜自己的艺术生命，绝不推出水准线以下的作品。米开朗琪罗从不让人看他还没有成功的作品，一次朋友来访，只看了一眼旁边正创作中的雕塑，他就假装失手，油灯落地，周围一片黑暗。吴冠中怕自己不满意的作品流传于世，竟自己点火烧了一大批画。孙红雷刚在《潜伏》中有了一点好名声，竟去接这样的烂片。童子无知，导演欺人。看来一个演员要修到不让导演误导，不被人导着演，还真不容易。社会捧红了一个大导演，他却不知自爱，对自己不负责，对演员不负责，对观众不负责，怎能叫人不伤心。或者他原来就没有读几本书，现在又忙于搞笑，不读书，认识水平实在上不去，但文艺研究部门、宣传管理部门哪里去了？谁来导一导这个导演？不是刚换了教育部部长吗？快到电影学院去看一看，除了"形体表演"，有没有开美学课、政治课？文化部除了讲产业发展，下面不是还有一个艺术研究院吗？电影艺术在不在研究之列？我奇怪，每年贺岁片一出，总是一哇声地说"票房、票房"，"当日票房"，却没有人出来讲一点艺术的规矩。也许是因为出不起广告钱，媒体不给他们话语权。于是只剩下写博客了。尽管电视上不断地老王卖瓜，网上一位"80后"作家还是说他只能给《三枪拍案惊奇》打一分。这一点认识倒是"老少咸一"，看来艺术还不会绝种。

（《人民日报（海外版）》2009 年 12 月 24 日）

题为根干， 戏为枝叶

　　每年的春节联欢晚会都是全国上下同时盯着一个荧屏。一台晚会要适应12亿人的胃口，确实很难，大约编导也意识到这一点，于是就把它定位在玩、乐、逗这些浅层次上，以为这样就可以人人接受，人人发笑。不想这正是大弊所在，就像怕孩子看不懂大人的节目，就干脆连大人带孩子一起都轰进儿童剧院里。

　　晚会的主持和演员是几年不变，甚至十几年不变的旧面孔，语言也老是那几句拜年的话。应该说这些明星在前几年的春节晚会上也曾留下过不可磨灭的光彩，但观众为什么总是不满意呢？主办者经常怪观众期望值太高，而没有去想是自己的戏太浅。这浅就浅在有"戏"无"题"，就像应景作文一样，没有找到一个好题目。晚会的编导只着眼在"玩"、"闹"、"笑"，却没有去研究这笑的源头在哪里，该有什么样的笑。这就决定了这台戏不可能深了。本来明星们都是一上台就自带三分戏的老手。但是一个戏必得有所附着，必得围绕一个主题。这个题就是今年群众心中的焦点、热点。节目要能打动人心，要有分量，必须来自生活。题之不存，戏将焉附？而且作为时令性的、节日性的晚会，每年的焦点肯定不同，要耐心捕捉。这一点，主管部门、导演、编剧都没有意识到，没有将之作为指导思想。而凡成功的节目都是暗合了这个规律的。当年黄宏、宋丹丹演《超生游击队》，有一个计划生育的主题；黄宏与侯耀文的《打扑克》，讽刺了官本位、公司满天飞等。都是成功之作。戏借题势，题助戏威，要想出效果就得先有一个好主题，再加上好演员，才能满台生辉。演戏、演戏，观众明明知道戏是假的，但他还是要看，他是想通过假戏看真实的生活，看他关心的那个"题"。题为根干，戏为枝叶。无根之戏，浅如浮萍，再好的演员也演不出效果。

诚然，春节晚会的主要效果是笑，是乐。但一切引人发笑之作都要有一个深扎于生活中的根，不管是悲剧之笑，还是喜剧之笑。鲁迅笔下的阿Q可笑，那是对民族中落后一面的深刻讽刺，是悲剧的笑。20世纪60年代有一首非常流行的《逛新城》，老阿爸见到电线杆，唱"为什么树上挂满蜘蛛网"，这是一种喜剧式的笑。当然街上有人滑了一跤，也能引起旁边人的哄笑，这是闹剧的笑。可惜，我们的电视上常取第三种笑法，闹剧太多。剧本，剧本，一剧之本，演员没有一个好本子可"本"，没有一个好题目来供他发挥，只好使出浑身的解数来扭捏。也许在直播现场观众会陪个笑脸，但电视机前的观众就不买账了。说到底还是一个挖掘生活、提炼主题的问题。我们的电视节目何时才能更深一点、美一点呢？宋人咏梅诗曰："有梅无雪不精神，有雪无梅俗了人。日落时节天又雪，与梅并作十分春。"依其意戏成一首：有题无戏不精神，有戏无题俗了人，能将假戏传真情，艺术才得十分春。

祝明年晚会成功。

（《中国艺术报》1996年2月28日）

为什么不能用诗作报告

报载某地开人民代表大会，所作的报告却是一首五言顺口溜长诗，凡6 000字，一韵到底。这到底是工作创新还是亵渎职守？媒体议论纷纷。深究其理，值得玩味。

我们先分析一下"形式"。形式与内容本是对立统一，合作共事的。但是人们常记住了"统一"，忘了"对立"。原来形式本身有独立存在的价值，比如诗歌这个形式，就有句式、节奏、音韵的美，这是形式的资本，所以它总时时想逃离内容，闹独立。就像一个美女，不想与穷汉厮守，总想换一个大款过日子，她有这个本钱。这就是为什么年年反形式主义，却总是反不掉，就如年年扫黄，总是扫不尽，本性使然，规律所在。

形式爱表现，但它自己不能实现，必须借助于使用形式的人。天下的人可分两类：一类是干实事的，虽也会用到形式，但内容第一。如经商、从政、军事等等。另一类是玩形式的，专门开发形式的审美价值，如音乐、美术、语言等艺术家，形式第一。人各有好，术有专攻，本无可厚非，最怕的是乱了阵营。你是要干事还是要从艺，鱼和熊掌不可兼得。比如，宋徽宗、李后主，本是当皇帝的，但坐在龙椅上不办公，一个爱画画，一个爱写词，虽也出了名，但都成了亡国之君，当了俘虏。还有那个爱作曲、会编舞的唐明皇，也招来了天下大乱，自毁江山。我们有些干部总是分不清自己的身份和责任，想要两头沾，既当有才的宋徽宗又当有为的唐太宗，既要政界的光环，又要艺人的光彩。无数事实证明，于公，这是亡国之象；于私，这是身败之症。只有放弃一头，才能保住一头。共产党第一代领导人中，有大才艺的人很多，但他们都知道孰轻孰重，毅然割爱才艺，献身革命。陈毅参加革命前先参加了文学研究会，曾与徐志摩论诗；张闻天是第一个发表长文把诗人歌德介绍到中国的人；周恩来的话剧才能更是尽人皆知。但他们都不敢"以才害政"，也从不借政坛炫艺。

再说形式与内容相搭档也是有一定之规的，就像穿衣服要讲场合。或可称之为"形式伦理"。如果是纯玩形式，有艺术界的行规；但要做事，特别是政事，就有政界的规矩：以事为主，选取适当形式。什么叫"适当"？突出内容，淡化形式。比如穿"三点式"是健美比赛的形式，为突出肌肉的美；穿古装，是演古装戏的形式，为突出古典氛围。人大工作报告重在时政阐述，要严肃、鲜明、直白、缜密，用长于浪漫、抒情、吟唱、夸张的诗歌形式去表现，就像参加晚宴时穿着古装或"三点式"，那是怎样的一种尴尬！就是单从语言表现来说，诗歌有格律管着，也不能尽达政治之意。闻一多说写诗是"戴着镣铐跳舞"，用诗去作工作报告则是镣铐之外又加了一层面具。比如，这篇 6 000 字的报告，一色五言，一韵到底，你就是想"此处有掌声"也会受到一层限制。历史上曾有人以诗写论文，唐代的司空图用四言诗写了一本《二十四诗品》，是学术名著，但也没有超出以诗说诗的范围。现在以诗来写工作报告，这确如马克思所说，是"惊险的一跳"，如果跳跃不成功，那摔坏的一定不是形式，而是形式的拥有者。

形式是有逃离内容的本性，其实还是因为背后有一双看不见的腿，有一个不专心正业的人。奇怪，在其他行业，如商业，就没有人敢用诗歌来签合同，军界也没有人敢用诗歌来下命令。因为，一是他的权力有限，二是立即就会碰钉子。而政界却能出这种怪事。这也从一个侧面说明我们政治的不成熟。

（《人民日报》2015 年 2 月 26 日）

阅读随笔三篇

《人民日报》编者按：2015 年 4 月 23 日是第 20 个世界读书日。"读书给人以快乐、给人以光彩、给人以才干。"古人讲，治天下者先治己，治己者先治心。治心养性，一个直接、有效的方法就是读书。习近平总书记多次谈到自己的读书爱好，认为读书"让人保持思想活力，让人得到智慧启发，让人滋养浩然之气"，并希望各级领导干部"少一点应酬，多用一些时间静心读书、静心思考"。事有所成，必是学有所成；学有所成，必是读有所得。希望各级领导干部，把读书作为一种生活方式，在全民阅读中，享受阅读乐趣、丰富精神生活；把读书作为一种工作方式，在治国理政中，巩固立身之本、夯实从政之基。

有阅读，人不老

——阅读随笔之一

大约在 30 多年前，1984 年，我的人生有一个小挫折。也许是境由心生，我注意到当时的一个社会现象。当年被打成右派的知识分子虽都落实政策回城安排了工作，但结果却大不相同。很多人身体垮了，学业荒了，不能再重振旗鼓，只有坐家养老，等待物质生命的结束。有一部分右派却神奇般地事业复起，演戏、写书、搞研究等，又成果累累，身体也好了，精神变物质。这其中有一个原因就是在最困难的时候他们没有停止读书，反而趁机补充了知识，补充了生活。我又联想到"文革"中很多学者都是靠读书挺了过来，并留下了著作。如季羡林的《牛棚杂忆》，杨绛的《干校六记》。我当时有感写了一首小诗以自勉："能工作时就工作，不能工作时就写作。二者皆不能，读书、积累、思索。"也就是那两年，我完成了40多万字的《数理化通俗演义》和重读了一些理论经典。我的一位官场朋友，受挫折后就去读书，他说读书可以疗伤，后来也很有学术成就。毛泽东在病床上一直读书，直到距去世70多个小时的时候还在阅读。只要有阅读，人就不会倒，不会老。

什么是阅读？阅读就是思考。阅者，看也。但是比看要深一些，它不是随意地、可有可无地观看。是有目的地、带着问题观看，是一个思维过程，边看边想。比如，我们说：阅兵、阅卷、阅人、阅尽人间春色，就不说"看兵、看卷、看人、看尽人间春色"。而对不须太动脑子的，浅一点的东西，消遣、娱乐的，则常说看，不说阅。如看电影、看风景、看热闹、看耍猴，不说"阅电影、阅风景、阅热闹、阅耍猴"。所以当我们说阅读的时候，心境是平静的、严肃的，也是美好的、向往的。

广义来说，人有六个阅读层次，前三个信息、刺激、娱乐，是维持人的初级的浅层的精神需求，可以用"看"来解决。后三个知识、思想、审美，是维持高级的、深层的精神需求，则只看不行，还要想，这才是真正的阅读，可称为狭义的阅读。现在电子读物盛行，主要承担提供信息、刺激和娱乐的任务。它的特点是快捷、方便、形象，但也带来另一个问题，浅显、浮躁，形象思维多，逻辑思维少。这有点像计算器的普及，很多人就不再费力心算。电视上播放德国的一个街头测问，多数人背不出九九表。这作为生活实用可以，但作为人的思维训练，生命进化，却是一大缺陷。钱学森年轻时在美国读书，几个好朋友相约，大家都不看电视。他到晚年还自己剪贴报纸。文字有一种神奇的诱导人思考、丰富人精神的功能。我注意观察，很多干部家里没有书架，好像既然有了饭碗就不用再读书，这是一种精神缺失。一次给某地机关干部讲读书，我说阅读是为了精神生命的成长和延长，要把这种精神生命延伸到下一代去。就算你自己实在不爱看书，为了后代，也希望你能在家里装出一个爱读书的样子。散场时，有人边走边说："今天回家后，不读书也要装装样子了。"一说到为了后代，这个道理一下就明白了。

家里摆钢琴不如买一本好诗集

——阅读随笔之二

人生不能无诗，童年更不能无诗。条件好一点的家庭注意对孩子专门的选读古诗和辅导，差一点的也会教一些俚语儿歌。这是一种审美启蒙、情感培养和音乐训练。

我大约在小学三年级开始背古诗，中学开始读词。除了语文课本里有限的几首外，在父亲的指导下开始课外阅读。最早的读本是《千家诗》，后来有各种普及读本《唐诗100首》、《宋诗100首》及《唐诗选》、《唐诗三百首》，还有以作家分类的选本如李白、杜甫、白居易等。这里顺便说一下，我赶上了一个好时代，中学时正是"文革"前中国社会相对稳定、重视文化传承的时期，国家组织出版了一大批古典文化普及读物。由最好的文史专家主持编写，价格却十分低廉，如吴晗主编的"中国历史小丛书"，几角钱一本；中华书局的《中华活叶文选》，几分钱一张。那是一个书本廉价、知识尊贵的时代。我现在还保存有一本中华书局1963年版的《宋代散文选注》96页，只有2角8分钱。不要小看这些不值钱的小书、单页，文化含金量却很高，润物无声，一点一滴给青少年"滴灌"着传统文化，培养着文化基因。这是我到了后来才回头感知到的。

和一般小孩子一样，我最先接触的古典诗人是李白，"床前明月光，疑是地上霜"，诗中总有一些奇绝的句子和意境（意境这个词也是后来才知道的），觉得很兴奋，就像读小说读到了武侠。如："日照香炉生紫烟，遥看瀑布挂前川。飞流直下三千尺，疑是银河落九天"，"一为迁客去长沙，西望长安不见家。黄鹤楼中吹玉笛，江城五月落梅花"。并不懂这是浪漫，只觉得美。后来读到白居易《卖炭翁》、《琵琶行》，"浔阳江头夜送客，枫叶荻花秋瑟瑟"，又觉得这个好，是在歌唱中讲故事，也不懂这是叙述的美，现实主义风格。总之是在朦胧中接受美的训练，就像现在幼儿学钢琴，学跳舞。后来读元曲，马致远《天净沙》："枯藤老树昏鸦，小桥流水人家，古道西风瘦马。夕阳西下，断肠人在天涯。"他不说人，不说事，只说景，推出九个镜头，就制造了一种说不出的惆怅的味道。这就是王国维讲的"一切景语皆情语"。当然这也是后来才知道的。但要想后来能够领悟，就要预先播下一些种子，这就是小时候的阅读。

一说古诗词，人们可能就想到深奥难懂。其实古人的好作品恰恰是最通俗易懂的。如李白的"举杯邀明月，对影成三人"，杜甫的"两个黄鹂鸣翠柳，一行白鹭上青天"，李清照的"花自飘零水自流，一种相思，两处闲愁"，都明白如话，但又不只是"白话"，这里面又有音乐、有图画。因为诗的功能是审美，并不是难为人。

古诗词的阅读价值至少有三个方面，一是思想内容；二是意境的美；三是音韵的美。后两个都是审美训练。这是每个人的写作都要用到的。我们常说，文章美得像诗一样，就是指文章的意境和韵味。在所有文字写作中，只有诗词，特别是古典诗词是专门来表现意境和韵律的美感的。为什么强调背诗词，就是让这种美感一遍又一遍地濡染自己的心灵，浸透到血液里，到后来提笔写作时就会自然地涌流出来。除了古诗我还抄写、背诵了很多新诗。这都变成营养，直接影响了我后来的文章写作。现在一般人家节衣缩食给孩子买钢琴，倒不如备一本精选的诗集。因为成人后，一万个孩子也不一定出一个钢琴家，倒是有一千个人工作后要写文案，一百个人会当作家，而且每个人在成人前都得先当学生写作文。

读经典，收获的是"种子"

——阅读随笔之三

什么是经典？常念为经，常说为典。经典标准有三：一是达到了空前绝后的高度；二是上升到了理性，有长远的指导意义；三是经得起重复引用，能不断释放能量。由于长期的文化积累与筛选，每个领域都有各自的经典。而更高层次的是理论和学术经典，特别是政治与哲学方面的经典。

一般人，特别是文学爱好者常误认为政治、理论枯燥乏味，干瘪空洞，不如文学那样水灵、煽情。这是因为文学与理论属不同的思维体系，一个是形象思维，一个是逻辑思维。他虽感觉到了这个不同，但不知道作为形象思维的文学只有借助理性的逻辑思维才会更深刻，从而更形象、更生动。就如我们常说的只有理解了的东西才能更好地记忆。这中间有一道门槛，翻过之后，就是一片高地。

我们这一代人赶上"学习毛泽东著作"高潮。这是一个半被动、半主动的经典学习运动。说它被动，是因为那是一个特殊时期，一场运动，人人学，天天读，你不得不学；说它主动，是因为毛的文章确实写得好，道理深刻，文采飞扬，只要一读开，就能吸引你自觉地读下去。

我第一次接触毛泽东的文章，是在中学的历史课堂上，不认真听课，却去翻书上的插图。有一张《新民主主义论》的影印件，如蚂蚁那么小的字，我一下子就被开头几句所吸引：

> 抗战以来，全国人民有一种欣欣向荣的气象，大家以为有了出路，愁眉锁眼的姿态为之一扫。但是近来的妥协空气，反共声浪，忽又甚嚣尘上，又把全国人民打入闷葫芦里了。

"欣欣向荣、愁眉锁眼、甚嚣尘上、打入闷葫芦"这么多新鲜词，我不觉眼前一亮，有一种莫名的兴奋。这是一种从未见过的文字，说不清是雅，是俗，只是觉得新鲜，很美。放学后，我就回家找来大人的《毛泽东选集》读。我就是这样开始读毛文的，并不为学政治，是为学语言，学文章。

我对马恩著作的阅读也是半主动、半被动的。可分两个阶段。第一阶段是"文革"以前，囫囵吞枣，如私塾背书一样，只是储存了下来；第二阶段是改革开放之后，结合形势重新验证马恩的观点，又去主动温习。因为我是学文科的后来又做新闻，一方面是专业要求，一方面是工作需要，所以读了不少也忘了不少，留下印象的有《共产党宣言》、《自然辩证法》、《家庭、私有制和国家的起源》、《在马克思墓前的讲话》等，一些原理是刻骨铭心的。比如，"环保"这个概念是近二三十年的事，可是恩格斯在一百多年前就发出警告："我们不要过分陶醉于我们对自然界的胜利。对于每一次这样的胜利，自然界都报复了我们。每一次胜利，在第一步都确实取得了我们预期的结果，但是在第二步和第三步却有了完全不同的、出乎预料的影响，常常把第一个结果又取消了"（《自然辩证法》）。这种深刻、彻底，你不得不佩服。又如"人们奋斗所争取的一切，都同他们的利益有关"（《第六届莱茵省议会的辩论（第一篇论文）》）。"'思想'一旦离开'利益'，就一定会使自己出丑"（《神圣家族》）。多么朴素的真理。一部经典不可能全部背下来，只要做到读懂原理，知道观点，记得一些警句，要用时能很快查找出来就够了。

经典作品里总是有原理体现。马恩作品里有一般社会原理、哲学原理；毛泽东作品里有中国社会的政治原理；黑格尔的作品里有美学原理。哪怕每一个小的学术分支，只要它够得上经典，就必然会揭示出某一部分的原理，或者可以说，只有含有一定原理的作品才能够得上是经典作品。比如陈望道先生的《修辞学发凡》，当年我20多岁，读它时还没有从事新闻工作，书中也不讲新闻。但是它关于积极修辞与消极修辞的原理却指导了我后来几十年的新闻写作与新闻管理。这也反过来说明，阅读，不管读哪一类作品，一定要读经典，这样你收获的就不只是粮食，而是种子；不只是几条鱼，还有渔具、渔法。当然再经典的作品也只能作为客观的阅读对象而存在，要收到好的阅读效果，还得发挥阅读者的主观能动性，利用这颗种子，种出一棵属于自己的树。

附：《现代散文鉴赏辞典》中 《把栏杆拍遍》 辞条

在散文创作中，梁衡提倡"写大事、大情、大理"，《把栏杆拍遍》正是实践其创作主张的一篇代表作。

辛弃疾一生极富传奇色彩，他出生于金人统治下的山东历城。南渡前他是叱咤沙场的英雄，南渡后屡遭排挤，投闲置散，他报国无门，改而作词，终成名垂千古的一代词宗。辛词现存六百多首（据元大德年间刊印的《稼轩长短句》统计），数量很多，影响极为深远。梁衡并不是古典文学史学者，亦非治诗词美学的专家，却能围绕辛弃疾其人其词写出如此大气磅礴之作，实在难得。总起来看，《把栏杆拍遍》有如下几个显著的艺术特色：

首先，作者深入揣摩辛弃疾登高远眺的神情动作，抓住"把栏杆拍遍"作为"主脑"、"文眼"，巧妙而又形象地概括了词人的一生，给了人们广阔的想象空间。

"登高"是我国古典诗歌中一个常见的题目。我国幅员辽阔，交通阻隔，战乱频仍，诗人学士的感觉敏锐细腻，"登高"意味着暂时摆脱尘世、杂事的羁绊，让思想随着视线驰向远方，自然会频频涌出忧国怀乡之叹。这在辛弃疾身上表现得尤为突出，他一而再、再而三地登高远眺，想念沦陷的中原父老。作于建康（今南京）的《水龙吟》正是这方面的 ·首代表作，其中有句云：

> 把吴钩看了，栏杆拍遍，无人会，登临意。

"吴钩"指吴地所造的钩形刀，本该用在战场上杀敌制胜，现在却闲置身旁，哪怕词人一看再看，仍然纹丝不动，一筹莫展。"栏杆"不用说是供游人凭靠赏景之用，可如今词人哪有玩赏之心，无奈，只得"栏杆拍遍"，借以平息胸中的无限悲愤，底下"无人会"当是指南宋朝廷中无"知音"而言。请看，这里的"看"、"拍"，动作何等平常，而内涵却是何等丰富。梁衡不愧为大词人的后世"知音"，他从辛弃疾浩繁的词作中找出了"把吴钩看了，栏杆拍遍"这么一个特写镜头，作为文章构思的支架，一个展开叙述和议论的切入点，确实显得巧妙之至。对于广大读者来说，这个声色兼备的特写镜头起到了一种类似"聚焦"的作用，不管文章此后叙述辛弃疾的事迹如何纷繁，引用辛弃疾的词作如何多样，读者都不难把它们和这个特写镜头相印证、相映衬，从而加深领会词人的神采风貌。

其次，此文在结构上既有一气呵成、淋漓酣畅之势，又收移步换形、层层递进之效。

梁衡此文不是严格意义上的人物传记，没有必要按照人物生平和时间顺序逐一写来，这固然在动笔时去掉了一层约束，却也在构思和结构上多了一分考验。阅读《把栏杆拍遍》，只觉得淋漓酣畅，欲罢不能，大有一气呵成之势，不用说，用这样的笔墨为豪迈绝伦的大词人写照传神，是很恰当的。但如细加咀嚼，又可发现文中颇多移步换形、层层递进之处，只不过这一切不那么浅显外露罢了，作者艺术功力之深厚，由此亦可见一斑。

文章一开始就开门见山，要言不烦地指出了辛弃疾独特的历史地位："以武起事，而最终以文为业"，切中肯綮，无可怀疑。随即有声有色地叙述了辛弃疾南渡报国的壮烈史迹。有了这番总领和简叙，作者就得以放开手脚，洋洋洒洒地从几方面描述辛弃疾其人其词：一、辛弃疾的词不是用笔写成，而是用刀和剑刻成，他念念不忘的是以往的抗击和战斗。二、辛弃疾因为得不到朝廷重用，所作之词更是"蘸着血和泪涂抹而成"。三、辛弃疾即使罢官乡居，咏"带湖"，唤鸥鹭，也别具一番迥异于婉约派词作的凄厉之美。这几方面内容环环相扣，层层深入，作者用了浓墨重彩，把八百多年前的大词人描绘得神采毕现。至此，文章似乎已经到顶了，没料到作者宕开一笔，翻出新意，把辛弃疾和陶渊明、白居易、苏轼以至于陈毅等人相比较，再次对辛弃疾的生平为人作了评述："辛弃疾这个人，词人本色是武人，武人本色是政人。他的词是在政治的大磨盘间磨出来的豆浆汁液。""他并不想当词人，但武途政路不通，历史歪打正着地把他逼向了词人之道。终于他被修炼得连叹一口气，也是一首好词了。"承接"大磨盘"这个绝妙比喻，作者发了一大通议论，亦此亦彼，亦古亦今，纵横驰骋，极其精彩。它们既和文章的开头相呼应，又翻上一层，拓宽了读者的视野，使他们懂得了"有思想光芒又有艺术魅力的诗人"何以能产生的原因所在。阅读长文，最担心的是虎头蛇尾，难以为继，此文则不同，它在结尾处奏出了最强音，为自己画上了一个圆满的句号。

第三，以词证人，别具新意。为词人写照立传，最好的办法就是引用那些出自肺腑的作品，由词及人，亦词亦人，调动读者已有的阅读经验，加深对词人生平操守的理解。

《把栏杆拍遍》引用辛弃疾各时期的词作近十首。作者对这些作品不作过多的诠释和赏析（那是诗词赏析家的任务），只是着意把它们融入自己的叙述议论之中，使之成为文章有机的组成部分，因此读者只觉得流转自如，丰富多彩，毫无堆垛逼仄之感。此文另一个不同于一般诗词鉴赏和分析的地方是：作者独具慧眼，善于从他人不经意处开掘出新意。如《永遇乐　烈日秋霜》是辛弃疾送别堂弟茂嘉时"戏赋辛字"，即围绕自家的姓氏发了一通"艰辛"、"辛酸"、"悲辛"、"辛辣"等牢骚。此词并非辛弃疾名作，如单从文学史和诗词艺术成就而论，是排不上号的，但梁衡觉得此词颇能说明辛弃疾坎坷悲惨的一生和无时无处不在的苦闷，便大胆引入文内，顿时给读者以耳目一新之感。又如《沁园春》"戒酒"词，评论家多从"滑稽突梯"的风格（如把酒杯拟人化、以问答语入词等）着眼，梁衡则不然，他紧紧抓住词作中"怨无大小，生于所爱；物无美恶，过则成灾"这几句，稍加引申，略作点染，便新颖深刻而又恰到好处地概括了辛弃疾忠心为国偏又屡遭排挤的遭遇。以上这些例子生动地说明了写作这类散文，固然不能忘掉向古典文学、诗词美学专家学习，但更重要的是不能因此忘掉自己的特殊使命，以致束缚了散文写作的创作性。

第四，语言寓于形象性和节奏感，具有很强的表现力。

梁衡被人们称为"苦吟派"散文家，在锤炼语言方面很下工夫。他叙述、议论到关节眼儿，好用整齐的偶句和排比句来表述，如叙述辛弃疾南渡后情况骤变："南归之后，他手里立即失去了钢刀利剑，就只剩下一支羊毫软笔，他也再没有机会奔走沙场，血溅战袍，而只能笔走龙蛇，泪洒宣纸，为历史留下一声声悲壮的呼喊、遗憾的叹息和无奈的自嘲。"语言既典雅庄重，又激烈悲壮，读来怦然心动。又如形容辛词的创作经过和成就："历史的风云，民族的仇恨，正与邪的搏击，爱与恨的纠缠，知识的累积，感情的浇铸，艺术的升华，文字的捶打，这一切都在他的胸中、他的脑海、翻腾、激荡，如地壳内岩浆的滚动鼓胀，冲击积聚。"读着如此气势磅礴、奔腾直下的文字，谁能不肃然动容？梁衡还善于运用奇譬妙喻，如开篇不久以"军事辞典"喻辛弃疾诗词，篇末以"龙头拐杖"喻辛弃疾其人，都显得超凡脱俗，过目难忘。

梁衡既以"没有新意不为文"的主张自励自戒，又执着地学习前人"语不惊人死不休"的炼字功夫（参见高深《给"苦吟派"行个礼》）。以上为了方便起见，分别叙述了此文的几个艺术特色，其实说到底，它们是炼意和炼字的辩证统一，共同服从于梁衡严肃认真、反复修改的创作态度。只有理解了这一点，才不至于得其皮毛而失其神髓。

（《现代散文鉴赏辞典》2003 年 6 月）